O CONTO
DO ADIVINHO

BRADFORD MORROW

O CONTO DO ADIVINHO

Tradução de
Carlos Duarte e Anna Duarte

1ª edição

EDITORA RECORD
RIO DE JANEIRO • SÃO PAULO
2014

CIP-BRASIL. CATALOGAÇÃO NA FONTE
SINDICATO NACIONAL DOS EDITORES DE LIVROS, RJ

Morrow, Bradford, 1951-
M859c   O conto do adivinho / Bradford Morrow; tradução de Carlos Duarte, Anna Duarte. – Rio de Janeiro: Record, 2014.

Tradução de: The Diviner's Tale
ISBN 978-85-01-09483-4

1. Ficção americana. I. Duarte, Carlos. II. Duarte, Anna. III. Título.

13-0523
CDD: 813
CDU: 821.111(73)-3

Título original em inglês:
The Diviner's Tale

Copyright © 2010 by Bradford Morrow

Publicado mediante acordo com Houghton Mifflin Harcourt Publishing Company.

Texto revisado segundo o novo Acordo Ortográfico da Língua Portuguesa.

Todos os direitos reservados. Proibida a reprodução, no todo ou em parte, através de quaisquer meios. Os direitos morais do autor foram assegurados.

Direitos exclusivos de publicação em língua portuguesa somente para o Brasil adquiridos pela
EDITORA RECORD LTDA.
Rua Argentina, 171 – Rio de Janeiro, RJ – 20921-380 – Tel.: 2585-2000, que se reserva a propriedade literária desta tradução.

Impresso no Brasil

ISBN 978-85-01-09483-4

Seja um leitor preferencial Record.
Cadastre-se e receba informações sobre nossos lançamentos e nossas promoções.

EDITORA AFILIADA

Atendimento e venda direta ao leitor:
mdireto@record.com.br ou (21) 2585-2002.

Para Cara

Se um homem pudesse chegar ao paraíso por meio de um sonho e recebesse de presente uma flor como prova de que sua alma realmente esteve lá — e ao acordar se deparasse com a mesma flor na mão... E então?

— Samuel Taylor Coleridge

A vida diária é apenas uma ilusão, atrás da qual se encontra a realidade dos sonhos.

— Werner Herzog

Parte I

DECIFRANDO CASSANDRA

1

Meu pai, em quem confio com tanta certeza quanto sei que o ontem aconteceu, mas o amanhã pode não vir, foi o primeiro a me chamar de bruxa. Ele dizia isso de uma maneira carinhosa, embora estivesse convicto do que afirmava. Nos últimos anos falava disso com certo orgulho e, ao mesmo tempo, de forma desafiadora.

— Minha filha, a bruxa.

Assumi esta caracterização quando, aos 7 anos, com a segurança inconsequente de uma criança capaz de ver coisas ocultas que os outros não viam, alertei meu irmão Christopher para que não fosse ao cinema com seu melhor amigo Ben naquela tarde de agosto. Ele riu como faria qualquer irmão mais velho com o dobro da idade da irmã e me disse que eu podia fazer uma viagem astral metafísica. Ainda consigo ver a figura dele, magro, desengonçado, alto como uma árvore diante da minha pequenez, com a camisa desbotada do time predileto de beisebol saindo da velha calça jeans, e botas marrons rotas.

Ei, espectro de gente, nos encontramos no além — disse ele, descendo as escadas da varanda de dois em dois degraus, até o carro que o esperava. Lembro-me de estar deitada na grama do extenso pomar que ficava na área atrás de nossa casa, com a atenção nos incansáveis grilos que esfregavam as patas duras uma contra a outra e faziam barulho enquanto esperava que os meteoros me revelassem quando o pior ia terminar.

No princípio, o céu estava calmo. Somente no vazio do espaço uma infinidade de estrelas frias e uns poucos planetas brilhantes traçavam trajetórias através da escuridão. Talvez tivesse entendido errado, eu esperava. Mas então surgiram tantas estrelas cadentes cruzando a noite que não pude mais saber qual delas tinha levado meu sorridente e amado irmão embora. Os grilos pararam de cantar e o campo todo mergulhou no silêncio. Sentei-me e dei um suspiro. Como desejei ver acima de mim um grande borrão negro vazio, em vez de uma exibição de luzes brilhantes. Derrotada por minha visão se provar correta, caminhei de volta para casa e consegui entrar, sorrateiramente, pela porta lateral.

— É você, Cass? — perguntou minha mãe, que podia ouvir o ruído do bocejo de um camundongo na cidade vizinha.

— Não — sussurrei sem vontade de continuar a ser eu mesma.

Christopher jamais voltou. Nem seu amigo Ben, nem o pai dele, Rich Gilchrist, o administrador regional da cidade. Ao enterro compareceram umas quinhentas pessoas, o que só acontece quando se é um estimado político local, ou chefe dos voluntários do corpo de bombeiros. Isso sem mencionar um condecorado veterano de guerra. Muitos homens fardados vieram de todos os lugares de Corinth County, tanto da parte norte rural do estado de Nova York, como de todo o Delaware até a Pensilvânia. Vários caminhões de bombeiros brilhantes como espelhos polidos estavam enfileirados perto do cemitério, que ficava no adro da igreja. Os discursos fúnebres provocaram inúmeras lágrimas, assim como o soar dos sinos. Aquele foi o segundo enterro em grande pompa que ficaria para a posteridade. Nossa cidade ainda não tinha se recuperado da perda de Emily Schaefer, colega de Chris que morrera no ano anterior de uma tragédia que alguns suspeitavam não ter sido acidental como as autoridades haviam declarado. Enquanto naquela ocasião acompanhamos apenas um carro funerário ao cemitério, agora três caixões foram levados depois de uma cerimônia conjunta, um envolto numa bandeira americana, seguido por dois menores, sem qualquer adorno. Até hoje posso ouvir o som das gaitas de fole que tocavam uma música fúnebre.

Os amigos da família e os companheiros inseparáveis de Christopher — Bibb, Jimmy, Lare, Charley Granger, o meu predileto, e até mesmo o taciturno Roy Skoler, que se refugiou mais atrás para fumar — foram depois para a nossa distante casa de fazenda. Todos comeram salgadinhos e beberam cidra quente entre conversas soturnas, sussurradas em voz baixa, enquanto preferi me esconder no andar de cima. Sentia-me culpada e desolada. E também zangada. Se ele não tivesse simplesmente me ignorado, as coisas poderiam ter tomando outro rumo. Tranquei a porta do meu quarto naquela noite e fiquei horas tentando guardar na memória o rosto sardento de meu irmão, o som irritado da voz dele, os gestos desajeitados, as piadas sem qualquer graça, aquele jeito peculiar de ser, e deste modo, manter a presença dele na lembrança o maior tempo possível.

Em vez de dormir em minha cama naquela noite, deitei-me enroscada no chão, aos sobressaltos, ainda vestida com a roupa que fui ao enterro, abraçada com minha boneca Millicent, minha primeira confidente e irmãzinha imaginária. Por que, pensava eu, uma pirralha de luto tinha direito a dormir com todo o conforto enquanto o irmão estava sozinho, enterrado dentro de um caixão escuro? Senti-me desiludida e mergulhada numa profunda desesperança. Não queria que meu irmão tivesse morrido. Não queria ser uma bruxa. Nunca mais teria interesse algum em saber com antecedência o que ia acontecer neste mundo. Ter um presságio era uma coisa. Mas, mudar o rumo do destino de meu irmão para que não colidisse com sua sina era tão impossível quanto me espichar para agarrar uma daquelas estrelas cadentes, segurá-la na palma da mão e vê-la se desintegrar num sopro. Sua vida continuaria fora do meu controle mesmo que tivesse sobrevivido à batida, quando a mulher dormiu ao volante, cruzou a pista e voou, de frente, para cima do carro de Gilchrist naquela noite de lua nova. Praticamente uma noite sem lua no céu.

Minha mãe, com toda sua religiosidade cristã, mergulhou numa depressão anestesiada por um longo tempo. Quando eu a chamava por *mãe* — ela só respondia às vezes e quase sempre apenas lançava um olhar inexpressivo que me atravessava. Como prestava mais atenção quando a chamava de Rosalie, seu primeiro nome, isso acabou por se tornar um hábito. Ela se afastou por um ano do emprego de professora de ciências e dedicou os dias ao trabalho voluntário da igreja. Nenhuma das boas ações que fazia, desde servir refeições num abrigo aos sem-teto, até trabalhar numa loja de artigos baratos da igreja metodista, a animava. Embora eu não quisesse acreditar nisso, havia dias em que sentia que ela me culpava pela morte de Christopher. Se eu lhe fizesse tal pergunta, ela ia negar — e eu não ousava fazê-la —, mas a indagação estava lá, presente em seus gestos, numa frase solta, num olhar nebuloso. Tenho certeza de que rezava por mim e, de fato, chegou a me falar isso. E ainda bem que o fazia em silêncio.

Ao olhar para trás, vejo que eu tentava fazer o melhor possível para sobreviver.

Se não fosse pela morte de Christopher talvez não tivesse sido criada por meu pai da maneira como fui. Com a alienação enlutada de Rosalie, meu pai e eu reinventamos nossa relação. Ele era sábio demais para enterrar a própria dor na tentativa de me transformar num filho fictício, numa garota masculinizada, embora, de certo modo, e talvez inevitavelmente, eu fosse isso. Espirituoso e sociável como um ímã que atraía um fluxo constante de amigos, meu irmão não era nada parecido com a irmã introvertida, que mais do que tudo, preferia ficar só em sua própria companhia. Nep fez o máximo que pôde para não me "christofenizar". Nem eu me senti compelida a tentar fazer de meu pai um irmão mais velho.

Em vez disso, começamos a sair juntos, um pai ardoroso e uma filha moleca. Ele me levava de carro para a escola e me apanhava na saída das aulas. Nós dois preparávamos ensopado de feijões e torta de legumes para o jantar nos dias em que Rosalie chegava em casa tarde.

Escutávamos com avidez os velhos discos de jazz da coleção dele para evitarmos, de propósito, a música pop que tocava no rádio nos anos 1970. Nos fins de semana, eu me sentava perto dele numa banqueta alta da oficina que, na verdade, era um antigo celeiro ao lado da casa. Um lugar cheio de cacarecos, ferramentas, caixas cheias de válvulas, milhares de aparelhos domésticos quebrados que ele, pobre homem precavido, guardava na esperança de usá-los como sobressalentes para os objetos estragados que as pessoas traziam para consertar. Eram rádios, tratores, torradeiras, relógios, fechaduras. Chegou até a consertar um clarinete para um garoto que tocava na banda da região. Eu ficava encantada com a maneira como Nep conseguia tornar qualquer coisa inutilizada nova em folha. Jovem como eu era, lembro que costumava pensar, *Cass, não existe outro igual a seu pai no mundo.*

Senti-me destruída por ter previsto a morte de meu irmão, chocada pelo desaparecimento de minha mãe de nossas vidas, e, ao mesmo tempo, inspirada, acalentada e tocada por meu pai que por mais que eu tivesse amado antes, tornou-se uma revelação para mim depois. De uma maneira única, ele era um gênio. Assim pensava na época, e ainda penso, mesmo após todos os anos que se seguiram.

É preciso que se diga. Se eu não tivesse tido um pai tão dedicado talvez não tivesse seguido como ele a arte divinatória. Embora conseguisse fazer com que coisas quebradas voltassem a funcionar, além de ter sido um marido e pai constante e dedicado, Nep — diminutivo tão absurdo quanto bem-humorado de Gabriel Neptune Brooks — nascera com um dom que ultrapassava essas habilidades. No ramo paterno da família houve muitos radiestesistas como nós. Todos eles homens. Na década seguinte, eu me tornei a primeira mulher dotada desta mesma sensibilidade numa linhagem que vinha intacta desde o século XIX, até onde nossa árvore genealógica alcançava. Esta foi a minha benção e a minha maldição, e tirando meus próprios filhos, meu legado para o bem ou para o mal.

Foi através de minha percepção divinatória que fiz a descoberta nas terras de Henderson.

Antes do que aconteceu na propriedade de Henderson, nunca tive medo de ficar sozinha. Andar pela floresta ou cruzar algum campo desconhecido durante a madrugada ou numa noite escura, para mim, nunca foi problema algum. Com o pai que tinha, conhecia a flora e a fauna por aqui tão bem quanto sabia os nomes de meus filhos. Nunca me preocupei em ficar perdida porque nunca me perdi. Não no campo, não enquanto usava minha percepção intuitiva. Além do que, a preocupação nunca ajudou alguém a se encontrar.

Não digo que eu não costumasse topar com coisas inesperadas. A quietude da calma seguida pela súbita sensação da descoberta são, para mim, os dois polos do método de adivinhação da radiestesia. Meu ofício é por definição um caminho solitário, um tipo de trabalho no qual passamos muito tempo perdidos em pensamentos ou caminhando, numa conversa interior com o invisível e, às vezes, com o inexplicável. Com muita frequência, enquanto pesquisava um campo com minha varinha à procura de água ou de algum depósito mineral, ou mesmo de algo que alguém perdera e queria encontrar, pressentia que ninguém havia pisado ali fazia décadas. Talvez séculos. Então o que aquela banheira com pés que pareciam patas com garras fazia ali no meio do nada, enterrada? Onde é que estava o arado do qual aquela roda havia se soltado?

Podemos nos aprofundar demais em terrenos desconhecidos quando somos contratadas por alguém que deseja se estabelecer numa terra virgem. Depois que as torres gêmeas desabaram, passei a explorar terrenos adversos desabitados e cheios de ossos, para os que vinham da cidade à procura de uma mudança de vida, como se fossem discípulos do naturalismo de Thoreau, à procura de um paraíso ao norte do estado sem a ameaça do terrorismo. Mesmo antes de tudo, com tantas pessoas migrando para as regiões desabitadas e desérticas com a finalidade de sobreviver do que a terra pudesse dar, eu era procurada para examinar a viabilidade das condições de uma ou outra área. Devia descobrir a localização de um lençol d'água para quem almejava uma vida simples nas montanhas, como Thoreau descrevera em seu livro — *Walden ou a vida nos bosques*. Portanto, não era raro que eu tivesse que desviar meu caminho por trilhas mais afastadas e insólitas.

Era a terceira semana de maio. Chovera a noite toda. Algumas plantas fedorentas como gambás haviam crescido, mas os delicados copos de leite balançavam seus pendões protegidos pelas campânulas. No céu, nuvens gigantescas orladas por bordas prateadas e negras como carvão precipitavam-se rápidas e pesadas na direção da costa do Atlântico que ficava a pouco mais de 100 quilômetros na direção leste. Mariquitas esvoaçavam nos galhos, as de rabo vermelho e de papo amarelo. Os sabiás conversavam, invisíveis, não muito longe dali. Os topógrafos haviam terminado o trabalho uma semana antes da minha chegada. Suas bandeirinhas alaranjadas fluorescentes balançavam de leve nas estacas que demarcavam os limites dos terrenos onde seria feita a construção.

Ali estava um terreno de mais de 160 hectares que precisava ser avaliado. Talvez algum caçador tivesse montado uma tenda com duas estacas por ali ou, bem antes disso, um colono tivesse construído uma cabana de inverno há muito desmoronada. Agora o lugar era o hábitat de famílias de coiotes, ursos-negros, veados e até mesmo alvo da visita ocasional de uma esquiva marta pescadora. Extensões abundantes de bordos e enormes freixos deram lugar a um bosque cercado por arbustos de mirtilo e flores silvestres. Era uma terra linda, jamais tocada ou estragada pela ação do homem e que se estendia até onde a vista alcançava. Um paraíso perdido.

Embora nunca antes tivesse cruzado aquele vale, ele não me era inteiramente desconhecido. Christopher e eu tínhamos um esconderijo numa caverna nos rochedos do alto, em seu lado leste, e a casa de meus pais ficava a poucos quilômetros de caminhada para adiante daquela cordilheira rochosa. O construtor, que era meu cliente, pretendia escavar um buraco grande o bastante para ser chamado de lago, em torno do qual planejava construir um aglomerado de casas luxuosas. Eu senti um pouco — não, na verdade eu me sentia bastante culpada por inspecionar suas terras — para que trouxessem então a sonda de perfuração. E, antes disso, os tratores de Jimmy Brenner e as motosserras e os caminhões de Earl Klat para fazer uma grande devastação.

Cortei de um galho e fiz uma varinha de vedor e comecei a andar a esmo meio que sonhando acordada. Quando percebia um ponto sensível, mesmo que a vareta não registrasse nada, parava e olhava ao redor. Em pouco tempo, uma radiestesista que conhece bem o seu dom pode perceber com antecedência a presença de água no subsolo. Uma grande área coberta de alho-poró indica um tesouro de água perto da superfície quase tanto quanto uma varinha divinatória. Vaguei por ali, através de um bosque coberto de arbustos amelanchier e rododendros à altura dos meus ombros. O aroma intenso era de primavera, aquele cheiro de sexo e excrementos de um mundo que recém-despertado. Havia uma cortina estreita com botões de flores de cor vermelha e verde-limão onde a mata ficava espessa e havia uma ligeira elevação. Não muito longe dali, atrás do meu ombro esquerdo, ouvi o gorjeio de um tordo preto de asa vermelha. Era outro sinal revelador da existência, pelo menos de um veio de água ali próximo à superfície, pois esses pássaros escolhem fazer seus ninhos nas plantas aquáticas dos pântanos.

Eu me sentia bem. Meus gêmeos estavam na escola. Queriam ir para uma colônia de férias este ano, onde poderiam jogar beisebol, nadar e ficar livres de mim. E eu estava inclinada a deixá-los fazer isso, seria muito importante para nós três. Como iriam juntos para o mesmo lugar, sabia que Jonah e Morgan estariam bem, teriam uma família lá para cuidar deles. Eu teria uma casa vazia só para mim, mas parte de Mama Cass — um dos meus apelidos favoritos, e olhem que eu não tinha poucos que iam de Andy até Assandra, pois a maioria evitava encher a boca com *Cassandra* quando chamava por mim — estava ansiosa por isso.

Não que eu tivesse a mínima ideia do que fazer com minha extravagante liberdade, além de dar alguns cursos de extensão de verão que a administração do distrito concordou em promover, a meu pedido.

Eu precisava de trabalho extra para pagar as férias dos garotos fora de casa, o que não constava do meu orçamento. Um curso de recuperação para alguns alunos jovens e outro de extensão sobre mitologia grega, meu assunto predileto. Podia ser pior do que me esconder atrás de Odisseu durante alguns meses com meus alunos mais velhos, ou discutir com eles sobre os 12 trabalhos de Hércules e a história da caixa de Pandora. Cheguei a propor um exame minucioso do velho clássico *Jasão e os argonautas*, com cenas de animação de lutas de espadas entre esqueletos, ciclopes vorazes e uma Medusa monstruosa com aquela cabeleira de cobras.

Então, sem qualquer aviso ou motivo claro, meu humor sofreu uma mudança brusca e, de súbito, uma sensação obscura se espalhou em volta e dentro de mim. Parecia que, sem mais nem menos, uma nuvem escura e maligna que veio voando sobre a cordilheira me envolvera, provocando um eclipse instantâneo no meu mundo. Como consequência, e num piscar de olhos, fui tomada por profunda depressão. Ao fazer uma retrospecção, tento lembrar-me se caí, ou não, em prantos. Apesar das lágrimas, devo ter piscado, pois saí daqueles arbustos baixos e entrei na floresta.

Uma garota. Talvez no meio da adolescência. Usava uma blusa branca sem mangas, com grandes violetas e orquídeas ou gardênias fantásticas, amarrada num nó um pouco acima do umbigo. A saia jeans ia quase até os joelhos. Descalça. As pontas dos pés viradas para fora numa espécie de *relevé* lembravam uma bailarina congelada na clássica primeira posição. O cabelo ondulado estava penteado com elegância e caía sobre os ombros, como se estivesse pronta para ir a uma festa. Tinha sido enforcada por uma corda amarrada em volta do pescoço e, sem balançar nem um pouco com a brisa, continuava inerte, no prumo, como uma pedra. O rosto apresentava um leve sorriso, sereno, inexplicável e inesquecível. Os olhos claros, quase sem cor, olhavam fixos para a frente. Ela me parecia conhecida, mas isso não era possível.

Num último instante de esperança, pensei que era apenas uma boneca. Um manequim perfeito e assustador feito de cera. Construído para parecer real. O martírio aqui fora apenas ritualístico. Algum tipo de adoração demoníaca ou talvez uma terrível piada de mau gosto. Uma brincadeira feita por adolescentes bêbados vindos da cidade vizinha sem outra coisa para inventar senão aquele ritual macabro, um trote no meio do nada. Olhei mais uma vez para aquele rosto cadavérico. Não era um manequim ou uma boneca perfeita igual a uma pessoa de verdade. Não, era uma garota que estivera viva, provavelmente até a semana passada, talvez mesmo até ontem, mas agora não mais.

Fiquei chocada. Não consegui pensar direito. Devia tê-la deixado ali sozinha. Não devia ter tocado em nada. Afinal, era a cena de um crime. No entanto, em vez disso, fui até ela e abracei seu corpo. Era leve como uma espiga de milho, a pele rígida. Não estava fria nem quente. Segurei-a em meus braços e lhe disse que sentia muito e que desejava de todo o coração ter sido capaz de ajudá-la.

Depois de alguns instantes em que fiquei sussurrando essas palavras ali, percebi que eu mesma poderia estar exposta ao perigo. Desviei meu olhar da garota, afastei-me do mato em direção à clareira. Entorpecida, estudei as sombras embaralhadas no chão. Os afloramentos de xisto glacial sobressaiam aqui e acolá, bem como as poças d'água rasas deixadas pela chuva da noite anterior.

A chuva da noite anterior. As roupas dela estavam limpas e secas, o que significava que fora enforcada nessa manhã. Fui tomada por uma sensação repugnante de que havia alguém por ali me observando, apenas decidindo como lidar com aquela intrusão inesperada e indesejável. Como ele, ou eles, eu também precisava pensar no que fazer. Devagar, e com um sussurro trêmulo, comecei a soletrar a palavra *paciência* ao contrário. Um dos vários métodos de Nep, estranhos e sensatos, para esvaziar a mente antes de iniciar a radiestesia e descobrir água no subsolo. Mas este não era um processo divinatório comum, e não cheguei a soletrar todas as letras antes de notar que o mundo ao meu redor havia parado. Teria sido reconfortante ouvir o som de algum pássaro. Não havia nenhum vento entre as árvores para sacudir os primeiros botões de flores dos galhos. O coaxar dos sapos que eu escutara antes também tinha cessado. A agitação obscura do sentimento que me dominava agora atingia outro nível. Fiquei alerta, atenta e estranhamente insensível.

Uma brisa rápida soprou. Os galhos mais altos das árvores rangeram como se fossem garfos de arado enferrujados. Girei o corpo e olhei para o lugar por onde acabara de passar. Era uma trilha estreita em direção ao sul dos arbustos baixos que eu sequer havia notado, que surgia entre um espesso volume de cerejeiras, sem falar nas árvores de pau-ferro. Imaginei que fosse uma trilha de veados que não tinha nada a ver com a garota. Voltei-me para vê-la outra vez. Que terror inexprimível deve ter passado, parecia que não havia reagido. Aparentava estar chocada e abandonada, embora estranhamente serena. Era assim que eu parecia me sentir, não exatamente serena, mas vazia, oca por dentro. Tinha a sensação de que deveria pedir desculpas a ela, de novo, desta vez por ter que deixá-la ali, sozinha. Os pés dela estavam a quase 1 metro do chão atapetado com as últimas folhas mortas do ano passado e com os graciosos ramos rasteiros de licopódio. Era curioso como o solo ao seu redor mantinha um aspecto intacto, como se ela tivesse sido colocada ali por alguma criatura alada.

Sem pensar, falei em voz alta:

— Tem alguém aí? — Minha voz soou mais fraca do que eu jamais a ouvira. Vazia, fina e indefesa.

Débil, como uma lembrança meio esquecida, ouvi uma família de pardais que piavam uns para os outros. Como se fossem carrilhões distantes que anunciavam a hora e cujo canto insistia em me avisar que já era tempo de ir embora dali. Meus pés começaram a me carregar para longe da clareira. Tinha a sensação nítida de ser observada, se não fosse por algum ser vivo, pelo menos pelos olhos calmos e incriminadores da menina. Apesar de não querer, continuei a me virar e verificar o que estava deixando para trás. Devo ter corrido parte do caminho. Ninguém me seguiu, pelo menos até onde pude perceber.

Minha caminhonete ainda estava estacionada na grama, afastada da estradinha de chão cheia de calombos. Estranho que a visão daquela caminhonete Dodge antiquada, que precisava de freios novos e que tinha rodado mais de 160 mil quilômetros, pudesse me transmitir uma sensação de conforto tão grande. Pulei para dentro dela e liguei o motor. No lugar em que estava, mesmo que tivesse um telefone celular, não conseguiria sinal para falar com ninguém. A terra da fazenda original de Statlmeyer tinha milhares de hectares e era a própria definição da palavra rural. Nem em mil anos seria construída qualquer torre de satélite ali, não importa quantos empreendedores viessem com a intenção de arregaçar as mangas e trabalhar por aqui. Minha caminhonete seguiu aos trancos e barrancos enquanto descia até alcançar a estrada pavimentada que ficava lá embaixo aos pés da montanha.

Eu estava ofegante, nauseada. Precisava encontrar um telefone público. Aquela trilha não havia sido construída para se dirigir na velocidade em que eu a desci. Um passeio que demorara meia hora naquela manhã em pouco tempo me levou de volta para casa. É estranho como o medo funciona. Quanto mais me afastava de algum perigo pessoal, menos segura me sentia.

— Posso saber o seu nome, por favor? — perguntou, outra vez, a mulher do outro lado da linha.

— Há alguma maneira de entrar em contato com ele onde quer que esteja?

— Já lhe disse que o delegado Hubert não está. É uma emergência?

— Sim, é que...

— Aguarde um momento.

Apertei meus olhos tanto que chegaram a doer e comecei a soletrar *a*, depois *i*, depois *cê*, depois...

— Aqui é o sargento Bledsoe — disse um homem. — A senhora tem alguma emergência para relatar?

— Sim, sim. Tenho a relatar que uma garota, que há uma garota morta, eu...

Bledsoe começou a me fazer uma pergunta atrás da outra. A garota era minha conhecida? Poderia informar o local exato onde ela estava? Quando foi que a descobri? Estava em condições de levá-los agora até onde a encontrara? Estava bem ou precisava de cuidados médicos, quando é que poderiam mandar uma viatura vir me buscar, poderia repetir o nome do dono da propriedade? Fui gaguejando as respostas e ele me colocou em espera por um longo minuto e depois voltou ao telefone para dizer que entrara em contato com o delegado Hubert que já havia saído de onde estava para nos encontrar na propriedade de Statlmeyer — não, na de Henderson — dentro de uma hora.

Desliguei e fui para o banheiro. Lavei o rosto com água fria e me olhei no espelho. A imagem que vi foi tão destorcida e transtornada que, embora fosse filha única, achei que era uma irmã vivendo uma vida muito difícil, mergulhada no caos, derrotada e com segredos mais terríveis do que os meus. Jamais me vira sob tão baixo-astral. Era como se eu tivesse enforcado a garota.

Bledsoe me levou para o lado de fora. Cobriu-me de perguntas que respondi, ainda chocada, da melhor maneira que pude. Pelo menos tive o bom senso de ligar e pedir para minha mãe ir lá para casa para que os garotos encontrassem alguém ao chegar da escola. Achei melhor não explicar o que havia acontecido. Além da imagem da garota enforcada, eu mesma não sabia de mais nada.

— Sei que você é amiga de Niles Hubert. Ele disse para cuidarmos bem de você.

Assenti. Bledsoe nem olhou para mim. Dirigia em alta velocidade com as luzes do carro acesas, mas sem ligar a sirene.

— Como foi que conheceu Henderson?

— Foi Karl Statlmeyer que deu a ele referências sobre mim

— E quando foi isso?

— Duas semanas atrás, ou três.

— E o que foi que ele lhe disse?

— Ele me ligou e disse que ouvira falar bem de mim e que queria me contratar para percorrer suas terras em busca de veios de água subterrâneos. Além de lhe apresentar algumas propostas sobre um local adequado para cavar um lago e demarcar lotes para a construção de casas.

— E o que é que você faz?

— Sou radiestesista.

— E o que isto significa? — perguntou em voz baixa e aborrecida, com uma espécie de desprezo.

Eu estava fazendo força para não antipatizar com Dennis Bledsoe, com sua cabeça raspada e as sobrancelhas escuras e espessas, uma das quais permanecia mais levantada que a outra, num estado permanente de ceticismo. Tentei ficar firme e não me sentir humilhada pela maneira com que demonstrou não acreditar numa palavra do que eu disse, e ele pareceu debochar do que acreditou. Tentei me convencer de que ele estava apenas cumprindo seu trabalho, fazendo as perguntas que achava necessárias e tudo mais. No entanto, eu já havia me consultado com alguns psiquiatras para enfrentar melhor o trauma do acidente de meu irmão, e alguns deles falavam como Bledsoe. Meio incrédulos e nem um pouco condescendentes.

— Você percebeu que horas eram quando encontrou o corpo?

— Não uso relógio, mas deviam ser umas dez e meia, ou pouco mais que isso. Saí de casa depois que meus filhos foram para a escola, cheguei lá e gastei mais um minuto cortando uma vara de vedor para encontrar água e em seguida comecei a caminhar. — Recordei a sombra que o sol semiencoberto pelas nuvens fez sobre o rosto da menina. — Eram entre dez e meia e dez e quarenta.

— Você pode calcular a hora aproximada sem usar um relógio?

Não respondi.

— Então, você só se encontrou com Henderson uma vez. Qual é mesmo o primeiro nome dele?

— É George, George Henderson. Não nos encontramos. Ele me ligou sem me conhecer, me ofereceu o trabalho e eu aceitei. Posso lhe dar o número do telefone dele. Tenho certeza de que não vai gostar de saber o que aconteceu.

— É verdade, aposto que não.

Quando chegamos, Niles já nos esperava com outro homem. Abriu os braços e me abraçou por tanto tempo que se Bledsoe suspeitava haver alguma coisa entre mim e Niles, pôde confirmá-las. Soltou-me, afastou-se ainda de mãos dadas comigo e falou:

— Com tanta gente no mundo, isso foi acontecer logo com você.

— Na verdade, não aconteceu nada. Quer dizer, comigo.

Niles penteou o cabelo com os dedos, um velho cacoete. Já apresentava mechas brancas prematuras entre os fios castanhos, sem dúvida resultado do trabalho estressante. Olhou-me com uma expressão carinhosa e que, entre amigos, se traduz por um sorriso. Era, na verdade, uma advertência muda, como para me dizer *Aconteceu alguma coisa com você, sim. A quem você acha que pode enganar?*

Já era o meio da tarde. Parecia que todas as nuvens tinham se deslocado para o lado do mar e o céu estava de um azul imaculado. Caminhamos pela descida molhada e fomos nos distanciando da estrada. Uma família de tentilhões piou e voou entre pequenas acrobacias, cortando o ar enquanto passávamos por trás do campo mais alto e entrávamos numa floresta secundária um pouco densa com bordos e cicutas. Tivemos que passar sobre galhos caídos e espalhados como varetas indecifráveis de um jogo de *I Ching* atiradas ao acaso pela neve do inverno.

Eu estava tentando manter a mente serena. Na hora em que Bledsoe me apanhou havia decidido que não me permitiria vê-la de novo. Ia acompanhá-los até o mais próximo possível do lugar, atravessaria com eles os arbustos baixos perto da beira das árvores onde ela estava suspensa e os despacharia para que seguissem sozinhos dali em diante. Em algum lugar acima de onde estávamos, um sabiá solitário iniciou uma cantiga que soou para todo o mundo como se um alienígena diminuto transmitisse seu nome em código para a nave mãe, *pi-piripi-piu*. Alguns sapos coaxavam na baixada, à nossa esquerda. Eu podia ouvir a respiração ofegante de Niles, mais intensa do que o normal para alguém da sua idade.

— Você acha que ainda falta muito?

— Não, apenas mais um pouco.

Descemos por uma encosta que parecia um anfiteatro de grandes pedras de arenito azul-acinzentado como se fossem imensos pães de forma e que se abria dali até o final da planície de arbustos ao norte. Falei para Niles que agora estávamos quase lá, e ele me respondeu com sua amabilidade habitual:

— Vou deixá-la com Shaver assim que chegarmos mais perto. Não é necessário que veja a cena outra vez. O sargento Bledsoe e eu poderemos ir adiante sozinhos assim que você nos indicar o lugar.

Quando passamos pelo bosque de loureiros, ocorreu-me que ali era o ponto exato em que ficaria o lago de Henderson. Um lago respeitável, na verdade, se ele quisesse ter o trabalho de pagar os tratores para retirar a terra abaixo de nossos pés. Olhei em torno. A pequena parte plana era circundada por montanhas impressionantes. Fiquei imaginando se aquele lugar não teria sido uma bacia rasa há muitos séculos, e que se tornara seca, como tantas outras, com o passar do tempo. Que ironia. Se tivesse pensado nisso antes, não teria me incomodado em ir mais longe. E se não tivesse ido, bem, o que teria acontecido? Percebi que, por algum motivo, eu tinha sido desviada de meu propósito aqui. Naquela manhã, sem saber, deixei de descobrir água com minha percepção divinatória, para, no fim das contas, descobrir a garota.

Vi que estávamos próximos do local, quando então avisei a Niles que o lugar era aquele. Ela estava logo ali à frente, quase 30 metros de onde paramos, justo onde ficava a fileira de árvores. Ele falou para John Shaver, um jovem magricela e tranquilo cujo rosto comprido e branco me lembrava o pônei que eu costumava montar quando criança, para que ficasse ali comigo. Em pouco tempo estariam de volta.

Shaver e eu não tivemos que esperar quase nada. Os dois voltaram no mesmo instante. Pelo olhar deles, pude perceber que alguma coisa dera errado.

— Não há nada lá, Gasparzinho — falou Niles com calma.

Como o apelido que ele me dera soou estranho! Mesmo que isso remontasse ao nosso tempo de infância.

— Não é possível.

— É melhor que você venha e nos mostre onde ela está. Não encontramos nada.

Apressadamente, fizemos o caminho indicado por mim, em fila indiana, através da folhagem alta dos arbustos. Eu estava quase tendo uma crise de pânico porque não queria ver aquela garota enforcada de novo. Mas sabia que não poderia abandoná-la aqui. Ela tinha que ser retirada daquela forca, enrolada no plástico trazido por Bledsoe para essa finalidade, e levada para casa, para os pais e a família. Corri tanto que deixei os outros para trás. E, sem fôlego, saí do bosque de arbustos e cheguei até a beira da floresta, no mesmo lugar onde estivera horas atrás.

Não havia nenhuma garota descalça com blusa florida e saia jeans, enforcada, com uma corda no pescoço. Tudo parecia exatamente como estivera naquela manhã, exceto que ela não estava ali me olhando com aqueles olhos inquisidores.

Dei meia-volta meneando a cabeça, enquanto Niles chegava por trás de mim com uma expressão de perplexidade. Voltei a olhar para a cena. Nada. Andei depressa para o lugar exato onde a segurara em meus braços, leve como filó, mas não restara nada dela. Aquilo não era possível. Niles comentava que não estávamos no lugar certo, e no meu desespero desejava tanto concordar com ele que cheguei mesmo a concordar. Mas, quando olhei para baixo, deparei com minha varinha de vedor ali, caída entre as folhas. Ela estava exatamente no lugar em que vi a menina pela primeira vez, durante a manhã, com aquele olhar fixo para a frente, tão familiar e tão totalmente fora de propósito.

2

Os registros históricos apontam que uma das primeiras mulheres com o dom da radiestesia, ou rabdomancia, como esta arte se chamava antigamente, foi um tanto impetuosa. Seu nome era Martine de Berthereau, baronesa de Beausoleil. Este nome passou por minha mente várias vezes naquela tarde, em flashes que iam e vinham como a luz filtrada pelas árvores enquanto voltávamos do vale no carro que me levou para casa. Até tarde da noite, eu ainda não conseguira deixar de pensar nela e no que, às vezes, significava ter esta percepção divinatória.

Obstinada e astuta, Martine era tão incansável como um beija-flor migrante, fluente em diversas línguas, mineralogista habilidosa, uma aristocrata que não tinha medo de acumular sujeira debaixo das unhas. Personagem formidável, tinha também uma queda para a alquimia, astrologia e um talento dramático. Ao longo dos tempos houve outras rabdomantes, algumas até famosas. Lady Judith Milbanke, mãe da esposa de Lord Byron, era bastante conhecida por seus dons como bruxa capaz de descobrir água. Mas acho que nenhuma chegou aos pés de Martine Berthereau. A história de vida dela sempre me fascinou e me meteu medo.

Ela fez o que alguns radiestesistas consideraram sua descoberta mais significativa no mesmo ano em que Galileu afirmou que a Terra girava em torno do Sol, ideia considerada um ultraje pela Inquisição.

Aquela foi uma época arrebatadora, durante o século XVII, os tempestuosos anos 1620. A geração de Shakespeare se fora havia pouco tempo e Francis Bacon era uma estrela em ascensão. Ideias frescas e rebeldes e seus criadores eram como animais exóticos que tivessem escapado de um zoológico. À solta, muitos deles ameaçavam tomar de assalto as muralhas papais e a baronesa de Beausoleil era vista por alguns como um desses fugitivos. Talvez uma espécie de unicórnio. Ou a versão feminina de um grifo.

Ela viajava pela França quando o filho caiu doente. Enquanto ele delirava em seu sono febril em um quarto na Fleur de Lys, uma pousada não muito distante da praça central de Château-Thierry, ela saiu a pé para explorar a aldeia e as redondezas. Sua atividade não teria nada de extraordinário, exceto que, em vez de levar a sombrinha para se proteger do sol, ela carregava algo jamais visto pelos habitantes locais. Onde quer que fosse, Martine levava um baú cuidadosamente recheado com toda a sorte de aparato usado na prática da radiestesia. Varinhas de vedor conhecidas então como vírgulas, feitas de aveleira e de metais forjados, um astrolábio e outros instrumentos curiosos do gênero. Seguida por algumas crianças sorridentes e alguns adultos de cara feia, ia pelas vielas calçadas de pedras seguindo a indicação de sua vírgula sem falar com ninguém. Conforme a multidão de curiosos crescia, ela refez os passos e voltou para onde tinha começado. Lá no pátio, enquanto os bisbilhoteiros cochichavam, a sensitiva anunciou que ali mesmo, sob seus pés, corria uma fonte subterrânea de água mineral fortificada por vitríolo verde e ouro puro, com propriedades curativas fantásticas.

Um médico local, Claude Galien, foi uma das testemunhas do que aconteceu em seguida. Alguns a questionaram, outros a denunciaram. Entretanto, em vez de correr para a segurança relativa da pousada Fleur de Lys, a baronesa exigiu que os aldeãos formassem uma comissão com os anciãos mais respeitados. O prefeito, o farmacêutico, o juiz. Que eles cavassem no determinado local e descobrissem se o que ela afirmava era falso ou verdadeiro. Foi cavado um buraco e jorrou uma água rica em minerais, como ela prometera. Galien ficou tão impressionado que escreveu um tratado sobre o acontecido, publicado em Paris no ano de 1630, sob o título de *La découverte des eaux minérales de Château-Thierry et de leurs propriétés*. Embora suspeitasse que a baronesa tivesse percebido a descoloração esverdeada das pedras do pátio deduzindo, portanto, que a infiltração de água até a superfície seria necessariamente rica em sulfato ferroso — minha mãe, professora de ciências, diria que ela usou dados corretos para chegar através de meios falsos a conclusões verdadeiras —, ele admirou a força de sua convicção.

Por mim, sempre acreditei que o testemunho daquele milagre relatado por Galien devia ter sido o primeiro passo para a beatificação, e mais tarde, a santificação, por Roma, da baronesa como Santa Martine, padroeira dos radiestesistas. Como teria sido bom citá-la todas as vezes que Rosalie encontrou falhas neste meu método de adivinhação. Entretanto, depois que a baronesa e seu marido descobriram através da radiestesia outras minas para a casa real e apresentaram seus achados para a corte de Luís XIII, em particular para o execrável cardeal Richelieu, sua vida entrou numa espiral descendente.

Ela viajou o mundo todo — da Escócia à Silésia e de lá até a Bolívia, sem falar que esteve em todos os cantos da França — à procura de jazidas de minérios de prata, ouro, ferro e outros tesouros escondidos nas entranhas da terra, e descobriu mais de 150 minas. Quase sempre o trabalho não era remunerado e as descobertas acabavam sendo abandonadas. Mas, quando o bom cardeal leu nas anotações dela que os depósitos — muitos dos quais provariam mais tarde serem ricos e viáveis — tinham sido descobertos através do uso de uma forquilha, ela caiu em desgraça. Acusada por ele de bruxaria, Martine de Berthereau, a baronesa da "linda luz do sol" como dizia seu nome, foi encarcerada na escura prisão de Vincennes. Lá, com a filha a quem ensinou a arte da rabdomancia, ia morrer numa miséria abjeta, separada do filho e do marido, este último condenado a viver o resto dos dias preso na Bastilha. Não foi um bonito fim para quem viveu uma vida estranhamente moderna para seu tempo. Ela foi uma mulher da ciência, uma viajante e aventureira que correu o mundo. Uma mãe que trabalhava, pensadora independente desejosa por trilhar caminhos desconhecidos. Martine... foi o nome que sempre quis dar à minha filha, caso tivesse dado à luz uma menina. Gostava de seu espírito audacioso, e mesmo antes de aprender alguma coisa sobre os dias negros da Inquisição, eu já odiava o cardeal Richelieu por sua mente cruel e limitada. Se os religiosos se comportavam assim, eu não queria conversa com eles.

Este dom divinatório sempre foi motivo de discussões em nossa casa. Minha mãe e Nep, dez anos mais velho do que ela — ele tinha 40 e ela 30 quando nasci —, concordaram em discordar, logo que começaram a namorar, dos méritos científicos, ou da falta deles, na sutil arte da radiestesia. Eu sempre achei muito irônico que ela defendesse fatos que pudessem ser provados materialmente, sendo uma religiosa devota, enquanto ele, que habitava um mundo atrelado aos espiritualistas pós-modernos, e aos velhos tementes a Deus, não ficasse por aí denegrindo templos de adoração. Ele falava sem parar sobre o papel que os sensitivos desempenharam na Bíblia, mas minha mãe nunca cedia em sua firme opinião de que a radiestesia era, acima de tudo, uma prática pagã.

— O que me diz de Moisés ter conseguido tirar água de uma pedra no monte Horeb? — perguntava Nep.

— Aquilo foi um milagre, não rabdomancia — contestava ela.

— Como os israelitas durariam todos esses anos no deserto a não ser que Miriam fosse uma sensitiva?

— O poço de Miriam foi uma dádiva de Jeová e não teve nada a ver com perambular pela areia com uma varinha mágica.

— E o que me diz de *Tua vara e teu cajado me consolam?* Se essa vara não é a de vedor, então o que é?

— É uma vara para castigar ateus como você. É provável que seu pai conhecesse o velho ditado *Poupe a vara e estrague a criança*. É uma pena que ele não tenha distinguido uma vara da outra.

E, naturalmente, defendiam ideias opostas sobre o que eu deveria ser quando crescesse, e não decepcionei a nenhum dos dois. Poucos ganham a vida como radiestesistas. Assim, segui os passos de minha mãe como professora de estudos sociais e geografia, embora pudesse dar melhores aulas sobre os clássicos gregos e romanos, se fosse preciso. Da mesma forma, fiz o que os amigos consideraram incomum e assumi o manto da feitiçaria das águas na grande tradição dos patriarcas da família. Em geral, me considerava uma sortuda por ter nascido num século em que os sensitivos tinham permissão de praticar a sua arte. Podia-se ser ridicularizado, mas nunca condenado; podiam rir da nossa cara, mas jamais nos prender por isso. Mas, hoje em dia, vendo as consequências atuais da minha escolha, não me sentia assim com tanta sorte.

Ainda assim, meu pai, a quem eu reverenciava mais ainda do que Martine, jamais entrou em conflito ou duvidou de seu dom, nem trouxe seus filhos para essa atividade. A radiestesia era parte de sua vida e nunca acarretou a ameaça que sempre pairava como uma sombra sobre mim. A primeira vez que eu o acompanhei num trabalho divinatório para procurar água, não tinha mais de 8 anos, uma ruiva magra e alta como um varapau. Numa manhã de verão, um ano depois que meu irmão se foi, Nep bateu na porta do meu quarto.

— Você tem algum programa para hoje, Cassiopeia — perguntou.

— Não, nenhum.

— Agora tem. Pelo menos calce os sapatos e se vista. Use roupas para caminhar entre as sarças espinhosas. Vamos procurar pela água que é esperta e gosta de se esconder.

Enquanto íamos sob o sol alaranjado, eu sabia que estava entrando num mundo que jamais tivera a pretensão de fazer parte, e muito menos de explorar. Sem sentir qualquer medo, peguei uma forquilha recém-cortada por Nep, que se deu ao trabalho de me explicar sua proveniência — neste caso, uma árvore frutífera — e como moldar aquele pau em forma de Y. Mostrou-me também outros instrumentos do ofício.

— Esta é uma vara em forma de L — disse, tirando-a de dentro de um velho saco de couro e me fazendo segurar um par de antenas de televisão dobradas num ângulo de 90 graus. — Algumas pessoas as chamam de cotovelos. Você as segura à sua frente, assim — declarou, fazendo com que eu as agarrasse com os punhos à altura do peito, mantendo suas extremidades brilhantes apontadas para a frente, paralelas ao solo.

— O que elas fazem? — perguntei enquanto tentava evitar que tremessem em minhas mãos inseguras.

— Deixo que me mostrem para que lado a água corre quando estou procurando uma fonte. Podem ser feitas de qualquer material disponível. Cabides ou qualquer outra coisa de metal. Meu pai tinha algumas feitas de latão, muito lindas.

— Por que então não as usamos? — perguntei, para ouvir como resposta que aquilo não seria uma boa ideia, pois haviam sido enterradas junto com meu avô.

Em seguida, Nep me mostrou o *bobber* ou biotensor, uma vareta flexível com um peso na extremidade que funcionava como um pêndulo, ao oscilar para cima e para baixo, ou balançar de um lado para o outro.

— O biotensor é bom para se fazer perguntas sobre a água cujas respostas sejam: sim ou não. Por exemplo, você é potável? Pode ser encanada? A água é muito esperta, Cass. Não gosta das palavras *talvez* ou *por que*. *Por que* é uma palavra para filósofos, e a água é mais sábia do que os filósofos. Entendeu?

— Sim — respondi, me esforçando para aprender tudo.

— Jamais insulte a água, ou qualquer outra coisa que esteja à procura, lhe fazendo perguntas como *você tem certeza?*. Quando você for boa nisso, a resposta certa será sempre a primeira que vier. E pronto.

Ele me disse que os instrumentos usados por um radiestesista são apenas extensões dele mesmo. Por fim declarou que tudo o que descobrimos através da sensibilidade é um reflexo nosso, encerrando a única aula que me deu ao colocar de volta na caminhonete toda a parafernália, exceto a vareta que acabara de cortar.

Então, saiu junto comigo, caminhando sobre os campos de feno e através de um bosque fechado, atento às vozes vaporosas que se erguiam da terra para serem ouvidas e interpretadas por nós, somente. Sempre que via sua forquilha vibrar e apontar com força para baixo, atraída por forças subterrâneas, fazia o melhor possível para imitar seus gestos. Olhava para suas mãos imóveis. Estudava as expressões de seu rosto com o foco em seus lábios contraídos. Ouvia quando dava um pequeno gemido e soltava o que mais tarde cheguei a pensar que fosse quase um suspiro erótico. Eu seguia seus passos e circundava o lugar que ele achava mais promissor. Depois de me entregar sua vareta, ele pegou um pêndulo do bolso detrás da calça que, na verdade, era feito por uma porca sextavada cuidadosamente soldada numa correntinha comprida. Observei que sua cabeça se movia para a esquerda e para a direita enquanto ganhava confiança de que aquele era o veio principal.

— Cave aqui — disse para o vizinho que o contratara para encontrar água depois que muitas perfurações profundas feitas por profissionais não resultaram noutra coisa senão em fragmentos pulverizados e gás sulfúrico. — Quarenta e dois metros — afirmou, enfático, como se fosse uma lei natural.

Esperei quieta e cheia de admiração, sem saber direito o que ia testemunhar ali.

— Essa é a profundidade máxima que devemos cavar? — perguntou o homem.

— O veio é bem forte.

— Mas já cavamos 300 metros na maior parte dos outros lugares.

— Então aqui será menos.

O cliente era um fazendeiro do fim da estrada de quem íamos receber para sempre leite fresco, ovos manchados de titica e linguiça de carneiro caseira, graças a Nep, que era o bruxo da água do lugar. Mais tarde, fiquei pensando por que não chamá-lo de mago da água — por ter descoberto uma farta fonte subterrânea naquele pasto tido como seco. O bom senhor Russel que hoje já está morto e enterrado foi quem me deu o pequeno pônei branco que era manco, mas muito esperto.

3

Na noite estrelada, a Ursa Maior brilhava lá no alto, e a lua que vinha nascendo clareava o ar da noite fazendo com que a grama parecesse coberta por fertilizante. A lua me fazia lembrar um caroço de pêssego. Lá fora estava frio. Tão frio que dava para ver o vapor da minha respiração, como acontecia em março, só que já estávamos em maio.

Rosalie já havia servido o jantar às crianças quando Niles me deixou em casa. Depois de duas horas de um extenuante e repetitivo depoimento, ele concluiu assegurando-me de que voltaria pessoalmente à cena, ou melhor, ao local, dado que não parecia ter sido cena de coisa alguma, do ponto de vista jurídico. Disse que talvez fosse lá de manhã bem cedo, sozinho, antes de ir para o trabalho. Ia dar outra olhada. Minha suposição era que a garota enforcada estava lá quando a vi — e até enlacei o corpo dela em meus braços — e que fora retirada no intervalo em que fui e voltei com os outros. Tal justificativa teria tido algum peso não fosse pelo detalhe real e estranho de que o bosque parecia intacto.

Nenhuma folha revirada à vista. Nenhum graveto fora do lugar. Nesta época do ano as cascas das árvores eram tenras e moles, depois de tanta chuva durante a primavera, como a massa de modelar com que as crianças brincam no jardim de infância. Mas não pudemos reconhecer um só galho que mostrasse o menor sinal de dano causado pela corda que suportava o peso da garota. Mesmo o perito mais experiente e atento seria inútil e ele teria ido embora sem ver nada. Na realidade, não tinham a menor intenção de trazer um. Para começo de conversa, meu ofício no arcaico e quixotesco campo da percepção divinatória — um reino povoado, aos olhos de muitos, por sonhadores, impostores e embusteiros — não ajudou a aumentar minha credibilidade. Eu pressenti também que, se Niles não fosse meu amigo, aquele assunto não teria sequer sido levado em consideração.

Sentamos todos em torno de uma mesa comprida numa sala de reuniões. Seu tampo era revestido por uma lâmina de mogno que começava a se soltar nas bordas e me peguei, num gesto nervoso e incontrolado, cutucando o canto da mesa, enquanto respondia às perguntas. Em toda a minha vida jamais estivera naquela sala fechada e apertada. As lâmpadas fluorescentes do teto zumbiam feito vespas. Dois homens me perguntaram meia dúzia de vezes o que acontecera naquela manhã, e meia dúzia de vezes eu lhes contei a mesma história. Então Niles, e não Bledsoe, surpreendeu-me com uma questão inesperada.

— Posso lhe fazer uma pergunta delicada?

Surpresa pela mudança de ritmo e de timbre da voz dele, agora mais lenta e num tom mais baixo do que de costume, olhei-o e concordei.

— Você está tomando algum remédio? Tomando algum comprimido para alguma coisa?

— Não.

— Nada mesmo? — pressionou Bledsoe, com aquela sobrancelha erguida. — Não estamos falando de drogas ilegais, quem sabe algum antidepressivo ou talvez algum remédio para dormir?

— Durmo muito bem sem isso. A resposta é não. Não uso qualquer droga, receitada ou não.

— Mas havia algum tempo usava, correto? — continuou o sargento.

— Não estou usando qualquer droga no momento — repeti.

— Não bebeu nada?

— Não se pode beber enquanto se usa a percepção divinatória.

— Já lhe aconteceu alguma coisa como esta antes?

— Se tivesse acontecido, você teria sido o primeiro a saber — respondi a pergunta de Bledsoe de forma somente dirigida a Niles.

— Gasparzinho, há apenas mais algumas coisinhas que preciso perguntar. Aguente só mais um pouco.

Com essas palavras, Niles me ofereceu um solidário sorriso de cumplicidade. Sob outras circunstâncias, aquele sorriso que acentuou os pés de galinha junto a seus olhos verdes da cor de berilo teria sido gratificante o suficiente para me fazer acreditar que o mundo estava girando em torno do eixo, e não fora de controle. Mas, por um momento, naquele instante, eu o temi. Se fosse um desenho feito a giz num quadro-negro, eu o teria apagado.

— Pergunte o que quiser, mas a garota estava lá. Toquei nela com minhas próprias mãos.

Minha atitude defensiva não podia ser mais clara e evidente. Estava me sentindo atacada, e agora todos sabiam disso. Bledsoe começou a falar alguma coisa, mas Niles levantou a mão na direção do sargento e a sala ficou em silêncio.

— Quando você está usando sua percepção divinatória — disse Niles, com uma voz suave porém séria.

— Sim — respondi, olhando para a lâmina do revestimento de madeira artificial em minha mão.

— ... você entra em algum estado mental especial, digamos, que não lhe faz pensar o que pensaria caso estivesse em seu estado normal? — continuou.

— Seria difícil estabelecer uma diferença. Na verdade, nem penso sobre isso, uma vez que estou muito concentrada no que faço.

— Seria uma espécie de euforia, ou *disforia*, acho que esta é a palavra correta, não?

— Acho que é mais seguro dizer que fico mais sensível às coisas que me rodeiam.

— Você fica num estado de alta sensibilidade?

— Tento ficar mais sensitiva e perceptiva do que o normal.

— Você sente que está em comunicação com algum outro mundo paralelo ou coisa parecida?

— Não penso nisso nestes termos. Você sabe que não acredito em abracadabras.

— É um estado como o de sonambulismo?

— Meu pai colocou isso dessa maneira uma vez. O dom da radiestesia nos coloca num estado parecido com o do sono, com a diferença de que estamos ao mesmo tempo adormecidos e extremamente despertos.

— Qual é o método para se chegar a esse estado?

Suspirei, colocando as mãos sobre os joelhos.

— Não há qualquer método, se é que te entendi bem. Trata-se de uma ciência que só pode ser explicada por metáforas. Lembra daquela vez que fui à Grécia?

Niles assentiu.

— Assistir aos pescadores que faziam reparos em suas redes foi um dos meus passatempos favoritos lá. Adorei ver que era possível pegar uma linha contínua, flexível e toda enrolada sobre si mesma e transformá-la num objeto completamente diferente, como uma cesta enorme e forte o suficiente para conter cardumes inteiros de peixes que tentavam escapar. Pura mágica. É isso o que eu tento fazer. Só que a minha linha é tão fina que não se pode ver. Eu teço uma rede para fisgar o que quero encontrar, este é o meu trabalho.

Bledsoe deu uma risadinha discreta, mas me recusei a deixar minha decepção aparente.

— Não se ofenda — disse Niles. — Eu também estou tentando fazer o meu trabalho.

— Não estou me sentindo ofendida por você. Mas é óbvio que o seu parceiro não acredita em uma palavra do que eu disse.

— Você está ficando cansada.

— Estou sim, mas isso não muda o que eu vi.

Bledsoe levantou-se. Falou num tom que denotava mais pena do que perplexidade com relação a mim:

— Muito bem, tenho que voltar ao trabalho.

Aquilo foi meia hora antes de termos terminado nosso encontro na delegacia. *Bem*, pensei ao assentir para Bledsoe com maior respeito possível quando ele nos deixou, *quem é que poderia culpá-lo?* Ele não ficou nem um pouco embaraçado em demonstrar o desdém por aquela aventura malsucedida, e por que deveria? Não tenho dúvidas de que qualquer pessoa que ouvisse o que eu estava tentando explicar só poderia pensar que se tratava de uma louca. Sentia-me fora do contexto, ao mesmo tempo assustada e tola.

— Cass, você se lembra de quando me ligou no meio da noite e disse que sonhara que eu estava numa casa que pegava fogo? Estava muito assustada. Você ficou praticamente chocada ao se dar conta de que atendi o telefone e não estava coberto de queimaduras.

— Fiquei contente por estar enganada — confessei, abaixando os olhos para o colo ao ter que admitir o engano.

— Agora, não me entenda mal, não estou contestando você. O que estou querendo dizer é que você tem intuições profundas, mas que nem sempre estão corretas. Acho que já sabe que não duvido da sua capacidade sensitiva. Alguns duvidam, outros não. Eu sou um dos que não duvidam.

— Obrigado, Niles.

— Não precisa me agradecer por eu ter escolhido acreditar em intuições provadas. Lembro muito bem de seu irmão. E de outra vez em que me disse para não ir acampar nos Adirondacks, pois acabaria sendo alvejado, e até mesmo morto, por um caçador de veados idiota que caçava fora da estação. Há muitos outros exemplos nos quais você pareceu ver melhor do que ninguém aquilo que espreitava outras pessoas. Não sei explicar, mas nem preciso. Você me conhece. Sou um cara prático, chato, um realista com os pés no chão...

Comecei a discordar, mas ele rejeitou o que eu ia dizer.

— ... que tenta ser mais objetivo do que é humanamente possível. A professora que nos falou sobre o princípio da navalha de Occam foi a sua mãe, lembra-se? A solução mais simples é, em geral, a mais acertada, não é? Tem muita gente por aqui que tenta me sacanear. Droga, quase todo mundo com quem convivo tenta isso. Você não é uma dessas pessoas.

— Onde está querendo chegar, Niles?

— O que estou pensando é isso. Você admite como impossível ser acometida por alucinações em algumas ocasiões? Não me responda ainda, deixe-me terminar. Vamos supor que, às vezes, tenha a intuição de que certas coisas estão em determinado lugar, e realmente estão. Como as fontes subterrâneas de água, ou aquele depósito de quartzo em Mossin ou como naquela vez que o pequeno Jamie Schultz sumiu e você ajudou a encontrá-lo. Para mim não parece surpreendente que você possa, sob certas circunstâncias, ver coisas que não estão lá, na realidade. Coisas que deveriam e realmente poderiam estar lá, mas que não estão sob uma forma palpável capaz de ser provada.

— Você está querendo dizer que *estar* e *não estar* querem dizer a mesma coisa? — indaguei, tentando sorrir.

Para eu não precisar explicar para minha mãe a razão pela qual estava voltando para casa numa viatura policial, ele me levou em um carro particular. Niles era assim, um homem gentil. Perguntou por Morgan e Jonah quando voltávamos pela Mendes Road, onde eu morava. Disse-lhe que os gêmeos estavam ótimos, mas estavam tristes porque fazia muito tempo que não viam o padrinho.

— Tenho sido negligente.

Contei que Jonah continuava indo muito bem na escola, principalmente em matemática. Foi ele quem percebeu, quando outro dia falávamos sobre Noé e a arca, que Noé estava para arca assim como Jonah estava para a baleia; isto é, que ambos foram protegidos dentro de seus respectivos abrigos contra a fúria das águas e sobreviveram.

— Histórias da Bíblia? Não parece uma coisa que foge ao seu perfil?

— Não sou nenhuma ateia radical; apenas não frequentamos a igreja, só isso.

— Bem, Jonah sempre foi bem mais esperto do que as crianças da idade dele — disse Niles.

— Noutro dia, de manhã, ele me ouviu usar a expressão *nascido e criado* e me perguntou "não somos criados antes de nascer"?

Já Morgan, cada vez mais, prometia se tornar o atleta da família.

— O treinador Mosley acha que tem em mãos o campeão estadual. Basta apenas um pouco mais de disciplina.

— Ele já consegue calçar a luva que dei para ele ano passado?

— Ele a usa tanto que o couro da parte da palma já está gasto a ponto de quase se poder enxergar através dela.

— Assim que puder vou dar outra para ele.

O tedioso assunto de James Boyd, sobre o qual os garotos tinham perguntado — e será que algum dia voltariam a perguntar? — ele nem sequer mencionou.

O interior de seu carro, diferente do próprio jeito reservado e espartano de Niles Hubert, era cheio de brinquedos quebrados, garrafas plásticas vazias, livros, uma pistola roxa de água, um suéter e uma bota de borracha pequena. O provérbio devia ser *Você é aquilo que joga fora*. Perguntei-lhe como ia Melanie e a filha deles.

— Está tudo bem — disse ele. — O interesse de Adrienne pela fotografia cresceu tanto que virou uma verdadeira obsessão. Não vai a lugar nenhum sem a câmera. Já me fotografou fazendo a barba, comendo, levando o lixo para fora e o que mais possa imaginar. Tira até mesmo fotografias artísticas do lixo.

Estávamos habituados a conversar assim. Eram trocas afetivas que costumávamos ter quando nos víamos e, portanto, fazia sentido concluir este encontro anormal com o nosso habitual *Como vão as coisas?* Eu sabia que Melanie Hubert continuava chateada desde o dia que tive a audácia de perguntar se Niles aceitaria ser padrinho dos gêmeos, sem me incomodar com o fato de que seu marido e eu já tínhamos sido noivos um dia. Aliás, noivado esse que nunca foi adiante. Como é que poderia culpá-la? Ainda assim serei sempre grata a Niles por ter respondido ao meu pedido com um simples e imediato sim. Como não tinham pai, pelo menos os gêmeos o teriam por perto nos aniversários, durante algumas horas nas tardes de Ação de Graças ou na véspera do Ano-Novo para dar-lhes seus modestos presentes de Natal embrulhados de qualquer maneira, mas sempre muito apreciados. Ciente do quanto esse seu comportamento de se envolver com minha família poderia causar atritos com Melanie, mesmo assim, desempenhava com graça o papel de padrinho.

Entretanto, Niles não podia me ajudar mais naquela noite. Nem ele nem minha mãe. Depois de ter agradecido a ela e de vê-la partir, coloquei os garotos na cama. Teria dado qualquer coisa para poder ligar para o meu pai. Ver se ele tinha uma hora livre para tomar um copo de Châteauneuf-du-Pape, seu predileto.

Nep era o único com quem seria possível aprofundar mais o assunto, ao menos compartilhar a sensação física da experiência pela qual eu passara na propriedade de Henderson durante a manhã. Ele não precisava carregar meu fardo sobre seus ombros, pois já tinha os próprios problemas com os quais lidar. Por isso desisti e coloquei um velho vinil de Duke Ellington, um dos que pedira emprestado a Nep. Abri o postigo da janela da varanda apenas alguns centímetros, de modo que pudesse ouvir *Mood Indigo* do lado de fora sem acordar os garotos, e me servi de um pouco de vinho. Enrolei-me em meu casacão, sentei-me numa das cadeiras de madeira e usei todo o meu poder para espantar a imagem da garota da minha mente, ou pior, da minha imaginação.

4

Naquele dia, começou a quinta grande reviravolta na minha vida. Um acréscimo esmagador ao evento que considerei sendo a quarta reviravolta. Assim como havia quatro direções e quatro ventos, e quatro as virtudes que Platão identificara, e Hipócrates os quatro humores, minha pequena cosmologia particular costumava ter, também, a própria encruzilhada com quatro cantos.

O primeiro evento tinha sido Christopher. A profecia indesejável sobre sua morte prematura e uma abertura para outros planos de risco que surgiram a partir daí. O segundo foi quando descobri que meu dom para a radiestesia era autêntico, o que só aconteceu quando eu já tinha quase 20 anos. O terceiro foi o nascimento dos meus filhos.

O quarto ocorreu no ano passado, quando meu pai fez suas confissões a mim. E, agora, acontece esta quinta guinada para desestruturar meu equilíbrio mais uma vez e abalar o pacto que fiz comigo mesma de conformar-me com a normalidade, as coisas do dia a dia, e deixar as visões para os visionários. A garota enforcada, ora presente ora desaparecida, era como um fogo-fátuo macabro.

Foi a quarta reviravolta que me impossibilitou de encontrar Nep para tomar aquele copo de vinho e contar-lhe o que havia acontecido para que ele me aconselhasse. No verão passado, ele me confiou dois segredos. Segredos que, com toda a minha reputação de intelecto privilegiado, eu poderia ousar temer, mas nunca os teria imaginado, por fim.

Tínhamos acabado de comemorar o Dia da Independência com um churrasco de frango e costelinhas e mais um monte de coisas que só minha mãe pensava em fazer para alimentar a imensa lista de amigos, vizinhos e conhecidos da igreja metodista. Na varanda de trás estava sendo servido um bolo de ruibarbo e morangos quando percebi que Nep deu uma piscada de olho para mim, indicando que eu me juntasse a ele, ao lado de um canteiro de flores campestres vermelho vivo, suas favoritas. Estavam sempre bonitas, chovesse ou não. "Como você devia fazer, Cass", ele me aconselhara há muito tempo. E, em seguida, perguntou se eu gostaria de ir com ele até o lago. Aquele era o seu jeito de indicar que tinha alguma coisa importante para contar. Dei uma olhada em volta para ver o que Jonah e Morgan estavam fazendo e, ao ver que jogavam bola com os outros garotos, dei-lhe um sorriso de assentimento.

Era um fim de tarde ensolarado. Um daqueles dias irresistíveis de luz intensa, quando o firmamento parece pintado de lápis-lazúli. Peguei sua mão grande e grossa e caminhamos, como tínhamos feito tantas vezes à medida que eu crescia. Caminhando pela beirada do lago, repleta de íris com a cor violeta das ameixas, linárias e manjericão selvagem, ele disse que tinha um segredo que precisava me contar. Mas antes tinha que revelar uma coisa importante. Não gostei de nada daquilo, apesar da aparente neutralidade em seu tom de voz.

— É coisa boa ou ruim?

— Apenas uma coisa, só isso. Não há nada que possa ser feito.

Em palavras simples, ele compartilhou comigo o diagnóstico do médico de um provável estágio inicial de mal de Alzheimer. Os sintomas eram clássicos e também os percebi, ao olhar para o passado, tão claros quanto o céu sem nuvens acima de nós. Como é possível que às vezes deixemos de enxergar os sinais do que está acontecendo bem diante de nossas vistas? Ele vinha faltando aos compromissos sem nenhum motivo. Justo ele que costumava manter a agenda na cabeça e jamais teve que tomar nota de um número de telefone. Quando eu disse que devia anotar as coisas num caderninho que lhe dei para esta finalidade, ele o fez relutante, e passou a se esquecer de olhar o que tinha escrito. Algumas vezes, perdeu-se nos caminhos que percorreu à procura de água. Logo aquele homem que conhecia cada centímetro quadrado do chão do condado onde nascera. Continuava falando direito, mas uma vez ou outra, fazia uma pausa para procurar a palavra certa ou usava expressões curiosas como *ancinho de comida* ao querer dizer *garfo*, ou então *forno do porão* em vez de *aquecedor*. Sempre adorou brincar com as palavras e por isso essas curiosidades pareciam mais piadas sem graça do que a indicação de alguma doença subjacente. Entretanto, sua lentidão mental não parecia perceptível naquele dia de julho. Ali, perto do lago, qualquer sinal de demência estava havia anos luz de distância.

— Não — disse ele, respondendo a minha pergunta seguinte. — O médico não fez especulações sobre uma previsão de tempo. Algumas vezes, essas coisas seguem um curso lento e gradual. Outras vezes, não se desenvolvem tão devagar.

— E no seu caso?

— Eles não têm como saber. Só o tempo vai dizer.

Dei-lhe um abraço apertado, disse que sentia muito e que faria o possível para ajudar Rosalie, e que ele podia contar comigo. Ele não respondeu, apenas repousou o queixo em meu ombro. Ficamos assim, durante um minuto ou pouco mais, fora da vista dos convidados lá em casa. Em seguida, ele segurou meus braços com ambas as mãos e afastou-me um pouco dele, com toda a delicadeza, para poder fitar meus olhos. Atordoada, me dei conta de que parecia mais velho do que na hora em que havíamos saído para andar por ali, como se a ideia preconcebida de uma imagem se manifestasse. Aqueles olhos azuis pareciam nuvens cinzentas. Eu tinha o mesmo par de olhos grandes, da mesma cor dos oceanos quando eram fotografados do espaço, como Nep dissera uma vez. No momento, deviam estar com a aparência mais tristonha do que em qualquer outra época de minha vida. Como desejei nesta hora que minha vara de vedor fosse um caduceu.

— Veja isso dessa maneira, é como se fosse um Dia da Independência para mim. Há coisas que fiz em minha vida e das quais não quero me lembrar, sabia? Ou coisas que me incomodam há anos. Ou ainda, coisas que as pessoas fazem e me resta pouco tempo para esquecer. Há um lado humano nesta doença. Uma grande possibilidade de apagarmos tudo o que deu errado.

— E o que deu certo também — atalhei, embora tenha lamentado o que ele acabara de dizer.

— Bem, isto também.

— Pode ser que seja patético o desejo que me passou pela cabeça, mas talvez as coisas boas permaneçam com a pessoa.

Nep não deu muita atenção para este tipo de sentimentalismo.

— É provável que as coisas boas sejam apagadas junto com as más. Vou lhe dizer uma coisa, filha, quando tiver chegado lá, se houver algum jeito de voltar com uma resposta para você, eu voltarei.

Isso me fez abrir um leve sorriso. Aquele era meu pai. Agradeci a ele por ter me contado tudo e, por saber que não era de sua natureza ficar matutando sobre a mesma coisa por muito tempo, perguntei sobre o segundo segredo.

Ele observou o horizonte com os olhos semicerrados e em seguida a superfície plácida da água à nossa frente. Então, me disse que, como o pai dele, meu avô Schuyler Brooks, e seu avô antes dele, meu bisavô Burgess Brooks, e seu bisavô cujo nome era Jeremiah Brooks, e o patriarca da árvore genealógica da família, Henry Hurlcomb Brooks — todos radiestesistas altamente respeitados por aqueles que valorizavam a água, os minerais e as coisas perdidas —, ele era um impostor.

Fiquei ali parada à espera do ponto culminante da piada, a interjeição que poderia clarear o que acabara de falar, mas ele me olhou de lá para cá, de um olho para o outro, sério e inabalável. Como precisava de uma resposta mais eficiente, verbalizei sem que soasse como um questionamento:

— Um impostor.

— Você ouviu o que falei.

Outra pausa. Percebi quando uma libélula veio em nossa direção Sobrevoou-nos por alguns instantes e zarpou para longe.

— Não consigo entender — declarei.

— Uma pessoa que sabe das coisas, sabe quando vivencia sucessos nas viagens através de caminhos da sorte, ao contrário do que acontece nos caminhos de realizações efetivas. Meus caminhos têm sido os do puro acaso.

— Eu pensei que você sempre dissesse que criava a própria sorte.

— Algumas vezes sim, mas na maioria das vezes não. A boa sorte é, bem, é algo atrelado ao resultado do acaso. Um vento que sopra na direção certa. É colocar o pé numa trilha que a guiará a algum lugar. Como a má sorte, que também chega para as pessoas boas. O vento sul do acaso.

Franzi o cenho, esperando que ele acabasse com essa farsa e revelasse logo o que quer que tivesse em mente.

— Não acredito que esteja falando sério.

— Pois acredite em mim, estou lhe dizendo o que eu penso.

— Mas como explica todos esses anos de acertos?

— Uma fraude — declarou e continuou a me explicar que seu pai lhe confessou no leito de morte que esperava que o filho não fosse um impostor como ele sabia ter sido, apesar do trabalho que fizera como radiestesista num mundo árido e sem chuva.

— E quanto a todos os outros com seus nomes respeitáveis e pomposos?

— Suspeito que, todos eles, eram fraudulentos e impostores.

E pensei, *teria este dom por mero acaso, sido passado de pai para filho, através de gerações de charlatões espertos?*

— Contudo, você, Cass, tem um dom autêntico — disse ele. — Às vezes as mulheres têm poderes que os homens não possuem. De qualquer modo, guarde o segredo. Nossa família tem uma boa reputação, apesar das más línguas, e muitas pessoas acreditaram em nós ao longo destes anos.

— E muitas outras não acreditaram.

Fiquei apavorada ao pensar que as críticas dirigidas à nossa família pudessem ter fundamento.

— Mas essas são as insignificantes.

— De qualquer modo, não acredito no que disse. Você tem o dom.

Ele olhou para os próprios sapatos e em seguida para mim, com um sorriso estranho como se estivéssemos dentro de um sonho, justo quando um corvo piou de forma barulhenta atrás de alguns arbustos do outro lado das águas ondulantes do lago.

— Eu queria deixar essa história em ordem — concluiu ele, antes de começar a percorrer o caminho de volta para casa.

Não sei por que escolhi não enfrentá-lo, abordá-lo com mais sinceridade ou contar-lhe uma verdade minha. Eu simplesmente não o fiz. Em vez disso, recompensei sua honestidade com uma observação adicional, um tanto hesitante, ao lhe dizer que não era possível que ele fosse ao mesmo tempo uma fraude e também bem-sucedido. No que diz respeito a mim, eu estava bastante apavorada para lhe oferecer qualquer tipo de reflexão positiva. Ele não falou mais sobre aquele assunto durante o verão e pelo outono adentro, enquanto navegava em sua jornada pelas águas sombrias do mal de Alzheimer.

Por volta do Ano-Novo, sua doença deteriorou-se com mais rapidez do que eu podia imaginar — o que me fez pensar se ele já não sabia de seu estado há mais tempo do que admitiu. — Mesmo nos dias improdutivos causados por sua condição, eu ainda podia conversar com ele. Nep ainda era uma pessoa ativa, só que tinha um ritmo mais lento. Continuava trabalhando na oficina, apenas não terminava os consertos tão rapidamente quanto antes. Recusava trabalhos relacionados à eletrônica porque, por algum motivo, aquele campo de circuitos integrados o confundia e o deixava exasperado. O ofício da radiestesia estava praticamente encerrado, e agora o bastão passara para as minhas mãos. Senti que, devido à sua doença, não deveria incomodá-lo com meus próprios problemas e dificuldades.

Um dos meus problemas era que eu continuava a ter o meu próprio negócio e minha reputação a zelar. Aquilo era a minha herança maldita? Não era. Mas sendo a única radiestesista de toda a região, reputação era tudo. Com exceção de Madame Beausoleil, e de poucas outras, até bem pouco tempo a rabdomancia era um privilégio dos homens. Essa era a tradição que remontava ao século XVI quando Georgius Agricola, o pai da geologia, relatou que os mineiros usavam a *virgula furcata* para encontrar ouro. Eu não ousava admitir, mesmo para o meu mentor, que acreditava ser, eu própria, uma charlatona abençoada por uma boa sorte excepcional. Tinha bocas para alimentar e uma casa que havia muito precisava de uma boa pintura. Para mim, era muito tarde para considerar qualquer outra vocação além daquela a qual dedicara toda a minha vida. Nem o ofício como sensitiva e tampouco meu trabalho de professora em meio expediente eram suficientes para pagar a módica prestação da hipoteca da casa, sem falar no apetite de meus filhos que, esse sim, não era nada modesto. Por isso eu alinhavava a vida da melhor maneira possível, não tinha como voltar atrás, fosse uma fraude ou não.

O caso era que, quaisquer que fossem os pequenos macetes que desenvolvi para ampliar minhas possibilidades, por assim dizer, de seguir a trajetória dos Brooks, minha própria confissão será feita no momento oportuno, nada do que fiz seria capaz de explicar minhas antevisões, que é como as chamávamos em família. Além da morte de meu irmão, tive outras antevisões, embora este dom tenha fracassado quando não consegui adivinhar a doença de Nep. Sempre fui descrente de minhas próprias capacidades com a vara de vedor, mas a técnica não podia explicar como eu às vezes sabia aquilo que a lógica me levaria a crer que não deveria saber. Sentia de modos diversos o mundo da sensitiva que adivinhava a presença de água e o mundo da vidente, mas, como as bifurcações de uma forquilha, havia uma conexão que as unificava. Eu já tinha trilhado esses dois caminhos, mas nem ao menos podia afirmar que os compreendia. Teria a garota enforcada sido uma antevisão à qual eu ainda não tinha condições de dar um significado? A ideia em si me deixava exausta e elétrica a um só tempo. Eu não queria que o monstro voltasse a arruinar a minha vida. O monstro: uma referência que eu usava ao estado que tomara conta da minha mente na juventude, sem que eu pudesse evitar, entender ou suportar.

Palavras como *paciência* e *vírgula*, ditas de frente para trás ou de trás para a frente — que Nep conhecia tão bem — agora lhe escapavam cada vez mais, como se fossem borboletas que passavam por sua rede furada, cujos buracos não sabia mais como consertar. Imaginava se ainda se lembrava da palavra *dormente* como a qualidade de algo que revela calmaria, quietude e silêncio, embora fosse pouco comum que as pessoas a usassem nesse sentido. Essa palavra estava em meu pensamento esta noite por algum motivo, trazida involuntariamente por alguma das perguntas de Niles. Era uma palavra sobre a qual não pensava havia muito tempo. *Dormente* era algo que me remetia a um adormecimento peculiar no meio de minha adolescência. Tudo isso por causa de um remédio, na verdade um calmante, chamado Halcion ou coisa parecida, muito receitado nos anos 1980. Mais tarde, por todos os benefícios que trazia para indução de sono em almas que, como a minha, sofriam de insônia, provou-se que era capaz de levar algumas a um estado de dormência fronteiriço à realidade visível, e outras a passar para outro lado desconhecido. Não me lembro de jamais ter tido quaisquer sentimentos apocalípticos quando estava, como dizíamos na intimidade, quase *dormente*. Mas tenho recordações de mais de uma vez ter tido conversas com Christopher quando todas as outras pessoas da casa ainda dormiam.

Como são as coisas aí no mundo dos mortos, Chris?
Não se parecem com nada, como flutuar em flores mornas.
Você pode me ver?
Não há outra coisa para ver exceto suas preocupações e esperanças.
Com o que elas se parecem?
Como facas pairando sobre você.

As esperanças também?
Principalmente as esperanças.

Esses sonhos eram tão vívidos para mim quanto o aroma do meu vinho tinto e o piar distante e majestoso de uma coruja grande que fazia um contraponto com o Duke Ellington, como acabo de perceber, sentada na varanda, nesta noite fria. E, de fato, aqueles sonhos eram tão reais para mim que às vezes nem falava neles, numa conversa casual com meus pais que eram naturalmente alarmados. A preocupação com minha saúde mental àquela época se tornou um assunto constante. Trocavam de médicos quando as coisas pareciam não apresentar uma melhora efetiva. Depois que Nep se recusou até mesmo a levar em consideração a possibilidade de que um padre, amigo de minha mãe, viesse fazer um exorcismo, eles mudaram para o Dr. McGruder, o próximo dos muitos psiquiatras da cidade com quem ia me consultar uma vez por semana. O médico propôs que eu continuasse com o sedativo durante mais um tempo numa dose maior e meus pais concordaram, sem saber de suas contraindicações. Nep alimentava certas dúvidas, mas não conhecia nenhuma mágica dentro dos poderes que tinha para propor uma abordagem diferente. Lembro-me de pensar que *dormente* era uma palavra sonora, embora sua primeira sílaba contivesse uma das piores imagens, o sofrimento, seja ele físico, moral ou psicológico. Enquanto as outras se completavam para formar a fonte de atividade psíquica intelectual e espiritual que em nós habita. Era uma droga que usei durante quase um ano para adormecer por algumas horas o tempo em que em mim teimava em ficar desperto.

Nunca joguei fora nenhuma das sobras da farmacopeia que me foi prescrita durante tantos anos e, por incrível que pareça, ao procurar um sedativo leve antes de me sentar lá fora para pensar, descobri algumas pílulas azuis daquele remédio dos velhos tempos. Coloquei-as na palma da mão e admirei-me de ver até que ponto Nep e minha pobre mãe tinham chegado à época em que eu não era mais velha do que a garota que eu vira naquela manhã na propriedade de Henderson, para me ajudar a sair daquele mundo desagradável das visões. Este remédio era um dos muitos meios que exploraram em busca de algo que pudesse afugentar para sempre aquele monstro de dentro de mim. Sabia que eles me amavam e tinham muito carinho por mim, mas sei também que não fui das filhas mais fáceis de serem criadas. Joguei as pílulas na privada, junto com o resto das outras que estavam guardadas, e apertei a descarga. Se estivesse fadada a passar por uma fase negra novamente ia lidar com isso sozinha, sem médicos, sem remédios, sem uma maneira artificial de ficar *dormente*.

Eu estava cansada, nem sentia mais o frio. Também não conseguia ver mais a garota. Também não conseguia ouvir as perguntas que me foram feitas pela polícia. A lua e as estrelas me trouxeram uma calma noturna generosa. Mergulhei em mim mesma de um jeito abençoado, sem pensar em nada. Depois de algum tempo fui para dentro, com os pés e os dedos gelados, fechei a janela e levantei a agulha do sulco da espiral do disco de vinil que continuava girando depois da música ter acabado. Antes de subir para deitar a cabeça em meu travesseiro, fiquei parada no escuro com uma das mãos no corrimão da escada. Fiquei ali durante um tempo, ouvindo, adormecida de pé. Tudo estava tranquilo e em silêncio, não havia som de vozes do passado ou visões imateriais. Os meninos estavam quietos e sossegados em seus quartos, do lado oposto ao meu, no corredor. Nenhum camundongo se movia no forro do teto. A quietude era densa e serena. Subi a escada, livrei-me das roupas e entrei debaixo das cobertas. Duvido que tenha sonhado, embora eu, assim como Nep agora, não seria capaz de me lembrar de nada na manhã seguinte.

5

Henderson pagara uma fortuna pelos 160 hectares de florestas e cordilheiras que serpenteavam por um terreno desnivelado cheio de montanhas, cujos picos irregulares pareciam dentes que mordiam as entranhas do vale abaixo. Com certeza não sabia muito bem o que comprara. Niles pôde verificar isso com um telefonema para o número que havia lhe dado na delegacia. A única preocupação do dono das terras era se ele próprio tinha algum problema com a lei, e, mais precisamente, se seu projeto teria que ser reformulado.

— Não, você não fez nada errado — disse Niles.

— É claro que não.

— Bem, então não há com o que se preocupar.

Niles falou sobre o que acontecera em termos vagos, isto é, lhe ofereceu uma versão resumida, cuja intenção era me proteger de crítica e, ao mesmo tempo, sondar se Henderson sabia de alguma coisa que pudesse trazer um pouco de luz à minha descoberta. Era um tiro no escuro, mas ele achou que valia a tentativa. Falou que enquanto eu fazia o trabalho para o qual me contratara, eu achara algo incomum em sua propriedade. Não, não havia necessidade de falar sobre detalhes, pois parecia que a questão não passava de um engano de identificação. Mas será que ele teria um momento disponível para responder a algumas perguntas? O que fosse preciso, ele cooperaria de bom grado. Niles perguntou a Henderson se tinha estado em suas terras recentemente. Ele não havia ido lá. Niles quis saber se ele dera permissão para outras pessoas, além dos topógrafos e da senhorita Brooks, irem até o local. Ele não dera. Não autorizara ninguém mais a ir lá para caminhar, caçar ou quem sabe acampar? Não.

Henderson interrompeu-o para indagar sobre o meu caráter, se eu era confiável. Será que ele deveria ter pesquisado com mais cuidado antes de me mandar para a sua propriedade, mesmo sem me conhecer? O delegado Hubert assegurou-o de que minha integridade não estava em questão, e perguntou se Henderson sabia o telefone do proprietário anterior. Foi mesmo Statlmeyer quem lhe vendera os 160 hectares, certo? Henderson o corrigiu — eram 168,35 hectares —, o que fez Niles abafar o riso, conforme me contou. Afinal perguntei quem é que se importa com essa precisão toda? Karl Statlmeyer se importou, disse Henderson e depois mandou Niles dizer a mim que eu não precisava me preocupar em fazer mais qualquer trabalho para ele e que mandasse uma nota pelas horas de serviço. Niles respondeu que falaria comigo.

Na mesma noite, Niles fez uma ligação interurbana de sua casa para Statlmeyer e perguntou-lhe sobre as possibilidades de acesso ao terreno a pé, por outro caminho que não fosse a estrada dos madeireiros que tínhamos usado. No final das contas, Statlmeyer não acrescentou mais nada do que Henderson. A propriedade era parte de uma grande área de terra que pertencia à sua família. Ele costumava deixar que o filho de um primo distante fosse caçar lá. Em troca, deveria expulsar caçadores sem licença e consertar as placas que delimitavam a área como propriedade privada e que proibiam a entrada de estranhos. Mas isso foi há muitos anos, e ele perdera o contato com o rapaz. Quando Statlmeyer resolveu visitar o lugar, conforme falou para o delegado, foi o suficiente para perceber que o terreno e as árvores estavam muito valorizados, lá no meio do nada. Ele ficou bastante satisfeito em ter passado a propriedade para Henderson. Havia mais alguma coisa? Niles agradeceu dizendo que era provável que aquilo bastasse.

Meu telefone tocou cedo na manhã seguinte. Perguntei se ele conseguira descobrir mais alguma coisa de um dia para o outro, e ele contou sobre a conversa com Henderson e Staltmeyer.

— Finalmente chegamos a lugar nenhum — declarou Niles. — Porque é provável que não houvesse mesmo nenhum lugar ao qual se chegar.

Depois daquilo passara a noite acordado estudando um mapa da área e, na verdade, surgira outro caminho possível até o lugar da descoberta. Era uma trilha mais difícil, se é que se podia chamar de trilha. Talvez outro percurso rendesse um resultado diferente, ou quem sabe nenhum resultado. Seria demais pedir de novo à minha mãe para ficar com os garotos?

— Se não for lhe incomodar — continuou ele —, acho que poderia ser útil se voltasse lá comigo.

— Então acredita no que falei sobre a garota.

— Não foi isso o que disse. O que estou dizendo é que você pode ver alguma coisa que eu não consigo.

— Vou ligar agora mesmo para Rosalie.

— Você vai acordá-la?

— Ela acorda às cinco da manhã, sempre foi assim.

Os garotos só deixaram de lado o sono e o mau humor quando souberam que iam passar a manhã de sábado com Nep. A afeição entre eles era mútua. Ele sempre se animava e voltava a ser um pouco como era antes quando os gêmeos estavam perto dele. Apesar da idade, os garotos, dois arianos precoces que em abril fariam 11 anos, tinham grande sensibilidade em relação à doença do avô. Tanto que ela fascinava a ambos de um modo mórbido juvenil — Jonah e Morgan podiam ficar sentados lado a lado de pernas cruzadas observando com toda a paciência que uma aranha anestesiasse uma mariposa capturada em sua teia até vê-la pronta para ser devorada — como, ao mesmo tempo, encontravam nos reservatórios de suas almas, uma compreensão profunda sobre a mortalidade humana. Tinham também grande estima pela avó, e embora sentissem um pouco de exagero na sua religiosidade, tinham boa vontade em se empenhar e fazer qualquer coisa para ajudá-la a cuidar do avô.

— Apressem-se — falei.

Um de meus piores erros de mãe — ou de pai improvisado — foi, cedo demais, ter permitido que de manhã tomassem um golinho do meu café. Agora não dava mais para voltar atrás. Como pequenos irreverentes gourmets, rejeitaram o café instantâneo que fiz para acelerar a nossa saída.

— Por que essa pressa toda? — perguntou Morgan, retirando do rosto uma longa mecha castanha. Ter deixado o cabelo crescer desde o ano anterior, depois de muitas discussões familiares noite adentro, era uma das características físicas que o diferenciava de seu irmão idêntico. Esta e uma bolota em seu pescoço deixada como cicatriz, verdadeira condecoração recebida durante a mal-afortunada temporada em que tentou, sem sucesso, tornar-se jogador de hóquei. Não fosse por essas duas marcas, ambos seriam dois garotos iguais de ombros estreitos, altos, bem-constituídos e fortes, com mãos compridas, dedos grossos e rostos angulosos cujos olhos amendoados e suaves, porém vivos, eram ainda mais cativantes do que os meus. Sempre dava para sentir o olhar penetrante deles.

— Tenho que ir a um lugar.

— Um lugar aonde?

— Lá na propriedade de Henderson.

— Pensei que você tivesse ido lá ontem.

— Bem, tenho que voltar lá agora de manhã.

— Que vacilo. Qual é o problema, cara?

Aquele momento mostrou-me, pela milésima vez, a forte sensação interna do que Nep teria experimentado comigo quando eu tinha a mesma idade deles, embora, felizmente, nenhum dos dois tivesse relevado o mínimo interesse pela arte divinatória. Acabei por concluir no último mês de julho, de forma íntima e secreta, que eu devia ser a última da família com esse tipo de dom. Nem de longe o futuro necessitaria de pessoas curvadas no chão para dialogar com a terra. Em mais uma ou duas gerações, versões altamente avançadas das nossas tecnologias medievais magnéticas subterrâneas, nossos transmissores de refração sísmica e receptores de baixa frequência, nossas maquinações astutas para descobrir e espionar, iam se tornar tão corriqueiras que um radiestesista teria tanta utilidade no mundo quanto uma caneta de pena de avestruz. A sensitividade usada para descobrir água e objetos ocultos era uma arte em vias de extinção, para a qual ninguém mais ligava. Quem ia precisar disso? Artes desaparecidas são por definição exatamente isso, perdidas. Como a peça de Marco Terêncio Varrão, intitulada *Virgula Divina*, que tanto satirizava quanto celebrava a rabdomancia, mas como o original desapareceu há séculos, nós nunca vamos saber ao certo. Que mãe responsável ia insistir que seus filhos se dedicassem a uma arte ancestral destinada a se tornar uma curiosidade jogada em uma lata de lixo já repleta de ideias humanas fora de moda?

— Mais tarde lhe direi qual é o problema, cara — gritei lá de meu quarto enquanto vestia às pressas um blusão de moletom e jeans —, e não me chame mais de cara. Promete?

— É ruim, hein — falou Jonah.

— É mesmo, por que não te chamar mais de cara? — perguntou Morgan que mastigava um dos biscoitos de um saco que, com certeza, lhe fora dado pela avó.

— Um cara é um homem, é por isso.

— Você está enganada, Cassandra. Todo mundo que é alguém é um cara.

— E a propósito, não me chame de Cassandra também — eu disse, tirando o saco de biscoitos de Morgan e dando-lhe um pêssego que ele mordeu sem fazer sequer uma pausa.

— Você chama sua mãe de Rosalie, estou certo ou estou certo? — argumentou com a boca cheia.

— Cai na real — falou Jonah rindo em sinal de aprovação.

— Se eu faço isso não quer dizer que vocês também podem fazer a mesma coisa. O que é que há de errado com *mamãe*?

— O que há de errado com mamãe? — perguntou Jonah a Morgan.

— Agora você me pegou, cara. Deve ser por algum motivo estranho.

Eles estavam vestidos, alimentados e dentro do carro da avó pouco antes das 6 horas. Rosalie me olhou de uma forma aflita como se quisesse saber o que ia fazer que não havia lhe contado. Achei que estava me acusando de alguma transgressão sobre a qual não deveria se preocupar. Jamais gostou da ideia de minha paixonite noturna por James Boyd, assim como também não gostava que eu continuasse a ser uma mãe solteira sem perspectiva ou certeza sobre o que eu realmente buscava. Eu arranjava uns namorados, de tempos em tempos, somente como a necessidade humana de abraçar e ser abraçada para dizer a mim mesma que ainda estava viva. Embora respeitasse muito Niles para dar em cima dele, nós dois deixávamos minha mãe carola muito nervosa.

— Muito obrigada por isso — disse, beijando-a no rosto antes de ir embora. — Sabe que eu não ia lhe pedir nada se não fosse importante.

— E quando você volta?

— Não devo chegar muito depois da hora do almoço, não, mas ainda não tenho como dizer com precisão.

Niles estacionou o carro não muito depois que saíram. Desta vez, veio com a viatura da polícia. Fiquei sem saber se seria estranho ou não falarmos um com o outro pouco mais do que um *alô*, enquanto atravessávamos a Mendes Road, passando por casas, trailers, cavalos, vacas e pastos em direção à estrada rural que nos levaria até a propriedade de Henderson. Ele parecia preocupado e eu o deixei com seus pensamentos. Além do mais, me sentia apreensiva, e o silêncio não me incomodou. Hoje, estava vestido à paisana. Usava uma jaqueta de lã quadriculada sobre uma camisa jeans azul, uma calça cáqui surrada e botas ainda mais velhas. Nossa ida foi tranquila, exceto pela estação de notícias do rádio. Homens-bomba, carros-bomba na beira da estrada, estupro brutal, um assassinato. Nossas catástrofes infindáveis foram seguidas pela previsão do tempo e pelas notícias sobre o tráfego e, por fim, os esportes. Em seguida, o mesmo ciclo outra vez. Ao final da terceira repetição de que hoje o tempo ficaria parcialmente nublado e que a temperatura prevista era 15 graus, com possibilidade de chuvas durante a tarde, perguntei a Niles se podia mudar de estação.

— Tá bom — disse ele.

Percorremos a estrada mais larga dos madeireiros, pela qual passei no dia anterior, e que nos levava até as terras das fazendas de Statlmeyer. Ao continuar adiante pela pista dupla que se estendia por mais 800 metros, Niles começou a diminuir de velocidade.

— Deve ser mais ou menos por aqui — disse ele que, sem olhar, me passou um mapa todo amarfanhado que estivera escondido entre o rádio de intercomunicação, blocos de notas, uma pistola em um coldre, óculos de sol, algemas e outras coisas. Uma verdadeira parafernália entre o assento dele e o meu.

— Niles, seus carros são verdadeiros depósitos de lixo.

Pude ver com o canto dos olhos um sorriso de concordância e abri o mapa sobre o colo para estudá-lo. Dada a minha fascinação por mapas, fiquei surpresa por não ter tido a mesma ideia que ele. Mas, com toda aquela terra à minha disposição, não tinha pensado que fosse preciso levar o dever de casa preso no cinto. Contei somente com a experiência para me guiar por aqueles caminhos. Na parte de cima, havia uma linha tracejada à qual ele se referira. Parecia ser outra trilha de madeireiros, embora tudo indicasse que essa floresta não havia sido cortada desde que os curtumes se instalaram na região. Eles arrasaram as encostas para arrancar cascas de pinheiros-do-canadá usadas no processo de transformar o couro em solas para sapatos. Aquele mapa estava realmente muito ultrapassado. Comentei isso e ele falou que era justamente o que o tornava valioso.

Acabamos avançando demais sem ver o mínimo indício de acesso. Ele fez um retorno e voltou na contramão pelo acostamento acidentado da estrada pavimentada. Não que isso importasse numa estradinha vazia como essa. Examinei o emaranhado da vegetação à beira da estrada, ainda sem muitas folhas, embora houvesse uma longa faixa de grandes arbustos com sinos-dourados, ainda bonitos em sua decrepitude, que lembravam uma parede feita de chamas amarelas e brilhantes como fogo, e que atravessamos. Continuamos a avançar, mas não passamos por nenhum lugar de acesso.

— Talvez quem fez o mapa tenha cometido algum erro — sugeriu Niles.

— Os cartógrafos também são humanos — eu disse e, no mesmo instante, a ficha caiu. — Dê meia-volta. Os sinos-dourados...

— O quê?

— Vamos voltar. Estes sinos-dourados não são nativos dessa região. Levando em conta o tamanho que têm, devem ter sido plantados há muito tempo. É a partir deles que a nossa outra trilha deve começar.

Ele deu meia-volta com o carro e fomos direto até a parte amarela brilhante dos arbustos, onde estacionamos. Senti como se tivesse agora recuperado meu lugar no mundo. Andamos para cima e para baixo da sebe. Não havia qualquer espaço que servisse de entrada, apenas um bloco comprido de flores alegres e sem cheiro. Somente após darmos a volta pelo lado de cima, onde os sinos-dourados já murchavam e continuarmos até a extremidade do muro florido foi que descobrimos um indício do que procurávamos: vários tipos de árvores. Algumas eram nativas e outras se via claramente que haviam sido plantadas ali. Eram álamos, nogueiras negras, algumas bétulas, cornisos, macieiras e espinheiros.

— Já morou gente aqui — eu disse.

— É o que parece.

Quase ao mesmo tempo, nós a avistamos. Cerca de uns 30 metros floresta adentro: uma trilha. Indefinida, porém visível. Mais outros 30 metros ao longo do caminho em curva — uma trilha feita pelo homem, sinuosa demais para os veados — via-se um copo de plástico caído, meio suspenso por uma rama nova de samambaia.

— Pode ter sido o pessoal de Townsend — falou Niles.

— Os topógrafos da Townsend não costumam sujar o terreno que ocupam para medir e marcar. Além do mais, ainda não estamos dentro dos limites da propriedade. Não vejo fitas de marcação.

— Ainda. O que não significa muita coisa. Quer saber? Estou começando a me arrepender de ter trazido você até aqui comigo.

— Não me venha com essa. Você me pediu que o acompanhasse e eu estou fazendo o que me pediu.

— Mas cometi um erro — disse ele, me surpreendendo ao tirar uma pequena câmera digital da mochila que trazia pendurada no ombro e que eu pensava que continha apenas uma garrafa de água, ou uma laranja. Tirou algumas fotos do copo. Pegou também um saco plástico transparente e algo que parecia uma pinça, ajoelhou-se, pegou o objeto pela borda e olhou-o com atenção antes de guardá-lo. Marcou o lugar onde estava com uma fita amarela brilhante tirada de um rolo que também estava na mochila. Depois, amarrou uma tira num galho acima do lugar. De forma metódica, gastou o minuto seguinte girando em volta desse marco por duas vezes à procura, conforme me disse, de alguma ponta de cigarro. E depois argumentou:

— Cigarros e café são como versões diabólicas de pêssego com creme. Quem foi desleixado o bastante para ter largado este copo aqui, não teria tido o bom senso de não jogar fora também a guimba do cigarro. Mas não a estou encontrando — disse e, ao se erguer do chão, olhou nos meus olhos e me fez uma pergunta estranha, porém óbvia: — Você está sentindo a presença de alguma coisa ou de alguém?

Eu respirei fundo, concentrei-me da melhor maneira que pude, mas não senti qualquer presença. Respondi-lhe que não e que não tinha o costume de usar a percepção divinatória para descobrir pessoas.

— Continuo com a impressão de que você deveria me deixar tratar disso sozinho daqui em diante. Vou levá-la até o carro.

— Não, Niles. Agradeço a sua preocupação. Mas você sabe que eu também preciso estar aqui.

Ele assentiu e não falou mais nada, virou de costas para mim e continuou a percorrer a trilha.

Os pássaros estavam muito barulhentos nesta manhã. As toutinegras piavam como se em uma orquestra de flautins alucinada. O ruído era tanto que quase incomodava. Enquanto andava, olhando para a direita, para a esquerda, para cima e algumas vezes para trás, um calafrio percorreu meu corpo. Em seguida, senti uma curiosa onda de cansaço enquanto íamos em direção ao centro de uma parte plana que ficava na base da encosta. Mesmo que ao andar Niles estivesse espalhando as folhas no chão e quebrando os galhos sobre os quais pisava, parecia claro que ali existira uma via de acesso construída pelo homem. Pouco usada, sim. Mas usada. Então, pensei, *quem escolheria uma trilha tão difícil senão alguém que gostasse de solidão ou que preferisse que os outros não vissem o que fazia, ou ambas as coisas?* Mas também podia ser uma trilha de caçador clandestino. Foram muitas as noites na casa de fazenda de meus pais, que ficava num lugar ainda mais afastado do que a minha e mais perto da propriedade de Henderson, em que ouvimos o barulho de tiros durante os meses que a caçada era proibida.

Não pretendia divagar, mas sem querer divaguei, enquanto Niles Hubert desbravava a passagem à minha frente. Nós nos conhecíamos desde os tempos da escola primária. Eu subia em árvores com ele, quebramos nossos braços ao mesmo tempo, jogamos bola de gude juntos, brincávamos de luta de espada feita de galhos, pulávamos lado a lado na cama elástica enferrujada e frágil que havia na casa dos pais dele. Foi com ele que troquei o primeiro beijo, uma mancada desajeitada e prematura que nos roubou a melhor parte do verão — tínhamos apenas 12 anos e o verão durava uma eternidade — até conseguirmos nos recuperar da vergonha mútua e voltarmos a nos falarmos, sair juntos e continuar a vida. Depois daquilo acabamos por retomar nossa boa amizade, dessas com as quais se pode contar. Por algum motivo, ele acabou amadurecendo antes de mim, enquanto avançávamos de mãos dadas, em nossa adolescência. Queria mais de mim do que eu podia lhe dar, mas éramos inseparáveis. Como gostávamos de sentar num lugar escondido, encostados num bordo e nos beijar, tendo tornado isso um projeto de pesquisa nosso, em função do primeiro fracasso —. Um beijo tão demorado que nossos lábios inchavam, fazendo com que parecesse que tínhamos comido um balde de cerejas quentes. Ninguém imaginava que não ficaríamos juntos.

Então, de forma quase imperceptível, meus problemas começaram outra vez. O monstro começou a sussurrar em meus ouvidos. Sua voz parecia com o som de uma lixa fina raspando uma pedra. Era raro aparecer como um animal feroz ou um ser, mas surgia em minha mente como uma nuvem misteriosa, uma nuvem de um cor-de-rosa profundo, parecida com o tom da palma da mão quando a colocamos contra o facho de uma lanterna no escuro. Se a garota enforcada era outra forma de manifestação por meio da qual o monstro se mostrava, jamais tinha se revelado a mim de uma maneira tão terrível e direta. O monstro sempre fora simples e suave como um pensamento, uma mera sugestão ou esboço de um pensamento. Quando eu passava por um período de — como posso dizer? — remissão, sempre podia manter, com facilidade, esses pensamentos fantasmagóricos dentro de mim sem dividi-los com ninguém. Mas nem sempre isso era possível.

Lembro certa vez de um professor chamado Thomas Lowry, cuja esposa, amiga de minha mãe, costumava ir à igreja com ela. Passava bastante tempo em nossa casa fazendo trabalhos sobre programas do comitê da igreja e trazia sua filha pequena, Jenny, para brincar comigo, embora eu fosse bem mais velha do que a garota. Obrigada a tomar conta da criança, lembro-me de pensar como gostaria de estar com Niles, e não presa em casa com aquela sardenta de rosto redondo, uns seis anos mais nova que eu. Apesar disso, uma solidão inerente à Jenny me atraía e assim tentava distraí-la da melhor forma possível. Um dia, depois de esgotadas todas as minhas ideias sobre o que fazer com essa mala sem alça, chamei-a para nadar no lago.

— Não — disse ela, com medo de ser mordida por peixes.

— Mas só há trutas lá, Jenny — eu disse —, trutas marrons e trutas cor de arco-íris com o corpo todo coberto de manchas lindas.

— Elas vão me machucar — insistiu ela.

— Não vão não, querida. São peixes que nem têm dentes, juro.

Ela nem quis ouvir nada sobre isso, e nunca entendi as razões dela. O que realmente ia machucá-la? Como o monstro estava em plena atividade dentro de mim naquela época, vi num vislumbre de pensamento que eu precisava fazer com que ela soubesse de que sua mãe não estava bem, e que poderia estar, na verdade, muito doente.

— Você devia ter um cuidado muito maior com sua mãe, sabia?

— Mas já faço isso — respondeu Jenny com suavidade, certamente sem entender o que havia acontecido comigo.

— Ótimo. É importante para você que continue assim.

Até hoje não entendo a anatomia psicológica deste comportamento, a neurobiologia que se estendia por trás dele, no lobo frontal ou em qualquer outro lugar de meu cérebro. Não tinha a intenção de ser má ou descuidada, mas é claro que ela correu até a mãe, aos prantos. E é claro, também, que Rosalie seguiu feito uma fera até onde eu estava sentada, no pequeno cais, refrescando os pés no meio das plantas que flutuavam sobre a água, e me repreendeu por eu ter sido tão má.

A mãe da pobre menina, como em breve viria à tona, estava doente. E não era por minha causa. A pobre mulher já tinha câncer no estômago havia algum tempo e sabia disso. Ela e o senhor Lowry decidiram manter aquilo em segredo, o tumor já estava em estágio terminal. Que motivo teriam de levar essas sombras, antes da hora, para as almas em volta deles? Acharam que poderiam enfrentar aquela situação com coragem pelo tempo que fosse possível. Ao refletir sobre isso, senti completa admiração por eles, e, mesmo depois de toda a terapia que fiz, não pude livrar-me da aversão que senti por mim mesma. Uma coisa era saber. Outra era falar.

Compartilhei o que acontecera com Niles. Ele achou que eu estava, de novo, tendo o mesmo comportamento estranho, igual ao da época que se seguiu ao dia da morte de meu irmão. Ele se afastou de mim, embora tenha jurado que não. Nós passamos a nos ver cada vez menos, e eu comecei a me consultar ainda mais com os médicos da cidade. Em minha imaturidade, escrevi que nós, de alguma forma, tínhamos ficado desgastados um com o outro. Deve ter sido culpa minha, porque, por razões que não compreendi e não desejava ou tinha vontade de discutir, não estava pronta para fazer algumas das coisas que ele, com os hormônios de adolescente no ponto máximo da fervura, desejava abertamente. Temi que ele tivesse se cansado de esperar.

Perguntei-me também se ele não teria um pouco de medo de mim. Niles, que em geral não era medroso, parecia nervoso por achar que sua adorada namorada estava possuída, ou era um tanto maluca. Deve ter achado estranho, ainda que útil, quando eu lhe disse que ele precisava estudar para um concurso que estava por acontecer em nosso curso de história — e ele o fez, mas escreveu antes para minha mãe para saber se existia mesmo, confirmou a data com uma colega com antecedência e deixou que eu ficasse sabendo. Ele me achava esperta talvez por lhe avisar que a embreagem de sua caminhonete estava para quebrar — e realmente quebrou, mas eu posso apenas ter percebido um som diferente quando as marchas eram passadas, e nada mais. No entanto, quando contei a ele que jurava ter visto Emily Schaefer, depois de morta, andando pela muralha de pedras sob a luz da lua entre as sombras das árvores durante uma noite em que não conseguia dormir, que depois a vi pela janela olhando para mim e dizendo que estava decepcionada comigo, aquilo foi demais para ele, e Niles se afastou. Teria acontecido com qualquer outro. E como ele se foi, minha mãe preencheu o vácuo deixado por ele. Quando falei a Rosalie sobre Emily, ela teve ainda menos paciência comigo do que Niles. Com alguma sabedoria, ela achou que era melhor me deixar superar aquela temporada desatinada longe dos olhares do público e me afastou do colégio. Tirou uma licença durante aquele período para me dar aulas em casa enquanto esperava que meu equilíbrio fosse retomado.

E voltei a prumo. Algumas vezes, suspeitei que exercesse o controle sobre mim através de cordões invisíveis, assim como fez para suprir a ausência de Niles. Agora, fico meio em dúvida quanto a isso, mas nunca saberei ao certo. De qualquer modo, lembro-me de uma noite gelada de outono em que fiquei na cama, durante meu exílio de alguns meses, com o olhar dirigido para o mesmo disco pálido da lua, que mais tarde projetaria uma sombra sobre a pobre Emily, e cheguei a conclusão de que já tinha tido antevisões suficientes. Mesmo que acreditasse que possuía algum conhecimento especial alojado em meu coração ou em minha cabeça, era lá que ele deveria ficar. E se fosse possível, ia proteger tanto o coração quanto a cabeça dessas minhas fantasias que, mesmo quando corretas, davam pouco alívio ou auxílio para as pessoas. Incluindo a mim mesma. De noite, fiz meu primeiro pacto para dar o melhor de mim e me tornar, por falta de uma palavra melhor, normal. Desfazer alguns nós, acalmar outros, e mudar o padrão de pensamentos da minha mente.

Mesmo agora não experimentei qualquer sentimento pesaroso e melancólico por estar junto de Niles na propriedade de Henderson. Nunca tive qualquer sentimento amargo em relação a ele por ter continuado sua vida enquanto era jovem. O que mais deveria ter feito? Às vezes, me permitia lembrar de como Niles e eu transávamos — sim, tivemos uma breve temporada disso durante nossos 20 e poucos anos, depois que eu amadureci um pouco e antes de ele se apaixonar por Melanie —, e acalentei as imagens daqueles tempos. Ele chegou até a me pedir em casamento, em parte, considerei, porque era isso o que todo mundo naturalmente esperava, inclusive nós dois. Nosso noivado, embora maravilhoso, teve curta duração, e tudo foi como foi.

Eu ainda sentia uma ligação muito forte com aquele homem, e arrependimento era uma palavra que não fazia parte de meu vocabulário emocional. Meus sentimentos continuavam firmes e fortes enquanto caminhávamos em direção ao que eu acreditava com igual certeza ser algum tipo de abismo. Um beco sem saída que estava bem evidente.

Era mais ou menos como isso. Anos atrás, no início da minha adolescência, comprei por 50 centavos um livro grande, encadernado, na feira anual da biblioteca. Queria encontrar um dicionário de latim ou grego, mas sobre o balcão só tinham um exemplar do *Dicionário de Chinês-Inglês* de Mathews. Disse para mim mesma, com todo o orgulho que envolve uma compra inusitada como esta, que por meio dólar eu seria a única em todo este maldito condado capaz de falar chinês. Quando voltei para casa, limpei a pequena escrivaninha de carvalho do meu quarto e coloquei o volume na minha frente. Abri uma página ao acaso e surgiu a palavra *Lu*. Era a página quatrocentos e tanto. O primeiro verbete, em negrito, mostrava o que mais tarde aprendi ser um ideograma. E ao lado dele a tradução para a língua inglesa: *Uma estrada ruim; a estrada é ruim*. Não era algo promissor. A palavra seguinte era traduzida como *Um sacrifício acidental, antes do enterro*. Nervosa, li outro verbete *Caminhos perigosos; beco sem saída* e fechei o volume. Foi com grande decepção que percebi que jamais poderia aprender chinês, mas que sempre navegaria por caminhos penosos. Acreditava que essa era a minha natureza e o acaso havia me dado a prova certa. Jamais abri aquele livro outra vez, mas ainda o tenho.

— Niles?

Ele já estava muito adiante de mim, ou melhor, eu é que tinha ficado para trás. Só conseguia ver sua jaqueta roxa e vermelha através do emaranhado de galhos dos arbustos. Se fosse daqui a uma semana ou duas, o mato teria se fechado e ele estaria invisível por detrás da trama de folhas verdes e grossas como couro.

— Niles, vá mais devagar.

Mas ele continuou. Foi até um pouco mais adiante e vi quando ele parou, não por minha causa. Não se virou nem me chamou ou demonstrou ter me escutado. Resolvi me apressar e saí correndo pela trilha, em zigue-zague, sobre árvores tombadas, troncos enormes caídos há tanto tempo que os cogumelos já tinham fixado residência em suas carcaças lenhosas. Ele estava de pé sobre um gorro de lã, com as mandíbulas trincadas como era hábito fazer quando ficava chateado. O gorro era cor-de-rosa vivo com uma bola preta. Não estava limpo, tampouco estava tão sujo a ponto de se descartar a chance de ter ficado perdido por ali durante todo o inverno. Ele o fotografou e o colocou dentro de um saco plástico e, em seguida, marcou o lugar com a fita. Eu fiquei sem fala. Sem trocarmos uma palavra, ambos procuramos outra pista pelo chão da floresta, mas não encontramos mais nada.

— A descrição que você fez não incluía um gorro cor-de-rosa — declarou.

— Porque ela não o estava usando.

— Tem alguma ideia se estamos muito longe do lugar em que supostamente a viu? — perguntou, avaliando o que fazer.

— Supostamente?

Ele não respondeu.

— Imagino que não estamos assim tão perto — respondi baixinho. — Talvez mais uns 250 ou 350 metros.

— Sei que lhe perguntei ontem, mas tem certeza de que nos trouxe no lugar exato em que esteve antes?

— É claro. Além disso, viu que minha vara de vedor estava lá.

— Isto não é prova suficiente. Podia tê-la deixado cair em qualquer outro lugar ao longo do caminho.

— Niles, não levei você para o lugar errado. Ela estava lá, antes. Posso jurar pela alma dos meus gêmeos.

Isto o deixou chocado. E a mim também. Numa vida inteira em que lidei com incrédulos, esta era a primeira vez em que mais queria que acreditassem em mim. Comecei a entender por que ele me trouxe junto. Não era por precisar da minha ajuda, ao contrário. A intenção dele era tentar me ajudar demonstrando enorme consideração — os telefonemas, o mapa, o trabalho além do expediente para reexaminar um lugar que oficialmente não lhe despertara o menor interesse. Nenhum crime aparente, nenhuma cena de crime. Ele não estava sendo indulgente comigo. Niles não se prestaria a isso. Mais do que tudo, queria me ajudar a readquirir meu equilíbrio e vir a aceitar o fato de que eu sofrera algum tipo de sonho fantasmagórico ou um pesadelo acordada, tal qual acontecera quando eu era mais jovem. Mas aquele gorro cor-de-rosa frustrou um pouco sua intenção.

Nós continuamos o caminho, o canto dos pássaros rareou. Ouviam-se apenas os queixumes dos corvos no alto, sobre nossas cabeças. A trilha desapareceu e reapareceu, mas nós conseguimos nos manter nela por toda a sua extensão. Eu não tinha qualquer motivo para acreditar que ela nos levaria ao lugar do enforcamento, mas quando isso ocorreu, eu me lembrei, com toda a clareza do bosque de pau-ferro e das cerejeiras, Niles também. E caminhamos, ele ia à frente, pela mesma trilha estreita, que especulei que pudesse ter sido feita por um veado. Chegamos num instante até a clareira onde na extremidade mais afastada ficava a árvore bifurcada por besouros. Diferente de tudo no mundo, ela aparecia como o negativo de uma fotografia de um relâmpago numa descarga eletroluminescente que gerou um forte campo de energia saído da escuridão, como o fogo de Santelmo.

Ela não estava mais lá, como não estivera durante a tarde do dia anterior. As nogueiras e os bordos brilhavam sob a luz tênue do sol que atravessava suas folhas. Niles e Bledsoe já tinham vasculhado este bosque antes, mas ele voltou a fazê-lo outra vez enquanto eu fiquei atrás dele, na fileira de arbustos. Por que os pássaros ficavam tão calados, ali, naquele local? Sempre pensei que as aves fossem as mais livres de todas as criaturas. Por que evitavam cantar num lugar tão adequado para eles era algo que estava além da minha compreensão. Como se o seu silêncio fosse incriminador.

Não saí do lugar onde estivera no dia anterior. Embora pudesse visualizar mentalmente a garota que vi enforcada, não desejava vê-la ali outra vez. Por um breve momento, senti certo remorso, mas nem um pouco de vergonha por ter arrastado Niles até aqui.

Tive que admitir para mim mesma que tudo não deve ter passado de uma falha de percepção, um engano grosseiro. Mas, e quanto a tê-la segurado em meus braços? Eu me senti atolada na confusão. Desejava ir embora dali naquele instante, ir para casa, para os meus filhos e esquecer tudo o que acontecera. Aquilo estava sendo uma perda de tempo para nós todos. Para Niles, minha mãe, Nep, os gêmeos, até mesmo Bledsoe e o cara de cavalo do Shaver, causei uma inconveniência a todos.

Então Niles saiu do bosque e materializou-se na minha frente. Seu rosto estava branco como uma anêmona. Em sua mão esquerda vestida com uma luva, segurava uma cobra comprida marrom-clara. Ela pendia ali, morta.

— Vamos sair daqui — murmurou e vi que sacara o revólver. Segurava-o em sua mão direita, apontado para baixo. A cobra era, na verdade, uma corda.

6

O restante daquele Dia da Independência de confissões perdeu-se na bruma. Meu pai e eu caminhamos juntos, subindo a montanha calmamente. Voltávamos do lago e de sua tranquilidade para o barulho de risos e conversas em volta da casa. Não havia muito mais o que dizer. Ele sabia a importância das coisas que me disse, e eu ainda estava avaliando o que ele compartilhara comigo. Sem dúvida sabia o quanto me deixou abalada. Não precisava ser nenhum sensitivo — e todos nós somos, de uma forma ou de outra — para prever isto. Antes de chegarmos perto dos convidados, alguns deles reunidos sobre a parte plana da colina, na periferia do gramado, para armar os fogos de artifício, ele falou quase num sussurro:

— Tudo vai ficar bem, Cassandra. Acredite em mim.

Acreditar nele era algo que eu sempre havia feito, por natureza instintiva. Minha fé nele não iria se evaporar como se fosse uma garoa fina caída sobre uma pedra quente.

Estávamos nos aproximando das pessoas. Morgan nos viu e nos chamou:

— Ei, onde é que vocês foram? Venham depressa.

— Isso, venham, é hora de iluminar o céu — acrescentou Jonah.

— Estamos indo — gritou Nep de volta para eles sorrindo, como se o caminho da vida fosse infinitamente benigno e regular, sem buracos em que pudéssemos cair.

Pensei, *vamos desacelerar o ritmo, ainda é o início do crepúsculo.*

— Não podemos soltar os fogos sem o comandante da bateria — falou um dos amigos de Nep.

Como era querido esse meu pai que sempre fizera as coisas do seu jeito. E como as pessoas ali reunidas na varanda dos fundos, e as outras em volta da casa que jogavam croquet, e mais aquelas que preparavam os fogos, além das que estavam dentro ajudando a guardar as sobras na geladeira, iriam sentir a falta dele quando ele se fosse. Sei que a tristeza e o sentimentalismo são irmãos, como os deuses gregos do sono e da morte. Mas eu não consegui me segurar e disse:

— Eu te amo, pai.

Ele parou, estávamos abraçados, e respondeu com uma voz um pouco apática, carregada por um tom inesperado de advertência:

— Acho que você possui o dom. O dom verdadeiro. Quando você vê alguma coisa é para valer. Não vamos nunca mais falar sobre isso.

Fomos engolidos pela multidão enquanto o crepúsculo dava lugar à noite que caía. Tentei manter uma fisionomia inexpressiva, sorrindo para os agnósticos da radiestesia que duvidavam de meu dom, e para os outros, que me contrataram e que agora tinham seus lagos e poços de água doce nos lugares mais improváveis. De sua parte, Nep parecia entretido ao fazer o papel de anfitrião, enquanto as explosões faziam chover fogos rosados e prateados que cresciam e estouravam como pétalas de flores no céu, ao mesmo tempo que as pessoas soltavam exclamações de admiração. Ele estava rindo junto de seus velhos amigos Joe Karp, Billy Mecham e Sam Briscoll cuja dieta, pelo que pude perceber, consistia apenas em fumo de mascar e cerveja. Jonah e Morgan estavam lá entre eles também, observando tudo, sem querer perder um momento sequer do grande espetáculo de fogos. Não muito longe de onde estavam, vi a velha turma de Christopher: Bibb e Lare. Era mesmo Roy Skoler quem estava ali também com eles? Ele não havia sido convidado, até onde eu sabia, e mais tarde quando fui cumprimentá-los, já tinham desaparecido.

Àquela hora os vaga-lumes já tinham começado a orgia de seu espetáculo de luzes à nossa volta. Um homem bonito, alguns anos mais jovem que eu, cujo nome era Will Hutton e com quem eu havia saído algumas vezes, ficou ao meu lado durante o espetáculo dos fogos de artifício e nós trocamos amabilidades. Percebi que minha mãe nos viu juntos e acenou e sorriu para mim, e eu lhe devolvi uma careta. Numa tarde de nevasca, em fevereiro do ano anterior, Will me levou com os gêmeos ao Rollerworld, onde permanecemos uma hora patinando em volta da pista oval ao som de hip-hop e heavy metal. Aquele foi um gesto generoso dele, e eu gostei. Mas Jonah e Morgan, na época com 9 para 10 anos, disseram que aquilo foi um programa para maricas. Embora eu os tenha criticado por sua ingratidão, não pude deixar de concordar com eles. Nas outras vezes que ele tentou nos convidar minha desculpa era a mesma: estava muito ocupada.

Depois que Will saiu de perto, Niles chegou para me contar que ele e a família tinham que ir para casa mais cedo. Sua filha, Adrienne, sofria de uma asma terrível e estava tendo um acesso. Tinham esquecido de trazer o inalador.

— Vou querer cópias das fotos dela na festa — eu disse, tentando sorrir, embora Niles fosse a única pessoa para quem gostaria de contar a conversa no lago com meu pai, mas isto teria que esperar por outro momento mais neutro.

— Você está bem? — perguntou ele.
— Nunca estive melhor.
— Você parece preocupada.
— Obrigada por terem vindo. Espero que Adrienne melhore.

Quando os fogos de artifício terminaram, aqueles que não haviam ido embora entraram em casa para conversar e beber mais um pouco. Tendo me certificado de que Jonah e Morgan ainda estavam entretidos em brincar com o avô e seus melhores amigos, resolvi aproveitar e me refugiar no meu local preferido, um banco de pedra azul-acinzentado que ficava sob um pinheiro alto no fim da horta de minha mãe. Sentei-me ali e minha cabeça girou como a ameaça de uma vertigem.

Era tudo muito estranho. Tudo sempre tinha sido muito estranho, inclusive minha competência como radiestesista. Por acreditar que meus ancestrais tinham recebido um dom de algum deus, dizia a mim mesma que esperava ter direito a um pouco do sangue e do talento deles. Todavia, a novidade de Nep, se verdadeira, compartilhada num dia dedicado à comemoração da independência, foi bastante adequada, além de ter sido um alívio. Eu talvez não fosse a única. Precisava ser libertada da culpa que sentia havia anos, nos quais sempre acreditei que meu pai fosse um mestre honesto, enquanto eu era uma aprendiz impostora.

Quando completei 19 anos e acrescentei meu nome de forma oficial aos dos Brooks radiestesistas, tornei-me profissional neste meu subterfúgio bem-intencionado. Na véspera de procurar água para o primeiro dos muitos clientes que Nep, nepotista como era, me indicaria, fui até a biblioteca da sociedade histórica e ao escritório do conselheiro do condado. Lá, a pretexto de cumprir minha obrigação como professora, estudei antigos mapas geodésicos e mapas recentes de pesquisas do solo da região por onde ia caminhar na manhã seguinte. Estava certa de que se fosse largada à própria sorte, sem informações privilegiadas, o único movimento de minha vara de vedor seria tremer de vergonha e de medo do fracasso. E logo de cara fiz uma descoberta valiosa, misturando uma metáfora com uma verdade.

Lá estava — no papel bem-preservado, pois ninguém se preocupara em ver aquele documento de mais de 100 anos —, ali, enfiado no quadrante noroeste da propriedade em questão. Um lago pantanoso, pequeno. De proporções tão reduzidas que o cartógrafo nem se preocupou em dar-lhe um nome, se é que tinha algum.

O mapa era datado de 1883. Se o cavalheiro que o desenhou, um tal de Americus Granby, não estivesse morto há muitas décadas, teria adorado dar-lhe um grande abraço. Como sempre acontece com fontes fracas, durante o passado o lago se encheu de depósitos de sedimentos, o pântano residual secou e as tifas foram substituídas por valeriana, ervas daninhas e arbustos com frutinhas. Mas sabia onde estava a fonte que não fora absorvida pela terra, pronta para ser descoberta. E o mais importante era que a pesquisa do solo me mostrou que o leito do aquífero era rochoso e, portanto, com uma probabilidade duas vezes maior de reter água em suas fraturas como depósitos glaciais.

Nep foi junto. Disse que desejava estar comigo na minha viagem inaugural e ver sua Cassiopeia brilhar como uma estrela. Ninguém ficou mais impressionado do que ele quando caminhei a passos largos para lá e para cá pelo terreno plano, cheio de touceiras de capim alto, com a varinha que cortara de um pé de cerejeira-negra em punho, até chegar ao ponto onde aquele lago estava enterrado e esquecido e fiz um verdadeiro espetáculo.

— Bem aqui — falei com autoridade e com toda a confiança do mundo. Observando meu pai, eu já tinha aprendido como tencionar a ponta da vara de vedor para que virasse para baixo, com as palmas das mãos para cima e os polegares segurando cada extremidade da forquilha da maneira tradicional. Foi mais fácil do que usar o tabuleiro *Ouija* para me comunicar com forças divinatórias, embora a violência do movimento em direção ao veio de água tenha me surpreendido, quase arrancou a casca da vareta. Meu pulso esquerdo e meu antebraço ficaram até doloridos. Achei aquilo tudo estranho, recordo-me agora, mas logo depois recobrei a segurança e reiterei que aquele era o lugar. Meu cliente trouxe a retroescavadeira, na mesma tarde, cavou um buraco de teste de 3 metros de profundidade no local exato que eu indicara. Depois de alguns dias estava cheio de água. Não jorrava com abundância, mas atendia perfeitamente à necessidade de Cleve Miller. Muitos anos depois, Morgan e Jonah poderiam levar os netos para nadar no lindo lago de 2.500 metros quadrados que foi escavado ali, durante aquele verão. Hoje ele tem até um nome. Lago Cassandra.

Essa história é verdadeira.

Fiquei tão viciada em mapas geodésicos do século XIX quanto um esquilo que começa a guardar nozes antes do inverno. Escondida, fiz cópias de tudo a que tive acesso no escritório do assessor do condado, protegida pelo delicado disfarce de professora dedicada. Juntei também pesquisas sobre o solo, com suas análises de composição e permeabilidade. De sua granulometria e dos fluxos formados nas águas de degelo, de rochas vulcânicas e de depósitos lacustres de origem glacial. Tornei-me uma estudiosa dedicada da geologia da área, de seus sistemas fluviais, seus rios e afluentes e seu complexo aquífero. Estudava os locais durante muitos dias antes de colocar meus pés de sensitiva na terra seca para realizar minha pantomima de rotina. O tempo passado no campo fazendo bruxaria era o que dava menos trabalho. Na minha opinião, acho que me tornei algo mais do que uma impostora benevolente.

Os negócios cresceram. De duas em duas semanas para uma vez por semana, e depois a duas ou meia dúzia de vezes em cada semana. Chegaram mesmo a interferir no meu trabalho como professora. Toda vez que o diretor me chamava na véspera, para dizer que eu precisava ensinar os nomes das capitais dos estados para a turma da oitava série da senhora Peabody no dia seguinte, ou então ao grupo de estudos sociais do senhor Vieiro, eu tinha que declinar devido a um compromisso em outro lugar. Embora me sentisse culpada por minha metodologia, continuava atuando como radiestesista. Quase todos os meus clientes ficavam muito impressionados com os resultados e ansiosos em me recomendar a outras pessoas.

Nas vezes em que declarei a viabilidade de um local e ele acabou por se mostrar seco foi devido, quase sempre, aos erros cometidos pelos pesquisadores originais que haviam confundido depósitos de sedimentos de areia e cascalho com córregos glaciais, e assim minha falha ocorria porque simplesmente não havia água a ser retirada dali. Quando isso acontecia, era uma humilhação dupla. Eu poderia me sentir melhor quando falhava, se me sentisse melhor ainda quando tinha sucesso.

O primeiro e mais importante, e ao mesmo tempo desconcertante, evento na minha experiência com a radiestesia — minha segunda reviravolta — aconteceu num dia em que substituí Nep, sem a ajuda de qualquer de meus preparativos costumeiros, na fazenda de criação de trutas, pois meu pai não estava se sentindo bem. Parecia que a vazão de água lá tinha se reduzido a nada e eles iam perder milhares de peixes caso eu não encontrasse um veio que os perfuradores de poços, com todo o seu conhecimento e engenharia, perfuratrizes e brocas rotativas não tinham conseguido achar. Meu plano, ou o truque que deveria armar, seria o de fazer algumas explorações e, em seguida, adiar o resultado por um tempo até que Nep se sentisse melhor para assumir o comando. Ou então para me dar uma folga e poder estudar com mais atenção alguns mapas da história geológica e hidrológica da região que salvariam as aparências.

A tal fazenda de criação de trutas ficava num vale ladeado por morros compridos e corcovados, em cuja grande bacia corria um riacho brilhante coberto de rochas glaciais. Num ano de clima típico, o vale ficava tão verde que dava inveja. Entretanto, aquele não era um ano normal. Épocas de baixa precipitação na primavera e no verão e pouca neve durante os invernos deixaram a região numa secura violenta. Os lençóis freáticos estavam muito baixos. A grama parecia até farelo de trigo. As folhas murchas pendiam de galhos inclinados. Os tomates da minha horta estavam do tamanho de nozes e não somente duros como também secos. O reservatório que sempre nos abasteceu estava muito abaixo de sua capacidade — podia-se ver a ponta da torre da velha igreja, como uma nave Atlantis rústica espreitando-nos por cima da água, no meio da represa, resquício de quando a aldeia, erradamente chamada de Neversink, isto é, que nunca afundaria, ficou inundada durante sua construção. Eu e Nep estávamos atolados de tanto trabalho. Aqueles que costumavam torcer o nariz para os radiestesistas foram forçadas a nos dar uma chance quando seus poços ficaram secos.

O vale da fazenda de criação de trutas estava com a vegetação queimada, totalmente marrom. Parecia uma velha fotografia em tons de sépia. Trutas magras lutavam para respirar em seus tanques grandes, amontoadas na água rasa e quase parada. Fiquei com pena de vê-las ali fervilhando em seus tanques de terra batida. Vi que, de alguma forma, eu tinha que fazer aquele trabalho. Devido à terrível situação, não teria sido ético adiá-lo. Com o coração saltando pela boca, comecei a procurar. Queria que minha vara em forma de Y fosse como o osso das galinhas que usamos para realizar um desejo, e que se quebrasse sobre meu joelho trazendo-me sorte.

Sabia que estava desperdiçando o tempo de Partridge, o meu e o de todos os outros, mas não pensava em outra coisa que não fosse ir em frente. O dono do trutário que sempre zombou de nós, os Brooks, já esgotara os meios convencionais de procurar fontes de água e seu orçamento estava acabando. O preço dos meus serviços não chegava nem aos pés do que foi cobrado pelos escavadores, que teriam ficado contentes em cavar aquele local até ele se parecer com uma cratera da lua. Se não tivesse conhecimento anterior das pedras deixadas ao léu pelas escavações feitas para teste que se mostraram negativas e nas quais dei bons tropeções enquanto caminhava pelos campos mais próximos, o amontoado de entulho teria me alertado das frustrações encontradas por aqueles que vieram cavar ali antes de mim.

Então comecei a pensar em oposição às intuições que seriam óbvias. Qual era o local mais improvável para a água brotar? Onde poderia surgir uma água capciosa, sagaz, habilidosa e quem sabe bem-humorada? Subi para o lado leste, em direção a uma encosta saliente no vale, bem acima daquele que poderia ser o nível da água de um terreno qualquer. Com a vareta bem segura à minha frente — mais como um instrumento de proteção do que uma ferramenta de prospecção — iniciei minha rota em zigue-zague, para a frente e para trás, trançando pela terra, como de costume, até uma pequena elevação.

Partridge, cujo macacão enorme e as costeletas e a barba de pescador de lagostas eram uma visão digna de ser apreciada, foi deixado para trás. Ele insistiu em acompanhar o desenvolvimento do meu trabalho, embora eu tivesse dito que trabalhava melhor se estivesse sozinha. Fiquei aliviada por ter se distanciado, pois não queria que testemunhasse minha crescente desesperança.

Foi então que aconteceu. Assim do nada. Sem qualquer aviso prévio, minha forquilha envergou-se para baixo e pulou de minhas mãos. Consegui conter um gritinho que não seria nada profissional e despertei na mesma hora de meu leve mal-estar. Aquele momento podia, sem dúvida alguma, ser comparado ao choque que os recém-nascidos experimentam ao respirar pela primeira vez o ar de forma dolorosa e efetiva. Não seria excessivo descrever a sensação que tive como a de um nascimento. Uma parte de mim acabara de nascer justo naquele lugar. Uma parte essencial de mim que até hoje não consigo entender em sua totalidade, e talvez nunca tenha condições de fazê-lo.

Peguei a vareta e voltei ao trabalho, tendo visto este mesmo fenômeno se manifestar em Nep inúmeras vezes. Em minha inquestionável crença de que tudo o que acontecia com ele sempre era verdade, pois jamais tive motivos para duvidar dele, eu estava apenas aplicando o conhecimento que me passara. Marquei o local com o salto da minha bota e fui para o leste, afastando-me dali mais ou menos uns vinte passos. Ao chegar a este local comecei a demarcar um círculo em volta do ponto central feito por minha bota como se eu estivesse presa por uma linha invisível. Nada, nada, e outra vez a varinha curvou-se para baixo e eu jurei que não tivera participação no movimento que fizera. Outra vez, marquei o lugar com o salto da bota. Continuei circum-navegando a partir da marca feita no centro, até descobrir — ou minha vara ou alguma força da natureza descobrir — outro veio ativo, e mais outro. Nessas alturas, Ben Partridge me alcançara, suando tanto que ele mesmo poderia encher os tanques de suas trutas cuja água havia evaporado sem precisar da minha ajuda.

— O que está acontecendo? — perguntou ele, enxugando a testa enorme com um lenço vermelho.

— Você tem dois veios fortes que correm de nordeste para sudoeste, ali e mais adiante, e que se encontram bem aqui — eu disse, apontando para minha marca inicial. — Dê-me mais um minuto que lhe direi a quantos metros de profundidade ele está.

Nunca tentara isto antes, pelo menos não sem o conhecimento do resultado sugerido pelos mapas, mas coloquei em prática uma técnica que Nep me dissera ser do tempo de meu trisavô. Parada no centro do círculo, com a vareta segura à minha frente comecei a contar. Um metro e meio, 3 metros, 6, 9 e, neste ponto, então, a ponta da forquilha começou a se mover. Quando cheguei a 10 metros, ela virou toda para baixo. A 10 metros e meio a ponta começou a voltar para cima. Será que era eu que estava fazendo isso acontecer?

— Boas notícias — eu disse, contendo meu próprio espanto. — Você não vai precisar cavar muito fundo. Dez metros aqui, ou no máximo 12 metros bem ali adiante, neste ponto.

Ele pôs as mãos no enorme quadril. Um passarinho, que parecia um belo dinossauro de penas, observava com graça este momento glorioso.

— Só isso?

— A propósito — acrescentei, tirando meu pêndulo para avaliar a força do fluxo bem junto ao solo —, você tem um verdadeiro rio aqui embaixo. Eu não ficaria surpresa se produzisse quase 200 litros por minuto.

Uma brisa leve sacudiu os arbustos esqueléticos e quase nus dos pés de framboesas e dos pequenos pinheiros que cresceram espontaneamente por ali quando Partridge e eu estávamos olhando o declive do morro, desde o outro lado do campo que se estendia até sua casa ao silo do celeiro e às outras construções que circundavam os tanques com as trutas. Ele precisaria gastar bastante com aquele aqueduto, se decidisse acreditar em mim.

— Você tem certeza disso? — perguntou ele.

A brisa, em perfeita sincronia, me acalmou.

— Vamos ver o que a água diz.

7

Retornamos ao vale uma segunda vez, depois de passado algum tempo e, curiosamente, os pássaros voltaram a nos saudar com seu canto. Niles ligou para a delegacia para dar informações e ordens, enquanto fiquei encostada no porta-malas da viatura, desejando jamais ter sabido de George Henderson e de suas terras. Não demorou nada e vários outros carros começaram a encostar ali na estrada, um atrás do outro, e a despejar um bom contingente. Alguns uniformizados, outros à paisana. Achei que estes últimos eram detetives, mas sei pouco, ou quase nada, da hierarquia policial. Niles conversou com eles. Não conseguia ouvir o que dizia, mas não me lembro de tê-lo visto assim tão sério e concentrado em toda a minha vida. Meia dúzia de homens e uma mulher uniformizada se espalharam ao longo da faixa de asfalto e desapareceram para dentro da floresta. Mais tarde, Niles fez o mesmo e me deixou, mais uma vez, com o cara de cavalo do Shaver. Dava para ouvir o policial de plantão e outras vozes vindas do rádio do carro de Niles. O momento era tenso, posso dizer que era de suspense. Como acontece às vezes quando sonhamos, fiquei sem saber se teria acordado no meio de um pesadelo. Cheguei até a pensar em me beliscar para espantar aquela sensação para bem longe, mas não havia do que acordar.

Agora chegava outra viatura vinda da direção oposta. Dela saltaram mais dois homens, que falaram com Shaver antes de se meterem entre as árvores. O rádio do veículo deles também ficou ligado, e o som das vozes entrecortadas que vinha dos dois carros ao mesmo tempo perturbou a tranquilidade inicial e o isolamento daquele pedaço de estrada.

— Como você está hoje? — perguntou Shaver com um ar de preocupação no rosto.

— Estou bem — respondi, com um sorriso destinado a fazê-lo entender que não precisava se preocupar comigo. O que mais poderia dizer? Já compreendera que a minha vida, dali para a frente, mudara por completo. Não, o que eu testemunhara significava que as coisas já não iam bem. Nada voltaria a ser igual, mesmo se encontrassem ou não a garota enforcada. Eu estava ligada a ela de um jeito que ainda não percebera. Por mais que tentasse fingir que estava imune, já começara a me assombrar.

— Sabe por quanto tempo o delegado quer que eu permaneça aqui?

— Apenas o tempo de eles fazerem uma varredura preliminar. Ele não deseja mantê-la aqui nem um minuto além do necessário.

— Necessário para quê?

Shaver me deu uma olhada, como se eu não tivesse percebido o óbvio.

— Para identificar o corpo como o mesmo que você viu, se o encontrarem.

— Você não acha que se encontrarem uma garota morta, corre-se o risco de não ser a mesma que eu vi?

— Talvez, é provável. Não é assim que funciona, enfim...

— Não existe um necrotério onde eu possa fazer este reconhecimento?

— Isto é o que ia acontecer caso não façam uma descoberta rápida e imediata.

A verdade é que não havia ninguém livre para me levar para casa. Niles não anteviu a situação e estava trabalhando de improviso. Minha ida para casa era, sem dúvida, uma de suas menores preocupações. Dei um longo e profundo suspiro. Que coisa mais linda estava esse céu azul cor de ágata, pontilhado de nuvens fofas cinza prateadas que trariam a chuva da primavera em vez de neve. A terra acordava depois de seu longo sono gelado. *Era uma loucura,* pensei, *que tal beleza natural pairasse sobre um mundo que guardava tanta maldade.*

— Algum problema se eu ficar dentro do carro do delegado?

— Nenhum. Quer fumar? — perguntou ele oferecendo-me um cigarro.

Ele tentava ser gentil comigo.

— Não, obrigada — respondi —, mas o que quero mesmo é ficar sozinha.

No carro ouvi a conversa do plantonista da polícia com alguém que vinha trazer um cachorro. Disse que ainda iam demorar uma hora para a garota trilhar o local, foi desse jeito que falou. Por alguns instantes, fiquei ali com o ouvido ligado nas comunicações, dentro e fora do carro. Achei incrível como aquelas pessoas podiam entender o que falavam, com distorções do som tão intensas e palavras que pareciam tanto cortadas no início e no final das frases. Era um dialeto, como outros, com excentricidades e regras próprias. Só fui para o exterior uma vez — para visitar a Grécia e Roma com o propósito de conhecer os lugares que só sabia da existência por meio das leituras de Homero e Virgílio (considerado um mágico durante a Idade Média devido à ligação de seu nome à vírgula), e foi assim: ouvi línguas estrangeiras e senti que era quase possível entender o que falavam, mas não exatamente. Ouvi também o meu nome sendo falado ali através do rádio, o que me deu um susto. Não pude captar o contexto em que estava inserido.

Não sei o que me fez senti-la, mais uma vez, perto de mim. Não conseguia mais ouvir a voz do plantonista ou quaisquer outras. A garota estava olhando para mim, eu sabia disso, sentada ali no banco de trás do carro. Tive medo de me virar e de olhar para trás. Não aguentaria vê-la outra vez, estivesse ali de verdade ou fosse uma fantasia, um fruto de minha imaginação. Permaneci imóvel, sem respirar, presa em um tipo de animação suspensa. Mais uma vez desejei ter caído no sono e sonhado. Então, um riso melodioso vindo de longe começou a surgir por detrás de mim. Um riso suave, ou talvez um choro delicado — às vezes os dois podem soar misteriosamente iguais — de uma garota, que se insinuava como uma lágrima através da superfície de um muro de silêncio. Não, era mais de uma voz, agora eu podia perceber, e não estavam rindo ou chorando, mas falando ao mesmo tempo, uma verdadeira melodia de perguntas. Não resisti e olhei pelo retrovisor. Eram três garotas cujos rostos flutuavam naquele espelho estreito.

Desta vez não fechei os olhos e não soletrei *paciência* ao contrário. Voltei-me sussurrando um estridente:

— O que é?

No entanto, não havia nenhuma garota ali. Um alívio se lançou sobre mim seguido de um súbito terror pela constatação de que acabara de penetrar em um reino que não podia ser entendido pela lógica. Tentei retomar o controle da minha respiração, enxuguei minha testa fria e úmida com a manga do casaco. No momento seguinte, já sabia que não devia contar isso a ninguém.

Niles deixara o gorro e o copo de plástico sobre o assento traseiro do carro. Eram coisas reais, sem dúvida, e por isso curiosamente confortadoras perante o que acabara de ocorrer. O pedaço de corda também havia sido colocado ali em um saco plástico, preservado junto com o resto. Era como se fossem tesouros arqueológicos destinados a um museu. Quando me virei para a frente e afundei no assento, derrotada, mais uma vez sentia desamparo e um sentimento crescente de pânico de que aquela atividade toda seria em vão. E, ao final do dia, ia parecer uma perfeita idiota por ter sido responsável pelo impulso que fez com que todas essas pessoas dedicadas largassem seus afazeres durante a manhã e viessem vagar por uma floresta abandonada somente para encontrar o mesmo que Niles e Bledsoe, e o que só eu mesma parecia continuar descobrindo, ou seja: nada. Imaginei que Niles seria alvo de alguma crítica ácida vinda dos colegas, pelas costas ou até diretamente na cara. E, quanto a mim, eu me tornaria uma completa excluída.

Agora outro veículo, uma caminhonete azul-escura apareceu de repente na subida acima. Uma cadela da raça pastor-alemão, hiperalerta, com uma pelagem marrom e preta brilhante, saltou com o seu condutor. Shaver abriu a porta de trás do carro de Niles, pegou os sacos plásticos que continham o gorro e a corda para entregá-los ao homem que segurava a cachorra numa guia de couro comprida. Ele abriu os sacos e, sem tocar no conteúdo, aproximou-os do seu focinho molhado. Depois de farejá-los, os dois desapareceram atrás da cortina verde da floresta junto com os outros. Os minutos se sucederam sem que nada acontecesse entre eles.

Impaciente e exausta, decidi andar pela estrada para esticar as pernas e distanciar-me da última percepção equivocada que acabara de ter. Shaver falou que preferia que eu não ficasse fora de sua vista, o que me fez sentir como Morgan e Jonah quando dava a eles ordens semelhantes. Mas enquanto os gêmeos costumavam ficar irritados e demonstravam revolta, a mãe deles apenas assentiu. Sem falar nada, comecei a andar com as mãos enfiadas nos bolsos e os olhos pregados na beira da estrada, prestando atenção no caminho como quem trabalha com geomancia. Entretanto, de maneira diferente de um geomante, capaz de entender a linguagem da terra e das pedras, não consegui entender o que havia me trazido ali e por que estava sendo guiada em direção a algo que de antemão sabia ser a confirmação de outro beco sem saída.

O sol agora estava alto, passava do meio-dia. Caminhei para longe, além da moita de sinos-dourados. A estrada era reta e eu permanecia no campo de visão de Shaver, portanto minha retirada de cena não ia contra o que pedira. Hoje era um dia em que deveria ter ficado em casa, pois tinha mil coisas para fazer — lavar roupa, ler e ajudar Jonah e Morgan com seus deveres de casa de fim de semana — em vez de estar aqui para aguardar a possibilidade de que alguma coisa assustadora acontecesse.

Meu caminhar tinha a finalidade de bloquear o pensamento das razões que me trouxeram a este lugar. Era raro que minha mente ficasse tão aérea quanto estava esta manhã, mas para me centrar comecei a imaginar o que os gêmeos estariam fazendo. Fui parar na sala da casa de meus pais. Meu pai estava lá e os garotos estavam jogando cartas com ele, pôquer, penso eu, pois era o que ele e eu costumávamos jogar. Um disco de Count Basie tocava na vitrola. Rosalie perguntou-me se eu tinha comido alguma coisa e respondi que não, e que só bebera a água que o tal de Shaver me dera, e foi só isso.

"Isto não é comer, é beber. Venha, vou lhe preparar alguma coisa."

Segui-a até a cozinha branca ao mesmo tempo que respondia a mais uma de suas perguntas — de alguma forma ela sabia a história que evitei lhe contar pela manhã —, e disse que Niles, na verdade, não me levara de volta para aquele lugar com expectativa de que algo seria descoberto. E que fizera isso mais como uma estratégia para que eu encerrasse de vez esta história.

Rosalie me perguntou o que Niles estaria pensando. E como eu iria encerrar essa história se não encontrasse o que tinha certeza de ter visto?

A pergunta foi muito bem colocada, mas fiz que se lembrasse das muitas vezes em que ela mesma ficara de quatro debaixo da varanda da frente, com uma lanterna na mão, para se certificar de que não havia nenhum ogro morando ali debaixo, quando Chris e eu éramos pequenos.

"Não era bem o mesmo."

"Exatamente a mesma coisa."

"Vocês eram crianças."

"Niles não está me tratando como se eu fosse uma criança, se é aí que você está querendo chegar."

Voltei-me para meu pai e os meninos. Agora assistiam a um jogo de beisebol na televisão. Uma partida dos Yankees, o veneno favorito deles. Nep costumava saber o nome de cada jogador dos Bronx Bombers desde os anos 1920, quando ouvia os jogos pelo rádio da oficina, durante todo o campeonato. Mais peças daquele imenso quebra-cabeça estavam se perdendo agora, exceto durante o tempo que bolsões vívidos de lembranças armazenadas na memória voltavam como uma vingança. Os dois meninos, principalmente Jonah, que guardava um oceano de números, haviam colocado na cabeça que seriam capazes de memorizar o que o avô era forçado a esquecer. Muitas conversas sobre beisebol e feitos de jogadores, até mesmo obscuros, enchiam a nossa casa, principalmente quando Nep estava por perto. Jonah gostava de mostrar as habilidades prodigiosas com a matemática, somando, subtraindo, multiplicando, dividindo e até elevando ao quadrado os números dos uniformes dos jogadores com a mesma facilidade elegante com a qual Joe DiMaggio corria em torno das bases depois de uma tacada que mandava a bola lá para a arquibancada.

"O número da camisa de Joe DiMaggio, mais o número da de Babe, mais o da de Yogi, vezes o de Mantle, menos o de Stengel, menos o de Guidry, dividido pelo de Jeter era igual a quanto?"

"Ao número da camisa de A-Rod", respondia Jonah, com uma calma extraordinária.

"E a de Lou Gehrig vezes a raiz quadrada da de Whitey Ford?"

"Fácil. Dava o número da camisa do próprio Whitey."

E então eu estava de volta da cozinha junto com minha mãe que me perguntou de cara e sem rodeios:

"Você e Niles, há alguma coisa entre vocês dois?"

Embora esperasse a pergunta, pois a vi na expressão de seu rosto, recebi-a com decepção, mesmo sendo essa uma conversa imaginária.

"Como você pode dizer tal coisa?"

"Ainda há alguma coisa entre vocês dois."

Sempre haverá. Por mais sentimentalismo que possa parecer, o primeiro amor deixa a marca especial no coração das pessoas. Mas ele tinha sua família e sua vida. E eu tinha a minha.

Ela me passou um prato com um sanduíche de presunto e queijo suíço cortado ao meio, algumas batatas fritas e alho em conserva. Estava com tanta fome que podia até desmaiar. Quando nos preparávamos para ir para a outra sala e nos juntarmos a Nep e aos gêmeos, minha mãe pediu desculpa de uma maneira que só as pessoas que passaram a vida unidas podem pedir:

"Cass, desculpe, mas é que me preocupo muito com você."

Fui tirada abruptamente de minha fantasia e caí com força, como de uma cachoeira, em outra realidade, acordada por uma mão no meu ombro que não era a de Shaver, e, sim, a de Niles, que me chamava.

— O quê? — perguntei, olhando para a estrada além dele e percebendo que caminhara bastante e estava bem longe dos carros. — O que foi que aconteceu? — perguntei, embora estivesse claro na expressão de seu olhar que desta vez haviam encontrado algo. — Você a encontrou, não?

— Não. Ouça, Cassandra.

— O que é? O que é que significa este olhar?

— Encontramos um pequeno acampamento na metade do caminho da encosta, lá ao longe. Parece uma velha cabana de caçador. Algumas comidas em lata, água e um cobertor. E eu que pensava que ninguém morava nestas terras.

— E tinha alguém lá?

— Nem sombra. Achamos que deve ter sido um invasor ou um caçador clandestino, mas não pudemos encontrar nada nas árvores por perto. Não tenho certeza do que este refúgio signifique.

— E agora, o que vai acontecer?

— Deixei dois investigadores lá para documentar com fotografias, fazer um levantamento e verificar se é possível que se descubra o que pode estar acontecendo.

— Acho que você deve ter mais perguntas a fazer para Statlmeyer e Henderson.

— E para você também, talvez.

Começamos a voltar, pela descida longa e gradual da montanha, em direção aos carros. Sentia um aperto no peito.

— Vai ser assim, da mesma maneira que foi a nossa conversa, caso eu seja inquirida de novo? Como se eu fosse uma testemunha ou coisa parecida?

— Olhe, Cass. Detesto ter que dizer isso, mas você não foi considerada testemunha de coisa alguma — disse ele. E em seguida arrematou com uma voz mais suave: — Não existem provas reais sobre o que nos contou, o que pode gerar um relatório falso, que é crime, você sabe.

Aquilo me pegou de surpresa. Tentei não deixar transparecer, mas Niles me conhecia muito bem.

— Não vai acontecer nada com você, não se preocupe. Sua vidência, ou seja lá o que for, nos trouxe até aqui para encontrarmos o que encontramos.

— Bledsoe pensa que eu sou histérica.

— Não ligue — respondeu Niles, continuando a andar.

— Quem sabe talvez eu seja mesmo.

Ele não respondeu. Ao continuarmos a pisar na beirada da estrada, senti uma vontade irresistível de agarrar a mão dele. Aquele era um sentimento que fazia mais de uma década que eu não experimentava com Niles Hubert. E mesmo com o declínio do envolvimento que tivemos — que de fato aconteceu —, eu ainda podia ouvir a censura na voz de minha mãe por eu ter tido esse pensamento. Mas minha intenção era muito menos uma urgência sexual do que a necessidade de me reconectar ao mundo tangível. Segurar numa mão conhecida. Como um desejo tão pequeno podia ser profano e estranho?

Ainda estávamos a uma distância em que não podíamos ouvir o que Shaver falava para o outro homem, alguém que entrara em cena enquanto eu estava longe, ou então era um dos sujeitos que fora para a floresta e retornava agora. Foi quando Niles me pegou pelo cotovelo e disse com gentileza:

— Cass, acho que deve ter mais cuidado com você mesma. Talvez precise de uma ajuda. Eu gostaria de tentar fazer algo por você, se me permitir. Conheço uma mulher muito boa que seria ótima para conversar com você. E se ela sentir que não tem condições de ajudá-la poderá encaminhá-la para pessoas excelentes que conhece e que provavelmente vão fazer alguma coisa. Deixa que eu faça isso por você?

— E quanto a este tal acampamento?

— O que tem ele?

— Você não o teria descoberto sem mim.

Niles pensou um pouco e disse:

— É como a navalha de Occam. É só levar um bocado de gente curiosa para um local e é provável que encontrem alguma coisa. Além do mais, há outro provérbio que você também conhece. A curiosidade gera a convergência.

Nós dois aprendemos com minha mãe o significado da navalha de Occam. E o segundo provérbio, aprendemos com Nep. Niles não se esquecia das coisas.

Eu precisava muito voltar para casa. Ia perguntar a ele se eu poderia ir embora quando ouvi uma gritaria na estrada, abaixo de onde estávamos e vi um, depois três, e em seguida todos os homens que antes tinham entrado na floresta e descido o vale. Eles saíram ao mesmo tempo de dentro da mata e juntos também ficaram de pé na estrada, falando em tom alto e excitado.

Niles e eu começamos a andar mais depressa para alcançá-los, quando ambos avistamos a policial de uniforme. Uma garota vinha andando ao seu lado, agarrada em seu braço. Parecia assustada, confusa e exausta, e usava um vestido escuro todo amarrotado e tão imundo quanto seu cabelo comprido castanho-claro. Então, comecei a correr ao seu encontro. Fechei os olhos e abri-os em seguida

    Aquilo não era uma miragem. Começou a chuviscar pouco antes de Niles e eu chegarmos até os outros que haviam se juntado em torno da garota. Não demorou muito e uma garoa caiu sobre as montanhas. Os arbustos carregados de sinos-dourados ao longo da estrada, com seus muitos ramos vistosos com flores alegres molhadas por gotas frescas balançavam para cima e para baixo e de um lado para o outro ao sabor das rajadas refrescantes, como se simbolizassem opiniões conflitantes.

Parte II

EM BUSCA DE UM SANTUÁRIO

8

A FAMÍLIA DE MINHA MÃE era do Maine, de Mount Desert Island e seus arredores com costas rochosas, enseadas azuis metálicas e pinheiros maltratados pela maresia. Quando o irmão de seu pai, Henry Metcalf morreu, ela herdou um farol velho caindo aos pedaços junto com a casa do faroleiro que ficavam numa pequena ilha. Na verdade, era mais uma protuberância de terra há muito esquecida no oceano. Num dia claro, se cerrássemos os olhos e observássemos com atenção, era possível ver Covey Island lá de Otter Point em Mount Desert, entre Baker — cujo farol ainda funcionava — e a ponta mais oriental da Little Cranberry Island mais para dentro do Atlântico do que a outra. Esta herança veio dois anos depois que Christopher morreu. Rosalie, Nep e eu viajamos o dia inteiro para assistir às cerimônias fúnebres do senhor Metcalf, tomar as providências necessárias e ouvir a leitura do testamento. Em Covey, abriu-se um mundo inteiramente novo para mim, no qual a água não estava nem um pouco escondida.

Instituímos o hábito, em família, de acordar bem cedo todo o mês de agosto, quando o calor e a umidade se infiltravam da costa aos poucos e atingiam a casa nas montanhas, o que dificultava a vida durante o dia e tornava o sono impossível à noite. Além disso, Rosalie achava que a mudança de ares seria boa para mim e ajudaria a me livrar das premonições que me atacavam de tempos em tempos. Como marinheiros de primeira viagem, Nep e eu aprendemos sozinhos a velejar no barquinho branco que nos coube por herança, embora fôssemos pessoas arraigadas à terra, e minha mãe e eu, durante a maré baixa, apanhávamos mexilhões que se multiplicavam nas praias virgens da ilha.

Tínhamos apenas dois vizinhos. Um deles, Angela Milgate, era uma viúva completamente reclusa, uma pobre eremita profissional. O outro quase nunca aparecia, mesmo durante os meses do auge do verão. Quase sempre parecia que a ilha era toda nossa, e, de fato, pertencera toda aos Metcalf até a metade do século passado. No centro da ilha de cerca de 12 hectares, havia o cemitério da família, pequeno e muito simples, com lápides antigas, circundado por uma grade de ferro batido, enferrujada, e um bosque de pinheiros. Nele, Henry Metcalf que morara a vida toda na ilha, descansava ao lado do filho, da mulher, do irmão William e da cunhada Winifred — meus avós maternos — e outros Metcalf de gerações anteriores. As moitas de mirtilo, o aroma do bálsamo, os arbustos de viburno e murta, uma vista soberba que descortinava o Atlântico em todas as direções sobre a água irrequieta sempre em movimento, e o farol — desativado na virada do século XX, com sua escadaria que ainda podia ser usada, embora estivesse caindo aos pedaços. Fora a cúpula redonda tão bonita, erguida sobre as fundações de pedra. A ilha esbanjava magia, era um verdadeiro refúgio.

Foi para esse lugar que escapei com Morgan e Jonah quando a escola interrompeu as aulas durante o verão. Sabia que eles não queriam ir até Covey, principalmente no início de junho, quando as mutucas surgiam aos montes e picavam todo mundo. Além do mais, a colônia de férias ia começar dentro de dez dias, e esta vinda para cá seria indesejável, sem falar que o campeonato de beisebol do qual Morgan participava estava no auge. Mas meus garotos não eram bobos. Eles perceberam o quanto a mãe ficou esgotada depois do incidente na propriedade de Henderson. Viram quando cheguei em casa arrasada na tarde em que a garota foi encontrada. Estava viva, embora desidratada, e sem a mínima vontade de contar o que havia acontecido. Nem conseguia entender as perguntas feitas pela policial que cuidou dela depois que surgiu por detrás do afloramento de pedras monolíticas que pareciam, segundo Niles, uma Stonehenge em ruínas. Lá ela se escondera dos policiais e dos cães que vasculhavam o local. Seu olhar estava direcionado para adiante, para o nada, como um gato selvagem acuado e assustado. Ignorou a água que Shaver lhe ofereceu. Também demonstrou total indiferença com relação a uma barrinha de chocolate que um dos homens encontrou dentro do bolso. Se estivesse de pé na nossa frente, em outra dimensão na qual não fosse possível ver nenhum de nós, dificilmente suas respostas seriam menos desconfiadas. Para ela, nós éramos os fantasmas. Não quaisquer fantasmas, mas sim fantasmas cuja presença não podia — ou não conseguia — notar. Antes, tinha me sentido perturbada, mas agora, ao olhar essa menina, me sentia perdida. Desolada mesmo. E talvez tão sozinha quanto ela devia ter se sentido, não importa quais teriam sido as verdadeiras circunstâncias que a levaram a isto.

Reprimindo o impulso maternal de confortá-la e abraçar a coitadinha, afastei-me para longe do grupo preocupado que a resgatara. Não tinha os meios para relacionar a visão que tive da garota enforcada com esta alma quase selvagem, mas acabei não resistindo. Parecia estar no meio da adolescência, um pouco mais velha do que a outra menina. Maçãs do rosto proeminentes, lábios volumosos e rachados. Usava um vestido roxo-escuro com um broche de plástico, ou de alabastro, bege, com o formato de uma rosa, sobre o seio esquerdo. Diferente da garota enforcada, esta era o oposto de uma figura virginal. O vestido estava rasgado e o broche, enlameado. Os olhos castanho-escuros estavam injetados de sangue. O cabelo sujo se enchera de folhas e gravetos como se ela fosse uma espécie de ninfa da floresta, uma dríade desgrenhada dos tempos modernos.

A conclusão imediata a que todos chegaram, como ficou claro na conversa, era que tinham encontrado uma fugitiva. *Se estiverem certos*, pensei, *seja qual fosse o motivo, a fuga deve ter valido a pena*. Aquele terreno ali era muito ruim sob qualquer circunstância. Ter permanecido ali, desabrigada, durante um tempo que a fez se transformar naquele farrapo humano, significava ter dormido muitas noites geladas ao relento e passado por dias chuvosos e frios. Continuava com olhar fixo para a frente com tanta convicção e intensidade que acabei por me virar para acompanhar a mesma direção. Achei que se alguém pudesse ver o que chamava a atenção dela, esse alguém seria eu. Mas ela não olhava para nada do que estivesse do lado de fora. Estava era olhando para dentro de si mesma. E o que observava prendia sua atenção mais do que qualquer outra coisa. Diferente da garota enforcada, usava sapatos pretos, que estavam imundos, e um deles até perdera o cadarço, mas pelo menos não estava descalça.

Niles voltou o olhar para mim. Eu sabia o que esta atitude significava; era uma pergunta que não podia fazer em voz alta sob o risco de parecer ridículo. *O que estava acontecendo, aqui?*, era o que queria saber. Eu desejava ajudá-lo, mas com os olhos tentei fazer com que compreendesse que a resposta à sua pergunta estava além de mim. Pelo menos, naquele momento. Estava com a garota. Senti-me tão perdida quanto ela aparentava estar. Talvez até mais, pois ela, pelo menos teoricamente, devia saber o que fez com que viesse parar aqui.

Enrolaram um cobertor cinzento em volta da garota e a ajudaram a entrar no banco de trás do carro de Niles. A policial também entrou e sentou-se ao lado. Eu me sentei na frente. O restante dos policiais e investigadores retornou ao campo para tentar recolher o que mais conseguisse encontrar. Permanecemos calados na viagem de volta à cidade, só a policial falou. Perguntou o nome da garota, usando um tom e palavras que pareciam mais adequados para alguém bem mais jovem, como se tratasse do trauma dela com um zelo demasiado.

Onde estavam sua mãe e seu pai? Estavam em casa? Podia dizer onde moravam?

Nada.

Muito bem. Havia mais alguém na floresta que precisasse de ajuda, e a quem devessem procurar? Tinha algum irmão ou irmã que gostaria de saber que estava a salvo? Será que mudara de ideia e agora aceitaria um pouco de água ou um chocolate? Estava se sentindo mais aquecida? Ninguém ia lhe fazer mal.

A garota olhava para a frente, como se caída em um vácuo profundo.

— *Cómo te llamas?*, perguntou a policial, por via das dúvidas. — *De dónde vienes?*

Não houve resposta, mas admirei a persistência carinhosa da mulher. A viagem até a delegacia pareceu durar uma eternidade, uma ambulância interceptou-nos na estrada e alguns paramédicos assumiram. Eu fui de carona na ambulância até o hospital e lá Niles arranjou alguém para me levar em casa. Falou que me ligaria assim que a garota fosse examinada e o pessoal do conselho tutelar e o advogado chegassem para iniciar o processo de colocá-la sob custódia e proteção. Queria me levar pessoalmente até a Mendes Road, mas tinha que voltar para a propriedade de Henderson e depois para a delegacia.

— Você vai ficar bem? — perguntou.

— Não consigo entender nada do que aconteceu.

— A garota está bem. Está em boas mãos agora. Devia ficar feliz, Cass, e não estressada.

— Mas não consigo entender.

— O que aconteceu foi uma coisa boa; é só o que precisa compreender. Imagine se não tivesse visto o que viu ontem, imagine se não tivéssemos ido procurar hoje de manhã. Ela não teria aguentado lá sozinha por muito mais tempo. E parecia presa ao lugar e determinada a não sair de lá por conta própria. Para mim, foi você quem salvou a vida dela.

Continuei pasma, meneando a cabeça.

— Fique tranquila, tenha calma. Soletre *paciência* de frente para trás e de trás para a frente. Não se esqueça.

Já em casa, tomei um demorado banho de chuveiro. Preparei um chá para mim e me sentei, esperando que esfriasse um pouco. A noite não prometia muito mais paz do que a que o dia me havia concedido. Em uma hora Rosalie estaria a caminho, trazendo os gêmeos de volta para casa. Logo alertou que eles estavam impossíveis. No final das contas, minha fantasia de que ficaram jogando pôquer e assistindo a um jogo de beisebol com Nep não passou de um desejo ilusório. Meu pai havia tido mais um daqueles dias desorientados em que perdia as referências e não teve condições de jogar nada. Poderia até ter se sentado com Jonah e Morgan para assistir, ou pelo menos olhar o jogo, só que não transmitiram nenhuma partida pela TV.

Assim que entraram em casa, os garotos me bombardearam de perguntas. *O que foi que eu fizera o dia todo?, E ontem? O que estava acontecendo?* Perguntaram várias vezes, e olha que não eram crianças carentes. Exigiam que os colocasse a par de quem e o que nos defrontava. Para eles, ninguém de nossa pequena família deveria enfrentar sozinho as agruras do mundo. Nós três éramos como uma unidade. Nós. O que acontecia a um, acontecia a todos.

Por mais de uma vez meus filhos se meteram em brigas na escola por causa de um ou outro colega que acusou a mãe deles de ser louca de pedra. Parafusos de menos, ou morcegos no sótão, assim era a maluca de Mendes, descrita através de todas as bobagens que meninos espertos e desprezíveis costumam dizer quase sempre treinando para se tornarem adultos espertos e desprezíveis. Uma vez, Morgan foi suspenso por uma semana por ter dado um soco que deixou preto o olho de um colega porque este o chamou de cretino e filho de uma bruxa. Não há dúvida de que alguns pais maldosos defendem, pelo menos, a intenção dos atos de seus filhos. Se em minhas aulas eu resolvesse expor as teorias de Darwin, em vez das inofensivas geografia e mitologia antiga que faziam parte da matéria obrigatória, alguns deles iam procurar a diretoria para exigir com toda a força de seus pulmões criacionistas, que eu fosse demitida. Alguns dos amigos da congregação de Rosalie na igreja sentiam-se bastante incomodados com minha presença, mas como eu ia à igreja uma vez ou outra por ocasião de casamentos, cerimônias fúnebres e batizados, não podiam me expulsar assim com tanta facilidade.

Por sentir um orgulho secreto por Morgan ter revidado a provocação do colega, cancelei todo o trabalho que tinha marcado durante a semana e dei aulas para ele, em casa, como minha mãe fizera comigo certa vez. Achava que aprendia mais durante os dias em que estudávamos juntos do que na escola. De qualquer modo, mesmo que Niles tivesse tentado fazer o maior esforço por manter aquele acontecimento recente em segredo, os boatos começavam a circular, exagerados graças às fofocas. Falavam que a minha descoberta de uma garota morta não era sequer a da que encontraram viva e perdida na floresta, como também que esta última nem tinha sido encontrada no lugar que eu indicara. Podia imaginar o que mais haviam falado de mim, eu inventara toda aquela história para chamar a atenção.

A menina era uma filha secreta que tive e por vergonha forcei a viver reclusa na floresta desde a infância, e que agora, num ataque de raiva, eu mesma havia enforcado.

Não, ela não era minha filha, era alguém que eu raptara e enfeitiçara para que não pudesse me acusar. Não só fiz com que se tornasse surda e muda como também a abandonei na floresta numa noite, de forma que pudesse fazer valer uma crença absurda anterior de que... e assim por diante.

Algumas variações mais suaves e outras mais maliciosas dessas histórias iam se espalhar entre os boatos de nossa comunidade, principalmente entre crianças da idade de Johan e Morgan. Eu estava determinada a nos tirar da redondeza no dia seguinte ao término das aulas e só voltar no dia em que os gêmeos fossem para a colônia de férias. Neste ínterim, somente torcia para que fosse resolvida a situação da garota que se supunha ter fugido de casa.

Nossa caminhonete quase não conseguiu fazer a viagem até o norte. Por duas vezes, ferveu no caminho e tivemos que parar na estrada interestadual para deixar que o motor esfriasse. Os garotos disseram que aquele era o último canto do cisne, o espetáculo de uma despedida.

— *Adiós* — disse Jonah para a caminhonete.

— Adeus, mundo cruel — repetiu Morgan.

Eles riam tanto por causa do vapor que saía por debaixo do capô levantado, enquanto outros carros cruzavam a estrada para lá e para cá, que minha frustração causada por uma pane absurda acabou também por se transformar numa gargalhada.

— Está bem — declarei. — Quando chegarmos lá...

— Se chegarmos lá — falou Morgan.

— ... poderemos ver se a vendemos.

— Por 50 centavos.

— Seria melhor pagarmos 50 centavos para quem quiser ficar com ela.

— E compramos uma nova.

— Uma nova usada, é o que quis dizer.

— Só podemos gastar o que temos — argumentei, tentando manter o humor. — Vou lhes dizer uma coisa. Vou deixar que escolham o carro que vamos comprar.

— Agora você está falando...

— ... uma bobagem.

Rimos um pouco mais enquanto o motor reclamava, tossia e acabava por pegar outra vez.

— Eu digo quanto poderemos gastar, caras-pálidas. Mas vocês escolhem as rodas, sacou?

Ambos soltaram um suspiro. Eles detestavam quando eu também tentava usar gírias.

— Veremos o que for possível e depois a nossa galera entrará em contato com você — disse Jonah por fim.

Como fomos equipados com mentes contraditórias. Naquele momento, enquanto meus dois bastiões de força estavam compensando minhas deficiências e tentando me ajudar para que eu deixasse os problemas para trás com seus conselhos bem-humorados e sua marca peculiar de respeito, eu me via obscurecida pelo sentimento de tê-los decepcionado. Não podia deixar de pensar que se eles tivessem um pai, outro provedor em suas vidas, poderiam estar agora viajando num carro de verdade. E não nessa lata-velha que expelia uma nuvem de gases poluentes. Embora eles encarassem esta ausência com altruísmo e mostrassem que não fazia falta, eles mereciam ter um pai. Alguém bem resolvido na vida que os amasse tanto quanto eu — ou pelo menos da mesma maneira — e ensinasse a eles como consertar coisas quebradas e a construir outras. Nep serviu como substituto, apadrinhou-os como se fossem os filhos que nunca teve. Ou melhor, do mesmo modo que foi o pai de Christopher durante a vida curta que ele teve. E sempre foi brilhante nesse papel. Mas hoje, ele estava presente algumas vezes e outras não, e eu sentia muito a sua falta, tanto como filha quanto como mãe.

— Você está bem? — perguntou Jonah depois de alguns quilômetros de silêncio.

— Pode apostar que sim — garanti a ele enquanto segurava sua mão por alguns instantes.

Depois de termos comprado mantimentos e passado por algumas lojas que vendiam cúpulas com seus cata-ventos girando em todas as direções e campos de tremoços transformados num verdadeiro jardim zoológico de turistas de classe social baixa, paramos para comprar enroladinhos de carne de caranguejo a peso, no Ellsworth, onde também compramos lagostas vivas tiradas de um tanque. Desde que começamos a cruzar a estrada pavimentada do continente até Mount Desert pude sentir o cheiro de maresia no ar e meu coração acelerou. Com aquele longo dia por terminar, deixamos nossa pobre caminhonete capenga no estacionamento municipal de Northeast Harbor e embarcamos na lancha da Bunker & Ellis que nos levaria para a ilha.

Apesar de toda relutância inicial em viajarem para o norte, os gêmeos ficaram contentes por estarem a bordo da lancha que, apesar de ser do correio, levava passageiros, e eu também me sentia feliz. As ilhas conhecidas da costa iam desfilando diante de nós com escarpas cheias de pinheiros e suas praias com pedras cor-de-rosa banhadas pela água. No mar aberto, as boias das armadilhas de lagostas pareciam ovos de páscoa pintados em cores vivas. A propriedade de Henderson, com suas intricadas vozes e visões, fora deixada para trás, bem longe. E isso me renovou. Fui até Morgan, que estava de costas, e lhe dei um abraço por trás. Em vez de se livrar de mim, ele me devolveu o abraço ao passar os braços magros e fortes por minha cintura enquanto olhava para o mar. Daqui a um ano, talvez, estaria da minha altura. Jonah estava encostado na amurada ao nosso lado, na proa da lancha do correio, e apontava para os golfinhos que subiam para respirar e mergulhavam costurando as ondas uns 30 metros a boreste. As bochechas dele se acenderam num intenso vermelho, acarinhadas pelos ventos do mar.

Momentos como esses deixam lembranças por toda a vida. Os gregos, que sempre tinham palavras para tudo, não tinham uma descrição para isso. Também não havia uma palavra na língua inglesa que descrevesse tal tranquilidade. Acho que os budistas se referiam a esses momentos como *uma paz que suplantava toda a compreensão*. Era isso.

O chalé estava mais arruinado do que eu supunha. O inverno tinha sido muito severo aqui no norte. O piso da varanda da frente estava descascado e em alguns lugares parecia uma colcha de retalhos compostas de pétalas secas, escuras e claras, e também faltavam algumas telhas do telhado. Ao lado da varanda vi muitas pontas de cigarro, ainda recentes, jogadas no gramado. Aquilo era estranho. Será que algum pescador de lagosta veio até o chalé para descansar em nossos degraus? Ou teria sido alguma família que parou ali depois de uma saída de barco e olhou para dentro através de uma de nossas janelas?

No interior da casa, no pavimento térreo, a mobília coberta por lençóis e os tapetes enrolados, bem como todo o resto das coisas parecia estar direito. Ainda havia bastante gás no botijão e havia eletricidade. Entretanto, descobrimos que o vidro de uma das janelas do segundo andar que davam para o mar, estava quebrado. E no quarto em que eu sempre ficava, encontramos os restos ensanguentados de uma gaivota preta que devia ter entrado em seu voo distraído através da vidraça ou então, atirada pelo vento. Era extraordinário, mas o quarto não fora danificado pela chuva. Jamais vira uma coisa igual àquela antes, mas achei que uma tempestade deve ter desorientado o pássaro e, com uma rajada mais forte, o arremessou contra o vidro. Nós três fechamos a janela com uma tábua, limpamos as manchas do chão, enterramos aquele enorme pássaro marinho e poucas horas depois, antes do pôr do sol, tudo já estava mais ou menos arrumado e funcionando. Eu estava determinada a não considerar o inesperado incidente como um mau agouro e a não deixar que o acontecimento perturbasse a tranquilidade que eu conquistara.

Embora estivéssemos cansados, Jonah levou a panela grande que usávamos para cozinhar lagosta até a rebentação do mar dourado pelo sol poente. Passou por corredores de rosas bravas, *Rosa rugosa* com suas abelhas bêbadas dedicadas, trazendo-a de volta cheia de água salgada, enquanto Morgan acendeu um fogo feito com gravetos encontrados na praia. Rezava a tradição que, na primeira noite, sempre haveria um jantar de lagostas — *besouros* como os meninos as chamavam, adotando a gíria local — e não seríamos nós que a quebraríamos. Arrumei a mesa, acendi as velas e um lampião e deixei as luzes da casa apagadas como uma maneira de nos livrarmos de um mundo todo iluminado artificialmente que ficara distante, afastando-o de nós por completo. Jantamos e ficamos conversando até tarde. Quando finalmente os mandei para o quarto que dividiam, lavei a louça, apaguei o fogo com a água que restou na panela, depois as velas, e senti um cansaço delicioso e delirante. As ondas quebravam na praia sob um céu salpicado de estrelas sem fim. Senti que podia dormir durante uma semana.

Os Metcalf nunca gostaram da modernidade, e, embora a família tenha aceitado que a eletricidade fosse ligada à Covey nos anos 1920, enquanto as outras ilhas eram servidas pelos cabos que vinham de Mount Desert, jamais quiseram ter uma linha telefônica. Ninguém ia ligar. Fui para cima com o lampião na minha frente e, ignorando a janela tapada com a tábua, meti-me na cama sentindo-me protegida do resto do mundo pela primeira vez em muitas semanas. Eu que nunca rezava, fiz uma prece de agradecimento, como uma das preces agnósticas de Nep.

Senhor amado, se estiver em algum lugar me ouvindo, quero que saiba como estou grata pela sua proteção durante nossa viagem, e peço por favor que permita que estes dias que passaremos aqui sejam plenos de paz e tranquilidade. Obrigada por proteger meus filhos. Amém.

9

Na manhã seguinte, a luz do sol entrou com tamanha força em meu quarto que fui despertada pelo seu brilho. Fiquei surpresa de não encontrar em cima da minha cama a gaivota ensanguentada e morta que vira durante o sono momentos antes. No pesadelo que tive, um vulto pairava do lado de fora de minha janela e embalava a gaivota nos braços, qual uma madona diabólica. Antes, havia queimado cada um dos olhos da ave com uma ponta de cigarro acesa, para depois arremessar a pobre criatura através do vidro. Respirei com calma, inalando a doce maresia do oceano, tentando desacelerar meu coração. Sem ouvir qualquer ruído, achei que os gêmeos ainda estivessem dormindo após a longa viagem do dia anterior, aliás, no que faziam muito bem. Embora me sentisse protegida, perguntei-me se Covey ficava longe o suficiente da propriedade de Henderson para ser o santuário que procurava. Em vez de fazer força para sair da cama e descer para preparar o café da manhã, ajeitei o travesseiro sob a cabeça com a intenção de ficar deitada ali mais alguns instantes a fim de colocar os pensamentos em ordem.

Não queria admitir, mas meu monstro estava de volta, acordara de seu sono, e vagava em torno de mim. No mínimo, era preciso reconhecer isso. Um pesadelo era apenas um pesadelo, mas não podia negar que a garota enforcada guardava todas as evidências de uma de minhas antevisões, e, em se tratando de premonições, esta era a mais misteriosa e confusa que jamais experimentei na vida. Diferente de épocas passadas, quando eu podia perceber a correspondência direta entre a visão e as pessoas, ou acontecimentos do meu dia a dia, desta vez não consegui fazer nenhuma correlação. A questão era: o que eu ia fazer em relação a isso? Ou então, de forma mais objetiva: havia alguma coisa que eu pudesse fazer?

 O que finalmente me fez tomar a decisão de sair de Little Eddy e ir para Covey Island foi, entre outras coisas, o fato da investigação policial, inteiramente baseada em dados periciais e o trabalho competente de uma especialista que Niles me fez consultar, concluírem, em princípio, que eu havia sofrido, de fato, uma alucinação. Alguma confusão na série de reações químicas do sistema nervoso visual. Era plausível até que fosse a síndrome de Charles Bonnet, mas minha idade e minha visão perfeita não se adequavam ao perfil dos que sofriam desse mal. Foi sugerido que pudesse se tratar de alucinose peduncular, mas não apresentei nenhum dos sintomas típicos que a acompanhavam. Neurite óptica, esquizofrenia? De jeito nenhum. Por fim, terminaram por atestar que tive uma desordem passageira causada por estresse, um episódio delirante. Assim como a natureza detesta o vácuo, as autoridades abominam o inexplicável.

 A terapeuta era bem-intencionada. Uma mulher que citava James Thurber como um possível companheiro do mesmo mal que eu sofria, e dizia que o cartunista que havia escrito "The Secret Life of Walter Mitty" um dia viu uma senhora com uma sombrinha caminhar em linha reta na direção de um caminhão. De tempos em tempos, um coelho enorme aparecia para comentar com ele os problemas do mundo. Em outra ocasião, viu uma ponte se elevar no ar, como um balão comprido. Em síntese, tentava me confortar ao dizer que mesmo os afetados por uma demência branda tinham um lugar criativo e viável em nossa cultura.

 — As pessoas criativas como você são, às vezes, arrebatadas pelos mesmos pensamentos que de início as tornaram especiais — propôs.

— Mas é importante não apenas entender a diferença, e sim, senti-la em seu coração. Sentir a diferença entre a realidade e o fantástico faz de conta que você vivencia como real.

Lembro que baixei os olhos quando terminou de desenrolar esse novelo de pensamentos que me reduziam, como percebi, a implicações correlatas, a uma espécie de infantilismo.

— Para ter equilíbrio, precisa saber distinguir entre a experiência subjetiva do sonhar, como os pesadelos que tem acordada, e a experiência vívida e objetiva. Isto faz sentido para você?

— Faz sim, e obrigada — respondi, certa de que essa era a única resposta que faria com que eu pudesse saltar fora de sua poltrona de couro.

A questão era que eu não estivera sonhando acordada, mas nenhum deles tinha a menor razão palpável para acreditar em mim, e tampouco havia qualquer neurociência de peso ou qualquer estudo psicológico conhecido por eles que pudesse fazer uma conexão entre minha "visão" da garota morta e a descoberta da garota perdida. Portanto, o que eu vira jamais acontecera "objetivamente". A corda que achamos naquele dia voltou do laboratório sem qualquer evidência justificável que sugerisse uma possível implicação num enforcamento recente. As fibras estavam gastas demais pelo tempo e sem resistência para suportar até o peso de uma criança. O copo de plástico revelou ter sido deixado lá por alguém da equipe de topografia de Townsend. Era um simples copo comprado na Crowley General Store, na pequena cidade de Little Eddy, com resquícios de avelã e açúcar. O gorro de tricô cor-de-rosa era da garota encontrada. Ao que parece, ela o perdeu enquanto corria e tentava se esconder de Niles e de mim na hora em que entramos na floresta. E embora a busca e as investigações tivessem que ser mantidas como um assunto interno, com seus detalhes bem guardados, tudo acabou vazando, acho que por cortesia de Bledsoe. A maior parte da história, com um monte de erros e exageros, saiu em alguns jornais locais e também nos de fora da cidade. Mesmo sem ler as notícias, meu telefone não parou de tocar, e as pessoas do outro lado da linha não eram da localidade. Minha caixa de correspondência ficou lotada de cartas pouco amigáveis, a maioria anônima. Um pastor amigo de Rosalie ligou se oferecendo para conversar comigo. Na mercearia viravam a cara para mim. Até mesmo os garotos evitaram falar comigo, por não saberem o que dizer.

Foi só depois de ter recebido uma ligação de Matt Newburg, o diretor da escola, para me notificar que muitos pais preocupados desejavam tirar os filhos dos cursos que eu daria no verão, ficou claro que devia pensar em me ausentar por uns tempos. Quando acrescentou que meus cursos sobre Homero e Virgílio haviam sido cancelados devido à baixa procura — quer dizer nenhuma — e os nove alunos matriculados acabaram por desistir, a sorte estava lançada. Por motivos óbvios, adiei os compromissos de radiestesia que já tinha agendados. Não tinha condições de caminhar sozinha por qualquer campo ou floresta à procura de água. Nunca antes um lugar inabitado se mostrou tão ameaçador. O telefone pode ter sido uma porta aberta para a invasão da minha privacidade.

Até mesmo minha ligação para Rosalie teve um preço. Quando lhe contei meu plano e pedi permissão para usar o chalé e fugir de tudo o que me oprimia, ela concordou, mas fez um pedido. Ela e Nep queriam se juntar a nós na semana seguinte, depois que tivéssemos aberto a casa e nos instalado. Devido ao estado de saúde de Nep, achou sensato deixar para mais adiante nossas férias anuais de agosto. Em função de tudo o que tinha acontecido, parecia fundamental passarmos um tempo juntos.

— Maravilha — concordei, antes de desligar o telefone. Mas eu sabia o que aquilo significava. Sabia que ela viajaria para cá com a intenção de conversar comigo. Andar comigo pelo caminho escarpado que beirava a praia da ilha, pegar adiante a nossa trilha e falar em detalhes tudo o que achava que dera errado em minha vida e que eu já sabia que dera errado. Sem dúvida, sua intenção era a de me alertar — proteger-me de mim mesma, como colocava —, para que se o monstro chegasse perto, eu estivesse atenta o bastante para não falar sobre coisas que deviam ficar enterradas no passado. Minha mãe conhecia cada parte rachada de minha armadura fina de lata. Quando desligamos, pensei que devia ter lhe dito que não queria conversar sobre Christopher ou sobre qualquer assunto relacionado a ele, e tampouco sobre os nossos segredos antigos e já passados, enquanto estivéssemos em Covey — lugar que ele não conheceu —, mas achei que seria mais acertado não falar nada. Talvez, depois que Rosalie chegasse e respirasse o ar puro do oceano, suas preocupações desaparecessem, do mesmo modo que eu esperava que as minhas se fossem.

Por seu turno, Niles assegurou que eu não devia me preocupar com as coisas publicadas nos jornais nem com o que andavam dizendo, e insistiu nisso ao repetir que eu não devia sentir vergonha nem mesmo ficar chateada. Ele se encontrou comigo quase todos os dias depois que a garota foi encontrada, durante sua hora de almoço ou sempre que podia dar uma fugida do trabalho. Longe dos olhares do público, caminhávamos juntos ao longo da periferia do parque dos bombeiros ou em volta do lago que ficava ao lado. Enquanto dirigia cercada pelo mato verdejante das montanhas anônimas para ir ao seu encontro, sentia-me, às vezes, como a amante discreta que ia atrás do namorado casado. Ficava com os nervos tão à flor da pele e meus pensamentos tão envoltos por uma sombria culpa, que poderia mesmo estar próxima de viver uma situação de adultério. Em vez disso, tentei prestar atenção aos conselhos dele para manter meu orgulho, minha calma e força, e não me preocupar. No entanto, conhecia bem demais a voz dele, e a expressão em seu rosto mostrava preocupação. Quando perguntei o que Melanie pensava, ele franziu a testa e disse:

— Isso não importa.

Era fácil interpretar a declaração. Ela, com certeza, o alertou sobre o risco que sua reputação corria caso continuasse andando na companhia da amiga de infância maluca.

Entretanto, Niles não me tratava como se eu fosse louca. Tratava-me com respeito, evitava tocar nas bobagens que os jornais publicavam e me contava a verdade sobre a história da garota encontrada. Seu nome era Laura Bryant. Ficara perdida durante duas semanas. Não era uma criança selvagem e tampouco uma ninfa da floresta. Desaparecera do terminal ferroviário numa manhã de maio. Ela e a mãe foram para a estação defronte do rio para esperar o pai que vinha de uma viagem de negócios. O trem dele se atrasara devido às obras da linha. O vento que soprava do rio era forte, e embora todo o gelo já tivesse derretido, fazia frio. A garota disse à mãe que queria ir até o carro para apanhar o casaco e o gorro que deixara lá. O estacionamento ficava do outro lado da linha do trem e era perfeitamente visível, e a mãe concordou, contanto que voltasse depressa, pois o trem não tardaria a chegar. Então, Laura com o corpo ainda tremendo de frio, desceu da plataforma e subiu a escada para atravessar a passarela contígua, envidraçada e metálica enquanto um trem barulhento chegou à estação e bloqueou, por instantes, a visão de sua mãe e a distraiu. Como acontece com muitas crianças, a garota sumiu, desaparecendo no vazio.

A cena era simples de ser entendida. O trem não demorou a partir. E logo depois a mãe de Laura olhou para onde estacionara o carro, mas não viu a filha. Devia ter se atrasado também, ou talvez ainda estivesse na passarela que cruzava os trilhos espiando pelo vidro. Ia brigar com ela, pensou a senhora Bryant. O trem do pai de Laura já havia chegado e eles se cumprimentaram com um beijo de boas-vindas. Então, ele perguntou onde estava Laura. A mulher lhe contou o que tinha acontecido e ambos caminharam até o carro. O casaco e o gorro que Laura fora buscar, devido ao frio e ao vento vindo do mar, não estavam mais lá, e ela também havia sumido. Começaram a procurá-la por ali. Perguntaram a algumas pessoas no estacionamento se alguém tinha visto uma garota de cabelos castanho-claros, de 15 anos, que usava um vestido azul-escuro. Conversaram com os comerciantes dali de perto, perguntaram se alguma garota entrara em uma das suas lojas para usar o banheiro. Tocaram as campainhas das casas próximas da estação. Ninguém a vira. Ninguém podia ajudá-los. O dia deles mergulhou no caos.

Niles continuou a me contar sobre o retorno de Laura e o que mais descobriu sobre sua vida. Disse que queria me manter a par e ficar em contato comigo. No entanto, sempre que me chamava de Gasparzinho eu não conseguia deixar de me ver como o personagem do desenho animado *Gasparzinho, o fantasma camarada*.

Depois de muitos dias perdida, Laura superou o mutismo desconfiado e quis saber o que estava acontecendo. Quem era aquela gente? Onde estava? Tentou fitar os olhos daqueles que estavam cuidando dela, embora parecesse ainda traumatizada e com uma espécie de vergonha inconsolável. Acabou por mostrar interesse pela comida, e quando foi colocado um prato na sua frente, devorou tudo com vontade. Pareceu responder às perguntas da melhor maneira possível, mas Niles não conseguiu diferenciar se estava com alguma dificuldade para dar informações ou se omitia coisas que não desejava revelar.

Ao visitá-la, ela o reconheceu e o agradeceu. Perguntou se Renee, a policial, ia voltar. Ainda assim, durante aqueles primeiros longos dias era como se tivesse regredido, como se tivesse voltado alguns anos, ela pensava com a cabeça de uma menina aterrorizada mais nova do que era. Ou então estava se comportando como uma atriz brilhante e discreta como um camaleão.

— Muito confusa — disse ele.

A troco de nada, revelou numa manhã, depois do café, que se chamava Laura. Disse que aquele era apenas parte de seu nome e que não se lembrava de mais nada. Pediu desculpas por isso, pois sabia que as pessoas que tentavam confortá-la precisavam saber muito mais.

— Pelo menos sabia que se chamava Laura — falei para Niles quando ele contou tudo isso para mim. — Nomes são portas para ideias.

Laura revelou que morava ao lado de um rio largo e que se lembrava perfeitamente de que havia uma igreja ao lado deste rio. Niles quebrou a cabeça na tentativa de se lembrar de alguma coisa, para cima ou para baixo do Delaware, que correspondesse àquela descrição. O rio mudava de cor a toda hora, de marrom para azul e de azul para branco, e do outro lado dele havia uma montanha. Contou que antes de vir para cá morava numa casa. Pedia desculpas por não poder dar mais informações. Não, não podia sequer fazer um desenho para eles porque seria uma imagem inventada, e isso não ia adiantar nada. Queriam que desenhasse mesmo assim? Ela fez vários desenhos, todos diferentes. Depois deixou de lado os papéis e os lápis de cor, não queria mais desenhar nada, achava isso uma perda de tempo. Além do mais, não era mais criança e já cansara dessa bobagem.

Não, respondeu ela à outra pergunta que lhe fizeram. Não, ela não conhecia ninguém na floresta. Detestou a floresta. Detestou aquela cabana de caçador imunda. O teto era cheio de goteiras e a cabana era fria à noite, além disso, o fogo apagava sempre que dormia. Detestou o cara do carro comprido que veio e se foi, mas que a deixou lá na cabana com a porta trancada por uma madeira atravessada no trinco. Não, ela não sabia quem era. Não, ele não lhe disse por que foi que a levou para lá e avisou-a para ficar lá, senão... Mas dissera coisas horríveis para ela enquanto ele se tocava e ameaçou matá-la se reagisse. Declarou que podia fazer com que as garotas más sumissem do mundo. Não, agora ela não sabia de mais nada. Aquilo era tudo o que sabia. E no dia seguinte desmentiu tudo o que revelara ao anunciar que nada do que dissera era verdade.

Ao mesmo tempo que Laura se recuperava fisicamente e contava suas histórias confusas, contraditórias e questionáveis, fiquei sabendo por meio de Niles que a identidade não foi assim tão difícil de ser descoberta. Bastou distribuir a imagem e uma descrição da garota para outras delegacias para que fossem comparados seus dados com os das pessoas desaparecidas.

Tudo se resolveu em uma semana. Surgiu uma identificação positiva. O rio indicado acabou sendo o Hudson, e não o Delaware. A montanha do outro lado dele era a Bear. Ela morava na cidade de Cold

Spring, onde a estação ferroviária ficava a uma quadra do rio. A igreja acabou sendo a Capela de Nossa Senhora da Restauração, que ficava bem na margem do rio e era um templo de inspiração grega com colunas dóricas que podiam tanto estar de frente para o mar Egeu quanto para o rio Hudson. Era um lugar onde se costumava rezar pelo retorno seguro dos marinheiros.

Promover o reencontro de Laura com a família foi importante tanto para Niles como para o pessoal do Conselho Tutelar, mas quando Renee disse a Laura que seus pais estavam felizes por saber que ela estava bem e que estavam vindo de carro para encontrá-la, a resposta da garota foi um misto de entusiasmo e temor. Devido às circunstâncias, a reação não foi assim tão inesperada. Uma verificação no passado dos pais revelou que estava tudo bem — não havia qualquer passagem deles pela polícia, nenhuma ordem de prisão, nenhuma multa de trânsito, o que denotava uma família correta e de certas posses — e, portanto, Laura seria entregue à custódia deles, embora o serviço social tivesse recomendado terapia pessoal e familiar.

A atenção se voltou para investigar seu suposto sequestro. Devido à sua incapacidade de fornecer uma descrição mais precisa do tal homem e de seu carro, a não ser que era um veículo comprido, havia pouca margem de trabalho além dos argumentos de uma garota assustada. Não havia impressões digitais a não ser as dela nas poucas coisas que havia no acampamento improvisado, e as únicas pegadas encontradas, a maioria apagada pela chuva, eram as de uma garota da idade e do tamanho de Laura. Nenhuma testemunha a vira sendo sequestrada ou andando na estrada junto com outra pessoa. A investigação foi caminhando para um vácuo. Não havia nada que sustentasse a afirmação de ter sido um sequestro, embora todas as evidências apontassem para o perfil de uma fugitiva assustada.

Não vi Laura desde o dia em que foi encontrada; isso não teria sido útil para ela nem faria bem a mim. Agora que a situação parecia resolvida, disse a Niles que iria com os garotos para o Maine.

— Não existe razão para não ir. Sabe que o fato de ir embora dará motivos para que as pessoas falem. "Por que ela estaria correndo da cidade?" Não que alguém vá proibir você de ir.

— Não se preocupe porque não iam tentar fazer isso — eu disse.

— Se eu precisar encontrá-la...

— Não se esqueça que vai ter muito trabalho para me encontrar, pois a ilha não tem telefone fixo, sinal de celular ou qualquer outro meio de comunicação. O barco do correio só vai lá quando tem alguma correspondência para ser entregue, e é desta maneira que poderá conseguir uma mensagem minha, através das ondas do mar, e não das ondas do ar.

E isto foi o que me trouxe de volta ao meu quarto banhado de sol. As ondas do mar que quebravam na praia ali mesmo estavam lavando o que restou do pesadelo. Elas me deixaram fascinada desde a primeira vez que vim aqui, por causa da imprevisibilidade de seu vaivém. Nunca tente marcar o ritmo das ondas com o metrônomo, foi o que pensei, a não ser que queira tocar uma música das esferas celestes. Eu ouvia o barulho da água que subia e ia raspando as pedras em seu retorno, bem como o ruído dos barcos pesqueiros ao longe. Também podia ouvir os garotos que faziam bagunça no andar de baixo. Senti o cheiro do bacon que estavam fritando e que se misturava ao da maresia. Levantei da cama, vesti-me e fiquei certo tempo na janela com o olhar perdido no mar até ouvir Jonah me chamar para tomar café. Ao descer a escada senti pena de Laura Bryant. Pena e uma espécie de solidariedade. Afinal, nenhuma de nós tinha conseguido convencer ninguém de nada, não é verdade?

10

Visões. Fazia um longo tempo desde a última visita delas. Depois de ter intuído que meu irmão corria grave perigo, experimentei o que posso descrever como uma sucessão de premonições tão malévolas quanto esta. Demoníacas, foi como minha mãe as qualificou.

Nenhuma foi tão monumental e significativa como a que tive sobre Christopher. Mas pareceu-me que, por uma razão qualquer, eu era capaz de adivinhar o que ia acontecer à minha volta. Eu podia prever, e previ, a quantidade de filhotes que a gata prenha de Hodge Gilchrist ia ter. Hodge era o irmão mais novo do pobre Ben Gilchrist e nossos pais, enlutados depois do acidente que levou nossos irmãos mais velhos, resolveram nos aproximar por achar que seria benéfico para nós dois se brincássemos juntos. Previ ainda qual seria o sexo dos cinco gatinhos — dois machos e três fêmeas. Assim como as cores — três malhados, um alaranjado e outro marrom. Hodge escreveu o que eu previ e colocou o papel dentro de um envelope que deu para a mãe guardar. Na ocasião, ela comentou que a nossa brincadeira era engraçada. Quando a ninhada correspondeu ao que eu tinha imaginado, a senhora Gilchrist, que deve ter ouvido boatos de como eu tinha previsto a morte de meu irmão e também a de seu marido e filho, com medo de que eu tivesse feito alguma bruxaria para assassiná-los, começou a evitar que eu brincasse tanto tempo com Hodge quanto antes.

Houve também outras coisas, pequenas coisas que por si só não tinham a menor importância, mas que tenho certeza que levaram minha pobre mãe ao desespero e resultaram em preces para que essa fase esquisita passasse logo. Sabia quem estava ligando quando o telefone tocava. Era Griselda. Griselda da diretoria da escola estava na linha. Era Margaret Driscoll querendo saber se tínhamos planos de ir à cidade e, caso fôssemos, se ela poderia pegar uma carona conosco. Ou então, deixe por minha conta que eu atendo, porque desta vez é Niles. Eu sabia que horas eram com cinco minutos para mais ou para menos, fosse de dia ou de noite, sempre que alguém perguntava. Sentia que os passarinhos não iam fazer ninhos nesta temporada na casinha em cima do poste de madeira no canto do jardim perto da cozinha, embora eles costumassem fazer isso todos os anos desde que nos lembrávamos. E quando efetivamente não fizeram, previ em silêncio a reação de minha mãe. De fato, ela disse:

— Este ano os passarinhos não vieram.

Era também fácil prever o que Nep falaria:

— Esta é a minha filha bruxa.

E a vida foi seguindo em frente, sempre desse mesmo jeito.

Entretanto, grande parte do que eu via, ou previa, tinha a ver com morte. Estas antevisões — chamadas desse modo por Nep, apesar de ser uma classificação complicada e de difícil entendimento para mim na época — me incomodavam muito. Quando as circunstâncias provavam que eu estava errada, ficava aliviada, quando estava certa, eu não sentia absolutamente nada, nem mesmo em algum canto escondido e escuro do meu ego. Era possível até tentar adivinhar a quantidade de uma ninhada de gatos. Até mesmo predizer seus sexos e suas cores. Mas quando fui até a casa dos Gilchrist depois da aula para ver os recém-nascidos, não ousei dizer que a gatinha marrom que tinha uma pelagem sadia e uma personalidade cativante e que corria e brincava com mais esperteza do que os demais não ia viver por muito tempo. Não falei e nem quis pensar nisso. O nome dela era Lucy. Aproveitava a maior parte do tempo mimando-a e acariciando-a. Hoje, ao olhar para trás, desconfio que a mãe de Hodge insistiu para que o filho ficasse longe de mim, depois que a pequena Lucy — a gatinha favorita de Cassie — foi encontrada sem vida numa manhã. Não era justo que eu fosse vista como responsável. Mas ao fazer esta retrospectiva, entretanto, acho até que fazia certo terrível sentido.

Durante aquele tempo me tornei cada vez mais isolada. Hodge não era meu melhor amigo — Niles sim, embora tenha certeza de que às vezes ele se perguntasse o que estaria fazendo com esta garota instável e indecisa que girava como um pião —, mas éramos muito próximos. E doeu ter perdido Hodge e Lucy de uma só tacada. Meu irmão também já tinha ido, e com ele se foi a turma de amigos que tinha e à qual eu gostava de me juntar, até mesmo o antipático Roy Skoler com seu cachorro simpático, e principalmente o atencioso Charley Granger, por quem sempre tive uma queda, mas nunca contei para ninguém.

— Você é que nem chiclete no sapato — dizia Christopher para zombar de mim e inaugurar o apelido *Grudenta* do qual não fiquei triste por me livrar. Passei por um tempo difícil, sem amigos, depois que parei de contar minhas premonições para as pessoas, e antes de Nep me introduzir no mundo da radiestesia.

Nunca fui uma garota de ficar em casa e passava a maior parte do tempo perambulando lá fora assim que a neve começava a derreter. No lado leste da casa dos meus pais havia uma faixa de terra rochosa que subia e descia e não servia para nada, a não ser para andar a esmo, sozinha — uma sucessão de encostas íngremes cheias de pedras e cujo chão era coalhado de árvores mortas, empapadas de água e moradias de pica-paus. Era o tipo de terreno que eu gostava, e ficava por lá durante horas vagando por aquele mundo que fazia fronteira com a propriedade de Statlmeyer. Era um passatempo do qual nunca me cansei de apreciar e que mais tarde incentivou meus passeios itinerantes como radiestesista. Quando começamos a vir para Covey, eu costumava atravessar esta pequena ilha por um caminho maltratado pelo vento, acima da praia, para depois descer a pé até as piscinas formadas pela maré baixa no litoral. Queria fazer este mesmo caminho com Rosalie e Nep quando os dois chegassem. Entretanto, nesta manhã, fui de barca com Jonah e Morgan até Mount Desert. Pegamos o velho Dodge — ainda todo sujo da lama quando fugi enlouquecida da propriedade de Henderson — e, como prometido, fomos pela estrada pavimentada do continente em busca dos revendedores de carros usados.

— Esse aqui é irado — falou Jonah boquiaberto, de pé ao lado de uma enorme caixa de metal meio quadrada, mais larga do que alta, ao mesmo tempo estúpida e sinistra. Negra como uma lasca de carvão, com linhas que lembravam um caixão de defunto, e as partes cromadas cintilantes como um faqueiro.

— Tração nas quatro rodas — concordou Morgan, passando a mão na grade do radiador, o que fez meu coração afundar. — É um Hummer bem maneiro.

— Não gostei dele — eu disse.

— Mas Cass, este é fora de série para essas estradas.

— Espere aí. Vocês não o acham muito feio?

— É uma obra de arte. O Exterminador do Futuro tem dez dessas feras em sua garagem.

— Olhem. Ele é um falso brinquedo de guerra; é um tanque sem a torre. É só para quem gosta de se exibir.

Demos uma volta nele para experimentar. Tinha sido a primeira vez que desejei que meus filhos tivessem carteira de motorista. Deixaria que eles dirigissem esta caixa de metal estúpida, claustrofóbica e pesadona. Ali dentro, a felicidade deles me fez feliz, mas por sorte o preço estava além do meu orçamento, e por isso não precisaria quebrar minha promessa.

— Então, o que acharam? — perguntou o vendedor, um homem sério de olhar tristonho.

— Não, não é para nós — respondeu Morgan.

— É muito militar para o nosso gosto — disse Jonah com uma expressão honesta.

Aquele preço era um roubo. Por isso, fomos ver outras ofertas em outros lugares. Uma engenhoca prateada com uma corcunda atrás, um retrocesso aos anos 1940. Era uma mini qualquer coisa, pequena demais para abrigar nós três dentro dela. Mesmo assim só encontramos carros acima de minhas posses em todos os revendedores que visitamos. No fim do dia, os garotos disseram que conseguiriam conviver com a velha caminhonete. Nunca conhecemos outra senão essa nossa, portanto, para que trocar por outra agora?

— Leve ela ao mecânico de vez em quando — sugeriu Morgan.

— Daqui, hum... a mais uns cem anos?

Sem uma resposta direta, eu os surpreendi ao embicar na primeira oficina que vi ao longo da estrada principal que nos levaria de volta a Ellsworth. Regulagem, verificação dos freios, verificação da caixa de mudanças, pneus novos, o que fosse essencial — tudo o que tinha direito. Alguns radiestesistas teriam colocado um pêndulo sobre o motor da caminhonete para determinar o que seria necessário fazer. Outros feiticeiros verificariam até a competência do mecânico. Quanto a mim, já tinha tido a minha cota de práticas divinatórias, por enquanto. Li o olhar do homem, gostei de seu aperto de mão e fiz-lhe algumas perguntas pelas quais recebi respostas diretas. Chegou até a brincar com Morgan por usar um boné dos Yankees, uma vez que o Boston era o único time que tinha importância nessas terras do norte. Confiei nele, o que estava de bom tamanho para a minha sensitividade.

— A propósito — acrescentei, antes de ele nos dar carona até a barca —, você se importaria em dar uma lavada nesta coisa abominável?

De volta a Covey, experimentei uma sensação da mais simples alegria, a de ser uma mãe completa. O que poderia ser melhor do que isso? Estava me sentindo com os pés no chão quando, no fim da tarde, fui dar uma volta na ilha depois de deixar os garotos no chalé. Fui tomada por um sentimento de firmeza. Tudo estava bem e continuaria assim — podia quase ouvir Nep falando essas mesmas palavras.

Em alguns lugares onde o caminho estava tomado por pequenos arbustos de frutinhas silvestres castigados pelas intempéries, eu era forçada a descer devagar entre as pedras até a praia. Depois de crescida não perdi o interesse nas piscinas deixadas pela maré alta, minha grande obsessão quando jovem. Tinha as minhas prediletas, guardadas na memória pelos anos em que fiz a mesma caminhada, e parei um pouco para contemplá-las e ver se havia algo dentro delas. Embora a maré estivesse vazia, quase todos os buracos estavam também vazios, exceto por pequenos peixinhos velozes. Mais adiante, entretanto, encontrei um caranguejo iridescente que ficou ali depois da vazante. Aprisionado como estava, debatendo-se dentro da bacia rasa, teria sido motivo de grande diversão antigamente. Eu teria procurado por ali algum galho com uma forquilha, como uma vara de vedor em miniatura, e tentaria pegar o pobre animal e devolvê-lo às ondas. Se estivesse brincando com um balde, teria me transformado numa voluntária que sozinha ia buscar água no mar para encher a piscina e garantir que não ficaria seca até que a próxima maré alta voltasse a enchê-la. Se estivesse comendo um sanduíche, iria cortar pedaços dele, atirá-los na água e observá-lo pinçá-los para tentar pegar a comida, com aqueles olhinhos ondulantes que a tudo espreitavam. No entanto, agora, por pena de vê-lo se arrastar com dificuldade dentro da bacia, peguei-o com cuidado e o despachei nas águas do Atlântico.

Na volta, enquanto catava alguns lindos caramujos e conchas, a sinistra sensação de estar sendo observada tomou conta de mim. Como uma boba, olhei à minha volta e obviamente não vi nada. Felizmente, a ilusão não demorou muito e passou. Por que será que às vezes nos assustamos sem motivo? Coloquei as conchas no bolso para juntá-las à coleção que havia na prateleira sobre a lareira.

Na cama, à noite, acordada, esperando por um sono sem sonhos, percebi pela primeira vez desde que saí da propriedade de Henderson, que meu mundo começava a dar sinais de que recobrava o equilíbrio. Ou melhor dizendo, redescobria o equilíbrio. Ali mesmo, nesta hora, por um momento abençoado, meu canto do universo parecia tão estável quanto as pedras de granito sobre as quais se assentava o farol havia mais de cem anos, castigadas pelo oceano por toda uma eternidade. Acordei certa hora da noite, ou acho que acordei, e ouvi por alguns instantes o barulho das ondas lá embaixo e do vento acima, enquanto as estrelas valsavam através da janela, e pensei ter ouvido as vozes de três garotas cantando, um truque que o oceano e seus ventos gostavam de fazer comigo quando eu também era menina.

Estranho, porém nada assustador. Pelo contrário, a música estranha e calma da natureza imitando o homem, suas próprias criaturas. Seria possível que o vento também tivesse soprado como uma flauta através das janelas do carro de Niles lá na propriedade de Henderson, para cantar desta maneira? O que eu não daria para ter certeza disso? Ainda assim, a garota enforcada, a garota perdida e as vozes estranhas que riam, iam se apagando da minha vida, estivesse eu acordada ou dormindo. Niles também ia esmorecendo. Os Bledsoes da vida estavam agora lá no fundo do mar. Até mesmo meus pais ficaram restritos ao canto mais distante da tela do meu quadro. Nele só havia destaque para mim e meus gêmeos.

Na manhã seguinte, Morgan e Jonah prepararam o próprio café da manhã, com sanduíches de creme de amendoim e café, como pude constatar pelas pistas deixadas, e foram para a praia antes mesmo que eu descesse. Não podia culpá-los por terem encontrado algo melhor para fazer, depois que lhes comuniquei durante o jantar que iria até o cemitério, para fazer a limpeza que sempre se fazia na primavera, antes que Rosalie e Nep chegassem. Outra das rotinas anuais de Covey. Verificar se alguma das finas lápides de mármore ou se a cerca de ferro batido caíra durante o inverno, limpar algum galho que tivesse caído das árvores próximas, cuidar do lugar onde repousavam nossos ancestrais.

Quando vi a relutância estampada nos rosto deles — Morgan em particular não tinha nenhuma paciência para aquilo, ou sequer gostava dessa parte das atividades de Covey — disse que podiam sair e fazer o que quisessem durante a manhã, pois eu podia cuidar daquilo sozinha. Nenhum deles discordou, embora Jonah tenha me feito uma pequena provocação ao comentar que fazia tempo que não via um fantasma.

Para cortar logo este assunto, disse-lhe que não acreditava em fantasmas.

— Melhor assim — respondeu ele, como um pai diria a uma filha sem nenhuma malícia.

Fiz um sanduíche de creme de amendoim para mim também, enchi a garrafa térmica com o café que eles haviam me deixado, peguei um ancinho e umas luvas no galpão de madeira do jardim que a maresia se encarregara de tornar cinzento e caminhei, passando pelo farol, em direção ao centro da ilha. Antes de entrar na floresta de pinheiros que cobria Covey, assim como Islesford, Cranberry, Baker e as demais ilhas dali, voltei-me para olhar o oceano de um azul metálico e os poucos barcos pesqueiros de lagostas que saíam para a pesca matinal. Não parecia justo que Henry Metcalf, que se esforçou em preservar esta beleza para os outros, tivesse a chance negada pela morte de ver, mais uma vez, aquilo que eu podia testemunhar pelo simples ato de abrir meus olhos. *Os fantasmas deviam existir*, pensei, *pelo menos para voltar a lugares de simplicidade inefável como este.*

O caminho passava entre as pedras, se elevava por um platô coberto de árvores e ia daí ao cemitério. No céu voava uma jovem águia-pescadora. No chão, os lírios azuis que explodiram como minúsculas estrelas na primeira floração iam se transformar daqui a um mês em frutinhas capazes de causar estragos quando ingeridas. Flores do barba-azul, como Nep as chamava. No ar, o perfume denso da resina do abeto e do pinheiro-branco. Ao longe, oculto pelas pedras e pela folhagem, ouvia-se o ruído do motor de um barco. Não tão alheia para ter esquecido que era a primeira vez que ficava sozinha no útero da floresta desde que estivera diante daquela aparição terrível, relembrei a mim mesma que estava em Covey Island, e não no vale de Henderson. Tinha o costume de vir ao cemitério há anos. Na verdade, há décadas. Era aqui que a família de minha mãe descansava — meus próprios ancestrais —, o lugar menos assombrado que eu poderia imaginar.

O inverno não caíra tão rigoroso sobre o cemitério quanto sobre o chalé que ficava mais exposto à agressão causada pelo vento gelado e à neve que vinham com força do mar durante o inverno. Tomei um gole de café antes de me dedicar ao trabalho, enquanto a luz do sol banhava a clareira entre as coníferas. Graças ao gelo acumulado, algumas lápides haviam se inclinado em vários ângulos, mas nenhuma delas tombara. O portão arrastado à força, entre gemidos, abriu-se até onde suas dobradiças enferrujadas permitiram. Entrei e comecei a passar o ancinho, limpei o chão do espaço delimitado pela cerca e juntei folhas, gravetos e pontas de galhos caídos.

Adorava este tipo de trabalho que não deixava aberturas para a entrada de outros pensamentos, nada psicologicamente arriscado, nada ambíguo ou incerto, apenas trabalho puro e simples, cujo resultado se podia ver ali mesmo diante dos olhos. Devo ter trabalhado durante uma hora ou pouco mais, entretida na faina de limpar aquele lugar sagrado, empilhando a sujeira sobre uma pedra chata numa das extremidades da clareira para ser queimada mais tarde.

Sentei-me para descansar e comer o sanduíche que trouxera e fiquei pensando como Nep estaria nesta manhã em sua casa, enquanto Rosalie arrumava as coisas para a vinda deles aqui para o norte. Enquanto comia, imaginei como seria viver todo o tempo aqui em Covey, subsistindo por meio da lavoura e da pesca como fizeram os Metcalf durante o século passado. As impossibilidades óbvias de uma vida como esta acabaram por desmanchar a fantasia e a viraram de cabeça para baixo como um barquinho a remo afundado por uma onda grande. Aqui não havia nada para Morgan e Jonah e tampouco qualquer trabalho remunerado para mim e, de qualquer jeito, não poderia plantar e pescar, mesmo durante a estação mais amena do Maine. Apesar de passar como uma fantasia que chega e se vai, não deixava de ser bela. Levantei-me, joguei a casca do pão na floresta, onde um esquilo ou um coelho certamente gostaria de liquidar com uma só mordida, e voltei ao ancinho. Meia hora a mais e o serviço estaria terminado, pensei. Sabia que minha mãe ficaria satisfeita, pois gostava de vir para este lugar pacato e isolado de vez em quando para rezar. Eu podia sentir o encanto daquele lugar. Talvez a limpeza que fiz e o ato de rezar não fossem atividades assim tão diferentes.

Logo minha atenção foi atraída por um murmúrio humano, como uma tosse abafada, o que me impulsionou a dar uma olhada panorâmica em volta da clareira do cemitério. Alguns galhos de pinheiro se agitaram no ar, embora não houvesse nenhuma brisa fraca. Necessariamente, este movimento não significava nada — eu já vira este fenômeno curioso muitas vezes nas florestas, como se árvores, supostamente inanimadas, regessem uma orquestra invisível. Ouvi mais um ruído e uma pedra veio quicando na terra atrás de mim, como se tivesse sido lançada para deslizar sobre a grama, tal qual se fazia sobre a água. Supliquei a mim mesma que não olhasse para trás, de onde o som viera, mas não consegui conter minha curiosidade e me virei num reflexo não tão involuntário assim.

Não vi ninguém ou qualquer coisa se mexendo. Meu primeiro pensamento foi suplicar que não fosse maluquice, mas em seguida percebi que, na certa, eram os garotos se divertindo à minha custa.

— Morgan — falei zangada, e depois um pouco mais alto —, Jonah, não tem nenhuma graça.

Apoiei-me no cabo do ancinho e apurei o ouvido por instantes. Será que havia sido um risinho o que eu ouvi?

— Meninos, parem já com isso.

Nem eu, nem sequer o que estava oculto pelas folhas e espinhos dos pinheiros moveu-se ou fez qualquer ruído. De propósito, coloquei a mão na cintura para mostrar a eles que eu não estava me divertindo com aquilo.

— Em vez de fazer gracinhas, vocês dois deviam vir até aqui me ajudar.

Mais silêncio, seguido pelo estalido de um galho grosso no interior da floresta. Logo depois, ouvi um grunhido agudo num timbre mais baixo que jamais escutei em vozes pré-adolescentes. No entanto, sabia que tinha vindo deles. Ninguém mais na ilha viria até este lugar.

— Meninos? — gritei para o vazio.

Garotos eram mestres em aprontar brincadeiras deste tipo. Mais tarde se veriam comigo, decidi. E continuei com o meu trabalho, parando uma vez ou outra para dar uma olhada e tentar ouvir alguma coisa. É claro que passou pela minha cabeça que aquilo podia ter sido outra manifestação do monstro. Mas — como explicar isso? — não podia ter sido. Meu coração não palpitou da mesma maneira, não fiquei com a respiração presa ou difícil. Não experimentei nenhuma percepção divinatória.

Fiquei pensando no animal que poderia ter feito aqueles barulhos, se afinal, aquilo não tivesse sido obra de Morgan e Jonah. A ilha já tinha tido uma pequena população de veados. Rosalie falou que Henry Metcalf nunca se cansou de contar a mesma história do urso-negro que apareceu de repente em Covey há muitos anos e reduziu toda a pequena família de veados — poucas gerações deles — a zero; dizimando-os. A suposição que fazia, entre baforadas de seu cachimbo de pedra, era que a fera devia ter nadado através das águas frias do Atlântico, vinda de uma das outras ilhas. De repente, sumiram todos os veados e o urso também desapareceu. É provável que tenha voltado nadando para o lugar de onde veio, concluiria Henry, com seu sorriso largo e cheio de dentes, típico de um nativo das ilhas.

Agora, todos tinham virado pó. O urso atrevido, os veados caçados e o próprio Henry, ali debaixo dos dentes de meu ancinho. A terra acabaria por nos juntar, estendendo por fim seus braços em volta de todos os membros da família, e um dia daria descanso a caçadores e presas. Mas, no momento, mesmo aqui no coração da ilha onde repousavam seus mortos, ainda não chegara a hora do meu descanso. Parecia que estivera falando para duas pessoas; uma que já tinha virado pó e outra que ainda não tinha. Ao pegar minhas coisas para voltar para o chalé, tive que reconhecer que meu paraíso podia não estar imune às andanças dos mortos ou dos vivos. Durante toda a caminhada de volta por entre os pinheiros, olhava de vez em quando para trás, por cima do ombro.

11

Nunca haverá um momento certo para que eu faça minha confissão sobre James Boyd e, assim, agora também corro o risco de falar na hora errada.

Conheci-o há 12 anos num dos dias mais abafados de um verão quente feito o inferno. No início de julho, Corinth County era só poeira. Quando se andava por lá, uma nuvem de pó levantava. Onde normalmente corriam rios caudalosos, agora gotejavam tímidas faixas de água sem forças morro abaixo e, às vezes, paravam ou desapareciam por completo antes de alcançar o afluente seguinte. Esta seca trouxe mais trabalho do que minha capacidade de atender a todos. Há anos em meu ofício de radiestesista, jamais estive tão sobrecarregada. Quase não tive tempo de dormir durante aquele mês de junho. Passava as noites acordada, ou dormia apenas uma hora depois de ter mergulhado em mapas para então percorrer durante o dia todo a terra calcinada com minha vareta. Mais de uma vez me questionei por que me preocupava tanto em manter as aparências. Não tinha sido um período fácil da minha vida.

Desde que encontrei água para Partridge, passei a ver meu ofício de um ponto de vista mais complicado do que antes daquele momento estranho em sua fazenda. Afinal, encontrei água naquela colina seca sem conhecer coisa alguma sobre o local. Por trás da retratação de Partridge, que eu compreendi — sem falar em suas desculpas por ter duvidado de nós, os Brooks, no passado — escondia-se uma grande confusão sobre o que realmente ocorrera. Mais importante foi o que aconteceu depois disso, outra vez e mais outra. Assim, sem ter uma ideia melhor, prossegui com meu método eclético de pesquisa e teatro, da leitura da terra e da minha percepção divinatória unidas à minha parcela de sucesso nas descobertas. Fazia o dever de casa quando era possível, ainda insegura em confiar no que às vezes parecia uma excentricidade maluca. Mas no campo, quando nenhum dos dados que conseguira antes resultava em algo positivo, comecei a me permitir jogar com a sorte e ir além do que conhecia.

Minha reputação era mais do que modesta. Não fazia mal algum que Partridge, em geral um homem taciturno e reservado, se dobrasse em elogios. "Aquela sensitiva salvou minha criação", alegava. Distribuía sua produção por todos os condados vizinhos, do Delaware até o leste de Hudson, portanto, desta forma, minha fama entre aqueles que se dignavam a ouvi-lo espalhou-se pelos quatro cantos. Robert, pai de James Boyd, foi um dos que ouviu falar bem de mim.

Por um desses acasos, fui para as terras de Boyd tão despreparada quanto fui para a de Partridge. Quando ouvi o desespero na voz de Robert Boyd percebi que estava à beira da morte, o que me fez cometer o erro de ir à sua propriedade sem ao menos fazer meu dever de casa. Censurei-me por ter tido a audácia de ir lá sem ter feito um estudo anterior. Afinal, não era isso que sempre disse a meus alunos que não fizessem? E agora era eu a pior aluna, que resolvera dar um tiro no escuro, sem ao menos saber em que direção.

Ainda por cima, não precisava ter ouvido as primeiras palavras de James Boyd ao apertar sua mão.

— Não pense nem por um minuto que acredito nisso. Vim até aqui recebê-la por que me pediram que viesse. Não me leve a mal.

Ele estava debaixo da sombra da pérgula coberta de folhas mortas que dava para a varanda. Como eu viera de uma área bastante iluminada pelo sol, mal pude enxergá-lo.

— Não levei a mal — respondi, apertado os olhos. — Onde está o seu pai?

— Ele não está passando bem hoje. Foi por isso que vim.

— Lamento saber disso — falei. — Ele parecia muito preocupado. Ficamos ali jogando conversa fora.

— Este lugar é o mundo dele. Eu não ligo, não gosto do campo, natureza demais — disse Boyd ao largar a minha mão. Quase havia esquecido que ele ainda a segurava. — Entretanto, se é esse o desejo dele, longe de mim atrapalhar seu caminho.

A casa parecia desprovida de vida. O pólen e a poeira cobriam qualquer brilho que as pranchas de madeira amarelas pudessem ter tido um dia. O que parecia ter sido um abundante canteiro de flores estava agora cheio de ervas daninhas. Uma parte da cerca em volta da horta tinha caído. Mas podia se perceber o oásis bucólico que este lugar deve ter sido em seu apogeu.

Já havia acostumado a visão e os meus olhos agora podiam ver muito bem o rosto dele. Mesmo prevenida para não gostar dele por causa da agressividade urbana que carregava, fui surpreendida pelo que senti ao olhá-lo com mais atenção. Ele era o homem mais bonito que eu já tinha visto. Tinha um rosto de formas perfeitas e clássicas, com nariz aquilino, a testa clara que desmentia o teor das palavras desagradáveis que pronunciava. Estava com a barba por fazer, e o rosto tinha traços bem-definidos. O cabelo era castanho e revolto. Olhos cinzentos e amendoados com as íris delineadas com delicadeza, como se tivessem sido desenhadas a caneta.

Ele ficou em silêncio por um instante desconcertante. Então falou com um tom de voz neutro:

— Você não é como eu esperava.

— Você esperava uma bruxa com uma verruga no nariz, membro de algum grupo de Wicca? — perguntei com olhos arregalados. Tentava esconder o que pensava, enquanto queria pescar os pensamentos dele.

— *Touché* — respondeu ele e me ofereceu um sorriso conciliatório.

Começamos a andar nas redondezas de uma velha construção que servira de despensa, onde ele achou que ficava o poço agora seco. Não fiquei surpresa em saber, enquanto ele falava e me mostrava o restante da propriedade, caminhando de uma sombra para a outra, que a doença que eu intuíra — o câncer que eu pressenti na voz de seu pai ao telefone —, impedira Robert Boyd de viajar ou de cuidar da terra que tanto amara.

— E quanto à sua mãe?

— Ela morreu há alguns anos. Hoje somos apenas nós dois.

— Sinto muito — falei, enquanto me perguntava se ele teria mulher e família. Certo ar de indiferença e desapego o circundava. — Então, seu poço está dando uma água barrenta, não está dando água nenhuma, ou o que acontece?

— Quando abro a torneira, o que sai é uma lama fedorenta. E ar.

— Se esperar passar essa seca, seu poço voltará a produzir sozinho, você sabe.

— Meu pai não quer esperar — declarou, dando de ombros.

Ao apontar para um pessegueiro que ficava num dos cantos do quintal coberto de folhas de parreira secas e flores murchas, perguntei:

— Importa-se se eu cortar um galho daquela árvore?

— Por mim, pode pegar a árvore toda.

A voz dele era um pouco grave, como se estivesse peneirando areia entre as palavras. Desde o primeiro instante, soube que não deveria ter ficado interessada por ele, muito menos hipnotizada, mas a verdade é que estava. Ainda assim, teria preferido que ele tivesse feito um esforço mínimo para ser mais simpático.

— Olhe, talvez você prefira que eu vá embora.

— Não, não.

— É que você, quer dizer, não nos conhecemos muito bem, e você parece resistir a este método divinatório...

— É verdade. Nós não nos conhecemos nem um pouco.

Eu me aproximei da árvore, um dia frondosa e hoje seca, e notei que se guardava em seus galhos e troncos um espírito poderoso como acreditavam os romanos, que iria querer me ajudar a descobrir água em algum lugar perto de suas folhas murchas. Depois de escolher um ramo com a forquilha adequada, cortei minha varinha e, fazendo o possível para ignorar meu anfitrião que em poucos instantes sumiu para dentro da casa sem mais uma palavra, comecei a caminhar em zigue-zague sobre a terra.

O meio da manhã deu lugar ao fim da manhã. E o fim da manhã transformou-se no início da tarde. Por mais de uma vez senti a vareta se mover um pouco, me dando algum sinal, mas logo ficava imóvel novamente. Era sempre um enigma saber, com certeza, quando estava agindo por vontade própria, e não por uma reação nervosa ou aflita de quem a segurava. James surgiu com uma garrafa de água, mas fiz um gesto com a mão para dispensá-lo, agradecida, porém sem querer perder a concentração. Fazendo uma retrospectiva, restava muito pouca dúvida de que a maré desse dia mudara, o que me levava à conclusão de que precisava ser paciente com ele durante a manhã, porém mais tarde foi ele quem se esforçou para ser paciente comigo. E, com todos os anos que eu tive para esmiuçar minhas lembranças daquele dia, ainda me espanto por não poder identificar o que foi que aconteceu, ou quando aconteceu, entre James Boyd e mim. Duas pessoas que não se conheciam e não tinham nada em comum, além de serem um pouco hostis uma com a outra, desenvolveram uma outra relação.

Embora fosse uma figura masculina atraente, James Boyd não fazia o meu tipo. Se é que se podia dizer que eu tinha um tipo predileto. O homem que eu achava ideal seria mais habilidoso e ligado à natureza. Podia descascar um ovo cozido apenas com uma das mãos e saber nomes de pássaros. Podia construir armários e plantar batatas muito bem. Mas James Boyd era totalmente urbano, preferia avenidas às estradas de terra, restaurantes às cozinhas, museus de arte às feiras do campo. Em sua cartilha, batatas eram para ser pedidas *au gratin*, e não para serem plantadas na terra. Não fazia ideia de que a toutinegra era um passarinho e nunca mais queria pisar em um celeiro.

Todavia, alguma coisa estava acontecendo. Eu podia sentir que observava o meu trabalho no terreno, por detrás da janela. Ao olhar para a casa vi seu rosto se afastar do vidro. Fiquei imaginando se não conseguiria me concentrar melhor se ele não ficasse de olho em mim. Mas num átimo de segundo, quando atravessava um bosque ralo de framboesas à procura de uma variação de tom em meio às plantas e ao capim, voltei alguns passos para o norte, de onde eu viera, e percebi que estava colocando alguma possível culpa no lugar errado. A responsabilidade total por essa aventura malsucedida era apenas minha.

O que eu sentiria depois, tive a certeza, poderia ter o mesmo significado que os gregos davam para a palavra *eureka*. No meu quase delírio, me convenci de que encontraria água a qualquer momento.

Estava enganada. Não conseguia sequer formular a ideia de para onde ir em seguida. Teria dado minha alma ao diabo por um vestígio de uma fratura no subsolo, mas, desapontada, comecei a pensar que realmente não havia água aqui. Agora que o dia estava terminando, caminhei com má vontade até a casa e disse a James Boyd — que viera do sul do estado a pedido do pai para acompanhar o trabalho desta bruxa impostora, que era como eu me via — que não pude encontrar o que eles queriam. Larguei minha vareta no chão e fui às tontas em direção ao sol vermelho, com o suor escorrendo nas costas e pernas e nos braços frios e úmidos sob a intensa claridade naquela paisagem. Até os grilos tinham silenciado.

— Você não parece bem — disse ele depois que bati na tela da porta.

— Desculpe — eu disse, num sussurro. Sair do ar pesado e quente e entrar na atmosfera relativamente fresca do interior da casa só me fez ficar pior ainda. Dois James Boyd, um sobre o outro, estavam me ajudando a entrar num corredor com cheiro de mofo.

A maior parte da mobília da casa estava coberta por lençóis, embora ele tivesse tirado o que cobria o sofá da sala que pareceu colar nas minhas costas. Antes de desmoronar sobre ele, pude ver a mim mesma num espelho, todo cheio de falhas perto da lareira, e percebi que estava tão branca quanto leite. Como fui idiota em recusar a água que trouxera para mim no início da tarde.

— Esse tipo de coisa nunca acontece comigo — falei numa voz ininteligível na sala que rodava.

— Está um forno lá fora. Talvez você tenha tido uma insolação.

Devo ter desmaiado, porque a cena seguinte foi ele trazendo um copo d'água e me ajudando a segurá-lo, como se eu fosse uma criança, enquanto arrumava meu cabelo úmido, tirando-o da testa e beijando-a com carinho. Em vez de afastá-lo, fiquei ali recostada sentindo que me tocava, e deixei.

O que nós dois fizemos foi tão simples quanto natural. Ele era diferente de qualquer dos amantes que tive. Não tinha nada da arrogância beligerante do início do dia. Disse a mim mesma que estava beijando o verdadeiro James, e não aquela outra encarnação dele. Era terno, sim, mas também atencioso e audacioso. Fui tomada por outra vertigem sob o toque suave de seus dedos e de sua língua. Passamos a noite juntos no quarto que fora de seus pais, pois o dele só tinha duas camas de solteiro. Sobre a penteadeira havia uma fotografia emoldurada da mãe dele. Sentada sob um guarda-sol com um vestido de algodão, sorria como se sua felicidade e o mundo jamais fossem se acabar. Antes de desligarmos as luzes, peguei a fotografia.

— Acho que teria gostado de sua mãe — sussurrei.

Embora tivéssemos aberto todas as janelas, o calor não nos deu um refresco durante a noite. A lua cheia parecia outro sol. Até hoje creio que acreditamos que realmente nos amamos, um ao outro, durante as poucas horas que passamos juntos.

Acordamos após o amanhecer, depois de termos cochilado um pouco, e nos amamos outra vez, ainda com maior intensidade, na indistinta luz do sol nascente, do que quando estivemos escondidos dos nossos próprios olhares, no escuro. Eu estava faminta, pois quase não havia comido no dia anterior, e mesmo sem ter dormido o suficiente, sentia-me muito melhor. Ele fez o melhor que pôde na cozinha. Torradas velhas e bacon queimado, comida de solteiro. Apesar disso, saboreei tudo com prazer.

— Quero fazer outra tentativa na sua terra — disse. — Hoje tenho outros compromissos em outros lugares. Mas posso voltar daqui a dois dias, se não tiver problema para você.

— Problema algum. Você me convenceu.

— Não, não. Você deve continuar incrédulo até que tenha motivos para mudar de ideia. Depois que eu encontrar água para o seu pai, você poderá se considerar convencido.

— Falando nele, acho que devemos manter entre nós o que fizemos.

Ele tinha que voltar para a cidade e anotou o número do meu telefone, depois de tentar combinar um novo encontro quando, então, eu faria uma segunda tentativa. Lembro-me de ter dirigido de volta para casa bastante impressionada e um pouco temerosa de mim mesma e dele, e de até onde isso poderia nos levar.

A temperatura amainara um pouco na outra vez que o vi. Tinha chovido bastante durante a noite e o capim ainda estava cheio das pequenas gotas que se acumularam. Permiti a mim mesma manter esperança de que me ligaria para combinar nosso encontro. Ou pelo menos para saber como eu estava, assumindo de alguma forma a ligação que tivéramos, por mais fugaz e nova que pudesse ter sido. Pensei em ligar para o pai dele e pedir o número do seu telefone, mas achei melhor não fazê-lo, segura de que James ia aparecer como prometera.

Cheguei antes da hora e fiz o que devia ter tentado fazer da primeira vez. Voltei ao local onde o poço original tinha sido cavado e com a ajuda de um pé de cabra que trouxera da caminhonete, retirei a tampa de pedra que o cobria. Subiu um cheiro forte de ferro sulfuroso. Pensei que pudesse ouvir um tênue movimento de líquido lá no fundo. Cobras ou sapos, que, aliás, não era de todo um bom sinal, porque quando morriam ficavam presos lá dentro. Olhei para baixo, para a escuridão fedorenta, e fiquei admirada com o trabalho do pedreiro que o construiu, assentando com perfeição as pedras na cavidade circular. Joguei uma pedra e ouvi o barulho abafado quando bateu sobre o lodo do fundo. Pensei em usar um pêndulo — uma das relíquias de Nep, um hexágono de pirita — para ver se o veio de água limpa ficava debaixo do leito rochoso do poço antigo. Ou se corria outro veio ali por perto que pedia para aflorar e correr livre — havia momentos e técnicas para se fazer uma averiguação dessas. O que eu tinha a perder?

O pêndulo pairou sobre o poço, mas não se moveu. Ao deslocá-lo alguns metros em direção ao nordeste da boca do poço, começou a girar devagar. Era isso que eu queria. Tentei outra vez com uma vírgula de nogueira, que também pertencera a Nep e, sim, ela apontou para baixo no mesmo local. Fiz um pequeno monte com pedras para marcar o lugar, olhei para ele e suspirei. Compliquei o que deveria ter sido a coisa mais simples. Pelo menos tinha boas notícias para dar a James quando ele chegasse.

James. A posição do sol avisava a proximidade do meio-dia. Embora não tivéssemos combinado uma hora, esperava-se que ele já estivesse a caminho. Talvez o tráfego na cidade o tivesse atrasado.

Quanto mais demorava mais o medo começava a tomar conta de mim. Será que ele havia voltado para o apartamento na cidade e concluído ter cometido um engano ridículo? Todavia parecia sincero tanto em palavras quanto em atitudes durante a noite e também na manhã seguinte, quando os êxtases das noites sempre parecem infrutíferos sob os holofotes do amanhecer. Senti que aquele nosso encontro estava carregado de promessas. A despeito da rapidez, houve intensidade e conforto no nosso toque. Mas agora tinha que questionar tudo isso.

O temor de tomar um bolo começou a se apoderar de mim. Mais nervosa do que com fome, comi um dos sanduíches que trouxera numa cesta para fazermos um piquenique. Bebi um pouco de limonada morna e me admirei ao pensar em como era estranho estar sentada à espera de um encontro com um homem cuja minha primeira impressão foi de repulsa e desconfiança, mas que agora era capaz de partir meu coração. Cass, seu bom senso se foi, alertei a mim mesma. Então, na mesma hora, o carro dele surgiu na estrada deixando atrás de si uma nuvem de poeira e, de pronto, tive que fazer uns ajustes na minha maneira de pensar.

Quando saltou do carro, suas primeiras palavras foram:

— Não tive culpa, por favor, desculpe ter me atrasado. — Depois de um abraço e um beijo, ele acrescentou que um problema de trabalho o havia prendido por mais tempo, e ele não pôde fazer nada.

— O que o faz pensar que vim aqui só para vê-lo? — provoquei para alegrá-lo.

— Bem, o que mais existe aqui para se ver?

— Água, para começar. Você está com fome?

Sim, disse sorrindo que estava faminto. Sanduíche de salada de frango com erva-doce no pão sovado? Perfeito, melhor do que pão de forma. Ele me perguntou se eu estava me sentindo bem. Comentou que eu parecia um milhão de vezes melhor. Apesar de toda a sua indolência educada e suas explicações fáceis, minha paranoia a respeito dele não pareceu assim tão descabida. Depois que terminou de comer e de alguns momentos de silêncio incômodo terem sido preenchidos por conversa fiada, fui mostrar a ele o montinho de pedras e lhe dei as boas notícias sobre a minha descoberta.

— Você tem certeza disso? — perguntou, como quase todos os clientes para quem eu trabalhara.

— Tão certo como dois e dois são quatro. A fonte principal vai estar num bolsão do lado da encosta, e provavelmente não muito longe de onde o poço original foi cavado. A sua família, e mesmo as pessoas que viveram aqui antes dela, devem ter usado a água que vinha desta fonte principal. Não é das mais fortes que já encontrei, mas é mais do que suficiente para a sua necessidade. Quer dizer, a necessidade de seu pai.

— Muito bom — disse ele com uma incredulidade compreensível. Voltou a me olhar como antes.

— Está tudo bem? — perguntei.

— Claro.

— Está se sentindo bem com o que aconteceu entre nós? — perguntei e, ao mesmo tempo, me arrependi da pergunta.

— Claro que sim.

— Bom, porque...

— Vamos entrar? — disse, como que para me provar que falara a verdade.

Subimos para o andar superior, tiramos nossas roupas e transamos outra vez. E ficou muito evidente que o calor de nossa noite recente, como o próprio calor reinante, começava a diminuir. Depois de vestidos — e de termos estado lá por uma hora apenas —, ele disse que tinha que voltar para a cidade. Sem ter ao menos falado qualquer uma das banalidades costumeiras e esperadas. Quando saiu, fiquei ali sozinha e desanimada reunindo meus instrumentos de radiestesia e a cesta do piquenique daquele encontro que parecia tão promissor e que acabou sendo um verdadeiro fracasso. Mais tarde, ao falar pelo telefone com Robert Boyd para lhe dizer que tivera sucesso em encontrar água para ele, me disse com naturalidade que James, sua mulher e sua filha ficariam encantados ao saber da novidade.

— James e sua família adoram aquele lugar — declarou com a mesma voz fraca e rascante, mas ainda cheia de esperança. — Isto ia lhes dar a oportunidade de resgatar o que eu e minha esposa tivemos outrora em nossa vida.

Não tive coragem de responder a ele que a única intenção de seu filho era entregar a velha casa de fazenda dos Boyd para o primeiro que surgisse com dinheiro e um advogado barato assim que ele morresse. Para o velho Boyd, eu não tinha mais nada a dizer a não ser lhe desejar tudo de bom.

— Deus o abençoe, e boa sorte — declarei, sentindo que aquilo era importante para ele.

Sete semanas depois minha gravidez seria confirmada.

12

Quando voltei ao pequeno cemitério, Morgan e Jonah estavam à minha espera, impacientes, sentados à sombra violeta projetada pelo telhado da varanda do chalé. Ambos levantaram-se de um salto ao me virem colocar o ancinho no galpão de pedra e vieram correndo entre as touceiras de tiririca, gritando mais ou menos juntos:

— Ei, Cass, por pouco você não o encontra.

— Quem? — perguntei, na esperança de que Niles tivesse tido a ideia de vir até Covey por algum motivo. Niles não mostraria qualquer medo dos barulhos feitos pelas brincadeiras dos meus filhos ou por algum animal inofensivo do mato, que me assustaram e me fizeram sair do território que invadi.

— Não sei quem era — disse Morgan.

Então tinham sido os meninos, afinal.

— Você quer dizer que era a mesma pessoa que estava no cemitério agorinha? — ralhei. — Com quem é que pensam que estão brincando?

— Quer dizer que também o viu?

— Na verdade eram dois "ele" e pareciam muito com vocês.

Finalmente, pensei, *havia conseguido dar uma rasteira naqueles espertinhos*. Mas, em vez de explodirem numa gargalhada, percebi que não tiveram nada a ver com aquilo, pois me olhavam atônitos.

— Não saquei — falou Jonah.

— Qual é? Vamos parar de gozação, vocês estavam lá no cemitério tentando me assustar.

— De jeito nenhum — rebateu Morgan.

— Então, quem era o tal homem e o que queria comigo?

— Nunca o vimos antes.

— Jonah? — perguntei, lambendo meu polegar e esfregando-o em seu rosto para tirar uma sujeira, o que fez com que ele recuasse um pouco.

— É isso mesmo. Nós não o conhecemos. Mas ele sabe quem você é, ele falou.

— Ele também sabe os nossos nomes — interveio Morgan.

— Muito bem, e o que ele queria?

Eles olharam um para o outro e depois para mim, com os rostos inexpressivos. Minhas mãos estavam trêmulas e por isso coloquei-as na cintura para disfarçar minha inquietação.

— Ele pelo menos falou como se chamava?

Nomes são portas abertas para ideias, pensei outra vez. E qual era a ideia que estava me confundindo naquele momento?

— Ele não falou.

— E por que vocês não perguntaram? — perguntei exasperada.

— Porque não perguntamos — respondeu Morgan, agora na defensiva. Com a palma da mão afastou do rosto as mechas do cabelo comprido que o vento soprara para cima de seus olhos.

Deve ter sido alguém de Cranberry ou de Mount Desert, pensei, virando-me e caminhando na direção da casa, ou então algum jornalista lá de onde moramos, que não tinha nada melhor para fazer do que nos seguir até aqui em busca de uma continuação sobre o acontecimento na propriedade de Henderson. Mas não, um repórter teria esperado e, além do mais, minha história já deixara de ser notícia de primeira página. Quem quer que tivesse se dado ao trabalho de vir de barco de uma das outras ilhas não teria ido embora sem ter deixado um nome ou dito aos garotos o que o trouxera até aqui.

— Para onde ele foi?

Ambos apontaram na mesma hora para o caminho que dava no cais.

— Vocês dois vão já para dentro. Vou até lá dar uma olhada e ver se ainda o alcanço...

— Olhe, ele falou uma coisa — atalhou Jonah.

— O que foi?

— Disse que detestaria ter que voltar, mas o faria caso você o obrigasse. O que foi que quis dizer com isso, mãe?

Ter ouvido ele me chamar de "mãe" me pegou de surpresa, fez com que ele parecesse vulnerável. Fiquei sem saber o que falar. Só o que sabia é que estava tão zangada quanto amedrontada, e que era melhor não deixar meus filhos perceberem.

— Não sei o que quis dizer. Disse isso de uma maneira amistosa ou ameaçadora?

— Não parecia nem amistoso nem zangado — disse Jonah.

— Mas parecia estar falando sério.

— Preciso de vocês dois dentro de casa, enquanto vou tentar descobrir do que se trata.

— Mas...

— Por favor — falei com mais firmeza. — Entrem agora mesmo. E tranquem a porta.

— Mas...

— Tranquem.

Correndo descida abaixo, aos tropeços e aos escorregões, por entre as pedras soltas, não pude evitar pensar o óbvio. James Boyd, depois de todos aqueles anos de ausência, lera ou ouvira sobre os acontecimentos recentes da sua amante de outros tempos e teve a ideia de fazer-lhe uma, digamos, visita. Ver com os próprios olhos como conseguia criar os supostos filhos que nunca havia encontrado ou sequer se incomodado em procurar. Só em imaginar que poderia querer entrar outra vez em minha vida me deixou furiosa. Furiosa e assustada. Será que dali em diante Jonah e Morgan confiariam em qualquer palavra que eu lhes dissesse, se ele se enfiasse no meio do que eu sempre assumi como um assunto encerrado entre mim e o pai deles que havia falecido? Só me restava esperar que entendessem e perdoassem. Ao chegar ao cais, sem fôlego, reconsiderei esta hipótese. Percebi que James Boyd não tinha qualquer interesse neles ou em mim. Mesmo que tivesse, de maneira nenhuma se daria ao trabalho de viajar até Covey Island para dar um recado enigmático, o que quer que ele fosse, depois de tanto tempo. Se não foi ele, então quem tinha sido?

Olhei para os dois lados da praia rochosa, desde a extremidade do cais, mas não vi ninguém. Sem parar ou pensar duas vezes, corri até a subida da encosta por uma trilha estreita que dava nas casas da outra extremidade da ilha. Como não havia uma vista deslumbrante, e como nunca íamos visitar os moradores do outro lado, nem eles vinham nos visitar, a trilha era muito pouco usada. Fora isso, não mostrava qualquer sinal de que alguém tinha passado por ali. Quando saí do mato e desci por uma encosta escorregadia coberta de seixos, não vi qualquer fumaça saindo da chaminé do fogão a carvão da residência da senhora Milgate e a casa vizinha também parecia adormecida. Era como um cartão-postal da vida de moradores numa ilha tranquila.

Já fazia alguns anos que eu encontrara Angela Milgate pela última vez. Embora a ilha fosse pequena, ela se mantinha reclusa. Por esta razão, me sentia quase uma intrusa aqui, enquanto, cheia de vergonha, ia subindo os degraus de madeira e batia de leve em sua porta. Ninguém respondeu, embora eu pudesse jurar ter sentido o cheiro de feijão cozido, ou talvez caldo queimado, escapando por uma das janelas abertas. Suas botas estavam arrumadas ao lado do capacho da entrada e a parte de cima delas ainda estava molhada de uma recente caminhada pelo solo úmido.

— Senhora Milgate? — chamei o mais alto que achei conveniente. — A senhora está em casa? Sou eu, Cassandra Brooks.

Ou ela não estava disposta a me receber ou estava tirando uma soneca e por isso decidi tentar a sorte na outra casa. Com a maré baixa, atravessei direto a baixada coberta de algas lamacentas onde um biguá estava empoleirado como um elegante anjo da morte sobre um esquife que dera na praia há muito tempo e cujo casco já não servia para mais nada. Não era um barco que alguém pudesse levar para o mar. Quando bati na porta da frente, ela se abriu ligeiramente. Ao sentir que o lugar parecia abandonado fazia algum tempo, enfiei o rosto lá dentro e gritei:

— Tem alguém aí?

Casas inabitadas, abandonadas, sempre guardam algum tipo de sinfonia genuína, e aquela ali não era exceção. Tímidas migalhas de som, fracos estalos e chiados feitos apenas pelas paredes que conversavam umas com as outras. Uma vez ouvi uma gravação do que se supunha ser o som dos ventos solares. E esta foi a lembrança que me invadiu assim que dei os primeiros passos para o interior da habitação. A mobília era velha e as molas das poltronas estavam à mostra tal qual saca-rolhas. O ar mofado em si parecia sem vida. Quem quer que fosse o dono da casa mostrava tanta indiferença por ela quanto James Boyd pela fazenda do pai. Com um andar cuidadoso percorri alguns dos aposentos do andar inferior. Foi quando descobri pontas recentes de cigarro dentro da pia da cozinha e percebi que não devia ter invadido o local. Além disso, começava a ficar preocupada por ter deixado os meninos sozinhos durante tanto tempo.

Ao sair mais uma vez da floresta e caminhar pelo muro acima de nosso cais, olhei para o mar aberto e vi ao longe um barco desconhecido, com motor de popa, que deixava uma esteira na crista branca das ondas no horizonte bem onde o oceano encontrava o continente. Tão pequeno quanto uma semente de gergelim que se escondera dentro de uma semente de papoula. Não havia como garantir se o homem que falara com Morgan e Jonah estaria a bordo — nem havia pedido a eles que o descrevessem —, mas esperava que fosse. De qualquer modo, dei uma busca superficial de um lado a outro da praia, com os pensamentos que giravam em círculos inúteis e vinham à tona sem trazer nada que prestasse.

Ao subir a encosta para voltar ao chalé, fui forçada a admitir que os barulhos que ouvi no cemitério tinham sido feitos ou por algum animal, ou por minha imaginação, ao passo que o homem que falou com meus filhos precisava ser tratado de forma diferente, com respeito e cuidado. A chegada de meus pais só se daria daqui a alguns dias, e, durante a tarde, decidi hastear a bandeira. Um gesto que levaria o senhor McEachern, capitão do barco do correio, a tomar conhecimento de que eu queria que viesse até Covey quando fizesse seu giro pelas ilhas. Precisava dar um telefonema.

Jantamos em silêncio e fomos para cama quando a chuva começou, depois de nos assegurar de que as portas e janelas estavam trancadas — providência rara. No dia seguinte, nuvens baixas se deslocaram com velocidade entre o mar e o céu escuro, como pensamentos aleatórios de uma teoria comprovada. Jonah, Morgan e eu fomos para o cais depois do almoço esperar a chegada do barco do correio. O mar agitado me deixava nervosa, mas os habitantes daquelas ilhas, como fui um dia, não davam mais importância às ondas, que eram somente ondas. As que eram provocadas por furacões e tempestades tropicais, estas sim eram preocupantes. Não era preciso ser uma feiticeira praticante de hidromancia para saber que hoje ele não seria mais do que um pouco encapelado. Nossas roupas se agitavam entregues à brisa suave. O ar e a água repartiam um tom amarelo-esverdeado, como um ferimento em processo de cicatrização.

— Nós também temos que ir? — perguntou Jonah. Os garotos olhavam para o sudoeste, para os lados de Mount Desert, de onde viria o barco do senhor McEachern.

— Temos — disse Morgan. — Não sei por que tanto estresse. Afinal, ele não fez nada.

Por mais que eu soubesse que eles adoravam andar na lancha da Bunker & Ellis e bisbilhotar as coisas do velho armazém em Islesford, também sabia que eles, não habituados como os residentes da ilha, ficavam nervosos ao navegar em águas agitadas — sempre ficavam enjoados feito grávidas —, mas eram orgulhosos demais para admitir isso. Eu me sentia dividida. Não queria deixá-los soltos na ilha e ao mesmo tempo não queria obrigá-los a fazer uma travessia que poderia deixá-los mareados. Estava com uma forte intuição de que o homem havia partido após ter dado seu recado. Tinha certeza de que Rosalie conseguiria esclarecer aquilo, assim que conseguisse ligar para ela. E se ela não conseguisse, então Niles poderia saber do que se tratava.

— Além disso, temos umas coisas para fazer por aqui — disse Jonah.

— Que coisas?

— Apenas coisas — respondeu ele virando os olhos. Decidi que não precisava arrastá-los comigo e que iam ficar bem. Era preciso, acima de tudo, que me lembrasse do sacrifício que fizeram ao vir para a ilha comigo. Era de convir que devessem ter, também, todo o tempo do mundo para fazer o que tivessem vontade.

A descrição que fizeram do tal homem era mais vaga do que eu esperava, sem falar que era contraditória. Morgan insistia que os olhos dele eram castanhos, enquanto Jonah tinha certeza de que eram azuis. Concordaram que tinha cabelos pretos, usava uma jaqueta impermeável e tinha a testa alta. Jonah notou que ele era bem claro, mas não muito alto. Com certeza, não se parecia com ninguém que eu conhecesse.

A barca surgiu no horizonte, indistinta, quase tão pequena quanto o barco misterioso que eu vira no dia anterior. Ainda longe, podíamos distinguir sua proa que cortava a água, entre marrecos e mergulhões, deixando uma esteira branco-esverdeada. Ao chegar perto o bastante para atracar, o barco do correio se elevava e se abaixava ao sabor das águas enquanto o capitão jogava a corda da popa que Morgan pegou e lhe entregou assim que ele pulou na plataforma do cais para amarrá-la.

O senhor McEachern, um homem de rosto vermelho, ombros fortes e fala suave, com uma barba grisalha bem-aparada, perguntou como iam as coisas. Respondi que precisava ir com ele até Little Cranberry e ser trazida de volta para cá quando tivesse terminado de circular pelas outras ilhas.

— Talvez não a traga antes do final da tarde, se estiver bom para você. Hoje tenho que fazer algumas paradas extras.

— Tudo bem — falou Morgan animado.

— Sem pressa — acrescentou Jonah.

— Vocês dois assegurem-se de que terei um lugar para onde voltar, ouviram? — eu disse esperando que minha ida a Islesford fosse inútil. Nessas últimas semanas, meus nervos estavam tão tensos como cordas de piano e me perguntei se não tinha exagerado. Quando estamos assustados, qualquer coisinha toma um vulto muito maior do que a realidade.

O barco do correio deu ré e afastou-se do cais no momento que eu me dirigia aos meninos, que acenaram, despedindo-se de mim. E eu acenei de volta enquanto o barco embicava a proa para o mar aberto. Perguntei ao senhor McEachern se ontem ele transportara alguém para Covey e ele disse que não. Indaguei também se soubera se alguém perguntara por mim ou por minha família em Northeast Harbor, e ele também respondeu que não. O senhor McEachern era como uma central de informações das ilhas. Via e conhecia todas as pessoas, sabia das novidades sobre todo mundo, o que cada um fazia e tinha muita fofoca. Ele próprio não era mexeriqueiro — era na verdade um perfeito cavalheiro e não era dado a revelar aos outros o que sabia. No entanto, era um observador consciencioso e teria me dito se tivesse ouvido alguma coisa que pudesse ser causa de alguma preocupação.

O posto do correio e o armazém de Islesford, como era chamada a Little Cranberry Island, lembravam a minha juventude, quando eu costumava vir aqui comprar mantimentos. Nep tinha o hábito de comprar balas ou pirulitos para mim que ficavam à mostra em jarros grandes como bolas de vidro sobre o balcão. O cheiro, uma mistura agradável de fumo de cachimbo, pão de mel e cachorros sujos que cochilavam por ali, permanecia o mesmo. Assim como a aparência. Era um aglomerado de quinquilharias que em qualquer outro lugar pareceria esquisito, mas que aqui fazia todo o sentido — material de pesca e bombons caseiros na mesma vitrine, coletes salva-vidas e cartões de Natal, boias e garrafas de leite. O telefone ficava atrás da caixa registradora. Não podia ser usado com privacidade, mas como não havia mais ninguém por perto além do proprietário surdo, isso não tinha a menor importância.

O telefone de Rosalie e Nep estava ocupado e por isso liguei para Niles. Fiquei surpresa ao encontrá-lo.

— Como vai indo, sua desaparecida? — perguntou.

— Não tão invisível quanto gostaria. Tivemos um visitante em Covey ontem. Chegou sem se anunciar e foi embora mais ou menos do mesmo jeito. Não tenho ideia de quem era e parece que não estava com vontade de dizer.

— Continue.

— Não há muito mais a acrescentar — eu disse e falei o pouco que sabia. — Estou tentando contatar Rosalie. Talvez seja algum cobrador a quem ela ficou devendo algum dinheiro.

Niles achou que não devia ser isto, mas disse que não tinha ideia do que poderia ser.

— Estou meio com medo de perguntar, mas o que foi que aconteceu com Laura Bryant?

— Para falar a verdade, não aconteceu mais nada. Voltou para casa. Descobrimos que já tentara fugir outras vezes, portanto o que ocorreu se encaixa no padrão.

— Tenho pena dela.

— Eu também, mas agora está fora do nosso alcance. Soube que continua a receber apoio.

— Ainda bem — afirmei, e fiquei conjecturando se Niles também se lembrava de que eu fugira algumas vezes quando era mais nova do que Laura Bryant. Eu me senti constrangida ao ver a semelhança entre nós duas e achei melhor não tocar nesse assunto.

— A mãe dela me disse que Laura queria agradecer a você, pessoalmente, e conversar um pouco.

— Não sei não, Niles.

— Posso lhe dar o número dela, se você mudar de ideia — disse ele. — A propósito, soube que Henderson está indo adiante com o projeto de seu empreendimento.

— É uma pena pensar que uma bela floresta vai ser toda posta abaixo.

— Você não foi um dos primeiros cúmplices que ele contratou?

— A primeira parceira — emendei, mas achei melhor não discutir.

— Se o tal cara aparecer outra vez por aí, pergunte o nome dele.

— Farei isso, Niles. Obrigado — declarei e desligamos.

Enquanto o telefone de meus pais ainda estava ocupado, decidi passear nas ruas da cidadezinha. Tinha tempo de sobra e sempre gostei deste lado do litoral com montes de armadilhas de pegar lagostas colocadas ao ar livre para secar, com crianças nas varandas entretidas em brincadeiras ou correndo de bicicleta para cima e para baixo das ruas de terra. Além da igrejinha branca com a torre alta que parecia perfeita e adequada ao tamanho desse lugar, de onde os homens saíam todos os dias para o mar em busca da pesca, que era o sustento da vida que levavam. Dali de perto vinha o barulho claro das vozes altas dos rapazes que ainda não podiam ser vistos e que corriam com seus quadriciclos. Como um bando de gafanhotos, eles passaram por mim e me lembraram de quando meu irmão e sua turma barulhenta eram obcecados por corridas assim, montados nessas geringonças, pelos arredores de Corinth. Esta não era uma lembrança agradável para interromper a serenidade da minha caminhada descontraída e sossegada. Quando voltei ao armazém e liguei outra vez, consegui falar.

— Você deve saber que isso é impossível — disse ela em resposta à minha pergunta se tinha alguma conta em atraso que pudesse estar sendo motivo da visita de um cobrador. — Nunca em minha vida deixei de pagar uma conta ou um imposto em dia. Seu pai costumava ficar em cima de mim por causa disso, não se lembra? Chamava-me de *Poliana dos Pagamentos*. Ele deve ter ido aí por algum outro motivo, mas ouça Cassie...

— Sim?

— Me parece que a resposta óbvia é que os gêmeos estão exagerando. Talvez alguém que tenha sido deixado do outro lado da ilha passou por eles e falou alguma coisa que não entenderam direito.

— Bem, assim como você não atrasa pagamentos, esse não é o estilo deles. Além disso, dei uma procurada por lá e não vi ninguém — falei. Mencionei também o cheiro de comida que senti na casa da senhora Milgate e a sua recusa em atender à porta, embora não tenha falado sobre as pontas de cigarro porque sabia que Rosalie ia livrar-se desse detalhe como uma menção banal sem a menor importância.

— Cassandra, você está aí para descansar e é isso que deveria voltar a fazer. Seu pai e eu não vemos a hora de poder ficar aí junto com vocês.

— Nós também. Faça-me o favor, não incomode Nep por causa dessas coisas. Não quero preocupá-lo mais do que já o preocupei na vida.

Ela concordou e nós ficamos nisso. Não fiquei satisfeita por deixar aquela questão não resolvida, mas não vi motivo para pressioná-la mais. Ademais, eu falara com as duas únicas pessoas que poderiam me dar alguma luz, e ambas se mostraram menos preocupadas do que imaginei que fossem ficar. *Melhor deixar a coisa morrer por aí*, pensei, ao voltar para o cais, embora sabendo que isso ia me corroer por dentro, como era a intenção do visitante, quem quer que fosse.

Fiquei à espera do que me pareceu ser a eternidade, na beira do cais, contemplando a frota de barcos de pesca de lagosta ancorados e as imensas manchas marrons de algas flutuantes. Acima de minha cabeça, as gaivotas reclamavam de minha impaciência que ressoava nas passadas que dava sobre as pranchas de madeira gastas pelo tempo. Por fim, a barca chegou já com a luz do sol declinando, mas ainda visível através da neblina que se formara. Manobrou na praia pedregosa, provocou as marolas costumeiras e acabou atracando de lado. Em vez de esperar que o senhor McEachern a amarrasse, pulei para dentro da barca enquanto ainda balançava sob o impulso das ondas.

Os vidros das janelas da casa refletiam uma luz cor de âmbar enquanto nos aproximávamos da ilha. O farol, branco e brilhante como um sábio e vestido com um manto crepuscular no meio das pedras, parecia meditar ali assentado em seu promontório. Covey apresentava uma aparência solitária na tarde que se despedia, quase desolada em comparação com a vastidão do Atlântico. Seu frágil cais, meras estacas cobertas por uma plataforma de tábuas, avançava mar adentro. Era impensável que alguém se sentisse seguro ao andar sobre uma coisa tão frágil como essa, mas no momento seguinte eu teria que confiar naquele piso do mesmo modo que confiava que os garotos haviam passado uma tarde sem problemas, sozinhos na ilha.

Estava escurecendo cada vez mais, e o ar era de um azul muito escuro. As luzes de navegação da barca, verde e vermelha, foram acesas. A bordo havia apenas mais dois passageiros, uma senhora idosa e um menino que iam para o continente depois de terem visitado os parentes. Pedi desculpas a eles por tê-los obrigado a dar esta volta não programada e enrolei o suéter em volta dos ombros para me proteger do frio úmido. Será que as coisas daqui para a frente iam ser assim, com desvios não programados? Pensei, enquanto a barca cortava as ondas maiores, e sob comando do mestre executava uma volta graciosa para contornar a boia com o sino que, vez por outra, ecoava.

Agradeci ao senhor McEachern, informei-o de que meus pais iam juntar-se a nós e perguntei se seria possível pegá-los em Northeast Harbor.

— Deixe comigo — falou ele com aquele sotaque típico do Maine.

Comecei a subir a trilha e olhei para trás. As luzes da barca do correio ficavam cada vez menores e mais tênues e o ronco do motor cada vez mais fraco. Ao chegar ao chalé, a luz do crepúsculo já dominara o céu. As luzes lá de dentro, que se viam pelas janelas, me deram as boas-vindas. As primeiras estrelas já estavam altas, palpitações atrevidas do tamanho de uma cabeça de alfinete no céu sob um leve nevoeiro, e de lá faziam sua exibição no espaço frio como se para nos mostrar que eram mais do que pequenas centelhas de luz, eram sóis, filhas de sóis, imensas e ofuscantes nas galáxias a que pertenciam.

Jonah e Morgan tiveram a ideia de repetir a nossa primeira noite. Velas sobre a mesa, fogo crepitando na lareira. Pegaram todas as sobras das noites e dos dias anteriores, era como um banquete de mendigos. Chili em lata, biscoitos salgados de ostras. Embora não tivéssemos lagostas, eles conseguiram recolher muitos mexilhões com algas para cozinhar na água do mar e incrementar o jantar.

— Está tudo bem aí? — perguntei enquanto Jonah me passava uma xícara de café fresco de modo cerimonioso e gentil.

— Morgan incendiou a casa.

— Mas não foi por querer. Aconteceu.

— Mas conseguimos reconstruí-la antes de você chegar.

— Fico aliviada — eu disse.

— Então, o que nos conta? — perguntou Jonah. — Conseguiu descobrir quem era o tal cara?

Estudei bem seu rosto enquanto ele falava, à procura de algum sinal revelador que sugerisse que o visitante de ontem fosse uma invenção ou uma zombaria deles, mas ele estava seríssimo.

— Não tenho ideia de quem possa ter sido — disse, começando a ajudá-lo a colocar a mesa.

— Cassandra...

Nunca foi bom sinal ser chamada por um dos dois pelo meu primeiro nome. Não importa quantas vezes eu já lhes tivesse pedido que não fizessem isso, teimavam em repetir a dose mesmo assim.

— Sim — respondi com uma cara meio amarrada.

— Tivemos uma reunião enquanto você foi a Little Cranberry e...

— ... decidimos que não iremos para a tal colônia de férias bunda-suja.

— Isso, esqueça esta bosta.

— Meninos, deixem que eu finja que sou uma boa mãe e que não estou criando filhos que usam palavras como "bosta" e "bunda-suja". Façam a minha vontade e digam que não criei dois desbocados.

— A parada é que queremos ficar com você — disse Jonah. — Você precisa da gente aqui.

— Agradeço o que estão dizendo. Mas vamos conversar sobre isso amanhã.

— Não há nada para conversar — falou Morgan para encerrar o assunto.

— Agora vamos lá. O jantar vai ficar frio — acrescentou o irmão.

Os mexilhões nunca tiveram um gosto tão bom. Nem os brotos de samambaia foram tão amanteigados. O café, embora turvo, era como se fosse o espresso de algum gourmet. Meus meninos prepararam um banquete digno de ficar para sempre na história e tomaram uma decisão que, embora dita com uma linguagem um tanto grosseira, era um verdadeiro sacrifício e ao mesmo tempo um ato de extrema afeição.

13

A MEMÓRIA É COMO UMA ARANHA que não para de tecer sua teia. Lá em Islesford, o zunido dos garotos andando de quadriciclo continuava na minha cabeça depois do jantar daquela noite, trazendo de volta à lembrança a memória auditiva que eu guardara da turma dos velhos tempos de Christopher. Era um grupinho de garotos mais velhos que meu irmão, o que ele apreciava na época — não muito diferente dos meus filhos agora, que já haviam formado, eles próprios, sua pequena turma — porque não se achava uma criança.

— A infância é para fracotes, entendeu Cass? — disse-me ele uma vez.

— Entendi — respondi, pensando que se era isso o que Christopher achava, devia estar certo.

— E os fracotes são para os passarinhos.

Assenti, fingindo entender o que queria dizer com isso.

Ben Gilchrist era o cara mais importante da turma. Embora não fosse o mais velho, era o mais alto, o que lhe conferia uma aura de respeito. Como levava a vida com impetuosidade, instigava os outros a praticar os atos mais loucos que inventava. Com o tempo, eu me questionei se ele levava seus dias de forma tão intensa porque sabia, no fundo, que sua existência estava fadada a ser curta e rápida como a corrida de um velocista, ao contrário da marcha longa e lenta de um maratonista. O fato de o pai ser o administrador regional lhe dava um falso sentimento de privilégio do qual tirava vantagem. Sempre que ele ou Chris ou qualquer outro membro da turma se metia em alguma confusão, Rich Gilchrist conseguia safá-los da encrenca com a maior facilidade.

Havia também Jimmy Moore, cujo rosto redondo era sarapintado por uma constelação de sardas e que ostentava olhos pequenos e foscos como os de um porco. Jimmy era perverso e gostava de jogar pedras nos pardais e em outros pequenos animais, embora eu nunca o tenha visto acertar um alvo. Depois vinha Bibb Spangler, que cheirava sempre à loção de barba do pai. Parecia atordoado, o que me fazia pensar se aquele odor forte de água de colônia não afetava a sua mente. Bibb estava sempre disposto a aprontar alguma coisa. Se a turma decidisse que era uma boa ideia subir nos rochedos da pedreira e mergulhar de cabeça no xisto que ficava lá embaixo, ele faria isso sem pensar duas vezes. Embora fosse estúpido, era uma pessoa leal que se comprometia verdadeiramente com qualquer coisa. Outro era Lare Brest, fonte constante de zombarias obscenas que eu, quando me juntava à turma, nunca compreendia, embora risse junto com eles, certa de que seja lá do que falavam, devia ser engraçado.

Às vezes aparecia também um rapaz chamado Roy Skoler. Ele era mais velho, o único que fumava em público e que podia comprar cigarros e cerveja para os outros sem precisar mostrar carteira de identidade. Ninguém sabia onde morava e ele aparentava não ter mais que dar satisfação aos pais, liberdade essa que os outros garotos invejavam. Tinha uma espingarda e era sempre acompanhado por um grande cão de caça amistoso. Que eu me lembre, Chris e Ben saíram com ele e com o cachorro, uma ou duas vezes, para atirar em esquilos. Seu lábio superior fino era sombreado por um bigode e eu me lembro que usava sapatos do tipo mais arrumadinho para ir à missa, sempre muito bem engraxados, mesmo no mato. Não havia muito que eu e Roy Skoler tivéssemos para dizer um ao outro — uma falta de naturalidade definia a nossa relação. Ele meio que me ignorava, e eu, em resposta, tentava não me meter em seu caminho. Há uma coisa sobre Roy que me lembro com absoluta clareza, ele nunca sorria. Não apenas isso, mas quando a gente sorria para ele, virava o rosto. Como se isso fosse doloroso demais. A turma tomava isso como um sinal de superioridade e frieza de Roy, porém, isso me causava desconforto. Convenci-me de que esse comportamento — não só não sorria, como raramente franzia a testa e seu rosto era uma máscara distanciada da realidade à volta — só poderia me levar a sentir pena dele, pois não devia ser feliz. Na maioria das vezes, tentava não pensar muito em Roy.

Por último, vinha Charley Granger, que sempre me tratava bem e me defendia toda vez que os outros não queriam que eu os acompanhasse em suas aventuras. Com os cabelos castanhos despenteados sempre caindo sobre a testa, os ombros largos, um mais levantado do que o outro, e olhos amendoados sempre atentos, Charley não era propriamente bonito, mas sua vivacidade lhe garantia uma beleza quase apolínea. Era sempre Charley quem intervinha quando os rapazes da turma, depois de um pouco altos pelo uísque da garrafa trazida por Roy, cismavam de fazer de mim o objeto de suas brincadeiras idiotas.

— Ei, Chris, quanto tempo você acha que sua irmã consegue ficar em pé numa perna só segurando a garrafa para nós? — perguntava Bibb.

— Equilibrada na cabeça — acrescentava Lare.

— Enquanto reza um Pai-Nosso — intrometia-se Ben.

— Não sei, não — atalhava Christopher dando de ombros, cauteloso, mas incapaz de interromper a graça da história.

— É melhor tentarmos descobrir.

— E depois de descobrirem, o que vocês vão fazer? — perguntava Charley na certa.

— Nada, só isso.

— Por que fazer isso para nada?

— Ora, Charley, cale a boca.

E as coisas acabavam ali.

Até hoje detesto admitir, mas Charley fazia muito mais o papel de irmão do que Christopher quando a turma se juntava. E era quem me protegia dos outros da melhor maneira que podia.

Nossa cultura rural tornava obrigatório o uso de veículos que pudessem satisfazer às necessidades da juventude. Há algumas décadas, um cavalo era o sonho de qualquer rapaz, mas esses veículos de quatro rodas serviam aos mesmos propósitos. Eu temia a chegada do dia em que os gêmeos acordariam para essa necessidade irresistível em suas vidas. Os quadriciclos eram barulhentos, corriam muito, Eram perigosos e queimavam muito combustível fóssil. Podiam ser incrementados e guiados sem carteira. Quebravam, mas o próprio dono podia consertá-lo e ter uma boa desculpa para ficar todo sujo de graxa, era uma sujeira honrosa. O que mais se podia querer?

Durante os últimos meses da vida de Christopher, sua mania era correr em seu quadriciclo com a turma. O quadriciclo vermelho de um cilindro e motor quatro tempos, turbo, foi presente de Nep, pelo aniversário e pelo Natal, embora meu irmão não tenha sobrevivido até o Natal. Rosalie, como era previsível, foi contra.

— Ele vai acabar se matando em cima dessa coisa — disse.

Entretanto, Nep, que o construiu pessoalmente, com peças tiradas de máquinas velhas, entendia que na vida de um rapaz de Corinth County aquilo marcava um momento de transição para a vida adulta. E a opinião dele prevaleceu.

A turma fazia suas corridas o mais longe possível de seus pais. Gostavam daquele esporte bruto e cheio de quedas. Quanto mais erodido e difícil o terreno, melhor. Desprezavam capacetes, óculos e luvas. Após saírem de casa usando os equipamentos de proteção com os quais convenciam os pais de que eram cuidadosos e responsáveis, os rapazes largavam tudo num canto da pista de corridas improvisada, por considerar que eram coisas inúteis. Eu ia de carona com meu irmão e era deixada para trás, literalmente na poeira, quando conseguíamos chegar ao nosso destino. Charley era o único da turma que não tinha um veículo daqueles e quando eles se juntavam para correr, ele e eu nos sentávamos lado a lado e ficávamos observando e conversando, a não ser quando um dos garotos lhe emprestava a máquina para que desse uma volta.

— Vá junto com ele, Grude de Chiclete — falou Chris uma tarde.

— Vou dar tudo.

Nossa mãe me deixara sob os cuidados dele. A história que ele lhe contara era a seguinte: iríamos até a casa de Ben, encontraríamos os outros rapazes por lá e veríamos o quadriciclo novo de Bibb. A programação era verdadeira, porém estava incompleta. Realmente, passamos na casa de Ben. E Bibb tinha mesmo reformado seu quadriciclo, do qual tirara tudo, conservando apenas o essencial. Tirara os para-lamas, os faróis, o porta-bagagem e deixara apenas a estrutura e o motor, sem o cano silencioso. Depois que todos chegaram, fomos para uma ladeira atrás da casa de Gilchrist, que cruzava um córrego traiçoeiro, e subimos por uma encosta até chegarmos ao topo, a 1 quilômetro de lugar nenhum. Ali havia uma pista rústica que serpenteava por entre as ravinas esburacadas, cruzava valas, atravessava espaços planos de terrenos que pareciam não ter dono. Nós — quer dizer, a turma — nos apropriamos do local, sem se importar se a terra era particular ou não. Ali era possível fazer a maior bagunça e quanto barulho quiséssemos sem que ninguém desconfiasse de nada.

Em uma manhã de calor sufocante e úmida, nuvens de tempestade se avolumaram no céu ao norte. A bola do sol desceu por trás de um emaranhado de bordos que ficavam ao longo da rampa, do lado oeste desta pista improvisada, colorindo o mundo de uma cor púrpura solene. Foram realizadas algumas corridas. Bibb disse que conseguiu voar depois de ter feito a curva fechada, embora eu jamais tenha visto, sendo ele um mestre em inventar histórias, sobretudo quando ele era o herói. A clareira mudou seu aroma forte de cogumelos e folhas úmidas e mortas para o cheiro ácido de óleo queimado e fumaça dos escapamentos sem filtros. Todos os dois cheiros me agradavam, essa era a verdade. Charley e eu estávamos sentados num tronco comprido, sem falarmos muito, em parte devido à barulheira do ronco agudo dos motores.

— Gostaria de saber guiar um desses? — perguntou com a mão em concha junto ao meu ouvido.

— Eu já sei.

— Não é isso o que o Chris fala.

— Chris está errado.

— Então anda saindo no meio da noite para dar uma voltinha?

— Fiz isso na noite de ontem.

— Fez agora.

— Claro que fiz. Também queimei um pouco de borracha dos pneus.

— Cass, você sempre tem uma surpresa na manga.

— Não conte isso para o Chris.

— Meus lábios estão selados como o selo de Salomão — disse ele, dando o sorriso afetuoso de alguém mais velho que ouvia uma mentira de outra criança mais nova.

Voltando àquele tempo e revendo essas coisas hoje, conversas como esta eram um sinal da gentileza de Charley. Ele tinha plena consciência de que eu não sabia a diferença entre embreagem e arranque de pedal, mas não ia me trair na frente dos outros.

Jimmy Moore ganhara duas ou três corridas, e antes da luz do dia acabar por completo, era hora da turma praticar a brincadeira mais insana.

Eles a chamavam de *cagada*, por razões que eram inteiramente obscuras para mim na época, embora soubesse que aquela não era uma palavra para ser repetida à mesa em casa, na hora do jantar.

A *cagada* parecia mais uma luta justa entre cavaleiros. Outro exemplo da substituição dos cavalos pelos quadriciclos, em que as quatro rodas suplantavam os quatro cascos. Lare Brest viu a apresentação de um torneio medieval quando acampava com a família num parque temático, na Flórida. Voltou de lá fascinado com as histórias sobre cavaleiros, lanças, arremessos e luvas protetoras. Ninguém concordou com a ideia de usar fantasias como a dos atores. Entretanto, não demorou muito para que todos na turma se transformassem em cavaleiros de mentira, vestidos com camisetas de bandas de heavy metal e calças de tecido camuflado, armados com galhos de árvores caídas. Começaram a testar sua força, uns contra os outros, na pista irregular da clareira margeada de árvores.

As regras eram poucas. Era proibido mirar a ponta da lança para a cabeça do adversário. Um golpe no peito, assim como no ombro, era considerado lícito. Na maior parte das vezes, eles se encolhiam de medo no último momento, desviando um do outro para evitar uma colisão frontal, ou então acertavam a frente da máquina do outro com as lanças, e não quem a pilotava. Em geral, os ferimentos que sofriam eram pequenos cortes, ou contusões na mão que segurava a lança. Esta, na maior parte das vezes, escapulia dos dedos, se partia ou saía voando pelo ar. Quem conseguisse permanecer com a arma intacta e tivesse feito a volta sem cair era considerado o vencedor. Aquele que perdesse a lança, deixasse que se quebrasse ou caísse durante a volta, ou ainda se fosse derrotado de alguma forma, era considerado o *cagão*. Se não houvesse nenhum contato e nenhum dos dois pilotos desviasse, a prova era eliminada e tinha que recomeçar imediatamente.

Naquela tarde, Jimmy estava numa maré de sorte. Christopher e Ben perderam na primeira investida, tendo meu irmão saído sem ferimentos e, mais importante do que tudo, escapado à humilhação por ter conseguido ficar, pelo menos, com um pedaço mínimo da lança na mão ao final da volta. Ele fez um esforço corajoso ao atirá-la contra a suspensão dianteira do quadriciclo de Jimmy, mas acabou por bater muito embaixo e sua lança caiu na terra. Ben, por outro lado, perdeu o controle da direção e bateu de frente num enorme freixo, emaranhando-se nos galhos mais baixos e tombando o quadriciclo. Bibb estava fora do páreo para Jimmy. Deixou cair a lança antes mesmo dele e Moore terem chegado a uma distância adequada para o ataque, e Jimmy deu-lhe um golpe certeiro no ombro, derrubando-o. Felizmente, ele não estava em grande velocidade e rolou algumas vezes pelo chão.

Ao se levantar, a primeira impressão era de que estava chorando. Mas o que estava mesmo era rindo — um pouco histérico, é verdade, mas rindo, o que queria dizer que livrara a cara. Lare já tinha voltado para casa, e Roy Skoler, que estava ali conosco até a noite, acendeu outro cigarro e se mandou em silêncio, justificando que não tinha interesse em se matar. Assim sobrou para Charley fazer a última corrida com Jimmy. Os perdedores alinharam os veículos como soldados montados em cavalos metálicos aguardando a revista e roncaram os motores enquanto esperavam os dois participantes se posicionarem em seus lugares nas extremidades da pista.

Roy ficou ao meu lado sobre uma pedra, bem atrás da linha dos participantes, um lugar seguro onde Charley e eu havíamos nos acomodado, depois que Bibb perdera o controle e saíra voando. Ele tinha uma garrafa e me ofereceu um gole.

— Não quero nada, obrigada.

— Apenas um gole para dar sorte ao seu namorado Charley.

— Ele não é meu namorado.

— É sim. Todo mundo sabe. Vamos lá, tome um gole para lhe dar sorte.

— Deixe que dê uma cheirada nisso — declarei e recuei ao sentir o odor rascante de açúcar queimado.

— Isto não foi feito para se cheirar. Você deve dar um gole, Grudenta.

— Não me chame disso.

— Certo — disse ele —, não farei mais isso se você tomar um gole. Um só não vai doer nada.

Foi a primeira vez que provei uma bebida alcoólica. Minha língua e garganta queimaram. Senti como se estivesse soltando fogo pelas narinas.

— Não é bom, Grudenta?

Não pude responder, pois tossia feito uma condenada.

— Vá com calma. Está tudo bem?

Continuei engasgada enquanto ele me dava tapas nas costas.

— Agora o que precisa é de outro gole. É assim que fazem os profissionais.

— Não quero mais...

— Não, tome aqui. É isso ai, garota!

Pude ouvir que os motores roncavam forte, feito loucos, enquanto ele segurava a garrafa em meus lábios com a mão direita e com a palma da mão esquerda aberta pressionava a parte de trás de minha cabeça, enquanto o líquido descia garganta abaixo.

— Já passou. Agora está melhor.

Deve ter feito aquilo muito depressa, porque não me lembro de ter deixado a garrafa no chão e sequer me lembro do que fez entre o segundo gole e o movimento de suas mãos entre minhas coxas, me esfregando de forma desajeitada. Com a outra mão segurou a minha e levou-a até alguma coisa dura e pulsante em seu colo. Mordi sua língua quando passou por entre meus dentes e se enfiou em minha boca, e me lembro de ter batido nele o mais forte que pude com o punho de minha mão livre e que ele me bateu de volta com mais força.

Ficamos ambos aturdidos em silêncio, cada um à sua maneira. Embora estivesse com vontade de chorar, recusei-me a fazer isto. Foi Roy quem falou primeiro.

— O que fez não foi nada amigável.

— Você não é meu amigo

— Achei que você gostasse disso. Você bem que gostou de ver.

— Não.

— Você deu uma olhada bem gostosa na semana passada.

— Não vi nada — menti, com o coração disparado.

— Então continue assim — disse ele, forçando outro beijo repugnante, com sua língua fina outra vez dentro da minha boca. Desta vez não ousei lutar, mas esvaziei todos os pensamentos de minha mente e esperei que aquilo acabasse.

Isto não pode ter durado muito tempo, mas pareceu uma eternidade odiosa que só acabou — a violência interrompida pela violência —

quando nos separamos de forma abrupta por causa dos gritos, que não partiram de nós. Era um pandemônio de rapazes que gritavam como coelhos sendo arrastados por uma raposa para sua destruição final.

— Diga uma palavra para alguém e você morre — disse ele, agarrando minha cabeça e puxando-a para trás por um chumaço de cabelos. — Pode acreditar.

Sabia que os gritos só podiam ter vindo da turma, mas nunca imaginei que um garoto pudesse produzir um som assim tão agudo. Por fim, eu já estava aos prantos enquanto corria junto com Roy até onde estavam os outros que gesticulavam com veemência. Lá, iluminado pelos faróis do quadriciclo de Jimmy, vi Charley Granger contorcendo-se no chão, apertando o rosto com as mãos enquanto o sangue escorria entre os dedos. Ben e meu irmão colocaram-no na garupa do quadriciclo de Ben. Christopher e eu fomos à frente e o restante da turma veio atrás na descida da montanha, ao mesmo tempo que a última réstia de luz do crepúsculo dava lugar à noite.

Charley perdeu o olho, e Roy Skoler desapareceu por uns tempos da vista de todos. Não precisava ter me prevenido de que não deveria dizer nada sobre aquilo que acontecera conosco a ninguém, porque isto seria a última coisa no mundo que eu faria.

A turma praticamente se dissolveu após este incidente, o que foi bom porque como o próprio Christopher me disse, ao voltar de uma visita que fez a Charley no hospital, já era tempo de todos nós crescermos. Meus pais não deixaram que eu fosse visitá-lo. Acharam que o pobre jovem devia ter a privacidade resguardada e não precisava receber visitas de quem não fosse chegado a ele. Como ninguém conseguia entender que me considerava uma amiga de Charley, o jeito foi lhe escrever uma longa carta para dizer como me sentia péssima pelo que lhe acontecera, que pensava nele todos os dias e noites e desejava que tivesse uma recuperação rápida. Assinei a carta como *Sua amiga dedicada*, mas jamais a enviei.

Parte III

A APARIÇÃO NO FAROL

14

O DIA NOS PRESENTEOU COM UMA das manhãs mais detestadas pelos marinheiros, mas que para mim era maravilhosa.

Um nevoeiro denso cobria toda a Covey Island como um xale delicado que deslizava do pescoço das sereias ao sopro da brisa, como Rosalie certa vez o descreveu. Algumas pessoas da ilha o chamavam de "fumaça do mar". Ela e Nep chegariam hoje. Visto que o sol não surgiu para informar que a madrugada acabara, dei graças aos céus por ter lembrado de colocar o despertador para nos acordar. Eu e meus filhos tínhamos combinado de levantar cedo para limpar e arrumar a casa. Nós três queríamos que o chalé ficasse estalando de novo para a chegada dos avós dos meninos. Talvez eu não tenha sido a única a ter o pressentimento de que esta podia ser nossa última reunião de família na ilha.

— Bem — disse Morgan —, eles não conseguirão chegar aqui antes do nevoeiro se dissipar.

— Eu não desprezaria a competência do senhor McEachern, quaisquer que sejam as condições do tempo — observei.

— Mas nós estamos socados aqui sem poder sair.

— Vamos deixar isso pra lá e meter a cara no trabalho.

Os meninos carregaram para o andar de cima vassoura, esfregão e panos. Comecei com a cozinha. Rosalie sempre foi uma dona de casa mais exigente do que eu. Uma cozinha que para mim era considerada razoável, para ela seria classificada de imunda. Minha intenção era fazê-la feliz. O fogão a carvão todo enferrujado foi o primeiro desafio que enfrentei. Ali estava ele, em todo o seu esplendor de antiguidade, banhado pela luz cinzenta e translúcida que entrava pelas janelas enquanto as vidraças sussurravam contra o sopro da brisa. Retirei os queimadores e comecei por esvaziar o monte de cinzas, colocando-as num balde. Mais uma vez, como no cemitério, pensei no quanto adorava esse tipo de trabalho. Era gratificante ver o resultado depois de tudo feito. Com os alunos, entretanto, nunca se sabe. Um professor trabalha duro para ensiná-los, e os anos passam até que estejam prontos para se tornarem presidentes ou prefeitos. Na radiestesia só dá para averiguar o sucesso depois de cavar o buraco e se constatar água de verdade. Já meus filhos, que continuavam a varrer lá em cima, tinham dado certo na vida. Embora eu tenha ficado deprimida quando o resultado da minha ligação com James Boyd começou a ficar tão evidente quanto o balde de cinzas que eu acabara de levar para o buraco lá fora.

Como eu era magra e tendia a ser alta, minha gravidez começou a se tornar visível — pelo menos quando eu me via nua defronte ao espelho — no outono do ano daquele nosso encontro. Exposta, pensei na época. Que palavra! Como se fosse um espetáculo, a exposição de um trabalho ainda em andamento, com um colaborador que não se sabia onde estava. Passei a ficar em casa, afastada dos olhares dos outros. Meus pais me viam cada vez menos, e eu não retornava as ligações dos amigos.

Durante esta época, morei num celeiro que foi transformado em casa. O aluguel era barato. As janelas, pelas quais entrava sempre uma brisa, emolduravam cenas pastorais. Havia uma casa de marimbondos enorme, que mais parecia um cérebro derretido, pendurada na cerejeira ao lado do caixilho da janela de meu quarto. Os donos da propriedade permitiam que eu usasse o velho cavalo que dividia o espaço térreo com algumas cabras, desde que eu cuidasse da alimentação dos animais. Improvisei uma estante de tábuas de pinho sobre tijolos de concreto para colocar meus livros antigos. Eram pranchas de madeira que estavam num canto do pavimento térreo e que sobraram da construção.

Passava a maior parte do tempo lendo. Lendo e me preocupando. Meus três gatos me faziam companhia — Homero, que tinha este nome por gostar de cantar e ser parcialmente cego; Herman, em honra a Melville, que eu considerava um filho temporão dos poetas épicos romanos; e Sibila, porque os outros a seguiam como se ela soubesse sempre onde é que ia acontecer alguma coisa. Eles caçavam passarinhos e camundongos, além de brincarem em uma imensa horta com vegetais e legumes já passados da época de colheita. Quantas vezes, durante o período que passei ali, desejei ser um de meus gatos. Em muitas ocasiões, naquele verão e no início do outono, eu os usei como desculpa para cancelar trabalhos de radiestesia. Devo ter parecido idiota ou preguiçosa. Hoje não posso assumir nenhum compromisso, meu Herman está desaparecido. Meu Homero está doente. Sibila está para dar cria. Tais desculpas faziam eu me sentir livre como um passarinho.

O lugar onde eu morava ficava perto da casa de meus pais, o que tornava minha ausência ainda mais notada. Apesar da minha autonomia, o quarto de minha infância estava lá, à minha disposição. E eu sentia falta dele. Sentia falta de Nep e de Rosalie. Niles, de todos que eu conhecia, era o melhor amigo que tinha, fora minha família, e em quem eu podia confiar e alguém que teria todo o discernimento para me aconselhar sobre o que fazer. Mas Niles se casara em junho e concordamos em manter certo decoro e distância.

Em vez de ligar para alguém que eu conhecia, certa manhã telefonei para uma clínica de abortos de Nova York. Marquei uma hora. O alívio que senti quando desliguei foi incrível. O que foi que fiquei pensando durante todo o mês de agosto? Que eu ia realmente parir uma pobre criança indesejada? Um embrião acidental resultado de uma traição? Achei que seria um crime dar à luz aquele bebê e fiquei apavorada só em pensar que poderia vir a odiá-lo injustamente desde o momento que colocasse meus olhos em seu rosto e reconhecesse a expressão delicada e os traços desleais do pai.

Tendo então saído do estupor que me prendia à indecisão do que fazer, resolvi telefonar para Rosalie e me convidar para jantar. Meus pais sempre foram honestos comigo e é claro que este era um pacto do qual eu também fazia parte. Eu não era tão burra a ponto de achar que algum deles ia gostar do que eu tinha para dizer. Mas não tinha tanta indiferença no coração quanto Boyd para continuar a esconder deles, por mais tempo, meu erro deplorável. Eu ia precisar de apoio moral, ou imoral, como achava que Rosalie ia se referir à minha decisão de abortar. Para mim era chegada a hora de tornar as coisas claras.

Nep me recebeu na porta com um abraço:

— Já faz algum tempo, sua sumida.

— Ela chegou? — falou minha mãe lá da cozinha, onde a encontrei.

Eles tinham aberto para decantar uma garrafa de vinho especial e o humor do dois estava excepcional, o que me fez sentir mais do que petrificada.

— Vamos brindar seu retorno ao lar — disse Nep erguendo a taça.

Nós bebemos e meu pai sentou-se à mesa da cozinha enquanto Rosalie continuava com os preparativos do jantar na bancada ao lado. Virou a cabeça para trás e perguntou pelos gatos. Que pena que um estava doente e o outro havia sumido, mas ficou satisfeita quando soube que ele voltara para casa. Nep perguntou sobre o meu trabalho de radiestesia e se eu poderia ajudá-lo antes da chegada da neve.

— E a propósito — acrescentou Rosalie —, quantos gatinhos Sibila acabou por ter?

— Na verdade, ela não teve nenhum gatinho — falei com o olhar baixo.

— Que pena — comentou minha mãe, colocando a faca sobre a tábua de cortar. — Nasceram mortos?

— Não, mãe.

— Talvez tenha apenas engordado, foi alarme falso — brincou Nep.

— Bem, Sibila está realmente um pouco mais gorda, mas nunca ficou grávida.

— Gravidez psicológica, é como chamam — disse Rosalie, a eterna professora de ciências. — Então foi alarme falso?

— Não, eu sabia que não estava grávida.

— O que foi então que deu em você para dizer que estava? Nem parece coisa sua.

— Não se preocupe com isso, Ros — disse Nep. — Tenho certeza de que Cassie pode explicar.

Olhei para o meu pai e depois para minha mãe, que demonstrava ter ficado aborrecida antes de finalmente confessar:

— Homero e Herman estão ótimos, como sempre estiveram. Eu é que me sinto muito mal e envergonhada em admitir isso, mas preciso dizer que não tenho sido honesta com vocês.

Rosalie veio e sentou-se à mesa conosco.

— O que está errado, Cassandra?

Um silêncio desagradável se instalou entre nós antes que eu dissesse baixinho de forma resignada:

— Eu estou grávida.

Até hoje guardo a nítida lembrança do olhar de desalento que tomou conta do rosto de Nep. Não ousei olhar para minha mãe para confirmar sua raiva e humilhação. O silêncio que se seguiu foi maior do que o anterior.

Por fim, Rosalie falou:

— Por favor, me diga que não é de Niles.

— Não é — respondi, desejando muito que fosse.

— Bem, então de quem é? — perguntou. Sua voz pausada exprimia mais medo do que hostilidade.

— Vocês não o conhecem.

— De quem é? Ora, o filho é dela — falou Nep.

— Qual é o nome dele? — insistiu minha mãe.

Eu lhes contei tudo. Não conseguiria dizer se Nep fez uma pausa ao ouvir o sobrenome Boyd. Nós sempre trocávamos informações sobre os locais de trabalhos de radiestesia, e ele tinha uma memória de elefante antes de ter contraído o mal de Alzheimer. Levantou-se de sua cadeira e passou o braço pelo meu ombro enquanto Rosalie segurava minhas mãos do outro lado da mesa, apertando-a, sem querer, com muita força.

— E agora? — perguntou ela. — Ele sabe?

— Não.

— Não deveríamos entrar em contato com ele? — perguntou Nep.

— Não, jamais. O próximo passo é que farei um aborto. Daqui a um mês isso tudo não terá passado de um pesadelo.

— Só por cima do meu cadáver — gritou Rosalie, se levantando.

De um jeito tenso e medindo as palavras como jamais o ouvira falar antes, e depois voltando a se sentar, Nep disse:

— Vamos todos ficar calmos. Agora mesmo. Não coloquemos o carro adiante dos bois ou tampouco atrás. Somos uma família, tivemos problemas no passado e continuaremos a ter no futuro, e este é apenas mais um problema que iremos resolver juntos.

Ele fechou os dedos sobre a mesa à frente e olhou para as próprias mãos, como fazem os jogadores de xadrez antes de uma jogada final.

— Tenho uma pergunta.

— Sim?

— Você chegou a pensar em continuar com a gravidez? Acho que sua mãe já expressou o que pensa sobre isso. E, sabe como é, nem sempre ela e eu concordamos com assuntos dessa natureza; a igreja dela e a minha são bem diferentes...

— Que igreja é essa? — perguntou Rosalie. — Onde é que fica? Gostaria de assistir a um culto nela qualquer dia.

— ... mas não que esta seja uma decisão de outra pessoa a não ser sua, acredito que nós três poderíamos cuidar disso se você fosse adiante. Quem sabe, talvez quando o pai tomar conhecimento, tenha uma atitude honrada e...

— Eu jamais quero ter qualquer espécie de ligação com ele de novo.

— O papel de advogado do diabo não é o meu favorito — disse minha mãe —, mas você não acha que tem a responsabilidade ética, senão moral, de informar a esta pessoa que está grávida? Não haverá talvez implicações da lei no caso de não informá-lo?

Seus pontos de vista foram bem colocados. Mas as questões éticas, morais e legais não significavam nada para mim naquele momento. Acho que se James Boyd tivesse sumido depois de uma só noite de intimidade, eu teria sido mais flexível e não o desprezado tanto. Mas voltar dois dias depois e me usar uma segunda vez, consciente de que daria meia-volta e iria embora sem ter me contado a verdade sobre sua vida, me causou muito amargor. Não pude deixar de imaginar quantos jogos emocionais costumava jogar com outras pessoas. Mas isso não era problema meu. Da mesma forma que minha vida e minha gravidez não eram problema dele.

— Não estou preocupada — respondi. — Ele não tem quaisquer direitos sobre qualquer coisa que tenha a ver comigo. Além do mais, eu o conheço o bastante para saber que isso é a última coisa na vida com a qual se incomodaria, não faz o estilo dele.

Rosalie se adiantou e me deu um abraço. Sorriu com tanta pena que me senti petrificada.

— Há outras soluções para o problema — disse com a voz entrecortada.

Nep levantou-se, abraçou nós duas e terminamos a conversa dessa maneira. Conseguimos jantar. Havia deixado comida e água suficientes para os gatos, ao levar em conta a grande possibilidade de só voltar para casa no dia seguinte. Passei a noite em minha antiga cama na casa de meus pais.

Mesmo na segurança deste reduto de minha infância, cercada de objetos familiares como minha velha boneca Millicent, meu ursinho de pelúcia Pooh e meus livros favoritos, como *O coelhinho fujão*, cujas páginas folheei sem esperança, e outras lembranças confortantes de minha infância, estava muito inquieta. Da mesma forma estavam também Rosalie e Nep. Ouvi-os através da parede, ora se deitando, ora se levantando. A casa ficava em silêncio durante certo tempo, e em seguida, eu ouvia suas vozes de novo. Conversas, sussurros, lamentos, conversas.

Em algum lugar no meio de tudo isso, fui tomada por profundas recordações. No momento, sentia a mesma consternação e dor no estômago que senti naquela noite tenebrosa, há muito tempo, quando soube do acidente fatal de Christopher. A morte e a promessa da vida. Era difícil imaginar que essas duas coisas pudessem provocar reações idênticas em mim. Ainda que não consiga reconstruir como os pensamentos me levaram a esta conclusão, foi apenas depois de ter relacionado meu irmão morto com meu feto vivo que decidi ter a criança.

Se meus pais estavam dispostos a encarar as humilhações passageiras oriundas sobre a mãe solteira de produção independente, eu também podia. Que falassem pelas minhas costas. Não que já não tivesse sido estigmatizada por eles antes. O que era mais importante agora: eu tinha a chance de transformar um erro num acerto. Ter superação suficiente para transformar o feio em algo belo. Tais pensamentos, que devem ter cruzado a linha fria da maturidade e entrado no reino do idealismo fantástico fizeram, em última análise, que eu tomasse a decisão acertada.

Meu celeiro frio, meio transformado em casa, podia servir de moradia para uma solteira, mas não era o melhor dos ambientes para uma mãe e o filho recém-nascido, e por isso, no outono, mudei-me de volta para a casa dos meus pais. No início, tive certa relutância em aceitar o oferecimento de meus pais para ficar na companhia deles por uns tempos. Era preciso admitir que estava carente e precisava de aconchego, além do conforto que estar com eles me proporcionaria. Durante a noite, eu me sentava em minha antiga cama de frente para a janela da água-furtada com os gatos choramingando ao meu redor e aproveitava a insônia para ter a visão da lua e do céu estrelado memorizada numa mitologia pessoal por mais de 7 mil noites.

Os meses se passaram enquanto eu ia inchando e a barriga ficava arredondada. Os fofoqueiros ávidos de escândalos vieram, passaram e, em seguida, desapareceram. Eu ficava mais tempo lendo sobre educação infantil do que qualquer outra coisa de Eurípedes. Durante um almoço num restaurante local contei tudo para Niles, cuja mulher também estava grávida, e pensei na ironia, embora não houvesse nenhuma. Ele, como sempre, declarou uma lealdade sincera, uma ligação de toda a vida, que nem isto ou qualquer outra coisa seria capaz de abalar, e ofereceu-me apoio no que estivesse ao seu alcance. Fui até a cidade comprar coisas para o bebê. Costurei roupinhas junto com Rosalie. Construí um berço com Nep. E depois fiz mais um, idêntico ao primeiro, ao saber pelo obstetra que estava grávida de gêmeos. Por tudo o que havia lido e pelos aconselhamentos amedrontadores de minha mãe, jamais poderia imaginar quanto trabalho — sem falar no parto e em suas dores — dava criar dois bebês. Eu era uma iniciante sem noção de nada, e nenhuma antevisão ou arte divinatória poderia apagar esta deficiência básica. Como toda mãe inexperiente, fui improvisando a maneira de criá-los durante a infância de meus filhos.

Não houve uma noite ou um dia em que deixasse de me preocupar com a possibilidade da aparição intempestiva de James Boyd para desestabilizar minha vida outra vez. Mas ele nunca apareceu. Nunca ligou. Por ter se tornado uma ausência definitiva, permitiu que eu o colocasse como uma tela vazia numa moldura. Com bastante cuidado, moldei um novo pai para os meninos, e para minha surpresa, nem Rosalie nem Nep me contradisseram, ainda que possam ter percebido que escolhi preencher algumas lacunas com pura invenção.

Os meninos cresceram com a imagem de um pai que era um homem elegante e esforçado, cujo trabalho o obrigava a viajar, ficando fora mais tempo do que gostaria. Quando, por fim, teve que escolher entre se acomodar num mesmo lugar ou continuar viajando, preferiu a segunda hipótese. Perdemos o contato. A última vez que ouvi falar dele, tinha se tornado famoso. Um sucesso astronômico em sua vida e uma estrela cadente na minha. Não, não tenho qualquer fotografia dele. Ele sempre dizia que fotografias representam o ontem, e as pessoas, o agora. E o agora é melhor, basta perguntar ao ontem. Nunca conheci os pais dele. A mãe morrera, e eu só havia falado com seu pai pelo telefone. Tinha uma voz digna, acho que era um homem bondoso, mas que agora também já estava morto. Era isso. Meus garotos e eu tínhamos uns aos outros e estávamos satisfeitos com a trindade que formávamos.

Uma última coisa. Por mais difícil que fosse, queria que Morgan e Jonah me fizessem um favor: queria que prometessem que não voltariam mais a falar sobre o pai. Agora já sabiam a história toda e, portanto, quaisquer outras perguntas só nos envolveriam em círculos de tristeza. Na maior parte do tempo, obedeceram ao meu desejo.

Isto foi o melhor que pude fazer. Naturalmente, com o passar dos anos, tivemos que nos confrontar com os rumores das crianças na escola que ouviam comentários dos pais tagarelas e que ameaçavam a credibilidade do que eu havia lhes contado. Sabia que chegaria um dia em que teria que lhes contar a verdade. Quantas vezes desejei que Niles não tivesse se apaixonado por Melanie Lyons, agora Melanie Hubert, pois acreditava que era o homem capaz de criar meus filhos junto comigo. Dadas as circunstâncias, ele fez o melhor que pôde. E os meninos, que de início foram crescendo na mesma casa onde eu mesma havia sido criada até que eu pudesse ter dinheiro para dar a entrada na minha modesta residência da Mendes Road, se tornaram pessoas melhores do que eram minhas fantasias mais otimistas. Tornaram-se companheiros melhores e mais interessantes do que jamais imaginei.

A bancada foi esfregada; a pia de zinco, polida e os vidros das janelas, lavados. As prateleiras da despensa foram arrumadas, as latas das sardinhas norueguesas em molho de mostarda, as prediletas de Nep, foram empilhadas. A mesa da cozinha foi polida; o piso de tábuas de pinho, lavado. Subi com Morgan e Jonah para terminar os preparativos nos quartos e no banheiro e depois descemos e arrumamos a sala maior com seus tapetes de lã gastos, porém lindos, e a mobília antiga dos tempos de Henry Metcalf. Demos corda no relógio de navio de bronze que ficava no consolo da lareira. Enfeitamos a casa com um ramalhete de flores silvestres colhidas no quintal. O patrimônio de Rosalie estava pronto para recebê-los.

Do lado de fora, o nevoeiro ficara mais fraco. Logo o sol quebrou a barreira das nuvens e veio um vento do mar. Como não sabíamos determinar com certeza a hora em que iam chegar, decidimos que almoçaríamos mais tarde no cais, enquanto esperávamos que os xales das sereias fossem soprados para longe, na direção da ilha da Terra Nova, e deixassem que um céu azul lindo e deslumbrante nos fosse revelado.

Em um exagero, enchemos duas cestas com mais coisas para comer do que precisávamos. Pão, queijo, azeitonas, bolinhos de salmão que tinham sobrado do jantar do dia anterior, amêndoas, laranjas e até mesmo uma das latas das sardinhas prediletas de Nep. Jonah levou a pipa em forma de dragão, e Morgan levou a vara de pescar. Eu lhes disse que desceria num instante para me juntar a eles, só queria mudar de roupa. Lá se foram eles com as cestas e os equipamentos. Da janela da sala acompanhei-os com os olhos, enquanto desciam pela trilha estreita da beira da ilha até perdê-los de vista. Além deles, ficava a imensidão do mar, que de tão azul até parecia ter uma cor irreal inventada por mim.

Subi para o andar superior e coloquei o vestido de verão de popelina branca que Rosalie comprara para mim no ano anterior. Coloquei o bracelete que Nep me dera na primeira vez que viemos a Covey. Era uma joia que fora um colar e que, agora, enrolado duas vezes no braço virara uma pulseira barulhenta. Escovei o cabelo que aqui ficava mais ondulado do que lá em Corinth County por causa da proximidade do mar. O rosto que vi no espelho não estava tão descansado ou tranquilo quanto eu esperava. Tentei sorrir, mas o efeito pareceu forçado. Mesmo assim sabia que era importante recobrar a serenidade que experimentara quando cheguei a ilha tanto quanto fosse possível. Fiz uma nova tentativa e vi, por detrás de um véu de aflição, uma Cassandra sorridente.

Assim está melhor, pensei.

Chegara o momento de me juntar aos gêmeos no cais. Protegi a cabeça com um chapéu de palha, e como agora havia muita claridade lá fora, coloquei óculos de sol e desci a trilha. A brisa soprava em rajadas leves e por isso toda a folhagem baixa do outro lado da trilha — mertensia marítima, cinco-em-rama e inúmeras outras plantas — balançavam de um lado para o outro. Respirei fundo o ar purificado pela aragem. Por causa do denso nevoeiro da manhã poucas velas podiam ser vistas no mar, embora a manhã tenha ficado perfeita para se velejar. Barcos de pesca de lagosta partiam barulhentos, apressados em recuperar o tempo perdido. Dei a volta no penhasco e vi a pipa de Jonah voando no céu, na direção sudoeste, e Mount Desert mais adiante. Foi então que percebi que esquecera a câmera. Embora o dia de ontem por certo nunca se transformaria no de hoje, e as fotografias que eu queria tirar não seriam outra coisa senão meros jogos de memória, eu ainda tinha em mente a ideia de documentar a ocasião. Por me preocupar tanto em me arrumar e ficar bonita, esquecera a câmera em cima do banco ao lado da porta de entrada. Não gastaria mais do que um minuto se retornasse para pegá-la. Quando dei meia-volta e comecei a correr em direção ao chalé, encontrei com uma menina. Pálida como se fosse albina, um pouco adiante de onde eu estava, de pé embaixo do imponente e solitário pinheiro que crescera do lado da trilha como um esqueleto fustigado pelo vento com braços verdes retos e duros que apontavam em todas as direções. O olhar atônito que me lançava era como se estivesse diante de uma visão insólita. Como se fosse aquilo que os observadores de pássaros costumam chamar de *acaso*. Meio sorridente e meio descontente. Como não a reconheci, supus que deve ter se desviado de seu caminho do outro lado da ilha e vindo parar aqui, o que não fazia muito sentido, uma vez que quando passei por lá não encontrei ninguém. Usava uma blusa cor-de-rosa brilhante enfiada para dentro de calças três quartos alaranjada, cores que mais pareciam de néon, fazendo com que sua imagem sobressaísse em contraste com o fundo dos arbustos de sálvia e pedras claras. O cabelo preto-azulado cortado de forma irregular com uma franja na testa foi desfiado de tal maneira que parecia que tinha costeletas fininhas. Era uma garota que mais parecia um menino, com olhos cinzentos e lábios finos e rosados como a parte interna de uma concha. Estava descalça. Devia ser da pá virada, a julgar pela leve saliência impaciente de seu queixo.

— Olá — falei, tirando meus óculos de sol.

Ela não respondeu. Continuou me olhando com uma curiosidade indisfarçável, como se eu fosse uma estranha, uma intrusa, uma excentricidade. Sua aparência tinha um toque, como posso dizer... *colorido*. Como se fosse parte de um filme restaurado cuja cor fora colocada artificialmente, supersaturada e um pouquinho fora de foco.

— E quem é você?

Continuou sem responder, mas balançou a cabeça para um dos lados, mais parecendo um pássaro agora. Talvez estivesse envergonhada, ou quem sabe lhe disseram para não falar com estranhos. Talvez, quem sabe, fosse muda.

— Você está procurando alguém? Está perdida? — perguntei com uma voz gentil e maternal, mas em vão. Ela continuava a me fitar, com uma expressão estranha no rosto.

Fui tomada por um sentimento não esperado que não gostaria de ter. De repente, desejei que não estivesse ali. Intrigada, desviei o olhar para os arbustos de amoreiras, manchas verdes e marrons, compridas e finas, agrupadas sobre a vastidão do oceano cintilante, e em seguida olhei de novo.

Com movimentos lentos como se estivesse debaixo d'água, levantou a mão, um pouco acima da cintura, com a palma virada para cima, enquanto seu meio sorriso se abria um pouco mais. Segurava o que parecia ser uma pedra chata mesclada de cinza e branco e com a superfície plana semelhante a um rosto. Neste instante, surgiu das moitas um grande cão, preto como piche, que se sentou ao seu lado.

Arquejava como se tivesse corrido muito e quisesse descansar na sombra. Ao que tudo indicava era um vira-lata dócil que parecia sorrir, como fazem os cães quando estão de boca aberta, ofegantes. Estava tentada a acariciá-lo, mas não ousei.

Se não fosse pelo meu monstro, este encontro não teria sido a causa de nenhum alarme. Uma leve surpresa, sim, pois desde que me entendia por gente, ninguém jamais viera da extremidade norte da ilha para este nosso lado. Talvez um tanto admirada também com o fato de a menina ser tão luminosa em contraste com a paisagem ao fundo, embora isso pudesse ser apenas um simples efeito de luz. Mas o temor agudo que senti me trouxe a preocupação de que tivesse entrado numa paranoia total. Fosse quem fosse essa garota, não tive coragem para tentar descobrir. Não queria nem saber. A chegada de meus pais em Covey e as primeiras imagens da reunião de nossa família ficariam relegadas às lembranças individuais e coletivas, pois eu não ia voltar para pegar a câmera.

— Tudo bem, até logo — eu disse, com uma falsa cordialidade no tom de voz.

Ela continuava a sorrir uma espécie de sorriso velado, sem dizer palavra.

Dei meia-volta na trilha; o vento estava um pouco mais forte e meus pés me distanciaram ao máximo do chalé, da garota andrógina e daquele cachorro preto ofegante. Esperava que continuasse em silêncio, sem me dizer "até logo". Fui andando apressada, tropecei uma vez e depois mais uma vez na parte estreita da trilha rochosa, na ânsia de olhar para trás e verificar se ainda estava por lá, e de certa forma desejando que não estivesse mais. Ela continuava em silêncio e o cachorro não latiu. Não havia qualquer outro som além da minha respiração rápida e do barulho do vento e das ondas. Logo em seguida, vi a pipa colorida em forma de dragão de Jonah, que por causa da brisa forte fazia piruetas sobre a praia. Quando contornei o precipício, Morgan apareceu no final do cais com as ondas ao fundo. Além de onde estavam os gêmeos, bem adiante na direção de Mount Desert, embora eles ainda não pudessem ver, tive a certeza de vislumbrar a espuma branca da água cortada pela pequena forma do barco que vinha trazendo meus pais para perto de mim e de meus filhos.

No meio do caminho pedregoso que me levava ao cais, virei e olhei para trás. Como tinha esperado, e desejado, a garota pálida havia sumido. Da mesma forma que seu cão sorridente. Apertei o mais que pude os olhos e comecei a esfregá-los com os dedos para limpar as imagens de minha mente, e os abri outra vez. Não havia nada à minha frente que não fosse a trilha, as moitas de sálvia, o pinheiro com os galhos compridos agitados pelo vento. Ao retomar meu caminho e continuar minha descida para encontrar com os garotos, ocorreu-me que não havia observado se a menina e o vira-lata projetavam sombras no chão.

15

Em quantas ocasiões na vida usamos as pessoas como telas sobre as quais projetamos nossas próprias obsessões? Nossos descontentamentos, sonhos, desejos ou medos? Muito bem. Sempre fiz isso, com bastante frequência, por isso me admira que o mundo inteiro desperto não seja visto simplesmente como um filme improvisado e sem fim. Um só, com todos os roteiristas, produtores, diretores e atores que existem.

Imagine. A história do mundo como um fluxo interminável de cenas épicas que se sucedem, no qual todos os seres humanos sempre atuam, ao mesmo tempo, como astros de suas autobiografias e como figurantes dos filmes de todas as pessoas que encontram na vida. Muitos de nós gostamos de pensar que atuamos em filmes realistas, uma cópia fiel da vida. Mas há ocasiões, em cada um dos nossos incontáveis filmes, que a película sai do carretel ou a digitalização não flui e se rompe, e somos deixados diante de alguma situação irreconhecível, uma história que não tem qualquer semelhança com o roteiro. Queremos voltar a cena para que seja reeditada. Reclamamos que há algo errado com a trama, que o diálogo não está perfeito, que há falhas de continuidade. A ação não passa credibilidade. Precisamos de nova tomada. *Corta!* Queremos gritar pelo megafone. Mas não conseguimos fazê-lo. A cena já está no projetor e é tão efêmera quanto nossa lembrança, porque a memória é o seu veículo.

Sem saber se a garota era real, para usar esta palavra misteriosa, deixei-me caminhar pelo resto da trilha que descia até a praia com a plena consciência de que meu filme ameaçava dar uma guinada ainda mais profunda para o fantástico. Apesar de adorar os mitos, não tinha o menor desejo de trafegar pela fantasia. Queria que meu filme pessoal fosse a história simples e direta de uma jovem que tem seus problemas, mas que foi abençoada com dois filhos brilhantes, pais amorosos, e quem sabe, em algum lugar do futuro, um homem para completar um elenco-padrão. Queria que meu filme fosse interessante, mas também comum. Não uma história como a de Martine de Berthereau, com todo o seu drama e tragédia. Mas sim um filme cuja verdadeira profundidade repousasse sobre sua total normalidade. Entretanto, este não parecia ser o curso que minha vida escolhera traçar.

A pipa-dragão de Jonah continuava a dar piruetas com as rajadas de vento em cima da praia de pedras, e Morgan permanecia parado no fim do cais. O barco ainda ia demorar uns 15 minutos para chegar se os ventos fortes continuassem soprando na direção contrária. Por isso, decidi verificar a validade deste meu documentário. A garota não tinha o direito de me afugentar de minha própria casa, conforme decidi, e é provável que nem fosse esta a sua intenção. Caçoando de mim mesma, voltei para pegar a câmera.

Lá estava ela onde eu a havia deixado, no banco da varanda da frente. A casa continuava tão tranquila como antes. Não encontrei ninguém no caminho, tanto na ida quanto na volta. Nem devia esperar o contrário. Entretanto, estava determinada a dar uma nova olhada, quando Rosalie e eu fôssemos dar nossa tradicional caminhada no dia seguinte, para ver se tinha alguém de fora na casa da senhora Milgate. Se fosse o caso, e se a vizinha não tivesse feito as recomendações de praxe, seria prudente lembrar-lhe dos perigos do farol que não fora consertado e que, com certeza, não era lugar para crianças explorarem. Nossos poucos avisos de "Entrada proibida" — que ainda diziam "Propriedade de Henry Metcalf" — permaneciam pregados em árvores na parte mais alta da ilha. Não que estivéssemos preocupados com invasores, e sim porque não tínhamos como gastar os milhares de dólares necessários para o conserto e a segurança da velha torre. Uma das desvantagens de ficar numa ilha sem telefone era que se alguém precisasse de um socorro médico com urgência, não seria fácil de se conseguir.

Olhei para trás e vi o nosso farol imponente. Tão alvo e másculo em sua forma de cone. Imaginei minha mãe ao vê-lo do barco, enquanto olhava em nossa direção. Senti uma leve pontada de ansiedade de filha. Já fazia algum tempo que não vivíamos sob o mesmo teto, mas podia adivinhar qual seria a resposta que me daria caso lhe contasse tudo o que vira e o que acontecera comigo. A presença cada vez menos ativa de Nep em minha vida servia para redobrar meu senso de vulnerabilidade.

Rosalie me intimidava? Talvez a religião que, de forma tão confortante abraçara, fosse desagradável e um tanto assustadora para mim. Suas certezas não me encorajavam, pelo menos alguém que via o mundo como um lugar no qual a falta de certezas era a única certeza. Não que forçasse a barra com os dogmas de sua Igreja Metodista. Não era uma doutrinadora devota, com uma cruz numa das mãos e uma chibata na outra. Minha mãe era mais sutil do que isso. E não nos esqueçamos de que vivia havia mais de três décadas e meia com um homem que era tão profano quanto as coisas quebradas que consertava e a terra sobre a qual caminhava com sua frágil vareta de sensitivo. Não, eu não tinha medo dela. Estava atenta e sabia como era o urdimento, a trama e os nós do nosso relacionamento.

Quando saltou da prancha oscilante, vi que Nep parecia ter rejuvenescido anos, com o rosto vivamente iluminado pelo sol e pelo vento. O senhor McEachern o ajudou depois que Rosalie desembarcou, e os garotos ajudaram a retirar a bagagem deles de dentro do barco.

Não sei se devido ao ar fresco e suave, ou pelo fato de sua mente ter se tranquilizado com a chegada à ilha, a verdade é que Nep parecia estar vivendo um de seus dias de lucidez. Seu olhar estava vivo e claro. De perfil, se parecia com uma águia-pescadora de traços fortes e decididos. Sua doença o desgastara, mas não de uma forma que o diminuísse ou que alterasse sua dignidade. Estava com um suéter de lã cor de marfim jogado sobre os ombros e amarrado pelas mangas em volta do pescoço. A cabeleira branca esvoaçava para trás sobre seu crânio bem-feito. Usava uma calça de um tecido grosso desbotado, camisa bege de linho e velhos sapatos sem meias, como um garoto de escola. Tirei uma fotografia dele para o meu álbum de família. Sabia que aquele era um momento que merecia ser lembrado.

— Como foi a viagem? Vocês devem estar exaustos — perguntei, enquanto Jonah e Morgan eram abraçados pelos avós e depois apertavam a mão de Nep num cumprimento formal entre homens.

— Foi tranquila como uma brisa — respondeu meu pai.

— Talvez para ele tenha sido uma brisa — falou Rosalie —, mas a parte da viagem de carro continua a ser muito longa.

Ela agradeceu ao senhor McEachern, que conhecia desde os tempos de criança, com um beijo em cada lado do rosto. Ele, por outro lado, agradeceu os chocolates que ela trouxera para sua esposa.

— Diga a ela que sinto muito se eles ficaram um pouco moles por termos passado o dia todo na estrada — acrescentou ela. Nep pegou a carteira para pagar o transporte, mas o senhor McEachern não deixou, voltou para o barco e saiu em direção à ilha principal.

Sentamo-nos junto da água nas grandes pedras planas que já haviam servido de bancos naturais para muitas gerações, enquanto Nep e Rosalie descansavam e acostumavam as pernas com a terra firme depois da viagem pelo mar agitado e também para que comêssemos alguma coisa antes de voltarmos para o chalé. Para o deleite de todos, Morgan fez uma demonstração de sua grande habilidade em arremessar o anzol no mar e Jonah voltou a empinar a pipa. Durante aquele tempo breve foi como se a vida voltasse atrás e eu pudesse, contrariando as regras, ter a chance de assistir a uma cena tranquila do filme da Cassandra Produções, encenada exatamente da maneira como eu planejara. Crianças felizes brincando sob o olhar de admiração da mãe e dos avós; o sentimento de calma dos mais velhos; a leveza da diversão entre pessoas acostumadas umas com as outras. Uma pausa para descanso.

Afinal, acabamos por subir a colina aos trancos e barrancos. Os garotos tomaram a frente carregando as bagagens. Com algumas paradas para descansar e apreciar as flores e as outras ilhas brilhando ao longe, meus pais e eu seguíamos na retaguarda. Disfarçadamente, torcendo para que Rosalie não notasse, varri com os olhos os dois lados da trilha à procura da garota iluminada por uma luz de néon e seu cachorro preto sorridente e silencioso que me fez lembrar aquele mascote que costumava acompanhar a turma de Christopher. Como o pessoal gostava daquele vira-lata radiante, aquele cão de caça de Roy Skoler! Apesar de haver muitos cachorros pretos no mundo, sabia que não valia a pena perguntar à senhora Milgate se tinha alguma garota passando alguns dias em sua casa. Meu coração se apertou ao atinar com isso.

Fazendo o possível para deixar minhas preocupações de lado, mergulhei de cabeça para aproveitar a reunião familiar na primeira noite no chalé e nos demais dias que se seguiram.

Em uma tarde saímos de barco e fomos até Otter Cliffs e Thunder Hole, onde o mar quebrava e jogava a espuma para o céu. Navegamos até a nossa ilha desabitada favorita e às águas rasas da baía do Carneiro cheia de mariscos e cujas algas marinhas trazidas pelo mar Nep chamava de "restos de carneiro." À noite, juntos na parte plana que ficava acima do chalé, observamos as estrelas, embora o farol bloqueasse a visão das constelações mais baixas que rodopiavam para dentro do mar negro. Afofamos a terra, arrancamos as ervas daninhas do jardim perene e jogamos jogos de tabuleiro.

Parecia que a doce tranquilidade com a qual eu sonhava há tanto tempo caíra sobre mim como por encanto, exceto por um breve momento em que eu seria capaz de jurar ter sentido o cheiro de fumaça de cigarro entrando pela janela aberta do meu quarto antes de desligar a lâmpada da mesinha de cabeceira na hora de dormir. Fiquei sentada no escuro, preocupada. Não havia o que fazer, o cheiro estava lá. Depois de ter descoberto as guimbas recentes no chalé e na casa abandonada, devia ter perguntado a Jonah e Morgan se o estranho que apareceu por lá estava fumando. Agora era tarde demais. Se perguntasse, ia apenas provocar mais questões dos outros, inclusive de Nep, e eu não queria que isso acontecesse. Melhor deixar as coisas acontecerem normalmente, aguardando a hora propícia para checar se havia fogo por detrás da fumaça.

16

No dia seguinte, minha mãe e eu saímos, como sempre fazíamos, para dar nosso passeio no circuito das praias de Covey. Isso em geral nos tomava muitas horas, nem tanto pelo tamanho da caminhada, mas porque o percurso entre a terra e o mar era ruim, sem falar no hábito que tínhamos de parar para observar com atenção os pequenos tesouros que encontrávamos. Uma moita de ervilhas-de-cheiro, uma teia de aranha tecida num recesso de pedras, um arbusto de hipericão, cujas flores minúsculas brilhavam como diamantes. O céu estava calmo, e a superfície do mar, lisa como um campo recém-plantado. No horizonte, a leste, viam-se poucas nuvens em forma de cogumelos brancos, e se não fosse por elas, era como se estivéssemos caminhando debaixo de uma tigela invertida de um azul-anil. Nep e os garotos tinham ficado para trás, entretidos com outras coisas. Tinham falado em consertar um dos acendedores do gás do fogão e depois, talvez, fossem pescar.

De saída, conversamos sobre Nep. Ela me pegou de surpresa ao dizer que ele havia desaparecido de casa pouco antes de virem para cá.

— Por que não me disse isso quando lhe telefonei?

— Porque ele já tinha sido encontrado, e eu achei que não valia a pena deixá-la preocupada.

— E onde ele estava?

— Eles o pegaram andando ao léu na Mendes Road. Parecia que estava indo para a sua casa, conforme Niles falou.

— Mas, por que iria para lá? — perguntei. — Ele teve que andar muito.

— Não sabemos o que deu nele. E ao que parece, ele não se lembrava do que fez.

— Será que teve alguma dificuldade em encontrar o caminho certo?

A resposta de Rosalie me surpreendeu:

— Uma vez um radiestesista, sempre um radiestesista, acho eu. Não apenas isso, mas juro que percebi certo olhar de travessura. Se você quer saber a verdade, acho que ele até curtiu a situação.

Meu pai excêntrico poderia, finalmente, em um de seus passeios, vagar até a beira do planeta, pensei, enquanto caminhava por uma praia coberta de pedrinhas. Como ficaria horrorizado se soubesse que eu andava lendo livros sobre a finalidade médica da radiestesia e de como usar pêndulos e aurômetros para identificar energias prejudiciais e erradicar formas-pensamento negativas, com a esperança de descobrir uma cura para os males que castigavam o seu corpo físico. Ainda não sabia o suficiente como fazer isso. Como companheiro e mentor na radiestesia, eu estava prestes a ser abandonada pela única pessoa que conhecia que era capaz de entender em profundidade a natureza misteriosa dessa arte divinatória. E como sua filha única — a que criou até a idade adulta — sabia que a separação que se aproximava ia deixar um enorme vazio em minha vida.

Rosalie me disse que à parte de sua caminhada irrefletida, obstinada e sem aviso prévio através da Mendes Road no dia que desapareceu, ele parecia ter entrado numa fase de estabilidade. Sua afasia, ainda relativamente moderada, era às vezes menos deprimente para ele e provocava apenas um riso discreto. Quando se referia ao sapato como *meia dura*, ou chamava um prato de ovos mexidos de *molho amarelo*, ele mesmo percebia o que dissera e se espantava com a escorregada de seus neurônios. Os médicos consideravam essa reação promissora.

Sempre foi perceptivo e isto lhe prestou um bom serviço. Sua esporádica falta de concentração, além de uma tendência para interpretar errado algo dito por outra pessoa, era "quase sempre episódica", em vez de "estritamente progressiva," me disse Rosalie, e não pude deixar de constatar que seu discurso tinha sido afetado pelas visitas frequentes à clínica.

— Sei que nestas últimas semanas andei muito atrapalhada e não pude dar muita ajuda a vocês, como costumava — confessei —, mas devo dizer que durante o jantar de ontem à noite ele parecia estar bem. Um pouco mais lento, é verdade, mas era o mesmo Nep de sempre.

— Ele tem bons e maus dias. Espero que aqui ele só tenha os bons.

Percebendo a preocupação por trás daquelas palavras, olhei para Rosalie e pela primeira vez notei o quanto mudara desde que o declínio de Nep começara. Algumas pessoas se tornam mais fortes quando os companheiros enfraquecem, como se o corpo soubesse por instinto que precisa fazer uma compensação, manter o equilíbrio para não começar também a escorregar para o abismo da doença, enquanto outras ficam ainda mais fracas ao lado das que sofrem a enfermidade. Já minha mãe, por sua vez, parecia mais forte, de cabelo recém-pintado para restaurar o castanho original e escurecer os fios grisalhos que começavam a aparecer. Mantinha o corpo pequeno e magro com uma espécie de confiança elegante e única que eu achava que apenas os tementes a Deus e seus opostos, os ateus assumidos, possuíam. Nenhuma hesitação agnóstica afetava sua postura ou seu andar. A calça bege e a blusa branca, os tênis brancos, o delicado chapéu de palha e a bandana cor-de-rosa lhe conferiam o ar de uma mãe e uma esposa que caía muito bem nesta mulher chamada Rosalie Metcalf Brooks. Mas aqueles olhos bem pretos estavam um pouco fundos, com a pele em volta deles mais branca, como se fosse um velino. Rugas de preocupação em sua testa e face que sempre lhe deram um ar distinto, fazendo-a parecer mais sábia e séria quando era mais jovem, agora eram sulcos mais profundos que se espalhavam por extensões maiores.

Caminhamos em silêncio vendo as gaivotas que se divertiam voando em círculos. Lá longe, deslizando sobre a linha onde o azul do céu encontrava a água verde profunda, um grande navio-tanque não maior do que uma centopeia, se avistado daqui de onde eu estava, se deslocava para o norte. De forma natural, como se fizesse parte de minha rotina, olhei para a floresta além dos rochedos nas margens erodidas e não vi nem a garota nem o fumante misterioso.

Um minuto depois, Rosalie voltou a falar, quebrando o silêncio introspectivo:

— Pretendia te dar isto aqui — declarou, tirando do bolso de trás da calça um cartão-postal, acrescentando: — Separei-o do resto da correspondência que trouxe para você de Mendes porque queria esperar até que tivéssemos uma chance de ficar sozinhas.

O cartão, que não tinha assinatura nem endereço do remetente, mostrava a imagem de um afresco da basílica de São Francisco de Assis que representava um grupo de mulheres chorando sobre um santo morto com uma auréola, enquanto, ao fundo, uma figura vestindo branco e de costas para quem via o cartão subia numa árvore dourada em direção às nuvens verdes do céu. *Il pianto delle Clarisse*, dizia o título impresso, *As Pobres irmãs Clarisses choram sobre o corpo de são Francisco*. No verso, numa caligrafia infantil em letras de forma, feitas com a intenção clara de encobrir a identidade do remetente, a nota escrita a lápis dizia, *Deixe-me em paz, garotinha. Estou lhe dando um aviso bem claro.*

Como o remetente esperava, fiquei horrorizada com aquilo.

— O que isso quer dizer? — perguntou Rosalie.

— Não sei o que isto significa — respondi parada num mesmo ponto da trilha.

— Tem ideia de quem...

— Não tenho.

— Você teve algum problema com alguém?

— Não, com ninguém — respondi, sabendo que meu pequeno desagrado com Bledsoe jamais poderia ter resultado em algo tão rude assim.

— Você acha que tem alguma coisa a ver com o tal homem que falou com os meninos no outro dia?

— Mamãe, honestamente não tenho a menor ideia do que se trata — respondi, sabendo que o tom apelativo do bilhete me atingira com o mesmo impacto de surpresa que ela deve ter sentido, e perguntei a mim mesma em voz alta: — Como se pode deixar alguém em paz se nem sabemos de quem se trata?

— Cass. Preciso lhe perguntar uma coisa, de mãe para filha.

Olhei para seu rosto à espera de que tivesse tempo de voltar à minha respiração normal. Não que isso me permitisse adivinhar de onde vinha aquele lindo cartão-postal e sua mensagem grosseira.

— Parece sério.

— Falei com Niles sobre o ocorrido na propriedade de Henderson naquele dia.

— Você deve tê-lo pressionado — falei, colocando o cartão-postal no bolso da minha jaqueta antes de me abaixar para pegar um galho cinzento fino e comprido de madeira que viera dar na areia da praia, perfeito para uma bengala. A cena mostrada no cartão era a morte de São Francisco, santo padroeiro dos pássaros. Era uma imagem prenunciadora, pensei.

— Um pouco. Mas ele sabe o quanto me preocupo, e além do mais, havia várias versões da história, segundo eu soube...

— Eu mesma poderia ter dito tudo a você, se tivesse me perguntado.

— Bem, não queria que você passasse por isso.

Sob nossos pés, as pedrinhas da praia batiam umas contra as outras e se arranhavam com um chiado. Era como se estivessem tendo uma boa briga.

— Cassandra, você tem alguma ideia de quem era a garota?

— Laura Bryant? Pensei que Niles havia lhe contado tudo sobre ela.

— Não ela, mas a garota que você acha que viu antes.

— Não. Na época achei que me parecia familiar, mas não sei lhe dizer por quê.

— Será que ela não foi algo imaginado por você?

— Você quer dizer como se fosse num sonho quando misturamos traços de pessoas que conhecemos para formar novas imagens?

— Mais ou menos isso.

— Não, Ros. Era ela mesma. Juro que não a inventei.

Isso a acalmou, mas apenas por alguns instantes.

— Será que tinha alguma semelhança com Emily?

Um susto tomou-me de assalto. Só notei agora, mas a garota enforcada parecia mesmo com Emily Schaefer, a colega de turma de meu irmão que morrera um ano antes dele. Com minha bengala derrubei um montinho de pedras chatas empilhadas meticulosamente por alguém, da maior até a menor, e que estavam ali no meio da trilha. Alguém? Só podia ter sido Morgan ou Jonah. Eu não queria pensar em outra opção.

— Eu já tinha lhe dito isso. Talvez você devesse pedir a Niles para ler a transcrição do meu depoimento, se estiver tão preocupada em me confrontar com essas coisas de novo.

— Não fique zangada comigo, Cass. É só porque fico doente de tanta preocupação.

— Eu sei bem o que é que a preocupa — falei sem pensar.

Rosalie não respondeu. Como poderia? Nós duas éramos as únicas pessoas que compreendiam o significado daquelas palavras. Nós duas. E agora eu começava a temer que talvez o homem que escrevera aquelas palavras repulsivas em seu cartão-postal absurdo, também. Entretanto, a presença dele em minha vida importava menos do que a garota enforcada, e do que a garota encontrada, ou tinha menos sentido ainda do que qualquer outra coisa. Com certeza Roy Skoler não podia ter nada a ver com isso. Já fazia mais de trinta anos que não colocava os olhos nele e não tinha a menor ideia do que andava fazendo.

— Você não está certa sobre isso — reagiu ela, sem muita convicção. Tirou o chapéu, puxou o cabelo para trás das orelhas e o recolocou na cabeça. Um gesto típico dela. — Depois de estar ciente do que aconteceu, e ter a observado durante estas últimas semanas, me pergunto se não está outra vez se dirigindo para um caminho errado.

— Quem sabe se eu já não cheguei lá?

Covey era para ser o nosso paraíso, mas ali estava o confronto que vínhamos evitando há anos. Se nós duas tínhamos o desejo de estreitar nossa ligação depois que Nep se fosse — nosso mediador, o agregador da família, precisávamos encarar com coragem essas águas bravias. Ignorar a questão de Christopher parecia ser o que nós duas queríamos, o que sempre quisemos, mas eu me questionei se esta recente confluência de acontecimentos ia fazer com que fosse impossível evitá-la. O que eu não daria para deitar sobre a grama da praia aqui ao sol e tirar um cochilo que durasse o verão todo?

— Você realmente pensa assim?

— Não, não sei. Além do mais, não sou mais a garota que eu era na ocasião em que aconteceu o pior. Estou mais madura.

— É bom ouvir isso. Porque, a menos que esteja escondendo um monte de segredos de mim...

Neguei, embora estivesse escondendo sim.

— ... você não está nem perto de ser quem você era nos anos posteriores à morte de Christopher, quando era uma adolescente. Duvido até que tenha plena consciência do que foi a sua fuga, em época tão difícil. Você esteve sumida durante três noites e quatro dias inteiros. Chegamos a pensar que tínhamos perdido nossa outra criança.

— Eu estava apenas me escondendo do mundo.

— Perto da mesma floresta onde Laura foi encontrada. Não se lembra de como seu pai e eu ficamos abalados?

— Isso foi há muito tempo. Hoje em dia é como se tivesse sido um sonho. E gostaria que continuasse sendo assim.

— Às vezes também me pergunto se você não fica sonhando acordada mais do que deveria.

Aquilo me pegou desprevenida.

— Todos nós fazemos o melhor que podemos — murmurei.

— Olhe, Cass, não quero que pense outra coisa senão que me preocupo com você e que pode se sentir livre para conversar comigo, sobre qualquer coisa, sempre que quiser. Venha primeiro conversar comigo. Procure se abrir ao máximo, se tiver necessidade. É para isso que estou aqui, você sabe.

— Obrigada — eu disse, sem ter outra resposta melhor. — Vou pensar no que você falou.

— Mas eu ainda não disse tudo que estive pensando.

— Então o que você está dizendo é que...

— Você não acha que seria uma boa ideia procurar um psicólogo quando os meninos forem para a colônia de férias?

— Niles me mandou para a terapeuta dele e nós não chegamos a lugar algum. Vou ser franca com você, não tenho qualquer intenção de me consultar com outro psiquiatra, outro terapeuta, outro comerciante de drogas lícitas. Eles não têm nada a me oferecer.

Ela ficou calada.

— Estou perfeitamente bem — aleguei, com esperança de encerrar o assunto. Sabia que Rosalie tinha vindo até aqui para ficar comigo, e segundo seus padrões maternos, tentava fazer o que achava certo, o que me lembrou um ditado de Nep, *Faça certo porque é o certo*, frase bonita, que Rosalie atribuía à Bíblia, mas que na verdade era de autoria de Kant. Gostei do altruísmo de suas palavras, mesmo tendo desdenhado do que tentava, com sutileza, me convencer.

Paramos de caminhar. Já tínhamos quase completado metade do caminho. As duas casas do outro lado da ilha tinham sido construídas no lado mais amplo das inúmeras enseadas cobertas de Covey. Podiam ser vistas dali de onde estávamos, emolduradas por abetos vergados. Ficamos paradas, olhando para elas sem conseguir notar o menor sinal de vida. Revestidas à moda tradicional por placas de cedro sem pintura e manchadas de marrom, devido a anos de exposição ao tempo, elas tinham um aspecto crepuscular como dois dinossauros petrificados. Um cais precário era lambido pela água onde se viam algumas boias deixadas por pescadores de lagosta que se aventuraram a chegar tão longe. Vi que o barquinho, no qual o biguá tinha pousado, não se elevara com a maré. Sobre nossas cabeças ouvíamos o grasnar das gaivotas, pássaros que eu sempre considerara mal-intencionados, com os bicos manchados de vermelho, como se fosse sangue. Diziam que as gaivotas eram as almas reencarnadas de marinheiros mortos, e hoje eu acreditava nisso.

— Sabe que isso não é verdade — disse minha mãe. — Você não está bem.

— Tenho lucidez suficiente para saber que não preciso mais de quaisquer sessões enfadonhas de terapia ou de antidepressivos da moda.

— É um bom conselho que você está ignorando.

— Além do mais, não tenho tempo para esse tipo de luxo. Pelo visto os meninos não irão mais para a colônia de férias. Falaram que não estão mais com vontade de ir.

— E deixou que eles mesmos tomassem essa decisão, sozinhos?

— Não vou obrigá-los a ir a um lugar para onde não querem, nem forçá-los a se divertir com algo que não estão a fim.

Rosalie andou lado a lado comigo durante algum tempo, desanimada.

— Meu desejo era que você fosse apenas mais religiosa. Tivesse fé, acreditasse. Isso a ajudaria mais do que qualquer terapia praticada por seres humanos.

Mesmo não tendo a mínima vontade de discutir este assunto, respondi:

— Fique sabendo que eu tenho fé; uma fé que é só minha. Não tenho é crença. E você tem obrigação de saber disso.

Ela não falou nada.

Esperando que ficássemos em paz, falei por fim:

— Ouça, sei que tem bons motivos para ficar desassossegada. Quando voltarmos, vou tratar disso. Não vou prometer, mas vou pensar com seriedade sobre esse assunto e talvez vá conversar com alguém.

— Assim está bem — falou ela, um pouco mais alegre. É claro que percebeu minha intenção de tranquilizá-la, mas sabia quando "parar" significava "não insistir em ir adiante".

Chegamos quase defronte à casa da senhora Milgate, a menor das casas da ilha.

— Parece que ela não está em casa — disse Rosalie, observando as cortinas fechadas. — Isso não é o costume de Angela. Que Deus a abençoe, espero que esteja bem. Ela é a última pessoa da ilha dos velhos tempos que conheceu seu tio Henry.

Queria falar para minha mãe que dias antes eu havia sentido cheiro de feijão cozinhando na casa dela, mas achei melhor não dizer nada para não vagar de novo pela areia movediça de suas inquietações. Em vez disso, falei:

— Será que devíamos bater na porta?

— Você sabe o quanto ela valoriza sua privacidade. Não penso que chegar assim sem avisar seria de seu agrado — respondeu Rosalie, enquanto nos encaminhávamos para o chalé mais afastado, cujas cortinas iluminadas pelo sol também estavam fechadas. E me perguntei se estavam fechadas da outra vez que vim até aqui, mas não consegui me lembrar. Ocorreu-me, como sendo alguém de fora, que ser eremita era uma escolha perigosa. A opção de manter a privacidade impedia a companhia de outros, que podiam ajudar quando precisasse.

— Tem certeza de que não deveríamos voltar para ver se está tudo bem com a senhora Milgate?

— Quando Angela deseja que a visitemos, entra em contato e deixa que saibamos disso pelo senhor McEachern — afirmou, encerrando a questão.

Antes da nossa discussão sobre as suspeitas de minha sanidade mental, fiquei tentada a compartilhar com Rosalie o encontro curioso com a menina e seu cão sorridente. Agora percebia que guardar aquilo para mim era a melhor opção, uma vez que não queria ser acusada de estar tendo alucinações maiores. Consolei a mim mesma com uma nova teoria de que a garota devia ter feito parte de alguma excursão num barco que ancorou na praia. Talvez pudesse ter desembarcado e saído para explorar as redondezas enquanto os pais descansavam depois de uma refeição na praia abaixo, em uma das pequenas enseadas onde os barcos costumavam parar. Fumaram um ou dois cigarros. Sim, foi isso. Isto fazia tanto sentido que quase não pude acreditar como não havia pensado nisso antes. Não fora nenhuma aparição, era apenas uma menina calada, envergonhada, como eu quando tinha a mesma idade dela.

Quando demos a volta num dos rochedos para ir para o lado oeste de Covey, já no caminho de casa, vimos uma flotilha colorida de barcos a vela; alguns com velas alaranjadas, outros com velas vermelhas, turquesas, verde-claras. Devia ser uma regata. Eles estavam indo todos na mesma direção, uns 2 quilômetros mar afora, como uma miragem luminosa no mar aberto. Eles eram quase tão brilhantes e indistintos quanto a garota, isso eu podia garantir.

— Tem mais uma coisa que quero lhe dizer antes de voltarmos — comentou Rosalie.

— Isso também parece sério — falei sorrindo, numa tentativa infrutífera de animar um pouco a nossa conversa.

— Temo que seja. A mulher de Niles veio me visitar alguns dias atrás.

Como antes, não gostei do rumo que o assunto tomava. Esperei que Rosalie continuasse.

— Anda preocupada com você e Niles.

— Coitada — lamentei, com a suspeita passageira de que talvez tivesse sido ela a autora daquele aviso no cartão-postal. Diferente de Niles e de mim, e bem parecida com minha mãe, Melanie era frequentadora assídua da igreja, uma crente devotada. O cartão trazia uma imagem religiosa. Mas então, delineei o perfil de Melanie Hubert, cujas culpas não eram mais sérias do que a de ser apenas amável demais e um pouco convencida, também, da própria bondade. Mas, mesmo em seus piores momentos, não seria capaz de fazer ameaças tão feias quanto as que me foram feitas; ou seria?

— Você conhece o dito de Lucretius: *O medo gera deuses...*

— Conheço porque você mesma já me disse isso centenas de vezes. Você também sabe que eu não poderia discordar mais.

— O caso de Melanie é medo de gerar demônios. Era o que eu diria na cara dela, se ela quisesse saber.

— Você já tinha vindo aqui para o Maine quando fui procurada por ela.

— Uma razão a mais para ela ficar tranquila. Niles será sempre o meu melhor amigo, e nem ela nem ninguém será capaz de mudar isso. Mas Melanie não precisa se preocupar comigo e Niles.

Caminhamos em silêncio pelo resto da trilha até em casa. Não havia dúvida de que eu estava me iludindo ao pensar que Rosalie se dera por satisfeita. Mas, apesar das dificuldades de nossa conversa, esperava que o clima entre nós tivesse ficado um pouco mais ameno, pelo menos em relação a certos assuntos espinhosos. Só assim poderíamos passar o resto de tempo juntas, sem outros problemas.

Era o início da tarde. A maré estava vazando. Alguns pássaros procuravam o que comer nas águas rasas à nossa frente. Passamos por um caranguejo-ferradura morto que Rosalie me ensinara, durante uma de nossas caminhadas por Covey há muitos anos, que ele não é realmente um caranguejo, sendo mais aparentado com a aranha. Era um artrópode, não um crustáceo. E embora o Senhor tenha lhes dado 350 milhões de anos para que aprendessem melhor, ainda nadavam de frente para trás, desajeitados, como se estivessem bêbados, caçando minhocas e larvas do mar. Mesmo com a armadura primitiva e a cauda que mais parecia um florete de esgrima, os caranguejos-ferradura eram tão ameaçadores quanto um monte de algas juntas. Nep não foi o único a tentar me ensinar sobre a diversidade da vida no mundo. Precisava me lembrar disso.

Interrompendo nosso devaneio, eu disse:

— Obrigada por ter falado tudo o que queria dizer para mim, Rosalie. Sei que não foi fácil e que se preocupa comigo de verdade. Gostei muito.

— Você é minha filha — respondeu ela simplesmente.

Não foi preciso mencionar que o velho segredo sobre Chris, escondido debaixo dos panos há tantos anos, que eu mesma já duvidava de sua veracidade, nem entrou em nossa conversa. Nenhuma de nós queria olhar para isso, ou pensar sobre isso. Era preciso que Christopher permanecesse morto para que nós conservássemos a nossa sanidade.

Agora já podíamos avistar o chalé. A fumaça saía da fogueira e vinha até nós, trazida pelo vento. As folhas das samambaias pairavam acima das camas de algas expostas ao sol, sem o cobertor do mar que as protegia, puxado para trás pelos dedos da maré baixa. Três figuras, nossos homens, estavam descendo da casa para a fogueira que tinham construído. Um deles acenou para nós, em seguida todos fizeram o mesmo, e nós acenamos de volta.

17

Quase não pensava sobre o pacto entre mim e minha mãe eu sobre o passado de Christopher. Às vezes, durante um ano inteiro, a inquietação fugaz de sua lembrança, somente uma única vez, passava pela minha cabeça, rápida como uma das estrelas cadentes que traçavam trajetórias efêmeras no céu escuro na noite em que ele morreu. Era como se o meu segredo com Rosalie estivesse guardado dentro de um cofre de metal, fechado com cadeado e largado ao relento durante muito tempo, o que acabou por deixá-lo lacrado de tanta ferrugem. Não havia motivo para tocar nesse assunto, apesar da preocupação de Rosalie de que meu monstro pudesse abrir este cofre e revelar o segredo para todos. Nada nem ninguém o havia aberto no passado. Embora eu duvidasse de algumas das convicções de minha mãe, eu era fiel a ela.

Em relação a Christopher, continuava a ter por ele uma total fidelidade também. Eu e ele tínhamos sido parceiros em tantas coisas na vida que eu tinha obrigação de continuar cuidando muito bem das coisas boas que partilhamos, como as rosas deixadas como herança de família no canteiro da frente do jardim do cemitério. Foi Christopher quem me ensinou a amarrar os sapatos. Chris também me ajudou a decorar a tabuada. Foi Chris quem me mostrou os esconderijos secretos onde ficavam os ninhos dos pássaros nas árvores, e a melhor maneira de escalar seus galhos para vê-los de perto. Quando tive sarampo, Christopher lia as histórias de meus livros infantis durante horas, e aplacava a minha febre com uma toalha úmida colocada na testa, sem medo de pegar a doença.

Nem Rosalie se lembrava direito de quando, no passado, estive na floresta acima da propriedade de Henderson, como também nem soube da metade do que aconteceu por lá. Uma vez, ela e Nep me deixaram sob os cuidados de Christopher, pois iriam passar um dia inteiro na cidade e parte da noite para participar — por incrível que pareça — de um enterro de manhã e de um casamento à tarde. A recepção deveria se prolongar até de noite e por isso pediram a Chris que não descuidasse um instante de mim. A geladeira estava cheia de comida e de refrigerantes, e ele já sabia como acender o forno para esquentar a panela que ela deixara pronta para o nosso jantar. Ele tinha que me alimentar bem e me colocar na cama às dez da noite.

— Não sou mais um bebê — reclamei.

— E eu não sou sua babá — concordou ele.

— Vocês dois não se afastem muito da casa — disse Rosalie num tom de advertência —, e não tragam seus amigos aqui para dentro enquanto estivermos fora, entendeu?

Entendemos a regra número dois, mas um minuto depois que ela saiu, Christopher começou a arrumar a mochila com comida e pediu para que eu fosse calçar as botas porque iríamos passar o dia brincando de índios nos rochedos. Um dia inteiro com meu irmão? Fiquei excitada. Os penhascos eram o território sagrado dele, o que tornava toda aquela aventura ainda mais especial.

Isso aconteceu no ano anterior ao uso dos quadriciclos como o único meio de transporte da garotada, e por isso caminhamos algumas horas por uma trilha de terra batida, de onde não seríamos vistos por nenhum dos conhecidos de nossos pais, e prosseguimos pela encosta coberta de pinheiros até que chegamos, finalmente, à proximidade dos rochedos. Todos que Christopher levava até ali, inclusive eu, naquele dia, tinham que passar por um ritual de iniciação. Os adultos jamais deveriam saber sobre este esconderijo secreto. Para ter certeza disso, todos os visitantes — foram poucos — eram vendados e conduzidos por uma corda amarrada em volta da cintura, entre descidas e subidas, por um caminho esquisito e pedregoso. A caminhada não era curta, principalmente para quem andava com os olhos vendados. Uma vez que os visitantes tivessem perdido toda a noção de referência de alguma pista que pudessem reconhecer mais tarde, suas vendas eram retiradas já dentro da floresta, que parecia com outras tantas da região, a não ser pelas cavernas nos rochedos, que, segundo meu irmão, teriam sido velhas moradias de índios. Christopher passava a impressão de que era o único capaz de saber a localização exata daquele esconderijo.

Quando retirou a venda dos meus olhos, gritei de excitação. Ele tinha razão. Aquela era uma moradia perfeita para as famílias dos índios. Ficava sobre o lado oeste de uma ravina escarpada e traiçoeira, na base da qual serpenteava um córrego, onde eles devem ter pescado, caçado veados e coelhos e recolhido água para beber. Uma das cavernas em particular tinha o teto escurecido, o que tornava plausível a teoria de meu irmão. Com certeza, anos atrás alguém passara o inverno aquecido pelo fogo acesso ali dentro.

— Agora nós também somos índios — disse ele.

— Vá catar alguns gravetos, Pocahontas — ordenou ele, como se fosse um guerreiro, e logo em seguida tínhamos um pequeno fogo crepitando. Enfiamos salsichas em gravetos afiados por sua faca e os colocamos para assar. Foi um almoço maravilhoso.

— O que é um enterro? — perguntei. — Quer dizer, sei o que é, mas você já foi a algum?

— Um enterro é onde as pessoas veem o cara morto no último lugar que ele estaria se não tivesse morrido. Todos os seus amigos dão as mãos e fazem um círculo em volta dele e falam coisas bonitas sobre ele, entre choros e gritos. Em seguida, o enterram na terra fria, e é lá que ele fica morando até que Deus desça de sua nuvem para resgatá-lo.

— E depois?

— Depois ele vai para o céu.

— E o que é que acontece lá?

— Você não ouviu quando estivemos na igreja?

Eu dei de ombros.

— Ninguém sabe ao certo o que acontece, exceto que não se pode chorar. No céu ninguém chora, Cass, porque lá é um lugar onde ninguém se lembra de como se chora.

— Ah — falei, imaginando se lá no céu seria possível se lembrar de como se ri, uma vez que não podíamos nos lembrar de como se chora.

— Agora, minha irmãzinha, você está preparada para me deixar ir à captura de alguns homens maus de outra tribo?

Meu coração deu umas batidas mais rápidas. Eu sabia o que aquilo significava, embora Chris pensasse que estava sendo esperto.

— Claro — eu disse, com um sorriso.

— Muito bem. Mantenha o fogo aceso, mas não deixe que cresça muito, ouviu?

Meia hora depois voltava com Ben Gilchrist, Roy Skoler, Emily Schaefer e mais uma garota, todos vendados e segurando na corda amarrada de cintura em cintura. Era uma visão e tanto. Christopher jamais parecera tão importante.

— Veja quem eu peguei invadindo as terras da nossa tribo, Cass — disse ele, mal contendo o entusiasmo. Vi que Roy Skoler já tinha tirado a venda e olhava para mim com aquele olhar destemido. Roy tinha garrafas de cerveja e um maço de cigarros na mochila. Emily e a outra garota trouxeram marshmallow e bolachas que logo me ofereceram, ambas com a intenção de assumir o papel de mãe da irmãzinha de Christopher. Eu nunca vira Ben ou Christopher fumarem antes, mas ali estavam os dois tossindo e batendo no peito ao mesmo tempo.

— Cachimbos da paz — sussurrou Chris para mim —, velho costume dos iroqueses.

A festa foi mais divertida do que eu gostaria de admitir, pois, de forma egoísta, queria meu irmão só para mim. As garotas me encheram de perguntas sobre o que eu estava estudando na escola, quais eram as atrizes de cinema que eu mais apreciava e o que mais gostava de fazer nos fins de semana. Colocaram marshmallow entre duas bolachas integrais e as levaram ao fogo e fizeram mais salsichas na fogueira. Na medida em que a tarde ia se estendendo, com o céu adquirindo uma cor de beringela, eles foram desaparecendo em duplas e em trios dentro da floresta. Fiquei sozinha ao lado da fogueira, que agora era feita apenas de brasas, enquanto me perguntava se voltariam ou não. Ao mesmo tempo, eu sabia e não sabia o que eles estavam fazendo, mas não me incomodei, pois Christopher disse que estava tudo bem e que logo me levaria para casa.

Percebi que Emily Schaefer foi a única que não quis beber. Em certa ocasião, ela e eu ficamos sozinhas em frente à fogueira. Ela voltara da floresta toda desgrenhada, com uma aparência estranha em seu rosto bonito, e cheia de espinhos de pinheiro no cabelo.

— Vocês estavam lutando? — perguntei.

Ela hesitou um pouco antes de responder:

— Isto mesmo, estávamos.

— E você venceu?

Ela me olhou, jamais irei me esquecer, e com toda a amabilidade e delicadeza acariciou meu rosto com os dedos num gesto de afeição espontânea de uma garota por outra:

— Tenho a impressão que não — respondeu ela.

— Bem, então, quem venceu?

Emily balançou a cabeça.

— Devo estar toda desgrenhada. Você se importaria em tirar as folhas e limpar minhas costas? Não posso voltar para casa desse jeito.

Enquanto ela se sentava de pernas cruzadas e mexia nas brasas com um graveto para avivar o fogo, me ajoelhei por detrás dela, retirei os espinhos e a sujeira de suas costas e penteei seus cabelos com os dedos.

— Soube que seu pai é radiestesista — disse ela. — E que pode encontrar coisas que estejam escondidas.

— É verdade — respondi orgulhosa.

— Meu pai acha que ele é maluco, mas que não faz mal a ninguém.

Fiquei magoada ao ouvir isso, mas mesmo tão novinha já estava acostumada com comentários daquele tipo. Ela ficou à espera de uma resposta, e então, falei:

— E você, o que acha?

— Bem — respondeu ela —, acho que o mundo é um lugar estranho.

— Também acho.

— Ah, e é mesmo, Cassandra. Você vai ver quando crescer. Enquanto isso, obrigada por me tornar apresentável. Você é uma boa amiga — disse ela, para minha surpresa e alegria. Até hoje me pergunto se não nos tornaríamos grandes amigas, se ela continuasse viva.

Todos reclamaram quando Chris disse que tinham que ser vendados outra vez para serem levados de volta. Era eu quem tinha que amarrar a venda dos outros, e não me importei quando meu irmão veio com o hálito cheirando a bebida e amarrou minha venda tão apertada que chegou a doer, e conduziu o grupo de volta pelo mesmo caminho por onde tínhamos vindo. Roy Skoler estava atrás de mim na fila indiana e me lembro bem dele, bêbado, resmungando palavras sem sentido, que pareciam pronunciadas numa língua estrangeira. Ele tocou meu cabelo, uma ou duas vezes, e puxou a corda com força, na tentativa de me fazer tropeçar. Embora eu tenha ficado com medo, não dei a perceber, e fiz o possível para ignorá-lo. Além do meu irmão, concluí ali na minha cegueira, que Emily era a única do grupo de quem eu gostava de verdade. *Tinha o rosto triste de uma santa*, pensei. E quando estava por perto, fazia questão de saber se eu estava bem ao lado deles. Por incrível que pareça, meu irmão me colocou na cama às dez da noite como foi o recomendado e até leu para que eu dormisse, depois de me fazer jurar segredo absoluto e irrevogável sobre as atividades daquele dia.

— A princesa e o chefe têm que guardar silêncio absoluto, ou então morrerá.

Ele não precisava me ameaçar de morte, porque eu jamais bateria com a língua nos dentes. Eu o idolatrava ainda mais por aquela louca ousadia.

Apesar daquilo tudo, se me forçassem a encarar os fatos, eu teria que admitir que meu venerado Christopher nunca dera à minha mãe, ou a mim, quase nada que pudesse causar todo o orgulho que nós sempre sentimos por ele. Outras histórias que eu sabia de Chris — outras coisas que ele permitiu que eu presenciasse porque certamente me considerava muito inocente para entender o que significavam — nunca diminuíram a adoração que eu tinha pelo meu irmão. Durante muitos anos, havia noites em que eu me deitava na cama, com o rosto para baixo, sobre o meu travesseiro de criança e caía num choro convulsivo capaz de fazer com que o céu descesse à Terra, desejando que ele ainda estivesse por aqui, em vez de estar no "último lugar" do qual falou. Ele administrou bem o amor fraternal, e de maneira correta, confiou na adoração que eu sentia por ele para garantir meu silêncio conspiratório para sempre.

18

— Obrigada por ser tão bom para os meninos — falei, sentando-me ao lado de Nep sobre o capim alto e as samambaias, com nossas costas apoiadas nos tijolos brancos do farol, ainda quentes do sol da tarde, um dia depois da conversa com Rosalie e durante o passeio pela ilha.

— Mas não foi nada fácil.

— Eu sei. Às vezes cansam a gente com todo esse sobe e desce que adoram fazer e quando não deixam os outros falarem e atropelam as conversas.

— Como você mesma fazia quando era mais... — parou para procurar a palavra —, curta.

— Mais jovem, sim. Acho que tivemos que lidar com isso.

— Me sinto bem em estar aqui com eles. E com você também.

— Idem — respondi, revivendo uma palavra de nosso velho código, do tempo que comecei a tentar aprender latim.

Parte de nossa conversa era em palavras, outra parte através de olhares. Também nos comunicávamos com as mãos frágeis e ossudas que segurávamos sem qualquer vergonha, um velho e uma mulher que sentia cada último minuto dos seus 36 anos. Nossa conversa foi semelhante no tom, porém, no conteúdo, um pouco diferente do que discutimos naquele Dia da Independência. Essa não era mais uma reviravolta. Eu não queria uma sexta transformação. Na verdade, minha vida seria melhor se fosse possível reverter alguns daqueles cinco episódios.

Nep me disse que soube da visão que tive e da garota que encontraram.

— As pessoas falam... coisas provocantes — explicou ele, fazendo uma pausa para procurar as palavras que necessitava para complementar o pensamento —, quando estou ali na sala com todas elas.

— E não imaginam que você esteja ouvindo.

— Não muito.

— Por isso você se tornou a mosca indiscreta pousada na parede.

— Mas as moscas não ouvem tão bem quanto eu.

— Posso apostar que andou ouvindo que sua filha louca mergulhou fundo naquela história da garota enforcada e tudo mais.

Depois de um instante ele disse:

— E você liga para isso?

— Eu só ligo para o que você pensa.

Seu olhar prendeu o meu durante certo tempo até que desviei os olhos para baixo e vi que na grama brilhante marchava uma fila de formigas tenazes, perto dos meus pés cruzados. Nep apertou a minha mão.

Antes mesmo de falar, mas já envergonhada e ao mesmo tempo ansiosa por saber, perguntei:

— O que aconteceu comigo lá nas terras de Henderson já aconteceu alguma vez com você?

— Não da mesma maneira.

— Então você já viu alguma coisa parecida, é isso o que quer dizer?

— Todo mundo já viu. Até mesmo cachorros, gatos e pássaros.

Fiquei pensando se ele havia entendido direito o que eu lhe perguntara, mas, naquele dia, sua lucidez, sob esse ar forte do mar e ali naquelas terras da família, parecia inquestionável. Sentindo como se estivesse impondo algum diálogo platônico ao meu pobre pai que jamais desejaria fazer o papel de Sócrates, perguntei:

— Por que as pessoas, diferentemente dos cachorros, gatos e pássaros, riem daqueles que veem coisas que eles não veem?

— Porque as pessoas, diferentemente dos animais, desenvolvem uma grande capacidade para o desdém.

Agora seu raciocínio estava a pleno vapor. Suas palavras fizeram com que eu percebesse que meu mentor me absolvia, à sua maneira, do sentimento de culpa pelo que as pessoas pensavam ou deixavam de pensar sobre o que vi no vale de Henderson. Isso foi um alívio enorme. Se eu pudesse aceitar sua absolvição seria um passo gigantesco no caminho que me ajudaria a retomar a minha vida.

Olhei para a fila de formigas, admirando-as enquanto corriam sem cessar por uma intrincada selva de grama e pedras, obstáculos difíceis de serem ultrapassados, mas que para mim representava uma mera caminhada. Eu meditava sobre a relatividade das coisas. Um quilômetro para uma pessoa era como 1 centímetro para outra; portanto, o que era uma verdade para uns, não passava de uma falácia para outros. A insistência de Rosalie sobre a existência de um deus, um espírito santo, uma virgem Maria, um filho que morreu por nossos pecados e ressuscitou teria menos importância do que a aparição aterradora que vi, minhas premonições e descobertas divinatórias de água nas quais eu queria que todos acreditassem?

Eu adorava os mitos. Ensinava-os aos outros. Mas amava meus deuses como ideias, como símbolos, e sabia disso. Estaria eu entre os incrédulos, em vez de entre os que têm fé? Nosso planeta foi dominado por adeptos de uma crença que desdenhava qualquer outra que não acreditasse naquilo que seus fiéis acreditavam. Isso era tão evidente que se podia sentir o mundo vibrando de frustração. Será que eu era melhor do que quem me subestimava?

— Você está dizendo que eu não deveria me preocupar de forma alguma com o que pensam de mim?

— E por que deveria?

— Mas você sempre se preocupou com sua reputação quando trabalhava pesquisando água.

— Cometi um erro — disse ele.

Esperei que continuasse, mas ficou quieto, com os olhos perdidos na campina, onde o mato crescera em direção a uma das velhas construções de pedra da qual sempre pedi aos meninos que se mantivessem afastados. Era uma bela morada para camundongos. Deve ter sido um galpão de depósito no passado ou até mesmo um grande celeiro. Faltavam muitas telhas na cobertura. A maioria das janelas não existia mais, havia muito anos, e seus vãos ficaram entregues ao tempo, embora uma delas permanecesse intacta e aberta, com o vidro refletindo o farol.

— O que é? — perguntei, olhando na direção do velho depósito.

Ele ficou de pé e largou minha mão devagar.

— Nep, o que está acontecendo?

— Estou vendo o não amigo na nuvem.

— O quê?

— Quem é você? — insistiu ele, atravessando o capinzal com seus dedos afastando as folhas mais altas que pareciam com as de um campo crescido de feno que era cortado apenas no mês de junho.

— Quem é? Nep, onde você está indo?

Não havia outra coisa a fazer senão segui-lo. Nosso diálogo platônico teve um final abrupto.

— Está certo — respondeu meu pai, sem falar exatamente comigo.

Fui seguindo-o bem de perto imaginando se aquilo não seria mais uma de suas fugas ou, como Rosalie dizia, seus desbravamentos. Sua doença o retirava, de súbito, do mundo, de seu dia a dia e o levava a uma missão imaginária que acreditava que devia realizar. Ir a algum lugar em que, na verdade, não tinha que ir. Ou pior, que fosse impossível de se chegar.

Ao entrarmos no abrigo de pedra, ele olhou para o interior através de uma das janelas abertas. Ao lado dele, eu fiz o mesmo. Da escuridão fria lá de dentro veio um cheiro de terra úmida, o odor do ar viciado de uma caverna. Uma aranha-de-prata apavorante esperava sua presa no centro flexível da enorme teia oval que tecera, protegida do vento e do tempo. Ele deu alguns passos para trás, afastando-se da construção, e ficou parado com um olhar intenso na direção do vidro da janela. Eu fiz a mesma coisa, mas só vi as nuvens se movendo através de seu reflexo sujo.

— O que é? — perguntei. — Quem é este não amigo?

— O que você deseja? — indagou outra vez sem se dirigir a mim, mas dando um giro e olhando para o topo do farol, com a mão na testa para proteger os olhos do sol. — Lá — declarou, apontando para o corrimão de ferro que contornava a sacada e a passarela usadas nos velhos tempos como posto de observação. Alguma coisa branca e flutuante se balançava, e era difícil enxergá-la, pois ambos estávamos com a visão ofuscada pelo sol. Com grande determinação ele se dirigiu para a porta da base do farol, meteu a mão no bolso, pegou o chaveiro e abriu o cadeado com uma das chaves.

— Pai? — declarei, franzindo os olhos ao fitar a claridade acima e depois de volta para ele.

Sem uma palavra, abriu a porta de metal, entrou na torre escura e começou a subir a escadaria circular. Meu dever agora era cuidar para que ele não se machucasse. Enquanto subíamos, apoiando nas paredes curvas e sombrias de pedra, torci, ao mesmo tempo a favor e contra, para que tivesse visto a mesma garota que eu vira dias antes. A menina muda com o cão preto sorridente. Se ambos víssemos aquele mesmo espectro, tal fato poderia mudar minha vida dali em diante. Meu centro de gravidade seria restaurado e eu voltaria a acreditar em mim mesma com mais força do que tivera em meses, e até em anos. Afinal, eu não contara a Nep sobre ela.

Ele foi subindo firme, sem dizer uma palavra. Eu seguia seu rastro bem de perto. Algumas arestas da parede de pedra tinham se partido, e pedaços recentes de granito estavam espalhados sobre os degraus. Nós dois escorregamos, mas voltamos a nos equilibrar, e novamente o chamei.

— Pai? — Mas isso não o fez parar. Mais uma porta, esta destrancada, abria-se para a sacada. Saímos da escuridão repleta de ecos para a claridade exposta ao vento. A ilha se derramava abaixo de nós. Acima do telhado do chalé, tinha-se a visão total do oceano. Ouvia-se o barulho incessante das ondas que quebravam na praia. Os pássaros marinhos voavam um pouco abaixo ao longo da costa, com o topo das asas refletindo a luz do sol.

Nep recuperou o fôlego e seguiu pela sacada com grande agilidade, segurando o corrimão instável até chegar ao lugar onde uma corda estava amarrada a um dos balaústres de ferro. Ele a agarrou e começou a puxá-la do jeito que os pescadores puxam as linhas para ver o que pegaram.

Uma figura tosca, feita de pedaços de um colchão velho e de lençóis listrados e recheados de palha, surgiu por sobre o corrimão e caiu aos meus pés. Olhos, nariz, boca e orelhas pintados em pretos, como que por uma criança, na cabeça de pano retangular e deformada. Os braços eram tubos abertos nas extremidades, feitos de sacos de aniagem e cheios de trapos. O rosto não tinha uma expressão definida, mas as linhas retas com pontas curvadas em cada lado da cabeça sugeriam uma cabeleira feminina. Em seus braços segurava uma boneca, que eu reconheci imediatamente como minha, da minha infância. Era Millicent, rasgada e desgrenhada pelo vento. Ela tinha sido costurada no peito daquela figura grotesca a qual, agora reparava, tinha sido pendurada pelo pescoço com a corda. Tive que conter a vontade de gritar.

Meu pai e eu nos entreolhamos. Não havia nada a dizer. Arranquei Millicent dos braços do manequim que a segurava e abracei-a, com lágrimas inundando meus olhos. Se a pessoa que fizera isso tivesse a intenção de que eu o deixasse em paz, não estava facilitando em nada.

Descobrimos outra guimba e um pedaço de papel encerado amassado na sala de observação do farol, onde as lâmpadas espelhadas e quebradas, agora inúteis, lá estavam viradas para os quatro horizontes. Quem fez aquilo teve tempo suficiente — e bastante calma — para fumar um cigarro e comer um sanduíche. Quantas vezes esse intruso invadiu Covey?

— Não vamos contar nada a Rosalie e aos meninos — falei, de uma maneira mais dura do que era a minha intenção.

— Nada — respondeu ele, afastando-se do manequim, que ficou no chão da sacada, e voltando para a torre.

— É muito importante que você me compreenda, Nep. Tem certeza de que está me entendendo? — perguntei enquanto ele chegava ao pé da escadaria e trancava o cadeado outra vez.

— Entendo, não se fala nada disso para eles. Não se preocupe.

Durante um átimo de tempo pensei se não fora o próprio Nep quem havia feito aquilo. Ele é quem tinha a chave do cadeado Ele fora encontrado a caminho da minha casa em Mendes, sem motivo aparente, e pode ter apanhado Millicent em outra ocasião em que não tenha se perdido. Para começar, foi Nep quem chamou minha atenção para a imagem balançando no parapeito lá no alto. Talvez aquilo tenha sido uma brincadeira de mau gosto — idiota e perturbadora, embora bem-intencionada —, que achava que pudesse mudar minha ideia sobre a visão que tive da garota enforcada. Podia relevar, com toda a facilidade, essa péssima ideia de uma mente debilitada que ele já não tinha como controlar. Sabia que não teria nenhum problema em perdoá-lo, e por isso perguntei:

— Isso não foi uma brincadeirinha sua, foi?

Seu olhar confuso foi o suficiente para nocautear meu pensamento.

De noite, depois que Nep e os meninos foram para a cama, disse a Rosalie que achava uma boa ideia se todos nós voltássemos, juntos, para Nova York. Ela concordou com certa relutância, propondo que talvez pudéssemos retornar à ilha em agosto, se as coisas corressem bem. Senti que estava concordando em ir embora tão de repente na esperança de que eu tivesse a intenção de buscar a ajuda que tinha proposto. Fosse por esta razão ou por outra qualquer, eu não estava certa do que ia fazer. Só sabia que era hora de ir embora de Covey. E quanto mais cedo melhor.

Rosalie tinha um pedido. Queria muito que todos nós fôssemos, juntos, até o topo da Cadillac Mountain ver o nascer do sol. Isso significava acordar Jonah e Morgan por volta das três da manhã para pegarmos a viagem da madrugada da barca do senhor McEachern até a ilha. Os gêmeos já tinham ido lá uma vez, mas na época, devido a uma série de contratempos com paradas para descansar, massagens para aliviar cãibras nas pernas, olhar o voo dos falcões peregrinos, acabamos por perder o amanhecer por uma boa meia hora de atraso. Cadillac, cujo nome foi dado em homenagem ao explorador francês que outrora era dono de toda Mount Desert, e que depois saiu de lá para fundar a cidade de Detroit, era o ponto mais alto da costa leste. Nos Estados Unidos era o lugar de onde se podia avistar o primeiro raio do sol de todo o litoral.

Depois de arrumarmos nossas coisas, fomos para a cama mais cedo na nossa última noite. Não consegui pregar o olho. A imagem de Millicent envolta pelos braços malfeitos daquele manequim não saía de minha cabeça, não importava quantos vezes eu dissesse a mim mesma que não havia nada a ser feito. Às três horas, acordamos e nos vestimos. Depois de trancar o chalé, fomos caminhando à luz de lanternas, envolvidos pelo estimulante ar do oceano, pela descida da trilha que nos levava até o cais, com nossa bagagem.

O céu estava repleto de estrelas, como milhões de flocos de neve. Do mar soprava uma brisa fresca e ligeira. Ouvimos o barulho do motor da barca do senhor McEachern, antes mesmo de vê-la amarrada e toda iluminada, como se fosse uma árvore de natal enfeitada. Ao chegarmos a Northeast Harbor, sua esposa, Loreen, nos encontrou no cais e nos ofereceu café e chocolate quente. Depois, nos acomodamos na caminhonete dos McEachern e fomos para a montanha. Rosalie tomou o chocolate quente, eu e os garotos engolimos o café escaldante, tentando não deixar que respingasse em nossos colos enquanto o carro sacolejava no escuro. Estacionamos perto do topo. O céu já começava a clarear. Tomei Nep pelo braço e fomos andando por um caminho entre mesas de granito cor-de-rosa, gritando de vez em quando para que os garotos fossem um pouco mais devagar.

Nenhum de nós queria perder o momento, e não perdemos. Jonah e Morgan estavam no platô sem vegetação junto com Loreen McEachern e Ros, esperando com impaciência, quando eu, Nep e o senhor McEachern conseguimos, finalmente, chegar ao topo. Filamentos enrolados de nuvens surgiam no horizonte como bandeiras sobre o Atlântico à nossa frente e de costas para a Frenchman's Bay. Algumas eram finas e compridas, como rastros de cristal brilhante que boiavam no céu que se descortinava aos nossos pés. Outras se amontoavam em grupos que se tornavam incandescentes sob a luz que surgia.

Calados, estávamos literalmente no topo do mundo. Então, o primeiro raio de sol iluminou a beira-mar.

— Vejam! — gritou Jonah.

— Lá vem ele — gritou Morgan. — Está vendo, Nep?

Dei uma olhada para o rosto de meu pai, enquanto a luz dourada, alaranjada e cor-de-rosa, iluminava suas rugas. Um homem que do acaso da vida via o nascer do sol. Desejei que aquele momento demorasse mais um pouco, mas tudo foi embora depressa demais. Momentos antes estava escuro, agora já amanhecia. Ao olhar para os outros, vi que meus gêmeos pareciam brasas em fogo, assim como minha mãe, que estava de pé entre eles. O brilho do sol iluminou a barba do senhor McEachern e o cabelo branco de Loreen.

— Olhem, lá está Covey — declarou Rosalie, apontando.

O vento começou a bater mais forte, como costuma acontecer ao nascer do sol.

— Nossa ilha está usando um chapéu de nuvens — disse Nep.

E estava mesmo. Um manto branco tinha se colocado sobre ela.

— É muito bonito — eu disse, tentando não embarcar na ideia de que outros pesadelos poderiam estar ocultos sob aquele inocente nevoeiro matutino.

— *Divino* é a palavra para isso — disse Rosalie.

Olhei para baixo e depois distanciei meus olhos para longe. O granito ondulante cor-de-rosa de Cadillac parecia o cérebro de um animal fossilizado, o cérebro da Terra ali exposto, seco, coberto de líquen verde-claro e arroxeado.

— O mundo é isso. O que mais se pode querer? — falou Nep.

Rosalie veio até nós e colocou os braços em volta da cintura do marido e da minha. Observamos a paisagem durante um tempo, em silêncio, sem que ninguém se movesse. O sol, de tão dourado, chegava a nos ofuscar numa irradiação perfeita, que apesar de concordar com Nep, não tive como contradizer ou desprezar o peso da palavra com que Rosalie havia qualificado o momento.

Palavras... pensei. A palavra *divino*, em particular. Parecia que esta palavra travava uma partida de xadrez com a minha vida. Nada sobre a adivinha Cassandra era divino, pelo menos não quando entrava em seu inferno privado. Exceto por fazer parte da natureza. A natureza era a única divindade. Foi isso que disse a mim mesma quando o sol formou uma crista sobre o horizonte. Apesar de ficar comovida com toda essa beleza, não consegui deixar de cogitar em que canto louco ele estaria escondido lá embaixo naquela divina imensidão.

19

Antes mesmo de Nep ter descoberto a efígie enforcada que segurava Millicent, eu sabia que não poderia ficar para sempre em Covey Island. O chalé não seria um bom abrigo. O farol que outrora guiara os navios através da escuridão e do perigo não poderia me proteger. A falta de telefone não silenciava as vozes. Por mais isolada que fosse a nossa amada ilha, minha família não poderia me proteger de alguém que quisesse desembarcar ali de forma sorrateira. Eu não podia mais me esconder desse espreitador ridículo e ardiloso — nem de mim mesma —, da mesma forma que minha santa e padroeira dos radiestesistas Martine de Berthereau não conseguiu se esconder de seu algoz, o cardeal Richelieu.

Não que a casa da Mendes Road, que evidentemente fora arrombada depois que partimos para Covey, fosse mais segura do que a ilha. Ao contrário. Ainda assim, sabia que era imperativo tomar uma decisão, a mais firme e tranquila possível. Era também essencial que eu fizesse duas visitas — uma combinada e a outra secreta. Precisava encontrar Laura Bryant, entender o motivo que a fez fugir, conhecer mais sobre a sua história além daquilo contado para Niles e para os outros. Talvez até compreender, antes de mais nada, por que acabei descobrindo Laura com minha percepção divinatória, se isso foi de fato o que aconteceu. E ao jogar minha discrição para o alto, era preciso também voltar ao vale de Henderson, e desta vez analisar aquele lugar isolado, sem ser para procurar água. Não esperava encontrar nada lá, absolutamente nada. No entanto, eu precisava ir até lá para calar minha voz de profetisa, que sugeria o contrário.

A caravana de nossa família chegou em casa, ao norte do estado de Nova York, no fim da tarde. Com a nova regulagem, a caminhonete portou-se como um velho e forte cavalo de corrida de raça, ou como um burro de carga daqueles que nunca perde o sentido do caminho. Pensei em como seria bom se houvesse oficinas na beira das estradas onde pudéssemos entrar e pedir para fazerem uma regulagem na gente, um reparo espiritual.

Quando saímos da Mendes Road e entramos no caminho de pedrinhas da nossa casa, falei aos gêmeos:

— Por que vocês não começam a descarregar a caminhonete enquanto eu entro para dar uma olhada na casa?

— Nós vamos primeiro — disse Jonah.

— É, aquele homem pode estar lá dentro.

— Ou então, outra garota enforcada, pendurada com uma corda no teto da cozinha.

Estavam meio que de brincadeira e meio que falando sério

— Vocês não podem entrar — eu disse, no mesmo tom autoritário da voz deles, embora sentisse um enjoo, uma queimação na boca do estômago. Não era um sentimento com o qual estivesse acostumada, ou com o qual tivesse muita paciência.

— Por que não? — perguntou Morgan.

— Porque a chave está comigo, e não com vocês.

Ambos riram.

— Desde quando se precisa de chave para entrar na nossa casa?

— É isso aí — disse Jonah, concordando. — Todo mundo sabe que este é o lugar mais fácil de ser invadido aqui em Little Eddy.

— Mas quem vai entrar sou eu, e vocês vão ficar aqui fora — ordenei. — E amanhã vamos trocar as fechaduras. Agora comecem já a descarregar as coisas.

Lá dentro, os cômodos da casa estavam mergulhados numa quietude sobrenatural. Nem mesmo o cantar vespertino dos pássaros era audível antes de eu abrir as janelas da cozinha e da sala do andar inferior para fazer circular um pouco de ar fresco. Nada parecia estar adulterado, nada sequer se deslocara um milésimo de milímetro de seu lugar. Os degraus que rangiam me deram nos nervos — embora fosse um som do qual sempre gostei, como uma música familiar — enquanto eu subia para o pavimento superior. Ao andar pelo corredor em direção aos quartos, fazendo mais barulho do que normalmente faria, como se meus passos patéticos fossem capaz de assustar alguém escondido num canto escuro, percebi que estava respirando pela boca, arfando, com a língua tão seca quanto uma fatia de pão velho. Que ridículo, pensei. Não havia qualquer perigo, exceto na minha imaginação cruel. Tenha calma, pelo amor de Deus.

Se não fosse por Millicent ter desaparecido de seu lugar original — arrumada contra os travesseiros de minha cama, com as pernas estendidas, os braços abertos e a cabeleira vermelha caída em ambos os lados de sua cabeça com seus olhos de botões — tudo parecia estar do jeito que deixei quando fui embora. Dei uma olhada nos quartos dos meninos, nos armários, banheiros e no meu pequeno escritório. Verifiquei todas as janelas dos dois andares. Cheguei até a checar o sótão. De novo, parecia que uma criatura alada estivera em ação, só que desta vez não havia chance de ser uma das minhas alucinações. Depois de ter falado aos garotos que trouxessem as bagagens para dentro, recoloquei furtivamente Millicent de volta em minha cama, seu lugar apropriado. Fiquei aliviada, embora um pouco confusa, pois a intrusão não tinha tido objetivo maior do que subtrair um objeto de minha infância. Isso sem falar na tarefa laboriosa e petulante de tê-la transportado por todo o caminho do norte até a sacada do farol. Quem quer que tenha feito isso, tinha energia de sobra.

A primeira ligação que fiz depois que nos instalamos não foi para Niles, e sim para Paul Mosley, o treinador do time de beisebol. Embora exausta por ter acordado cedo e dirigido muitas horas, necessitava com a máxima urgência de uma reviravolta que me recolocasse a prumo, e os garotos — a despeito de seu impulso louvável e carinhoso de me proteger — precisavam voltar às atividades normais. Sabia que Mosley era um tipo darwiniano, aplicava a sobrevivência do mais apto ao time. O melhor para sobrepujar os adversários e sobreviver a eles. E ele adorava Morgan. Contei a ele que os planos para meu filho ir para a colônia de férias haviam mudado. Será que ele ainda poderia participar dos jogos da liga local no verão, embora não tivesse se inscrito e feito os testes?

— Ele é o melhor de todos os meninos da sua idade, como defensor entre as bases, sabia? Então, acho que podemos bolar um jeito de fazê-lo participar, sim.

Logo de cara, Morgan relutou heroicamente.

— Achei que nós íamos ficar em casa para cuidar de você — disse ele, com um ar grave, mas, ao mesmo tempo, quase não conseguindo esconder o entusiasmo com a notícia de que tinha grande possibilidade de jogar.

— O senhor Mosley concordou em afrouxar as regras...

— Duvido. Moisés quebrar as regras?

O treinador tinha essa fama porque ele lhes ensinava a cumprir religiosamente o conjunto de regras do jogo chamado de *"mandamentos do time"*: não deveis roubar nada, exceto as bases. Cobiçareis os pontos do vizinho. Não dareis falso testemunho, a não ser quando perguntado pelo árbitro. O próprio cristão darwiniano.

— Talvez afrouxe as regras um pouco para que você possa entrar, mesmo atrasado.

— Sinistro — falou Morgan, comemorando.

— Melhor impossível — concordou Jonah, depois de certa hesitação.

— Tem certeza que quer assim, mamãe?

— *Mamãe...?* — perguntou Jonah, arregalando os olhos.

Morgan, sem olhar para o irmão, corrigiu-se:

— Quer dizer, você vai ficar bem?

— Afinal, não é nada que vá deixá-lo longe 24 horas por dia, sete dias por semana. Você pode me salvar durante suas folgas.

— E você vai assistir aos jogos? — perguntou Morgan.

— Tantos quantos você nos deixar — respondi com um sorriso para Jonah, que parecia um tanto perdido.

Não era difícil entender o motivo. Para Morgan, Covey não passara de um breve desvio no caminho para um verão prometido há muito tempo, mas Jonah não tinha nenhum time do qual pudesse fazer parte. A organização prática nunca tinha tido controle suficiente em nossa consciência local para que servisse como inspiração, por exemplo, para criar atividades durante o verão. Jonah não conseguia sequer que sua pobre mãe resolvesse com êxito um jogo de sudoku com ele — jogo no qual ele era imbatível — e muito menos convencer uma única alma, entre seus colegas, a jogar. O que eu pretendia propor a ele era uma alternativa que ia contra promessas que fizera a mim mesma, mas novas circunstâncias solicitavam novas ideias. Ainda não sabia qual seria sua reação, mas eu tinha que admitir que ficar com a mãe não era a mesma coisa que ir nadar no lago na colônia de férias com uma turma de garotos da sua idade. Esperei um momento em que estivéssemos sozinhos para fazer minha proposta.

— Jonah — chamei-o no quintal, logo depois de Morgan ter saído empolgado com as notícias, ele e sua infindável vitalidade da juventude, para jogar uma pelada com um grupo de amigos num campo ali perto de casa até que o último raio de sol se despedisse da tarde. — O que você está fazendo?

— Estou tentando consertar a droga desse cortador de grama — resmungou. — Você não viu como está a grama?

— Tem um minuto?

Quando veio para dentro, lembrei-me de outra manhã, havia muitos anos, quando Nep me fez mais ou menos a mesma pergunta:

— Você tem alguma coisa agendada para amanhã?

— Me deixe ver — disse ele, virando páginas imaginárias de uma agenda também invisível na palma de sua mão, que fingiu estar lendo.
— Acho que não — respondeu, e fechou a mão.
— Mas agora tem, se quiser.

Disse a ele que ouvira as mensagens na secretária eletrônica, e entre todas, havia uma proposta de trabalho de radiestesia justo para a granja de Partridge. Pressenti, mas não falei alto, que a oferta fora feita por compaixão — Partridge era um cara leal —, mas se fosse para outra pessoa, na certa teria me negado. Fazer feitiçaria em suas terras conhecidas poderia restabelecer minha conexão comigo mesma. Além do mais precisava do dinheiro. O que disse, entretanto, era que desejava saber se Jonah queria ir comigo.

— Para o caso de você topar com mais gente morta?
— Chega desse assunto. Você quer ir ou não?

Jonah hesitou.

— Você vai me mostrar como é que trabalha?
— Se você for junto, vai ver com seus próprios olhos, não é?
— Quer dizer, você vai me deixar experimentar? — respondeu sem perder tempo.
— Veremos o que acontece.

Quando nos deitamos à noite, não consegui dormir, apesar do cansaço por ter dirigido o dia todo e pela ansiedade de chegar em casa. Para grande perplexidade dos garotos, travei a maçaneta da porta lateral de saída do pavimento inferior, que quase não era usada, com uma cadeira. Sua fechadura estava entupida por sucessivas camadas das tintas de várias pinturas, mas eu estava certa que fora por ali que o intruso entrara na nossa casa. Pela minha janela entreaberta, com as cortinas bem fechadas, dava para ouvir o barulho dos carros que passavam pela Mendes Road e o farfalhar das folhas das árvores. Fiquei pensando se deixaria mesmo que Jonah tentasse encontrar água. Pensei também em como explicar a Niles sobre Millicent, sem desencadear uma caída sucessiva de peças numa fileira de dominós, o que viria a causar mais problemas. Imaginava o que seria aquele vago ruído lá embaixo, aquele leve rangido nas tábuas do assoalho, mesmo sabendo de antemão que aqueles eram os sinais normais e sutis de uma casa velha e centenária que continuaria a fazer aqueles mesmos ruídos inofensivos por mais cem anos.

Por fim, na manhã seguinte depois do café, liguei para Niles e combinei vê-lo mais tarde.

— No banco debaixo dos pinheiros, na extremidade do lago — concordou ele.

Minha segunda ligação foi para o chaveiro, para que viesse dar um jeito na fechadura e nas janelas do pavimento inferior, trocando a chave e os trincos. Depois, Jonah e eu deixamos Morgan no campo de beisebol e fomos para a granja de Partridge.

O dia estava quente e o céu, azul. O ar era mais leve e mais seco do que aquele que respiramos no Maine. Fomos ouvindo música no rádio, uma balada country, numa das poucas estações que conseguimos sintonizar sem estática, ali, na região montanhosa. Estávamos calados. Sempre que Morgan não estava por perto, para competir com o irmão na disputa de um jogo de palavras inteligentes, Jonah se retraia para o mesmo mutismo que sua mãe mostrara durante a maior parte da juventude. Eu amava meus filhos de uma forma intensa e profunda, mas bem antes de Jonah colocar os pés nas terras de Partridge naquele dia, entendi que ele — para o bem ou para o mal — era mais parecido comigo do que Morgan. Como na verdade não conheci James Boyd, não tinha a menor ideia se Morgan herdara peculiaridades do pai biológico. Já fazia tempo que decidira não me torturar com questões sem resposta como esta. Nem ia, por tabela, torturar meus filhos com este assunto. Mas, neste dia pela manhã, me permiti aceitar o que já fazia anos que sabia. Apesar de tudo, era Jonah quem detinha o maior potencial para ser tornar mais um Brooks radiestesista, e não havia como colocar um obstáculo entre ele e este dom herdado. Estava convencida de que ele, assim como o irmão, teria todo o apoio para cursar uma faculdade. Não queria que nenhum deles ficasse frustrado para sempre aqui nesta comunidade rural, se desejasse ter outro tipo de vida. Queria que eles voassem para longe. Ainda assim seria interessante seguir os passos de Nep como mestre esta manhã e ver que Jonah seguia os meus como aprendiz.

Partridge, provavelmente, já nascera com a cara de velho que tinha hoje. Era o tipo de pessoa que traz um comportamento antigo do berço e o levará até o túmulo. Mesmo assim tinha envelhecido algumas eras desde que o vi pela última vez numa festa do Dia da Independência, anos atrás. Não por causa da careca majestosa ou das costeletas fartas, mais brancas do que as guelras de uma truta. Era mais pelo jeito com que se movia. Veio mancando, com um vagar glacial, arrastando um corpanzil e as pernas finas, com dificuldade, desde sua casa até onde tínhamos estacionado o carro, com a mão estendida e uma cara fechada. Apesar de sério, percebia-se um sorriso em seus olhos com pés de galinha pronunciados nos dois cantos.

— Que bom que você veio — disse ele.

— Eu é que estou profundamente agradecida por você ter me chamado.

Partridge apenas pigarreou.

— Eu deveria ter ligado antes de vir, mas você me disse que aparecesse assim que pudesse. Este é o meu filho Jonah.

— Já nos conhecemos — disse ele cumprimentando-o com uma mão enorme.

— Então — falou Partridge olhando-me enquanto perguntava justamente o que eu não queria —, este é o próximo Brooks radiestesista?

— Não, acho que não — respondi ao mesmo tempo que Jonah também falou:

— Não sei, não — com nossas últimas sílabas sobrepondo-se uma a outra.

Partridge pareceu se divertir.

— Pelo menos vocês discordam em harmonia — brincou ele, bancando o esperto, e em seguida o sorriso desapareceu de seu rosto e ele pareceu velho outra vez.

Esperava que trouxesse à baila o que eu fizera nas terras de Henderson, porém, começou logo a falar de seu trabalho. Talvez não tenha sabido de nada, ou não tenha se importado, o que, de qualquer modo, estava OK para mim. O caso é que estava expandindo a criação e precisava de mais dois poços. A neta se casara fazia pouco tempo e estava com a ideia de construir uma casa mais afastada da estrada, pois seu marido ia tornar-se sócio da granja.

— Já marcaram com estacas onde querem construir. É em frente ao velho pomar de macieiras, do outro lado da estrada. Vocês querem que os acompanhe?

— Eu posso encontrar o lugar — falei, satisfeita por aquilo ser para valer, e não um trabalho de caridade forçado. E também porque Jonah e eu íamos ficar sozinhos. — Vamos ver o que se pode fazer e voltaremos para falar com o senhor.

— Boa sorte então, Jonah — disse ele, dando uma piscadela conspiradora.

Fomos andando pela beira da estrada.

— Não é necessário um pé de coelho ou coisa parecida para que isso dê certo?

— Às vezes Nep leva uma garrafinha com água, ou pelo menos diz que é água, em seu bolso de trás. Para dar força aos espíritos. Chama isso de pré-ativação da bomba. Não faço nada disso, mas cada um tem seu jeito pessoal de se sintonizar.

Eu levava uma mochila pequena com as coisas de que ia precisar. Minha faca, uma garrafa térmica com café, sanduíches de pasta de amendoim e geleia, um rolo de fita de marcação azul brilhante, uma machadinha com a bainha de couro presa na minha cintura. Usava o lado da lâmina para cortar as estacas de marcação, e o lado oposto como martelo para cravá-las no chão.

— Gostei dele — disse Jonah enquanto tirava o agasalho e amarrava as mangas em volta da cintura —, parece um cara batuta.

Batuta. De onde é que ele teria tirado essa palavra?

— É sim.

— E você?

— E eu o quê?

— Você está batuta também?

Não havia dissimulação possível quando Jonah estava por perto. O garoto já era um radiestesista. Atrás da minha aparência de tranquilidade maternal, eu estava, na verdade, em conflito por segurar a minha vara de vedor, devido ao que acontecera da última vez que o fizera, e mais apreensiva sobre a decisão impulsiva de expor Jonah ao meu mundo da radiestesia. No que eu estava pensando? Agora não dava mais para voltar atrás. Jonah jamais ia me perdoar, e eu tinha um compromisso com Partridge pelo crédito que me dera. Acima de tudo, tratava-se de recuperar meus fundamentos, mostrar coragem, não me acovardar. Sim, ia tentar ser *batuta*.

— Está vendo aquelas macieiras?

— Aquelas que parecem com o Barbávore do filme O *senhor dos anéis*?

— Com o quê?

— As árvores humanoides da Floresta de Fangorn. Deixe para lá, Cass.

— Há algumas entre tantas que ainda estão vivas por aqui, e é por elas que começaremos a procurar uma varinha.

— Uma varinha de condão?

— Engraçadinho. Uma varinha de vedor. Precisamos de um galho em forma de ípsilon, uma forquilha.

— Só uma?

— Duas.

— Isso aí, assim que eu gosto.

Atravessamos a estrada para procurá-las num pomar em ruínas. Encontrei e cortei uma vírgula perfeita e continuei à procura de outra, com Jonah, até que finalmente conseguimos localizar uma tão boa quanto a primeira. Jonah insistiu em fazer ele mesmo a preparação da sua, cortá-la e retirar a casca. Em seguida, voltamos até o local da nova construção.

— Há muitas maneiras de fazer a radiestesia — eu disse, segurando minha forquilha em frente ao meu corpo, com a ponta voltada para o horizonte e os cotovelos junto ao corpo. — Os profissionais que usam forquilha devem segurá-la desse jeito para testar a direção. Os que não usam uma forquilha ou vareta, trabalham com as palmas das mãos, sem qualquer outra ferramenta. Os que usam mapas e que trabalham em conjunto com a polícia em casos de pessoas desaparecidas não precisam nem ir a lugar algum. Abrem um mapa na delegacia e usam um pêndulo para localizar o que estão procurando. Nep e eu não fazemos nenhuma dessas coisas. A tradição de nossa família é a pesquisa de campo pura e simples. Preferimos caminhar.

— Então, Cassandra. Vamos começar a caminhar.

Minha tentativa em dar uma pequena aula fracassou completamente. Havia um jeito de lidar com isto, jeito esse que aprendi com meu aluno. Apoiei as extremidades da forquilha contra as palmas de minhas mãos viradas para cima, prendi-as com um aperto leve, porém firme, os polegares virados para baixo, afastei da mente uma súbita lembrança da garota enforcada, e com determinação comecei a acertar e inspecionar o terreno. Jonah olhava com atenção para as minhas mãos e para a maneira com que eu seguia adiante. Ouvia o progresso incessante que ele fazia pelo barulho ao afastar o capim e o mato à volta e pensei em alertá-lo que tivesse cuidado com as urtigas, mas achei melhor não falar nada.

O sol esquentava meu cabelo que ainda cheirava a maresia. Cruzei o terreno, para lá e para cá, mas ainda não sentira nenhum indício. Esperava que não viesse ninguém por ali e nos visse praticando aquele ritual tão antigo quanto as próprias pirâmides. Lá estão aqueles dois malucos, podia ouvir o que iam dizer os línguas de trapo. Aquela mulher da família Brooks e seu pobre filho. Dá para perceber que está iludindo o menino para que acredite naquela baboseira.

Era de admirar, pensei, por que não conseguia adivinhar onde estava a água. Ouvia dentro de mim o barulho de tantos desencorajamentos que me impediam de escutar o que vinha de fora.

Ao recomeçar, com a cabeça mais fria, percebi que fiquei algum tempo sem ouvir Jonah e parei de me concentrar. Vi que estava numa parte do terreno mais afastada do lugar que seria mais adequado, segundo o orçamento de Partridge. Tudo bem. Era tão bonito vê-lo lá, aquela figurinha que seguia em frente sobre um pedaço do terreno, com um campo de feno e montanhas baixas ao fundo como um cenário saído de um quadro de Brueghel que havia em um de meus livros de história da arte. Uma parte de mim queria correr até lá e abraçá-lo. Outra tinha vontade de ir até lá para tirar aquela vareta problemática e inútil de suas mãos e quebrá-la ao meio. Em vez disso, fiquei paralisada ao vê-lo se virar para o lado e parar. Tive a certeza de ouvi-lo me chamar, mas a brisa que soprava pelas minhas costas levou com ela a sua voz.

— O que foi? — gritei.

Mais uma vez ouvi um som estranho e comecei a imaginar o pior: uma cobra entocada, uma raposa hidrófoba. De início fui andando ao seu encontro, para depois começar a correr a toda, com a mochila batendo contra as costas. O capim estava na altura dos joelhos e por isso não conseguia ver para onde ele olhava, parado e imóvel, como uma estátua.

— O que é? — gritei, embora tentasse não demonstrar medo.

— Não sei — falou ele com a voz presa na garganta.

Não era uma raposa ou uma cobra enrolada pronta para dar um bote. Sua forquilha apontava para baixo, num ângulo de 45 graus e vibrava como se tivesse pescado um leviatã saído de uma velha fábula, com um anzol preso na ponta de uma linha invisível.

— Meu Deus, Jonah, não me assuste assim.

— O que está acontecendo? — perguntou ele, sem se importar com minha histeria.

— Se eu pudesse responder a essa pergunta, seria a mulher mais sábia do lado de cá do arco-íris — declarei e cai de joelhos para recuperar o fôlego, chocada com o que meus olhos viam.

Como era de costume, tirei a mochila das costas, peguei a machadinha da bainha e cortei minha própria forquilha ao meio para fazer dela uma estaca. Espantado, Jonah amarrou a fita numa das extremidades e deixou uma parte solta que me lembrou o rabiola de sua pipa. Ao se afastar, a parte solta começou a tremular com o vento.

— Fita azul, cara — falei, escondendo o espanto pelo que acabara de acontecer. Perguntei se estava interessado que lhe mostrasse como circular e como triangular, para confirmar a descoberta.

— Mas você estragou a sua vareta.

— A sua parece que está em perfeitas condições de funcionamento. Está tudo bem com você?

— Vamos continuar.

Ao seguirmos em frente, milhões de pensamentos passavam por minha cabeça. O primeiro foi a vergonha por não querer que ele também se dedicasse àquele ofício divinatório. Não tinha eu jurado há muito tempo que não ia permitir que essa herança vexatória continuasse além de mim? O segundo era um orgulho conflitante por ele ter manifestado interesse em aprender, o que me permitiu passar para ele esta tocha obsoleta e incômoda. E o terceiro era um sentimento de que aquilo tinha valor sim, era uma coisa real. Eu vi o olhar de credibilidade de Jonah, quando me fitou à espera de explicações. Ali estava a prova viva de que tanto Nep quanto eu, sem recorrer às minhas pesquisas, não éramos uma fraude. Como eu gostaria que Nep estivesse aqui para testemunhar Jonah Brooks se tornar como ele.

Por outro lado, estava contente por ninguém ter nos visto e por aquele momento de encantamento particular, tanto pleno de sentido em seu resultado final quanto efêmero, pois jamais voltaria a se repetir. Com a ajuda de Jonah fui em frente e terminei por marcar o lugar onde Partridge deveria cavar seus poços, sabendo que não lhe enviaria nenhuma cobrança depois disso tudo. Jamais fui paga pelo trabalho que fiz para Henderson porque, entre uma série de razões, entre as quais o fracasso, simplesmente eu nunca o cobrei. No aperto financeiro que estava, pensei que seria melhor raspar as minhas parcas economias ou pedir um pequeno empréstimo ao banco dando como garantia a minha casa do que esperar ganhar mais algum dinheiro com este ofício que tinha me deixado neste estado confuso e exasperador. Jonah provou a si mesmo que era um radiestesista, e só isso já era o bastante. Apenas por ter tido um sucesso inicial, não significava que precisava se arriscar muito de novo.

Parte IV

CÍRCULO SE ABRE,
CÍRCULO SE FECHA

20

Enquanto dirigia até o parque, depois de ter deixado Jonah e o cortador de grama na casa de meu pai para que ele pudesse consertá-lo com a assessoria de Nep, meu pensamento voltou para Niles e Melanie. Ela não tinha motivos para se preocupar comigo e com seu marido, embora não pudesse disfarçar meu entusiasmo por ir ao seu encontro. Ocorreu-me, na hora que saltei da caminhonete, que havia uma justificativa plausível por eu ter me mantido distante de outros homens: inventei uma espécie de casamento fictício com Niles. Meu pedido para que fosse o padrinho dos gêmeos teria sido um ardil? Teria me casado à revelia e passado a ser sua esposa imaginária? Se ao menos eu pudesse cortar uma forquilha, explorar a mim mesma em busca de respostas...

Meu problema sempre foi conseguir prenunciar o que os outros podiam fazer. Porém, com frequência, quando se tratava de minha própria vida, ficava cega e era incapaz de prever meu próprio futuro. Não vá ao cinema, poderia ter alertado Christopher. Se o problema era água, podia dizer a Partridge ou a qualquer outra pessoa onde encontrá-la. Há uma garota em sérios apuros dentro dessas florestas, eu poderia alertar, mesmo que não estivesse enforcada ou morta, ela estava lá. Embora estivesse longe de ser aquela florzinha magenta resistente que meu pai gostaria que eu fosse, me sentia como se tivesse sido arrancada pela raiz, e mais perdida do que nunca. E, enquanto andava pelo estacionamento de paralelepípedos até a calçada que contornava o lago onde eu e Niles costumávamos nos encontrar, devo admitir que estava assustada com o que imaginei que estaria por acontecer.

Sob as nuvens que se juntavam e o vento fraco que soprava e prometia uma chuva para a tarde, alguns cisnes indiferentes deslizavam na água ao longo da outra margem, produzindo uma esteira em forma de V. Um homem pescava num barco de remo de alumínio. Quando balançava com os movimentos que ele fazia, o casco refletia a luz do sol em flashes esporádicos como se estivesse me enviando o sinal de uma mensagem cujo código eu não sabia decifrar. No instante em que me sentei no banco, ali na beira do lago, percebi que devia ter trazido alguma coisa para Niles. Amoras ou conchas lá de Covey.

Ele não me deu muito tempo para que eu me preocupasse com isso. Seu carro chegou no estacionamento logo depois e o vi caminhar pela calçada, com as mãos nos bolsos, até onde eu estava. Uma família acabara de acender um fogo numa das churrasqueiras de metal quadradas que ficavam sobre um suporte de ferro, na área reservada para piqueniques. Senti o cheiro do carvão queimado trazido pelo vento. Junto, veio o riso de uma garota. Fora aquele grupo, o parque estava vazio. Talvez as nuvens escuras e o vento tenham afugentado os frequentadores.

Levantei-me e dei-lhe um abraço forte. O alívio que senti por estar em sua presença foi muito forte, como se o lago estivesse cheio de água de colônia morna e eu submergisse de dentro de suas águas.

— Como você tem estado? — perguntei enquanto nos sentávamos juntos numa das extremidades de um daqueles velhos bancos de madeira.

— Muito bem — começou ele e acrescentou: — De fato estive preocupado com você, se quer saber a verdade. Estou contente por ver que pegou sol. E está com uma aparência mais descansada.

Não me sentia nada descansada, mas agradeci assim mesmo.

— Sei que você deve ter pensado que fui covarde por ter largado tudo assim dessa maneira...

— Não. Pensei que você estava sendo até bem sensata. E Nep, está bem?

— Ele tem altos e baixos. Enquanto estivemos lá, juro que não dava para ver que tinha qualquer problema. Foi maravilhoso com os meninos.

— Mas não gostei de ter ouvido sobre aquele homem que surgiu do nada e assustou os meninos. Tem alguma ideia do que pode ter sido aquilo?

Eu hesitei. O cartão-postal estava no bolso da minha jaqueta, pronto para ser passado para Niles. A história sobre o roubo de Millicent e aquela figura de trapos — minha pobre garota enforcada trazida de volta à vida, lá em Covey — estava fresca em minha cabeça como uma ferida aberta. Lembranças revividas do passado de Roy Skoler comigo, e suspeitas infundadas sobre ele, agora fervilhavam, justa ou injustamente, dentro de mim. Por mais que eu quisesse falar sobre tudo aquilo, sabia que se abordasse aquela questão com Niles, por mais que implorasse para que guardasse isso para si e evitasse outra onda de exposição e humilhação públicas, ele ia querer, com toda a certeza, me convencer a registrar uma ocorrência policial. Invasão de domicílio, furto, assédio, sabe-se lá o que mais. Uma investigação seria aberta. Eu sentia que não daria conta de nada disso agora.

— Eles não tiveram medo do cara — falei.

— Mas você teve.

— Talvez tenha exagerado.

— Talvez não tenha.

Olhei para Niles, bem aqui ao meu lado, e notei sua aflição. Podia jurar que seu cabelo ficara grisalho desde a última vez que o vira e que o verde de seus olhos tinha sido toldado por uma nuvem de desconforto. Ele parecia tanto exausto quanto preocupado.

— Niles, o que você quis dizer com isso?

Sua resposta foi pontuada pelos gritinhos de alegria da garotinha cujo irmão estava agora correndo atrás dela na área destinada aos piqueniques.

— Ele apareceu de novo enquanto vocês estavam lá? O tal cara, quero dizer?

— Não cheguei a vê-lo em nenhum momento — disse, para fugir do assunto.

— Gasparzinho, você sabe qual é o meu trabalho. Quando as coisas saem do rumo, principalmente com as pessoas chegadas a mim, fico muito preocupado. Não me entenda mal, estou feliz por sua família ter aproveitado bem as férias. Mas sei que alguma coisa não correu bem.

— Você também se tornou sensitivo agora, Niles?

Como fizera na manhã em que estive no vale de Henderson, senti vontade de segurar as mãos dele. Elas pareciam criaturas constrangidas, desgastadas e muito necessitadas de serem tocadas. Olhei fixamente para elas e, para minha surpresa, uma se destacou, se aproximou e tomou a minha mão com ternura.

— Cassandra — disse ele —, você precisa me contar o que aconteceu em Covey. Soube sobre a Sra. Milgate?

— O que foi que aconteceu com ela?

Niles falou que recebera um telefonema de um investigador de Mount Desert, nada tão importante, apenas um trabalho de rotina para checar se havia possíveis testemunhas antes do atestado de óbito ser assinado e do caso ser encerrado como morte acidental. Aparentemente, nós da família Brooks éramos os únicos presentes no provável último dia da vida dela. O corpo da senhora Milgate foi encontrado na manhã seguinte à nossa partida pelo rapaz que vinha do continente toda semana para lhe trazer mantimentos. Encontrou-a caída ao pé da escada. Na certa um escorregão e uma queda. Devia estar morta há dias, disse o investigador. Talvez tenha estado ali a semana inteira. Não havia evidência de crime, mas ele queria apenas saber se alguém a vira ou falara com ela antes daquele infortúnio.

— Que coisa horrível — declarei, com a voz engasgada pelo choque.

Quando estive em sua varanda e vi suas botas, senti o cheiro do que considerei erradamente como feijão queimado. Se tivesse entrado em vez de ficar com vergonha de chamá-la e perturbar seu sossego, talvez pudesse ter descoberto que precisava de ajuda. Ou talvez já não precisasse mais de qualquer ajuda minha àquela altura. Mas pelo menos receberia a dignidade de ter as pálpebras fechadas e o corpo protegido dos bichos que poderiam perturbá-lo. Se Rosalie e eu tivéssemos batido na porta em vez de passarmos ao largo, se tivéssemos transgredido um pouco as regras de seu isolamento pessoal, talvez encontrássemos a senhora Milgate. Odiei saber que ficou lá completamente sozinha.

Será que aquele homem estava por trás disso? Teria feito isso para mostrar que o cartão-postal não era uma ameaça boba? Resolvi esquecer este pensamento. Uma coisa era fazer conjecturas e outra bem diferente era assassinar uma mulher apenas para enfatizar uma intenção.

— Você contou isso para minha mãe? Ela vai ficar muito aborrecida. Conhecia Angela Milgate desde menina.

— Quis falar com você primeiro. Vocês a viram quando estiveram lá?

— Não, mas isso não era incomum. Ela sempre ficava reclusa. Nunca a conheci muito bem. Sempre pensei na senhora Milgate como uma espécie de anjo da guarda de Covey, mais como uma eremita lendária do que como uma pessoa idosa real, teimosa, e muito orgulhosa para ser incomodada por aqueles que tentavam salvá-la de si mesma. Todos que a conheciam bem sabiam que um tombo na escada era pior do que falecer dormindo. No entanto, a senhora Milgate preferia qualquer tipo de morte a ser tirada de seu chalé em Covey por parentes bem-intencionados e ser levada para algum asilo em Ellsworth para apodrecer num quarto estranho. Apesar de tudo, foi muito chocante o fato de ter morrido enquanto nós, seus únicos vizinhos, estávamos na ilha, abrigados na praia mais afastada de sua casa.

— Talvez prefira contar isso pessoalmente a Rosalie — falou Niles.
— Se não tiver problema para você.
— Não se trata de um caso de polícia, e acho que devia fazer isso.

Havia mais alguma novidade que Niles tinha para me revelar?, pensei, lembrando mais uma vez o cartão-postal que queimava no meu bolso.

— Estou hesitante em lhe mostrar isso aqui — declarei enquanto tirava do bolso o cartão e olhava para os rostos dos enlutados em torno do ataúde de São Francisco, numa tentativa fracassada de interpretar o que a imagem daquele afresco tinha a ver comigo, além do fato de que eu gostava de pássaros.

Ele estudou a imagem depois que passei o cartão às suas mãos e virou-o.

— É o mesmo homem?
— Não vejo de quem mais possa ter vindo. Mas escute, Niles, só estou lhe mostrando isso porque é meu amigo, o mais querido e importante de todos, e não o delegado. Não é contra a lei as pessoas mandarem cartões para as outras com mensagem desagradáveis. Quero só que me ajude a desvendar isso.
— Terei que pensar sobre isso.
— Olhe, mesmo que descubra quem foi, não desejo prestar queixa. Ele não fez nada, e prestar uma queixa pode virar a ponta da faca para a direção errada.
— E há uma direção certa?
— Além do mais, se a coisa virar uma investigação pública, nem bem acabei de sair de Covey e vou ter que voltar para lá outra vez.
— Uma coisa lhe garanto: a investigação não será pública.
— Se Bledsoe fizer parte dela...
— Não deixarei que participe — disse Niles, virando o cartão-postal algumas vezes entre os dedos e examinando-o de novo como se fosse uma carta de tarô cujo significado do arcano não conseguia interpretar direito. — A propósito, quem você conhece em Massachusetts?

Umas poucas gotas de chuva começaram a cair no lago azul-acinzentado.

— Ninguém, por quê?

— O carimbo do correio no cartão é de Springfield, só isso.

Surpresa, peguei o cartão de volta e segurei-o na mão. Nem pensei em ver isso. Por mais incipientes e confusos que fossem meus motivos de não contar a Niles sobre Millicent, agora pareciam mais fortes do que antes. *Procurei-o por causa da garota enforcada e veja só o resultado*, pensei. Havia um equilíbrio muito sutil entre esta outra pessoa e eu mesma. Qualquer distúrbio, por menor que fosse, suspeitei, poderia deflagrar uma calamidade ainda maior do que se as coisas fossem deixadas como estavam e eu simplesmente continuasse por meu caminho tortuoso. Niles, como era de seu feitio, certamente ia ter uma abordagem mais direta ao problema do que a que eu me propunha a tentar. Laura era agora a preocupação principal em minha mente. Nós duas estávamos ligadas de alguma maneira pela visão da garota enforcada, e por isso ela era o meu melhor atalho para esclarecer aquilo. Embora tenha dito a Niles que não tinha ideia do que significava o carimbo do correio de Springfield, sabia perfeitamente bem que se alguém tivesse que ir de qualquer lugar de Corinth County até Mount Desert, o melhor caminho seria passar por Springfield, depois por Worcester, Lowell e assim por diante.

— O que você me diz de Laura, Niles?

A chuva estava aumentando, e as gotas que batiam em meu rosto me espetavam como se estivesse chovendo agulhas.

— Pensei que soubesse que ela voltou para a casa dos pais.

— Estou falando sobre o caso dela.

— Não há caso algum — respondeu ele, lançando um olhar para mim que demonstrava certeza de que escondia alguma coisa. Felizmente decidiu não me pressionar ali. Mas não era como se Niles não tivesse os próprios métodos de ir adiante. Ele o faria com ou sem mim.

— Aquelas latas todas de comida e o resto que tinha lá no mato, tudo aquilo foi comprado por ela?

— Ela disse que roubou tudo.

— Como ela foi de Cold Spring até a propriedade de Henderson?

— Ela é uma garota esperta, durona à sua maneira, inteligente como pode se ver. Lembra um pouco você quando era jovem — disse ele. — Descobrimos que também tem, ou teve, um irmão. Desapareceu há alguns anos; saiu de casa sem deixar sequer um bilhete e desde então não se soube mais dele. No meu modo de pensar, hoje já deve estar adulto e os Bryant ainda têm esperança de que volte. Não há qualquer notícia de que tenha cometido algum crime.

Fiquei impressionada com o paralelo entre mim e Laura; ambas perdemos nossos irmãos mais velhos e fugimos de casa. Fui atingida pelo pensamento sombrio de como deve ser horrível perder um filho, ideia repulsiva essa que causou um momento de inesperada empatia por Rosalie. O desaparecimento de Morgan ou Jonah de minha vida era mais inconcebível para mim do que o pensamento de minha própria morte. Será que ia reagir melhor do que minha mãe depois da morte de Christopher, e de eu mesma ter sumido, ainda que por pouco tempo? Acho que não.

— Você pode imaginar como os Bryant estão aliviados por ter Laura de volta, e como são gratos a você, quer ache ou não que a tenha salvado? — comentou Niles.

— Mas para onde Laura estava indo? Ela contou?

— Não estava indo para nenhum lugar em particular. Foi para onde o destino a levou, foi o que insistiu em dizer em seu depoimento, escondida na caçamba de um carro qualquer. Não temos motivos para não acreditar no que disse. O mais importante é que voltou para casa e está indo bem.

Por motivos que não posso compreender ou expressar em palavras, de alguma forma duvidava dessa história.

— Então, em primeiro lugar, me diga por que ela foi embora de casa?

— Só um terapeuta familiar poderá ajudar os Bryant a descobrir.
— Acabou-se e pronto?

Ele hesitou, olhou para a outra margem do lago e continuou:

— Bem, você não está errada. Nada é sempre simples que possa acabar e pronto. Eu fiz algumas investigações por minha conta seguindo alguns pressentimentos e descobri que a propriedade de Henderson parece ser o epicentro, por assim dizer, de desaparecimentos que ocorreram ao longo de tantos anos que não dá para traçar um padrão real perceptível.

— Como assim?

— Se você pegar um alfinete e espetá-lo num mapa da área e amarrar uma linha a esse alfinete e traçar um círculo a partir de Cold Spring verá que houve vários desaparecimentos no espaço abrangido por este círculo. Em todos os casos foram garotas da idade de Laura, com irmãos que sumiram de casa antes delas. Mas como o lugar é um epicentro no meio do nada, ninguém ia se preocupar em procurar lá, porque não há nada a procurar, pelo menos pela lógica.

Um sentimento de apreensão, uma vaga ideia um pouco acima de minha compreensão me ocorreu depois de ouvir as palavras de Niles. Seria possível que o vale de Henderson, embora muito bonito, pudesse ser um playground diabólico comandado por algum demônio? Niles continuava falando enquanto esses pensamentos rodopiavam em minha mente. Falou que tinha entrado em contato com vários colegas dos lugares onde essas garotas haviam desaparecido, e também com os psicólogos forenses do FBI que analisam perfis e descobrem padrões de crimes dessa natureza. Mais uma vez, não havia nada substancial em nenhum caso e, por isso, a ideia de Niles não passava de um sentimento ou de uma simples impressão. E o mundo estava inundado, como ele mesmo colocou, de coincidências irritantes, senão intrigantes.

— Gostaria de me encontrar com Laura — disse para Niles, com uma voz cheia de urgência. — Pode me dar o telefone dela?

— Ela mesma pediu para falar com você, para agradecer. Dei seu endereço e telefone, mas aqui está o dela — declarou, tirando da calça um papel dobrado. — Mas tenha cuidado, Cass. Eu conheço você muito bem.

Depois de me dar o papel dobrado como se fosse um origami, levantou-se e estendeu a mão. A chuva era fraca, mas constante. Pensei em contar-lhe sobre o trabalho de radiestesia feito por Jonah, pois quis que continuasse ali sentado comigo mais um pouco, sem falar sobre nada daquilo. Mas era hora de ir embora. Niles segurou minha mão com força, desta vez com mais ternura, em todo o caminho à volta do lago. Vi que a família que fazia o piquenique já tinha ido embora, e as chamas do fogo estavam reduzidas a uma fumaça verde-acinzentada que subia, contra todas as probabilidades, de encontro ao céu.

21

Jonah me acompanhou, depois de ter anunciado, com uma expressão de deboche, que não se sentia seguro em me deixar sozinha. Além disso, queria conhecer a famosa Laura Bryant. A mãe dela retornou minha ligação, nos convidou para almoçar e deu seu endereço em Cold Spring. Morgan tinha ido para um torneio em Binghamton onde passaria a noite com o time, portanto esta seria a oportunidade esperada. Não que eu soubesse que ia conseguir alguma coisa durante outro encontro com Laura, além de talvez descobrir alguma maneira de começar a enterrar o seu *doppelgänger*, duplo etéreo, ou seja, a garota enforcada, e assim continuar a lidar com os vivos.

Segundo a mãe, Laura queria me agradecer pessoalmente. Aceitei o convite, guardando para mim mesma as dúvidas de que fora eu a responsável direta por salvá-la do perigo. Eu tinha sido contratada para uma tarefa que não consegui cumprir, vi uma coisa que não devia ter visto, e naquele meio-tempo topei com alguém que não estava à procura. Tudo isso nada tinha a ver com a biografia de uma alma salvadora.

Depois de atravessarmos o Hudson, fizemos o retorno e passamos por um enorme parque cheio de esculturas e com quilômetros de gramados, chamado Storm King, onde andamos durante uma hora entre um emaranhado de vigas de ferro que lembravam misteriosos monolitos pretos semienterrados e figuras soldadas e polidas que Jonah comparou aos marcianos do filme *Guerra dos mundos*. Ele me assegurou que tudo aquilo que estávamos vendo era *batuta* e talvez algum dia até gostasse de ser um escultor como os que haviam feito essas obras. Ganharia dinheiro para fazer com que nada saísse de dentro de alguma coisa.

— Eu não chamaria obras de arte de *nada*.

— Elas não servem para nada, não é?

— Elas nos inspiram a ver o mundo com olhos diferentes

— A matemática faz isso e professores como você também. Os radiestesistas também. Mas isto?

— Não tenho certeza se as coisas acontecem da mesma maneira.

— A doença de Nep faz com que a gente veja o mundo com olhos diferentes.

— Isso está mais próximo do que eu quis dizer.

— Então o que está dizendo é que a arte e a doença são mais ou menos a mesma coisa — disse ele enquanto caminhávamos pelo gramado em direção ao estacionamento voltando para a caminhonete. — Você não está querendo mesmo ir lá, não é?

— É claro que estou. Só pensei que um contato com a cultura fosse uma coisa boa para você.

— Sei — concluiu Johan, sem se convencer.

Estávamos sendo esperados à uma hora da tarde e já passava do meio-dia. A verdade é que Jonah tinha mesmo razão. Sabia que eu queria ganhar tempo, sabia também que uma parte de Cassandra Brooks não desejava se encontrar com Laura Bryant. Em vez disso, queria embarcar com os filhos numa escuna fantástica e descer o largo rio Hudson sem olhar para trás, flutuar além da Bear Mountain, passar por baixo da ponte Tappan Zee, pelos rochedos vermelhos de Palisades, por Manhattan, pela nossa Estátua da Liberdade, e ir para o mar aberto rindo, exultante e liberta.

Entretanto, cruzamos a feia ponte de madeira marrom para Beacon e daí em diante seguimos por uma estrada estreita, paralela à linha dos trens e ao rio que a margeava, onde os arbustos de sumagre ainda não tinham florescido, e as flores das catalpas já haviam murchado quase todas. Passamos por um túnel cavado na rocha e entramos na cidade de Cold Spring. Jonah agia como navegador, lendo as instruções escritas num pedaço de papel. Cold Spring era uma aldeia pequena, pitoresca e vitoriana, cheia de ruas de mão única e becos sem saída, com a avenida principal cheia de antiquários. As calçadas estreitas estavam lotadas de pedestres e alguns idosos de suspensórios tocavam jazz num coreto mínimo que ficava perto da estação ferroviária onde Laura tinha desaparecido não havia muito tempo. Um trole verde ia subindo a montanha com o sino tocando — são Francisco-sobre-o-Hudson — enquanto um grupo de motociclistas barulhentos, com roupas de couro preto, acelerava atrás dele para chamar atenção.

Jonah debochou porque acabei dando uma volta completa no coreto, mas acabamos por achar uma vaga numa rua residencial tranquila, toda arborizada com carvalhos, alfarrobas e bordos reais. Ali estava um bairro que, apesar do barulhento gaio azul empoleirado num galho escondido acima de nós, mostrava a profunda tranquilidade de pessoas que viviam na paz doméstica. Não era o tipo de lugar, pelo menos por sua aparência, que alguém quisesse trocar por uma barraca improvisada.

Fiquei na caminhonete, pensativa e hesitante, sabendo que podíamos simplesmente ir embora, naquele momento, e telefonar depois para pedir desculpas, alegando que uma doença na família — até havia uma, afinal — nos impediu de comparecer ao encontro. Eu me sentia muito confusa, o oposto da visão tão nítida que tinha através do para-brisa. Jonah já havia saltado da caminhonete. E logo depois já andávamos pela calçada de tijolos até uma casa de pedras do século XIX com águas-furtadas e telhado de ardósia, uma pequena torre coberta de era, cercas vivas e árvores antigas. Julia Bryant veio abrir a porta antes mesmo que eu tocasse a campainha. Fiquei aliviada por não ter batido, pois ela deve ter-nos visto chegar e estacionar, e esperou.

— Senhora Brooks?

— Muito prazer em conhecê-la — falei, sem me importar em corrigi-la, como Jonah acabou fazendo.

— É senhorita. Não há nenhum senhor Brooks.

— E você quem é?

— Este é meu filho Jonah — respondi, mostrando-lhe um sorriso rápido de advertência.

O vestíbulo dava para um salão com o pé-direito alto e uma escadaria no centro. Ela nos conduziu para a biblioteca forrada de prateleiras com menos livros do que objetos, como alguns bibelôs elegantes. Estatuetas de bailarinas de porcelana fazendo piruetas, objetos de marfim com entalhe, cerâmica de índios americanos. Uma coleção de bonecas russas e outra de balinesas. Imaginando que os Bryant gostassem de viajar, pois muitos daqueles objetos pareciam ter vindo do exterior, comentei sobre um pequeno touro esculpido e ela confirmou minhas suspeitas, ao contar que o comprara em Lisboa alguns anos atrás. Jonah foi olhar a coleção e botou contra o rosto uma máscara mexicana.

— Jonah — adverti, horrorizada pelo efeito pavoroso que causava. — Não mexa nisso.

— Não tem importância — disse Julia Bryant.

— Não derrube nada.

Ele deu de ombros.

— Você teve dificuldade em chegar aqui?

— Não, as indicações que deu foram perfeitas — respondi, esperando que Jonah me desse uma folga. — Demos uma passada no parque de Storm King no caminho. Uma beleza.

— Você tem que vê-lo durante o outono, quando as cores são espetaculares.

Sobre o que, afinal, deveríamos estar conversando?

— Como Laura está passando?

Podia jurar que havia percebido certa retração em seu rosto, mas só por um instante. Logo foi substituída por um sorriso tranquilizador que não deixou qualquer dúvida. Tinha que me lembrar que ali estava uma mulher que sabia o que significava uma perda.

— Laura já está inteiramente recuperada. Passou por uma experiência e tanto. Não temos palavras para lhe agradecer por tê-la encontrado. Estamos muito gratos.

— Bem, você sabe. Eu não a encontrei exatamente.

— O delegado Hubert nos explicou o que aconteceu, e eu não posso dizer que entendi tudo muito bem, mas o que quer que tenha ocasionado a busca, foi por sua causa que foram procurar por lá. Eles já tinham quase desistido de procurar aqui deste lado do rio.

— Fico satisfeita por ela ter voltado para casa.

— Olhe só, Cass — exclamou Jonah, segurando uma estatueta de cerâmica de três diabos marrons, nus e de aparência cadavérica, com os braços estendidos, línguas azuis para fora das bocas e uma floresta de chifres sobre as cabeças, e veias pintadas de vermelho e azul. O demônio do centro segurava um crânio cheio de dentes como se fosse uma oferenda, com a seguinte mensagem: *Este é o seu destino.*

— Compramos isto em Oaxaca, no mesmo lugar que compramos a máscara. É uma estatueta feita para afastar os maus espíritos no Dia dos Mortos. Jonah parece gostar de esqueletos.

— É melhor colocá-la onde estava.

— Você não a achou legal?

Julia Bryant e eu trocamos um sorriso de mães compreensivas.

— É legal, sim — confirmei. — Mas coloque-a onde estava.

Ao fazê-lo, ele perguntou:

— Então, quando vamos ver esta tal Laura?

— Deixem-me subir um instante que vou chamá-la, e você está com fome, não está, Jonah?

— Claro.

Depois que saiu da sala, perguntei a Jonah se estava tudo bem com ele.

— Claro — respondeu ele. — A pergunta é se você também está bem.

Embora tenha dito que sim, ambos sabíamos que não era verdade. Eu precisava ouvir a história da boca de Laura, pois estava convencida de que ia abrir uma janela para a minha própria história, me ajudando a entender quem era a garota enforcada, ou o seu significado. Mas, será que queria mesmo ver o que estava mais além da janela?

Laura e a mãe entraram na sala, juntas, vindas do vestíbulo. Julia Bryant vinha com o braço sobre o ombro da filha.

— Acho que vocês duas já se conhecem — disse Julia sorrindo, primeiro para Laura, que vinha com os olhos baixos, fixos na passadeira oriental, e só depois olhou para mim.

— Sim, já nos conhecemos — confirmei, e fui até ela com a mão estendida.

Laura a tomou e olhou para o lado, não com aquele olhar perdido no nada como quando saiu da floresta, mas como se quisesse me evitar.

— Olá, de novo.

— Você parece muito melhor do que da última vez que a vi.

— É, eu não estava lá com um boa aparência.

— Deve ser ótimo estar outra vez em casa.

Neste momento, ela olhou nos meus olhos com um olhar que percebi como sendo de gratidão.

— Estou contente em vê-la aqui — disse.

Com isso, fomos conduzidas à sala de jantar, onde Julia Bryant nos serviu um almoço no qual estava claro que se esmerara — vichyssoise, focaccia, salada Niçoise —, e nós quatro conversamos um pouco. Jonah ficou desconcertado ao saber que uma palavra pomposa como vichyssoise não queria dizer outra coisa senão sopa cremosa de batatas enfeitada com cebolinha. De vez em quando, ao observar Laura durante o tempo em que conversávamos amenidades, tinha a impressão de estar olhando para uma figura ilusória. Ela passara por uma experiência que eu também tinha vivido. E ambas parecíamos saber disso.

Pouco do que foi dito durante aquele almoço ficou registrado na minha mente. Minha esperança era que pudesse ficar algum tempo a sós com Laura mais tarde. Se os papéis fossem invertidos, deveria me perguntar se deixaria minha filha sozinha com uma mulher cuja visão mórbida acabou levando por acaso os policiais a resgatá-la. No entanto, de modo inesperado, a senhora Bryant me ofereceu a oportunidade esperada, ao perguntar se Jonah gostaria de ver a casa que havia sobre uma árvore no quintal.

— É uma produção e tanto. Laura quase que morava o tempo inteiro lá em cima quando era menor — disse ela. — Assim, ela e sua mãe podem ficar mais tempo juntas.

Depois que os dois foram para o quintal, falei, sem saber muito bem como começar:

— Então... — A luz que entrava pelos janelões atrás de Laura dava aos seus cabelos um brilho quase etéreo. E possuía uma beleza estranha. — Sabe, assim que a vi agora sem aquelas folhas todas no cabelo quase não a reconheci.

Laura ergueu o olhar para mim. Tinha uma expressão tranquila, séria, mas incompreensível.

— Posso lhe fazer uma pergunta, senhora Brooks?

— Pode me chamar de Cassandra, ou Cass. Como todo mundo.

— Ele lhe falou onde eu estava?

— Quem me falou o quê?

— Quem foi que lhe disse que eu estava naquela floresta?

— Laura, não me entenda mal. Estou feliz por ter sido encontrada, mas foram Niles e os outros policiais que a encontraram.

Ela me encarou com certo olhar de incredulidade.

— Quem é esse "ele" do qual você falou? — continuei.

— Ninguém.

— Mas ouvi você dizer...

— Esqueça o que eu falei.

— Na verdade, você não disse que ele a ameaçou, ou que podia fazer com que garotas rebeldes sumissem do mundo?

— Eu não sabia o que estava falando — disse ela com os olhos na direção de seu colo.

Estávamos quase chegando a um impasse. Ela tem 15 anos, pensei, e tem algum bom motivo para estar na defensiva. Por que deveria confiar em mim? Eu não ganharia nada se forçasse a barra. Continuei:

— Posso lhe fazer uma pergunta?

— Acho que sim.

— Por que foi que fugiu de casa?

— Não sei ao certo.

— Isto é o que todo mundo pensa.

— O que pensam é problema deles.

— Estou aqui para ouvi-la — afirmei, com vontade de dar um passo a frente e tocar seu rosto. — Gostaria que soubesse que pode ser franca comigo. Você falou para a polícia que foi raptada. Isso também está errado?

— Não sei.

— E quanto à sua amnésia durante o tempo em que ficou no abrigo para adolescentes, aquilo também foi fingimento?

— Tem certeza de que não veio até aqui para conseguir mais informações para a polícia?

— A polícia já concluiu seu trabalho com nós duas. Estou aqui por minha própria vontade, e por sua causa, se você permitir. Juro que não sei o que aconteceu comigo mais do que você parece entender o que aconteceu com você. Se fizéssemos um esforço, as duas, quem sabe...

— Posso tentar.

— Então, se não fugiu de casa, e se não foi raptada, pode me dizer o que foi que aconteceu? Não deixarei que mais ninguém saiba, se não quiser. Na verdade não tenho ninguém a quem contar.

— Você é um tipo de profetisa que não devia estar fazendo perguntas como essas, não é? Pelo menos foi isso o que contaram.

— Não sou nenhuma profetisa, pergunte à minha mãe. Ela é uma Bíblia ambulante, mas eu não estou nessa.

— Se é isso o que diz... — declarou ela, e vislumbrei um sorriso em seu rosto.

— O que eu sei — falei incentivada por sua resposta — é que espero que saiba que fugir de casa pode ser muito perigoso. E não precisa ser nenhuma profetisa para se saber disso.

— O mundo é perigoso em qualquer lugar — disse ela. — Quer ver o meu quarto?

— Claro — respondi, olhando pela janela e vendo Jonah com a mãe de Laura sob um carvalho frondoso em cujo tronco havia tábuas pregadas que serviam de degraus até uma casa construída lá no alto, entre as folhas. Julia falava e apontava para onde fora construída, apoiada por dois galhos grossos que saíam do tronco. Segui Laura até o pavimento superior.

— Esta é a minha nova casa na árvore — disse ela.

O quarto quase não tinha nenhum móvel e parecia mais uma cela do que um santuário de adolescente. Ao lado de sua cama, colados na parede com fita adesiva, viam-se os cartazes de duas bandas de rock — His Name Is Alive e Cocteau Twins. Um tapete de lã feito à mão, uma cadeira de espaldar alto ao lado da janela que dava para um dos lados do quintal e para a casa do vizinho. Sobre uma mesinha havia uma velha máquina de escrever, incomum para uma jovem da geração dos computadores, e uma pilha de livros de poesia. — Emily Dickinson, Sylvia Plath, *Tarantula* de Bob Dylan, junto com ensaios de Emerson. Uma leitura bastante madura para alguém da sua idade. Sobre a colcha quadriculada da cama, encostado nos travesseiros, um ursinho de pelúcia com olhos feitos de botões pretos parecidos com os de Millicent. A costura da boca tentava imitar um sorriso, mas a linha curvada lhe dava um ar de insegurança.

— Vejo que você gosta de ler.

— Algumas coisas.

— Eu também. O que está lendo no momento?

— Não tenho lido muito ultimamente.

— Não tem tido tempo?

— Não tenho tido vontade.

Sentou-se na beirada da cama e eu, na cadeira.

— Eu também fugi de casa uma vez — contei.

As palavras saíram de minha boca antes mesmo de ter tido a chance de avaliar o impacto que teriam, sem ao menos considerar até onde poderiam levar a nossa conversa vacilante. Ela não respondeu com muitas palavras, mas a expressão de seu rosto era fácil de interpretar. Propunha que eu continuasse.

— Você estava se sentindo infeliz, por isso fugiu?

— Claro, estava chateada com coisas que tinham acontecido.

— O que foi que a deixou chateada?

Com que sutileza Laura conseguiu virar o jogo e começava a descobrir quem eu era, em vez do inverso. Mas, este parecia ser o único jeito de chegar a ela, e por isso fazia sentido continuar.

— Meu irmão tinha morrido e eu não sabia como lidar com a perda que sentia.

— Como foi que ele morreu?

— Foi num acidente de carro.

— Mas não era você quem estava dirigindo — disse ela.

— Não, é claro. Eu era muito nova.

— Parece que você se culpou.

Eu não havia dado muitos detalhes, mas Laura intuiu isso com a maior facilidade, o que me fez pensar no desaparecimento do seu irmão.

— É provável que esteja certa. Embora não tenha sido culpa minha, me senti culpada por não ter podido evitar. Já aconteceu alguma coisa parecida com você?

— E parece que sente essa culpa até hoje.

— Às vezes. Mas o que eu sinto é certa impotência quando se trata de coisas relacionadas a morte, a doenças, a grandes questões que a vida nos apresenta. Não sinto necessidade de parecer forte, mas detesto me sentir impotente. Entende o que estou dizendo?

Laura ficou pensando enquanto examinava as unhas roídas, e depois desviou o olhar para a janela.

— Entendo o que falou — disse ela por fim. — A vida perece ter o péssimo hábito de nos fazer promessas que não pode cumprir. Ou de não nos ouvir, quando mais precisamos ser ouvidas. Até falei para minha mãe que não queria ter ido esperar meu pai na estação. Sabia que não devia ter ido lá. Não sei como, mas sabia.

— O que quer dizer com isso?

— Você adivinha as coisas — disse ela de chofre, cerrando os punhos sobre o colo. — Você sabe.

— Espero que não se aborreça com o que vou dizer, mas parece estar muito zangada. É sobre alguma coisa que esteja tratando com o seu psicólogo?

— Com ele? Ele não sabe de nada. Só faço terapia porque meus pais me mandam. Conversamos durante 45 minutos sobre droga nenhuma. Blá-blá-blá. Então saio do consultório e minha mãe me traz de volta para casa. É tudo uma besteira, mas nós dois temos que fazer isso, pois é isso o que as pessoas esperam que façamos. Além do mais, se eu aprontar, ele vai ficar sabendo.

— Quem, o terapeuta?

— O homem.

— O homem que a levou da estação, é dele que você está falando?

— Mais ou menos — disse ela com os olhos cheios de lágrimas que vi que se esforçava para não derramar.

— Então, se não estava mentindo, por que mudou sua história?

— Disse que queria ser minha amiga, e que confiasse em você. Não peça para que responda a essa pergunta. Você sabe, Cassandra, ele não gosta de você mais do que deve gostar de mim agora. Ele disse que eu ficaria bem se decidisse ficar lá, mas que se saísse ia me arrepender do dia em que tinha nascido.

— Ele disse meu nome, sabia quem eu era?

— Nunca falou o seu nome, mas tenho certeza de que agora conhece você.

Dei uma olhada pela janela e vi que Jonah tinha subido a escada de madeira e estava na casa da árvore. Segurava com as duas mãos o que parecia um corrimão que me lembrou a sacada do farol, e debruçou-se na beirada, enquanto falava com Julia Bryant embaixo, no quintal.

— Jonah parece estar gostando da casa da árvore — disse Laura, tentando mudar de assunto. — Sabe que não é verdade que fui eu quem a construiu.

— Seu irmão ajudou?

— Não, é assim que minha mãe gosta de se lembrar. Ele a construiu sozinho e eu só podia subir lá se ele permitisse. Durante algum tempo a casa da árvore foi o nosso mundo secreto.

Como aquela vez que fui vendada até a caverna de Christopher, pensei.

O quarto estava fechado e eu ia perguntar a Laura se ela não se importaria em abrir a janela para deixar entrar um pouco de ar fresco. Além disso, eu queria dizer a Jonah que tivesse cuidado, quando vi outro garoto lá em cima com ele. Na verdade, era um rapaz. Era magro, com o rosto fino, cabelo preto curto que caía sobre a testa comprida, lábios e pele claros e uma barba incipiente. Estava quieto e nem prestava atenção em Jonah, que estava de pé ao seu lado, mas olhava fixo para mim. A expressão em seu rosto era um misto de apreensão e arrogância, um olhar diabólico e ameaçador. Jonah não parecia perceber a presença dele. Olhei para Laura, que ainda continuava a falar, embora não conseguisse entender o que dizia. Mais uma vez olhei através da janela para onde ele estava, indiferente, com aquele olhar obscuro me fitando.

— Quem é aquele rapaz na árvore com Jonah? — perguntei, com uma voz seca como poeira.

O jovem afastou-se de Jonah e ficou parcialmente oculto atrás da folhagem.

— Cassandra? Senhora Brooks? — disse Laura.

— Aquele rapaz lá, está vendo?

— Que rapaz? — perguntou Laura, olhando pela janela para onde eu estava apontando.

— Lá, claro como o dia, escondido atrás de Jonah.

— Acho que não... — balbuciou Laura, na mesma hora em que ele se virou de costas para nós e no lusco-fusco entre a sombra e a luz nas folhas, sua imagem dissipou-se e desapareceu.

Eu sabia o que tinha acontecido. Desta vez não tinha dúvida.

— Desculpe, Laura — falei, com um sorriso forçado —, foi um engano.

— Tudo bem — respondeu, dando de ombros.

Senti-me desconcertada e idiota. Viera até Cold Spring como uma adulta autossuficiente que desejava conferir a sanidade de alguém que cruzou seu caminho e com a esperança de entender o mistério de um estranho que a assediou. Mas agora, olha o que aconteceu. Mais monstro, mais loucura.

— Acho melhor nos juntarmos a Jonah e à sua mãe. Tenho certeza de que não vai se importar de ficar livre dele.

— Ele não parece ser um garoto que incomoda — replicou Laura, talvez sentindo um pouco de pena de mim. Eu devo ter ficado tão pálida quanto a luz branca do sol que vinha de fora. — Se quer saber, acho que você o criou muito bem.

— Obrigado por dizer isso, Laura — respondi, recuperando a compostura. O que eu vi, afinal, não existia, é claro. — Percebi que tem um livro de poesias de Emerson ali em sua mesa. Você conhece um verso dele que diz *Minha vaca me ordenha*?

— Acho que não.

— Às vezes, acho que foram os meus filhos quem me criaram, e não eu a eles.

— Bem, eles fizeram um bom trabalho também.

Muito gentil da parte dela, mas eu me sentia destroçada. Queria terminar da melhor maneira possível o que quer que viera fazer e ir embora depressa dali e nunca mais voltar. Antes de irmos até a porta, falei baixo, porém num impulso, como um sussurro entre confidentes:

— Você vai ficar bem, Laura?

— É provável que sim, por que não? — respondeu ela, com a maior convicção.

Com os papéis trocados outra vez, ela colocou seu braço em volta da minha cintura e jurou que estava tudo bem e pediu para que eu não me preocupasse. Não sabia mais o que dizer. Queria ir logo para casa, encolher-me em meu canto, me recompor e decidir o que fazer para enfrentar aquilo que sentia ser uma grande encruzilhada em minha vida.

Mãe e filha nos acompanharam, sob as árvores, até nossa caminhonete. Mantive os olhos no chão a maior parte do tempo para não ver outra vez aquele convidado indesejável. Quando chegamos no meio-fio, dei um abraço em Laura, que por fim me respondeu com o mesmo meio sorriso e meia careta da garota de Covey, antes de voltar pela calçada com a mãe. Senti a cor me fugir do rosto, coisa que só podia ser qualificada como uma grande derrota.

Fazendo de volta a travessia do Hudson, retrocedi à inevitável conclusão de que a maior parte das coisas que acontecia comigo devia ser fruto da minha imaginação caótica e extremada. Era uma espécie de sonho lúcido, incontrolável e exasperado. Muito real, mais real do que a realidade era a contrapartida dessas fantasias. O homem, os cigarros, o cartão, a boneca. Viver entre o real e o irreal estava se tornando uma coisa inteiramente impossível. No silêncio da cabine da caminhonete, enquanto Jonah cochilava, comecei a pensar que a terapeuta que Niles arranjara podia ter razão. Talvez eu tenha começado a manipular o meu mundo sem sentido para alterá-lo de forma a torná-lo irreconhecível. Que tipo de filme de fantasia estive dirigindo a maior parte da minha vida? Talvez estivesse inteiramente fora de sincronia com o universo objetivo.

De noite, depois que Jonah caiu na cama, nossa casa da Mendes Road me pareceu confusa. Percebi que estava fazendo uma projeção, mas não conseguia me lembrar da última vez que nós três estivemos juntos. Morgan ligara no início da noite para contar que seu time ganhara o jogo da tarde e que ele fizera três rebatidas das cinco que garantiram a vitória. Fiquei feliz ao ouvir o contentamento em sua voz.

— Beleza, cara — falei.

— E você se deu bem? — perguntou ele.

— Tudo bem.

— Que nada.

— Não posso dizer que tivemos um dia tão bom quanto o seu.

— Gostaria que viesse assistir ao jogo de hoje à noite — disse Morgan, tentando não aparentar tristeza nem saudade. Era só um astro que sentia falta dos fãs.

— Estaremos aí em espírito. Eles o estão alimentando bem?

Desligamos depois de combinar quando ia buscá-lo na estação de ônibus. Seria uma multidão de mães e de jovens jogadores tímidos que prefeririam que os demais companheiros não estivessem ali para presenciar os abraços e beijos. Prometi a ele que seria discreta.

— Obrigado, Cassandra — disse ele.

— Faça um ponto para mim, está bem?

Na varanda, fiquei vendo uma lua amarela que nascia através de um batalhão de nuvens. Precisava pensar com clareza, mas minha mente estava tão transparente quanto as nuvens, e quaisquer ideias pareciam tão escuras quanto a lua que havia se escondido. Perguntas e mais perguntas me pressionavam. Como foi que meu velho pacto de deixar as visões para os visionários e de ater-me somente ao cotidiano fora quebrado na tarde que passei no vale de Henderson? Há quanto tempo vinha interagindo com coisas que não existiam, e qual era a minha relação com as coisas ameaçadoras que realmente existiam? Sabia que minha percepção para trabalhar com a radiestesia era real, já tivera provas e mais provas de que sim, mas o que significava a minha sensação de ser autêntica ou uma fraude, se as verdades que em mim se manifestavam não tinham nada a ver com as verdades dos outros?

Os gregos inventaram a palavra *caráter*. Para eles, significava o oposto do que significa hoje para nós. Para nós, caráter é o que torna um indivíduo único. Nós temos *características*. Somos medrosos ou corajosos. Amorosos ou frios. É o caráter que nos define e nos diferencia dos outros. Entretanto, para os gregos, caráter se referia aos traços que cada pessoa podia compartilhar com todas as outras. A semelhança com os outros era a marca do caráter. Cada um era parte do todo, e com mais razão ainda, dependente da qualidade do seu caráter. Isto não constitui uma surpresa para mim, sempre preferi a visão que os gregos tinham das coisas e gostaria de ser como todo mundo.

Minha última pergunta, na verdade a única que realmente me interessava, era a seguinte: poderia eu, como uma radiestesista, que ainda por cima tinha o dom da premonição, funcionar no mundo de forma segura o suficiente para evitar a mesma tirania do tratamento psicológico que Laura, sabiamente, tirava o corpo fora? O mesmo tratamento inútil que minha mãe, e mesmo Niles, queriam que eu me submetesse? Jonah e Morgan eram mais importantes. Eu sabia que não poderia cuidar deles se estivesse trancada dentro da prisão de uma ajuda profissional, tinha certeza disso, mas, ao mesmo tempo, não parecia possível ser uma sensitiva, uma bruxa, sem trazer problemas para a vida deles. Meus gêmeos estavam com 11 anos, eram saudáveis e felizes. Comportavam-se mais ou menos bem socialmente. Tinham avós que os amavam. Não, decidi, tudo ficaria bem com uma Cassandra sem dons divinos. Ou ao menos ficaria bem o bastante. Claro que podia me transformar de maneira a viver a vida de cada dia como as demais pessoas faziam. Afinal, eu não era apenas mais alguém que tinha que continuar levando a vida?

Quem sabe talvez agora o círculo tenha se fechado. Por que não comigo, assim como Ouroborus, a serpente que morde a própria cauda? Apesar de tudo, o que aconteceu hoje deve ter sido bom, decidi. O dia de hoje marcou um passo para longe do abismo, e não uma queda nele. Sim, eu precisava tomar as rédeas da minha vida. E apenas eu podia fazer isso. Uma nova Cassandra, tão nova quanto pudesse ser construída a partir da matéria-prima com a qual tinha para trabalhar, desabrocharia amanhã. O sol ia nascer. E eu o veria. E seria o mesmo sol que todo mundo via.

22

Levantei-me cedo, o canto suave e fluido dos primeiros melros foi o meu despertador. Um céu cheio de nuvens pesadas se desenhava no firmamento com o sol obscurecido por elas como acontecera na noite anterior com a lua, mas minha resolução não diminuíra. Como se alguma coisa tivesse se intensificado enquanto eu dormia. Hoje era o dia de Morgan voltar para casa, e embora ele tenha passado apenas uma noite fora, queria que este dia fosse especial, mas de uma maneira comum. Fiz panquecas de nata e fritei salsichas e ovos para Jonah quando ele desceu. Numa panelinha de cobre, esquentei um pouco de mel caseiro para as panquecas que encheu a cozinha com o cheiro de minha infância. Cortei um grande buquê de peônias brancas do jardim e arrumei-o num jarro no centro da mesa da cozinha. Enchi de ração o comedouro dos pássaros que logo ficou repleto de pintassilgos.

Desde a hora em que acordei, minha cabeça não parou de repetir a rima de uma canção infantil que Rosalie, uma apreciadora dessas toadas, costumava recitar para mim quando eu era pequena. Era assim:

> *O cuco chega em abril*
> *Num céu azul de anil*
> *Canta o seu canto em maio*
> *No meio de junho faz um ensaio*

Para mudar o seu canto
E voar embora com seu encanto

O que me fez pensar, assim como a rima que surgiu do nada como as lembranças do passado costumam fazer, que o cuco representava minhas visões infelizes que vinham e iam embora. Ou será que eu mesma não era este cuco. Talvez nenhuma das duas hipóteses, ou talvez ambas, mas esta canção de ninar que eu não ouvia havia mais de três décadas me pegou de surpresa.

Não havia como dar a volta em Jonah, por isso nem tentei. Percebi que não ganharia nada mentindo quando, durante o café, ele perguntou:

— O que está acontecendo com você esta manhã?

— Tomei algumas decisões.

— Parece bizarro. Quer um pouco de suco? — perguntou, afastando a cadeira para trás e indo até a geladeira com toda a displicência.

— Não, não é nada bizarro. Tomate, se ainda tiver sobrado.

— Que decisões são essas? Aqui só tem de laranja.

— Laranja está ótimo. A primeira coisa é que vou parar com a radiestesia por um tempo. De qualquer modo, não tenho nenhum trabalho agendado por agora.

Ele trouxe o suco para a mesa, sentou-se e disse:

— Se alguém ligar, posso fazer isto por você, se quiser.

— Bem, Jonah, é muito lindo você me oferecer esta ajuda. Mas acho melhor colocarmos isso na geladeira por um tempo — declarei, segurando a mão dele que repousava sobre a mesa. Ele não apertou a minha de volta. Não que tenha se zangado comigo, apenas ficou perdido em sua reflexão e desapontamento.

— E o que mais?

— Vou falar com o senhor Newburg e ver se consigo retomar meu trabalho de professora.

— E o que o grande Newburg, que vive recebendo queixas de pais babacas vai fazer? Vai lhe dar força? Não, vai botar o rabo entre as pernas.

— Ele fez por seus alunos o que achou melhor — afirmei, surpresa com a veemência das palavras de Jonah.

— Fez o que achou melhor para o seu próprio rabo.

— Pare de usar este linguajar. Você é inteligente demais para ficar falando babaca e rabo.

— Se fosse inteligente, você teria me ouvido.

— Eu o ouvi. Você é a minha bússola. Mas preciso ganhar dinheiro para pagar as prestações da casa, os ovos, o suco de laranja, e a melhor maneira de conseguir isso é tendo meu emprego de volta.

— Isto foi por causa de ontem. Você não gostou dos Bryant.

— Para falar a verdade, gostei sim, Jonah. Mas o caso é que percebi que não tenho sido eu mesma nesses últimos meses, desde que estive lá nas terras de Henderson...

— E viu aquela tal garota.

— ...e pensei ter visto alguma coisa que na realidade não vi — declarei, com vontade de contar a Jonah sobre as outras três ocorrências que continuavam a me incomodar, para que ele pudesse entender melhor minha posição. — Fiquei contente pelo meu engano ter tido um resultado positivo, mas isto acabaria ocorrendo de qualquer jeito. Laura é uma garota astuta. Teria voltado para a estrada e feito sinal para que alguém viesse ajudá-la, mais cedo ou mais tarde. O fato de eu ter estado lá foi mera coincidência.

— E você acredita nisso.

— Claro que sim. E você também deveria.

Ele levantou-se da mesa com toda a educação e saiu dali sem mais uma palavra. Percebi que aquilo não ia ser fácil. Eu me identificava totalmente com os sentimentos de Jonah. Mas meu plano já estava traçado, e eu precisava colocar em prática a minha resolução.

Na mesma manhã de sábado, antes de irmos esperar Morgan, liguei para Matt Newburg na escola, na expectativa de ter que deixar um recado que ele responderia, ou não. Em vez disso, ele estava lá em sua sala. Expliquei-lhe que durante o tempo em que estive afastada, pude pensar sobre o que havíamos conversado, e sobre a apreensão dos pais, e mesmo de alguns futuros alunos por minha causa. Falei que entendia as preocupações deles, da mesma forma que entendi a posição desconfortável na qual ele ficara, e a necessidade que teve de ver as coisas de uma maneira mais ampla. Perguntei se seria possível nos encontrarmos para discutirmos minha situação.

Para minha surpresa, ele falou:

— Por que não dá um pulo aqui na segunda-feira pela manhã?

Agradecida, tomei nota da hora de nossa reunião no calendário da parede da cozinha. A primeira investida foi boa, pensei, enquanto me dirigia para a sala da frente e dava uma olhada pela janela para a nossa castanheira para ver se surgia a visão de algum fantasma, de um rapaz ou de uma garota, a fim de contradizer minha intenção. Mas não, apenas um pica-pau bicava a casca da árvore, tentando encontrar alguns insetos. Em um impulso, abri o catálogo de telefones e procurei o nome de Roy Skoler. Não achei seu contato.

Na rodoviária, Morgan surgiu visivelmente mal-humorado enquanto tentava se livrar da multidão. Jonah e eu, verdadeiros modelos de discrição em comparação aos apertos de mão e abraços dos outros pais de alunos, nos entreolhamos. Dava para apostar que no segundo jogo ele deve ter tentado a última jogada com as quatro bases completas, ou errado algum arremesso, que deu a vitória ao outro time. Sem a menor delicadeza, Morgan jogou a bolsa com o uniforme e as coisas na caçamba da caminhonete, entrou e rosnou:

— Vamos dar o fora daqui.

— Qual é o problema, cara? — perguntou Jonah assim que saímos.

— Não é nada.

— Não se pode ganhar sempre — declarei, de uma forma tão banal como a mensagem dentro de um biscoito da sorte.

— Você está falando um monte de besteira — disse Morgan de uma maneira desafiadora.

— Estou querendo dizer que está claro, pelo seu humor, que seu time perdeu.

— Nós os derrotamos. Eles não podiam ter se dado pior.

— Então qual é o problema? Não falou nem um "alô" nem um "que bom ver vocês".

— Não estou a fim, Cassandra. Por favor, me poupe.

— Calma, cara — disse Jonah.

— Você pode calar essa boca, seu filhinho da mamãe.

Como mais nada foi dito, percebi o que estava errado.

— Você não se meteu em nenhuma briga, não é?

— Sou esperto demais para isso. Eles me deixariam no banco o resto do campeonato do verão.

— O que foi então?

— O que importa? Que se danem.

— Conversaremos sobre isso mais tarde — falei.

— Pode esquecer.

O resto da viagem para casa foi tensa. Eu queria ter ouvido dos meus gêmeos histórias banais, conquistas e brincadeiras, mas nenhum dos dois estava com muita paciência comigo naquele momento. Mesmo assim, o incidente — que, como previsto, ocorreu porque alguns garotos zombaram da mãe do astro do time, xingando e provocando Morgan, num esforço para tomar o seu lugar na hierarquia do time e rebaixá-lo —, reforçou ainda mais a minha decisão. E meu filho estava com a razão. Não importava quem tivesse me ridicularizado com outra acusação desgastante, o que importava era que fôssemos em frente. Um dos clichês mais usados por Rosalie era *Avalie a fonte e erga-se acima dela*. Como clichê, aquele era bem decente.

Depois do almoço, os meninos recuperaram parte de seu ritmo fraternal. O humor de Morgan melhorou como se ele tivesse se livrado de uma decisão errada do árbitro e continuasse com a jogada. Contendo meu desejo de avisar aos dois que trancassem as portas enquanto eu estivesse fora, fui até a casa de meus pais. Lá, sentada na varanda do quintal olhando para a campina que abrigava o lago como se o segurasse na palma das mãos, uma vista tão familiar para mim quanto elas próprias contei para eles sobre minha decisão de interromper por uns tempos minha atividade divinatória de encontrar água, sobre meu pedido para ser readmitida na escola e sobre meu desejo de simplificar minha vida e de participar mais de coisas banais.

— Fugir como uma rata. — Juro que foi isso o que ouvi Nep falar entre os dentes, enquanto caçava uma mosca invisível. — Ratas de igreja.

— O que foi que disse? — perguntei.

— Ratas de igreja.

— Comporte-se — interrompeu Rosalie.

Ele olhou para fora, através da floresta e para o horizonte claro.

— Desde aquele episódio nas terras de Henderson — continuei, ocultando minha aflição pela piora do estado de Nep naquela tarde —, estive voando de costas e de cabeça para baixo e estou cansada disso. Os beija-flores fazem isso com toda a tranquilidade, mas eu não sou um beija-flor. Sou mais como um albatroz. Tenho que fazer um esforço por vocês, pelos meninos e por mim mesma.

Rosalie, quieta como um monge trapista, estava entre um otimismo nascente de que a filha havia sido visitada por clarões angelicais de vozes que lhe traziam sabedoria após anos vagando pelas trevas, e uma apreensiva inquietação de que havia uma armadilha por detrás desta súbita transformação.

— Estive pensando — continuei —, que se não fosse incômodo, eu e os meninos poderíamos ir a igreja com você amanhã.

— Incômodo? — disse ela, quebrando o silêncio com um sorriso luminoso. — Isto seria maravilhoso. Quanto tempo faz desde que Morgan e Jonah estiveram dentro de uma casa de oração?

Nep estava com o olhar perdido a distância.

— Não garanto que eles queiram ir...

— Você é a mãe deles. Fale com eles e eles irão.

— Não é bem assim que as coisas funcionam. As cabeças deles são mais duras do que bigornas e não posso obrigá-los. Além disso, quantas vezes você me mandou ir e não fui?

— Isto se deve ao seu pai.

— De qualquer modo, gostaria de ir à igreja amanhã. Quero ver se encontro alguma coisa lá.

Nep meneou a cabeça e fez uma careta de desagrado. Não que estivesse sentindo alguma dor, até onde eu podia perceber, mas mesmo assim não estava se sentindo à vontade. Parecia incomodado, como se algum dos músculos de seu rosto estivesse contraído. Olhei para Rosalie, que parecia não ver nada de anormal. Quando me acompanhou até a caminhonete, perguntei como ele estava passando. Pelo jeito, havia dado uma piorada bastante considerável depois que voltamos de Covey.

— Em alguns dias fica melhor, noutros pior — disse ela. — A demência flutua sob a influência de suas próprias marés invisíveis.

Demência. Uma palavra feia como *destruição, decrepitude, desespero*. Mas sua mente estava se deteriorando, e suas palavras esculpiam formas curiosas. Enquanto evitava pensar na doença dele como sendo uma demência, no sentido estrito, era precisamente este estado que o afastava dele mesmo. Ao voltar para Mendes com a estrada sem trânsito algum, tentei imaginar nossas vidas sem ele, sem a sua competência e a sua modéstia. Como o mundo ia perder a graça.

Minha proposta, depois do jantar, para que os garotos fossem comigo à igreja foi recebida com um retumbante silêncio, e depois seguida por uma ruidosa explosão inacreditável de gargalhadas.

Depois de perguntarem se eu estava de gozação, e vendo que eu falava sério, Morgan mudou e transformou-se no Pastor Sinistro, um dos personagens que usava quando queria zombar de alguém.

— Minha estimada irmã — declarou de maneira afetada e meio melodramática. — Abençoados sejam aqueles que passam pelo buraco de uma agulha.

— Amém — respondeu o irmão.

Como sempre, daí em diante foi um verdadeiro sacrilégio de deboches.

— Oh, Jonah, meu filho.

— Sim, senhor Pastor Sinistro.

— Vós tendes pecado e agora deveis pagar.

— Meninos, por favor — supliquei.

Morgan pegou uma vassoura que estava encostada num canto atrás da porta da cozinha. Com uma solenidade risonha a ergueu com ambas as mãos como se fosse uma cruz, dizendo:

— Preparai-vos para o encontro com o Criador, vis pecadores.

— Que Jesus me salve — disse Jonah rindo e saindo da cozinha, talvez um tanto preocupado que Morgan, se ainda restasse um pouco de mau humor, levasse a brincadeira longe demais. — Salve-me do fogo e do enxofre...

Correndo atrás dele, Morgan gritou:

— O Pastor Sinistro está indo castigá-lo.

Bateram a porta de tela. Ficaram correndo e gritando do lado de fora. Em um momento como aquele eu dava graças por nossos vizinhos mais próximos morarem há centenas de metros estrada abaixo, impossibilitados de nos ouvir.

Mesmo assim, na manhã seguinte, depois da brincadeira, e sem outra palavra sobre o assunto, vestiram paletós, casacos e gravatas e foram comigo à missa. Sentamo-nos nos fundos da nave, num dos bancos compridos de mogno, ao lado de Rosalie, que se admirou de estarmos realmente ali. Ao meu lado, os gêmeos se mexiam e bocejavam um pouco, mas, no geral, estavam comportados. O pastor fez um sermão sobre o poder curativo da limpeza da alma. Como a maioria dos sermões deste tipo, pelo menos pelo o que eu pensava, o dele foi bastante genérico para se amoldar como uma luva à minha situação pessoal. Aquela era uma boa pregação. Minha imaginação foi que saiu um pouco da linha — não consegui ver minha alma indo para a lavanderia de amor do Senhor, ou vê-la secar no varal da contrição —, mas muitas das coisas que disse fizeram sentido. Qual era o espírito que não merecia um bom esfrega uma vez ou outra?

Depois de uma caótica, mas séria apresentação de "Levantem-se, Todas as Almas, Levantem-se", a maior parte dos fiéis foi embora, mas minha mãe insistiu para que nos juntássemos a ela no anexo, onde serviram café, suco e rosquinhas. Sabia que isto significava entrar de cabeça naquilo, e os garotos me chamavam atenção com sussurros estridentes para que nós dispensássemos a recepção. Mas fui levada pela correnteza de outros fiéis que conversavam e seguiam adiante e pelo entusiasmo indisfarçável de minha mãe, estampado em seu rosto e revelado naquilo tudo. Os fiéis estavam contentes. Quer dizer, até que alguns poucos notaram a minha presença e me olharam de uma forma já esperada. Era um olhar que dizia: o que será que ela está fazendo aqui? Até mesmo Hodge Gilchrist, um companheiro dos meus tempos de criança e hoje um membro da igreja, e Jane, sua esposa, me olharam de forma condescendente.

Muitas daquelas pessoas teriam ouvido boatos sobre a minha descoberta fantástica da garota enforcada na floresta. Outros tantos deviam ter uma opinião duvidosa sobre a minha moral, baseada no fato de eu ter dado à luz filhos ilegítimos. Outros desaprovavam ou achavam estranha a minha atividade herética de radiestesista. Parte disso tudo não passava de paranoia. Mas outra parte — as cabeças que se viravam, as pequenas caretas, os sorrisos falsos — era tão velha quanto as montanhas que cercavam a igreja da cidade.

Enquanto procurava por rostos mais conhecidos e amistosos, que pudessem sorrir para mim, notei — apesar de minha atividade de professora e dos jogos de Morgan — como havia me tornado uma forasteira. Incrível como se você raramente participa do festival anual de panquecas do Corpo de Bombeiros nunca vai à grande parada de tratores de junho em Callicoon, evita os vários jantares e churrascos de St. Joseph e não vai com regularidade à igreja, pode viver em comunidade sem conhecer quase ninguém.

Niles não estava ali, mas Melanie sim. Da mesma forma que Adrienne, que olhou duas vezes para mim e para os meninos como se imaginasse onde estava a câmera para registrar alguma visão paranormal. Os gêmeos estavam junto de mim, comendo rosquinhas cobertas de açúcar cristalizado e observando tudo com certa impaciência, enquanto minha mãe vinha com Melanie e a filha para nos cumprimentar.

— Prazer em vê-la — disse. — Meninos, cumprimentem a senhora Hubert.

Eles resmungaram algo e olharam para mim, calados, implorando "Será que já podemos ir embora?"

— Cass decidiu vir à igreja esta manhã — explicou minha mãe. — O que foi que os meninos acharam do sermão?

Eles deram de ombros e olharam outra vez para mim à espera de alguma atitude.

— Cass, posso tomar um café? — disse Morgan.

— Eu também quero — disse Jonah.

— Uma xícara para cada um, e nem mais uma gota.

— Eu também quero — suplicou Adrienne baixinho, mas sua mãe não permitiu.

O pastor entrou, segurou minha mão entre as palmas pesadas e me saudou pelo nome, e quando os meninos voltaram com os copos de café, dirigiu a cada um deles um cumprimento paternal, ao qual eles responderam com um aceno de cabeça suspeito. Mesmo que a nossa conversa tenha sido rápida, ficou claro que Rosalie provavelmente telefonara para ele com antecedência comunicando que a filha desgarrada, e os netos ateus, iam assistir à missa, para ter certeza de que seríamos bem-vindos. Não dava para reclamar com ela por isso. Sabia que sua intenção era me ajudar, e se em outros tempos eu me rebelara com essa interferência óbvia em minha vida, hoje isso não era passado. Todos ali na igreja procuravam ajuda, e eu não era diferente de ninguém. Lembrei-me de que ali estávamos todos marcados pela mais básica das perplexidades, e minha mãe tinha vindo buscar o consolo de seus dias, ali, mesmo antes da morte de Christopher, e agora com certeza passando horas, a cada semana, em orações para a recuperação da saúde de Nep e da minha sanidade.

— Você deve se reunir a nós com mais frequência — disse o pastor. — Sei que muitos de seus companheiros de infância são paroquianos. Tem até um deles que perguntou por você um dia desses. Parece que veio morar outra vez aqui na cidade. Eu falei para ele que soubera por sua mãe que você tinha ido um pouco mais cedo este ano para um lugar da família, no Maine. Ele mostrou interesse em reencontrá-la.

— Quem seria essa pessoa? — perguntei cautelosa, sentindo-me cada vez menos protegida na sala desconfortável da igreja. Que amigos de infância eu tinha, além de Niles e Hodge, que aliás nunca saíram de Corinth County?

— Não estou me sentindo bem — interrompeu Jonah.

— Eu também — disse Morgan. — Talvez o café estivesse estragado.

Chocada com a brilhante atuação dos gêmeos e percebendo que eu também chegara a um beco sem saída, falei:

— É melhor irmos embora.

Rosalie gostaria que ficássemos mais um pouco, mas deve ter percebido a urgência em meus olhos e por isso nos acompanhou até o lado de fora, onde nos despedimos e fomos embora. A caminho de casa, os garotos começaram um coro de reclamações.

— Por favor, parem com isso — ordenei, vasculhando a memória em busca de um amigo de infância que se preocuparia em perguntar por mim. — Foi uma boa ideia termos ido à igreja.

— Eu não achei nada disso.

— Acreditem em mim, foi bom — declarei, grata por não me pressionarem para saber por quê.

23

Fiquei sozinha naquela tarde, depois de deixar Jonah ir com Morgan de bicicleta até o terreno da escola para jogar bola. Na garagem, encontrei algumas caixas vazias. Sabia o que precisava fazer para continuar fiel à minha decisão. Movimentando-me com a deliberação firme de um autômato, percorri a casa toda recolhendo varas de vedor, pêndulos, a coleção de mapas geológicos e tudo relacionado a meus métodos de adivinhação, e encontrei no depósito lá fora minha forquilha favorita cortada de um galho de frângula que eu guardava mergulhada num balde cheio de água destilada e óleo de cravo para manter sua flexibilidade. Embrulhei com todo o cuidado as minhas vírgulas, meus biotensores e minhas varetas em forma de L em pedaços de lençóis velhos que guardava numa lata na despensa e forrei as caixas, como se esses instrumentos fossem cadáveres cobertos por mortalhas para serem enterrados num cemitério de indigentes. Coloquei os pêndulos em sacos de papel pardo e escrevi do lado de fora qual deles era o de prata, o de aço inoxidável, o de bronze, e até um que era simplesmente uma bolota de carvalho amarrada por um barbante. Peguei a machadinha e outras coisas de minha mochila e coloquei-as também nas caixas de papelão. Uma parte de mim queria ficar mais tempo com cada um desses velhos e preciosos companheiros, mas eu sabia que não ia aguentar.

Depois de ter encaixotado tudo, fechei as caixas com fita adesiva, marquei a tampa de cada uma com tinta preta com o ideograma chinês para a arte da adivinhação, mas que para todo mundo se parece mais com a figura de uma dançarina sem cabeça e sem braços. Com certo esforço, puxei a escada de madeira precária do sótão, onde nunca deixei que os garotos subissem e que também eu não deveria usar, e levei as caixas para cima, colocando-as sob os caibros do telhado, junto de um monte de outras coisas abandonadas pelos antigos proprietários da casa. Lá em cima cheirava à morte. Não consegui me movimentar com a rapidez suficiente para terminar toda a tarefa.

Ao dobrar a escada de volta no teto, senti uma mistura forte e inebriante de pesar e alegria. Aquilo não passava do enterro de um velho amigo, uma divindade honrada. Aquilo representava o abandono e a substituição de uma forma de busca na qual eu confiava, mas não compreendia, por outra que eu entendia, mas não necessariamente confiava.

Em nome da longa história de minha mãe como moradora do bairro, e da minha atuação correta no trabalho, fui readmitida para trabalhar no semestre do outono.

— Você sempre foi uma boa professora — disse Matt Newburg, sendo mais gentil comigo do que eu esperava. Como havia suspendido minhas outras atividades, prometeu tentar colocar-me num horário de tempo integral assim que conseguisse. Por nenhuma razão específica, nunca tive uma relação muito próxima com o diretor. Mas neste instante ele demonstrava uma generosidade inesperada comigo, um cara normal que me tratava com toda a gentileza. Embora ele não fosse o homem apropriado com quem bancar a ousada, será que uma criatura normal e comum como Cassandra Brooks não poderia pensar que Matt Newburg — que não era casado como James Boyd ou Niles, e que tinha um emprego com grande responsabilidade, que não era bonito, mas sincero e confiável e tinha grandes olhos azuis — era alguém com quem pudesse jantar uma noite dessas?

— Fico muito agradecida por sua generosidade.

— O fato de estar passando por um período de dificuldades não significa que vamos abandoná-la — disse ele apertando minha mão antes de eu sair.

De noite, depois de contar a boa notícia aos gêmeos e aos meus pais, fiz certos questionamentos a mim mesma. Por que não fazia um pequeno esforço para me tornar mais aberta, deixando de ser meio masculinizada, vestida sempre com os mesmos velhos jeans e blusas de flanela desbotadas que eu me acostumara a usar quando não estava dando aulas? Que tal mudar meu uniforme de trapos? Deveria, no mínimo, usar algumas blusas que ficassem mais apresentáveis com um jeans que não fosse puído. Usar uns sapatos mais bonitos em vez de minhas botas de couro de vaca, para variar. Apresentar a imagem de uma mulher interessada em fazer parte do mundo à sua volta.

Este fenômeno da nova Cassandra foi trabalhado aos trancos e barrancos durante o mês de junho. Vestida com o que Rosalie considerou "uma roupa bonitinha", fui à missa numa tarde no meio da semana e depois participei de um encontro social enquanto os gêmeos e Nep ficaram em casa assistindo a um jogo pela televisão. Não houve uma nova menção ao tal suposto amigo de infância ou a qualquer sinal dele, e decidi não perguntar mais sobre isso. Depois deste esforço todo, na maioria das vezes ia para cama com a sensação de que havia passado o dia disfarçada, surgiu uma mulher que eu mesma quase não reconhecia. Não como alguém de quem não gostasse, mas essa nova Cass que eu fabricara não era alguém com quem eu queria passar muito tempo. Minha experiência, feita para provar a hipótese de que se eu mudasse o visual e adotasse outra atitude poderia alcançar uma nova direção na vida, já começava a mostrar sinais de fracasso.

Apesar das boas intenções para comigo, sem falar numa tênue lealdade, Morgan e Jonah não estavam bem certos sobre o que fazer com a mãe. Morgan continuava a sofrer as provocações dos colegas, não apenas por sua mãe ser uma pessoa diferente, mas agora porque ela "estava tentando ser diferente da mãe diferente que era antes". E Jonah vivia num limbo, ainda mais avesso às amizades do que eu quando tinha a idade dele. Era claro que não apenas ele, mas ambos, preferiam a Cassandra sensitiva de antes a esta outra encarnação que eram obrigados a engolir, contra a vontade.

Eu precisava era de uma renovação no meu senso de percepção das coisas. Uma sacudidela forte de Nep. Tinha de admitir que ele, como sempre, era o único com quem realmente queria falar, se estivesse bastante lúcido, e por isso combinei com Rosalie de dar uma passada na casa deles. Não lhe contei o quanto fiquei preocupada da última vez que estive com ele. Ou da vergonha que senti por ter rompido a ligação filosófica que tínhamos, como pai e filha. Eu continuava incrédula — ou mais precisamente, uma humilde não esclarecida — como era antes, apesar da expressão de coragem que assumi em benefício de Rosalie. Eu estava vivendo um conflito tão grande depois das idas à igreja e ao banimento de minhas varas e mapas para o sótão, que imaginava agora mais do que nunca quais os planos de uma divindade para nós, grandes ou pequenos, aqui na Terra.

Morgan estava em treinamento — passava dias fora de casa. Saía cedo e só voltava no fim da tarde, e depois do incidente da volta de Binghamton não queria mais me convidar para assistir a nenhum jogo — por isso Jonah e eu, pegamos a caminhonete e fomos juntos à casa dos avós. Um céu claro e quente de um dia sufocante pairava sobre as montanhas baixas. Pelas janelas abertas entrava um vento fraco e agradável.

Paramos na entrada que dava a volta por trás da casa, e lá estava Nep na varanda, numa cadeira de balanço que ele mesmo construíra havia muitos anos. Jonah saltou da caminhonete e correu pelo caminho de pedras para cumprimentar o avô. Esperei um pouco, dando a eles um tempo para ficarem juntos, e logo Nep levantou-se da cadeira de balanço, desceu os degraus e veio em minha direção.

— Venha, Cass — falou Jonah como se fosse um desafio —, estamos indo até o lago.

— Como você está hoje, bonitão? — perguntei, dando um abraço delicado em meu pai, tão de leve quanto sua fragilidade permitia.

— O lago... bonito.

— Com certeza está. É uma boa ideia dar uma volta até lá.

Nep parecia estar bem lúcido, com a mão firme sobre o ombro de Jonah, mais para manter o próprio equilíbrio, percebi, do que como demonstração de afeto pelo menino. O cabelo branco, hoje em dia mais comprido do que o de Morgan, brilhava sob o sol ofuscante. Com as sandálias, a camisa branca para fora da calça larga de algodão branco, parecia um velho sábio, um monge, caminhando pela natureza entre as espireias cor-de-rosa e as plumas das barbas-de-bode.

— Vamos — gritou Jonah outra vez a plenos pulmões. Virou-se para mim com um olhar inquisitivo e falou baixo e sério: — Quero mostrar para ele, Cass.

Abri minha boca para dizer que não, mas pensei, *Não, Johan tinha esse direito. Minha busca não era a dele. A arte divinatória era uma maneira de ele se conectar com o avô. Não havia qualquer mal nisso.*

— O que andou fazendo por aqui hoje? — perguntei ao meu pai.

— Hoje?

— É. O que andou fazendo?

— Nada. Hoje não fiz nada.

— Bem, hoje na verdade está um dia perfeito para não se fazer nada. Não acha, Jonah?

— Perfeito — concordou ele. — Um dia perfeito também para mostrar um segredo para Nep.

Nova ida ao lago para revelar outro segredo. Embora Nep estivesse reticente, acredito que nós três sabíamos a intenção de Jonah. Olhei novamente para meu pai, com mais atenção desta vez, e percebi que já lhe faltava a essência. O seu ser, outrora sólido, tornara-se poroso. Tive a sensação exata de já ter percebido isso antes, e tinha que me preparar para o que ia sentir mais adiante. Como se eu precisasse me lembrar do que já acontecera e do que estava para acontecer no futuro. Por fim, não havia como expressar em palavras este momento quântico. Meu pai ia me deixar em breve.

Uma grande garça azul que caçava imóvel, assustou-se no momento em que passamos por um muro baixo de pedras quebradas. Jonah corria na frente, batendo palmas e gritando para aquele enorme pássaro carnívoro que saía da água rasa sem pressa, abrindo asas tão grandes quanto a altura de Jonah.

— Preciso falar uma coisa com você — falei com Nep.

Ele acompanhou o voo majestoso do pássaro que se elevava acima das copas das árvores, em direção ao sul, para algum outro lago. Jonah entrou mato adentro para cortar uma vareta para ele mesmo, como previ.

— Não sei se você ainda se lembra de uma garota, uma tal de Laura que encontraram na floresta? — perguntei a meu pai.

Dei a ele algum tempo para responder, mas ele não disse nada. Apertei a mão dele contra a minha por um instante e senti que reagiu. Ele estava ouvindo.

— É que fui visitá-la, e acho que há algo muito errado. O homem, quem quer que seja, que pendurou aquele manequim que você achou no farol, lembra? Pois então, estou começando a suspeitar que ele também tem alguma coisa a ver com Laura.

— Estou entendendo — disse ele.

— E acho que ele ainda não se deu por satisfeito com ela e nem comigo.

— Sei como é isso.

— Como assim?

Ele não respondeu e continuei no reino da especulação. Antes desse momento, não tinha formulado nem para mim mesma o que diria em seguida.

— Isto e uma coisa bem difícil de falar, e não quero ser leviana, mas imagino que Rosalie nunca lhe falou sobre o envolvimento de Christopher com a morte de Emily Schaefer. Tenho pensado nisso, e o lugar em que morreu não fica assim muito longe de onde encontrei a garota enforcada. Estou certa de que a menina que vi foi uma premonição, Nep. E, quanto mais penso sobre isso, parece que tenho visto o passado e o futuro ao mesmo tempo. Você está me entendendo?

— Estou.

— Quando Emily morreu, havia outro garoto com Chris. O nome dele era Roy. É provável que você nem se lembre dele.

— Não.

— Não tive a intenção de ver o que estavam fazendo. Apenas brincava nos rochedos para onde costumávamos ir quando ouvi uma discussão. Ela estava furiosa, pelo menos foi o que me pareceu, mas sabe como os vales tendem a amplificar os sons... De qualquer modo, tenho o terrível pressentimento de que a pessoa que roubou Millicent e pendurou aquela coisa no farol é o mesmo homem que raptou Laura e que talvez conhecesse Emily e Chris.

— Chris? Olha, Chris bem ali — falou Nep apontando.

Meu coração disparou.

— Você está querendo dizer Jonah, não? — perguntei, pois meu filho estava na extremidade do lago, além das tábuas onde havia nesta época do ano ninhos de melros de asas vermelhas. Vinha dando a volta na margem com a vareta que cortara, naquele meio-tempo, com o canivete que trouxera de casa com esta intenção.

Era impossível. Um monte de palavras pequenas que ao se relacionarem formavam juntas ideias tão absurdas como se fossem contas de vidro numa fita de Moebius.

— Christopher agora é um mago, olha só — continuou Nep.

Jonah chegou correndo, com um sorriso sereno no rosto.

— Viu o que foi que eu trouxe, Nep?

— Aí, garoto.

— É provável que você saiba onde estão todos os cursos d'água subterrâneos daqui até a China, mas eu também descobri um. Conte para ele, Cass.

Duas gerações de homens Brooks me olhavam, esperando que a mãe e a filha falassem sobre essa novidade, que a explicitassem e assim a tornassem real. Senti as lágrimas enchendo meus olhos, enxuguei-as e sorri da melhor maneira que pude, dadas as circunstâncias. *Volte ao seu equilíbrio*, pensei. Fique aqui com eles, agora.

— Jonah foi comigo até a granja de Partridge, e contra minha vontade, deixei que ele tentasse procurar água.

— Partridge.

— O dono da granja. Aquele grandalhão com as costeletas enormes — expliquei, mostrando com os dedos no rosto a forma das costeletas. Nep parecia alheio, e por isso continuei. — Não importa. O caso é que parece que temos outro radiestesista na família. Não que o mundo precise de nós e não que Jonah venha a tornar isto a prática de sua vida, mas ele tem o dom, é o que parece.

— O dom — repetiu Nep.

— Quer ver, vovô?

— Só um pouquinho, Jonah — eu disse —, não vamos cansá-lo.

Ele saiu andando, segurando a vara de vedor à frente, meio desajeitado, mas sério e corajoso. Nep e eu ficamos olhando. A agonia que eu vinha sentindo, o problema que eu queria muito compartilhar com meu pai, acabou sendo sobrepujado quando percebi finalmente como funcionava a mente instável de Nep. Ali diante de mim estava uma mente cujas lembranças tinham se soltado de suas amarras e flutuavam livres para onde os caprichos do momento as levavam.

— Não, quero ver Christopher fazer isso — disse Nep, como se lesse meus pensamentos e confirmasse minha suposição. Jonah continuava andando com a vírgula à frente, agarrando-a com um pouco de força.

— Não tenho certeza de que você vá encontrar aqui o que está procurando, Jonah.

— Deixe-o tentar — sussurrou Nep.

Jonah afastou-se do lago e foi para o campo cheio de tiriricas e campânulas roxas e brancas que o fazendeiro vizinho ia ceifar daqui a umas duas semanas. Foi andando em zigue-zague pelo terreno enquanto Nep e eu o seguíamos de longe. Um tordo pousado na ponta de uma folha comprida de capim, bateu as asas com as penas pretas e alaranjadas criando a ilusão de cinzas que saíam de chamas.

— Jonah — falou Nep —, venha cá um instante.

Jonah parou e o olhou, como faria um veado surpreendido enquanto pastava. Veio andando até onde estávamos, mais ou menos a uns 30 metros de distância.

— Deixe-me ver como você a está segurando. Venha até aqui andando para a frente e para trás — disse ele, com a articulação acompanhando a concentração. Jonah veio, e Nep, soltando minha mão, falou. — Não é assim — falou. — Veja, é assim.

Já fazia muito tempo que não via meu pai segurar uma vara de vedor, ainda que fizesse talvez uns dois anos que eu saíra junto com ele para procurar água. Jonah passou a forquilha para ele. Nep pegou-a com as palmas das mãos para cima, como sempre preferiu, e foi andando devagar, com determinação, enquanto Jonah ia ao lado, como uma sombra, observando cada detalhe de sua postura e de seus movimentos, como se sua vida dependesse disso. Fiquei ali sob aquele céu imaculado, sem nenhuma nuvem, maravilhada com aquele momento perfeito quando todas as minhas preocupações e interesses tinham batido asas por um instante, como aquela garça. Ali estava meu pai ensinando ao meu filho um ofício tão simples e misterioso, como os olhos d'água que se escondiam no solo de argila sob nossos pés. *O que*, pensei, *podia ser mais inofensivo e precioso do que isso?* Um homem perto da morte e uma criança à beira de se tornar um adulto, praticando, juntos, uma antiga arte. Jonah pegou a vírgula das mãos de Nep e foi outra vez sozinho para o campo, segurando com leveza as extremidades da forquilha, com as palmas para cima. Fiquei vendo Nep observá-lo.

Jonah não previu a localização de nenhum tesouro naquele dia a não ser o coração do avô. Já eu, ao voltar para casa, vi que outro cartão-postal me esperava na caixa de correspondência. Sem selo e sem carimbo do correio desta vez. Apenas a fotografia de um farol e a legenda "Cranberry Islands, Maine". *Último aviso para se afastar da garota*, dizia a mensagem manuscrita. *É muito fácil escorregar e cair.*

24

As festividades do Dia da Independência estavam cada vez mais próximas. Apesar da recusa em cancelar o evento, Nep não estava nem aí para isso, segundo a opinião de Rosalie. A festa era uma tradição, disse ele à sua maneira, e as tradições deviam ser preservadas e providenciadas. Faltava menos de uma semana para a grande data. Nossa família jamais perdera uma festa do Quatro de Julho desde que me entendo por gente, inclusive no ano em que Christopher morreu, e mesmo naquele verão desconfortável quando os gêmeos tinham só 3 meses de vida e mal saíam de seus berços idênticos. Não sabia o que falar. "Se Nep desejava ir em frente", pensei, "que fosse". Seus amigos sabiam que ele não estava bem. Como já não o viam havia algum tempo, esta seria uma boa oportunidade para revê-lo. Por outro lado, talvez ele não fosse mais o melhor juiz das coisas que podia ou não podia fazer. Entretanto, pensar desta maneira fez com que eu me sentisse uma traidora do espírito livre de sua extensa vida. Como se eu fosse um Judas bem-intencionado.

Foi Jonah quem me salvou.

— Você se preocupa muito — disse ele para me proteger.

Acabamos sendo convidados para assistir a um dos jogos de Morgan e fiquei preocupada sobre como me vestir, embora experimentasse certa impaciência comigo mesma procurando atingir um padrão de normalidade. Como as outras mães se vestiam? Deveria usar o cabelo preso ou solto? Queria saber também quem foram os outros garotos que tripudiaram sobre Morgan por minha causa, e que fizeram com que ele me evitasse quando voltamos de Covey, e de que maneira deveria agir em relação às crianças ou aos pais, se descobrisse quem eram. Como deveria responder a quem me perguntasse sobre minha bruxaria com a garota enforcada? Estive pensando sobre inúmeras questões deste nosso mundo debaixo do sol — este mesmo sol que brilhava para todos — e ameaçavam me levar ao tormento. As marcas de pneus quando eu e Jonah voltamos da casa de meus pais eram recentes ou eu estava começando a ver coisas outra vez? Seria possível que alguém tivesse passado pelas novas fechaduras e deitado na minha cama? Os travesseiros pareciam estar amassados, e a colcha, amarrotada.

Sem saber dos cartões-postais nem de minha preocupação com o que parecia outra invasão, Jonah foi direto ao âmago do problema:

— Você deveria voltar a ser você mesma.

— É isso o que você acha?

— É o que sei.

A festa seria realizada, sobretudo por causa da admirável tenacidade de Nep. Este ano, muito da preparação caberia a mim, e por isso decidi adiantar o preparo de parte da comida. Jonah tinha se juntado a mim e estava sentado na cozinha separando as moedas de seu cofre infantil de porquinho e juntando-as em rolinhos para trocar por notas de dinheiro de adulto. Sem desviar os olhos das pilhas de moedas, concluiu:

— Acredito em você, tá bom? Sei que você vai fazer isso tudo numa boa.

— Obrigado pela força, cara — respondi com um sorriso agradecido.

— Não tem de quê, cara.

Neste jogo, o time de Morgan ia perder, apesar dos três pontos que fizeram e de algumas hábeis recepções. Jonah e eu nos sentamos nas arquibancadas atrás da terceira base para ter uma visão melhor dele, tanto na defesa quanto no ataque. A torcida era grande e barulhenta. Os pais e avós estavam em cadeiras dobráveis em frente ao alambrado, e a criançada lotava o resto dos lugares, acompanhando cada arremesso como se o destino da humanidade dependesse disso, gritando instruções para os jogadores e xingando o juiz. Algumas famílias foram festejar na traseira de suas caminhonetes, e o cheiro de hambúrguer tostado nas churrasqueiras se espalhava pelo ar. Uma tarde de verão ao ar livre.

Certa hora, durante o jogo, percebi aquele rosto conhecido. Ele estava sentado na primeira fila da arquibancada, do lado oposto a nós, e não o teria visto se não tivesse ido até a minha caminhonete buscar o repelente que deixara no porta-luvas. Quando voltei, reconheci o perfil de Charley Granger e me surpreendi com meu espanto.

Parecia estar sozinho. Talvez tenha me confundido, ofuscada pela luz amarelada das lâmpadas de vapor de sódio da iluminação do campo, mas podia jurar que seu cabelo já estava ficando grisalho nas têmporas. Usava óculos. Charley, o meu Charley, agora na meia-idade. Deve ter sido ele o tal amigo de infância mencionado pelo pastor. Obcecada por Roy, havia me esquecido do óbvio.

Charley usava uma camiseta verde-musgo e uma calça jeans preta. Tinha os cotovelos apoiados sobre os joelhos e batia palmas enquanto acompanhava as jogadas. Sem pensar, fui direto até onde ele estava. Fiquei pensando se estaria usando um tapa-olho, pois de onde eu estava não podia ver. Imaginava como seria sua voz agora, e se ia se lembrar de mim. Sabia que teríamos que falar de lembranças de Christopher e alimentar uma conversa fiada. Nisso, aliás, nunca fui muito boa. Enquanto me aproximava hesitante, a multidão se levantou aos gritos e me virei para ver o que estava acontecendo no campo, além do alambrado. Vi Morgan mergulhar e pegar a bola, fazer uma pirueta como um bailarino moderno, e atirá-la para o companheiro da primeira base. Aplaudindo, como o restante da multidão, fui em frente e coloquei minha mão no ombro dele.

— Charley? — falei.

— Sim? — Ele me fitou com seu olho sereno, enquanto o outro, que perdera, estava fechado, como se ele desse uma piscadela constante.
— Meu Deus, é você, Cassie? — indagou, ficando de pé. Ele abriu um sorriso largo e nós nos abraçamos, não num abraço acanhado, e sim efusivo, que continuou num aperto a quatro mãos e num hesitante beijinho no rosto, enquanto nos segurávamos pelos braços. — Veja só como você está!

— Não acredito.

— O que é que a traz aqui? — perguntou o que me passava pela cabeça. Apontei para Morgan, que se encaminhava correndo para o vestiário com os outros jogadores. O time adversário já tinha deixado o campo. Charley voltara para Corinth porque a mãe estava se mudando de Little Eddy, depois de se queixar durante anos dos longos invernos rigorosos e por ter ficado sozinha depois da morte do marido, o pai de Charley.

— Meus pêsames, eu não soube.

— Obrigado, Cassie. Ela me pediu que a ajudasse na mudança e tomasse as providências para fechar a casa e vendê-la, e que ficasse por perto enquanto embalava suas coisas. É por isso que estou aqui.

Fez-se um breve intervalo enquanto nos entreolhávamos. Ele calculava os anos que se passaram, suponho, comparando a pessoa que tínhamos agora à nossa frente com a lembrança da que havíamos conhecido quando jovens. Quebrei o silêncio ao perguntar se sua mãe também viera assistir ao jogo. Não, respondeu, ele viera só, porque dois garotos, filhos de um amigo, um velho conhecido, também estavam jogando. O pai chegaria mais tarde para pegá-los e então pediu a Charley para tomar conta deles em sua ausência.

— Roy Skoler, você se lembra dele?

Assenti, sem dar uma palavra.

— Ele morava rio abaixo, perto de onde mora a família da mulher dele, em Port Jervis. Parece que haviam se separado, e Roy mudou-se de volta para Little Eddy, onde alugou uma casa rio abaixo até que consiga encontrar alguma coisa mais permanente. Os garotos vieram passar o verão com ele.

— Isto é ótimo — murmurei, enquanto gelava de pânico. — Que esteja com os filhos, quero dizer.

— Bem, do pessoal da velha turma, Roy é o único que não teve sorte na vida. Bibb, Jimmy e Lare têm bons empregos, famílias, e todos estão indo muito bem. Roy apareceu de repente e veio me visitar há algumas semanas, antes da chegada dos filhos, e sua visita não foi lá muito agradável. Senti uma espécie de pena dele. Mas você sabe que sempre favoreci os excluídos.

— Como fez comigo, por exemplo?

— Conosco, por exemplo.

Era profundamente desconcertante que logo Charley, uma das melhores coisas de meu passado, mesmo que de forma involuntária, tenha trazido consigo a pior recordação daquele tempo. Roy Skoler em Little Eddy — embrulhou meu estômago e meu deu náuseas. Dei um sorriso forçado e tentei fazer o melhor possível para recuperar o ritmo deste encontro com Charley, e falei para mudar de assunto:

— Já que está aqui sozinho, gostaria de se juntar a mim e ao meu outro filho?

Fomos para o outro lado, onde o apresentei a Jonah. Antes que Charley pudesse perguntar pelo pai, meu marido, contei, numa versão resumida, a mesma história que contara aos gêmeos há muitos anos, ou seja, aquela velha mentira que começou a se cristalizar como uma verdade confiável. Esperando que Jonah não conseguisse ouvir tudo o que eu falava, pintei um quadro mais luminoso da vida do que a realidade. Como a versão dada pelo editor de um filme em uma pós-produção de modo a tornar mais verossímil a ficção, e permiti que Cassandra Produções exibisse para ele meu trabalho de professora, e com isso atenuasse minha atividade divinatória da radiestesista. Meu documentário era honesto, apenas deixara de fora algumas cenas. O que falei me acalmou um pouco, e enquanto estávamos sentados ali na arquibancada, juntos, o prazer em ver Charley foi aos poucos sendo substituído por uma sensação de choque devido à evocação do nome de Roy Skoler. Mais círculos se fechavam à minha volta, mas não tinha que ser aprisionada por eles. Pelo menos não aqui, com meu velho irmão substituto sentado ao meu lado, depois de tantos anos.

Ficamos os três vendo o jogo, torcendo juntos e gritando, ao mesmo tempo que ia descobrindo mais da vida de Charley, desde os velhos tempos. Depois daquele acidente com o quadriciclo, a cirurgia, a longa convalescência e a fisioterapia para que aprendesse a se movimentar num mundo bidimensional, sem profundidade, ele cursou a faculdade em Boston, depois mudou-se para o Norte, onde se estabeleceu numa pequena cidade à beira-mar.

— O que você faz agora? — perguntei.

— Me formei em artes, que foi um trampolim para começar uma carreira de antiquário. Antiguidades, livros raros, arte popular, pinturas. Me tornei também marceneiro e restaurador. Tenho um ateliê em Wiscasset, no norte do Maine. A maioria dos meus clientes é constituída por veranistas, portanto esta não é uma boa ocasião para ficar ausente, mas é assim que as coisas são. E você, o que faz além de criar estes lindos garotos?

— Wiscasset, quer dizer, em Sheepscot?

Nada era mais confiável do que o puro acaso. Falei a ele sobre Covey. E que preferíamos tomar a Route One, ir pelo litoral, com seus portos pequenos e movimentados e por suas cidadezinhas encantadoras, em vez de irmos pela rodovia, sem belas vistas e com suas retas ladeadas por árvores indiferentes. Passamos inúmeras vezes por dentro de Wiscasset, disse, lamentando ter estado tão perto de Charley durante tantos anos e, ao mesmo tempo, preocupada ao saber que Roy Skoler tinha estado no Maine justamente quando vivi aquele tormento em Covey Island.

— Bem, então ficamos assim. Você passará a ir sem pressa pela rodovia costeira de agora em diante — disse ele sorrindo e colocando o braço em volta do meu ombro, como fazíamos naquela época, há 25 anos.

Observei seu rosto e percebi que vinha desviando meus olhos dos dele de forma inconsciente. Como era de se esperar, Charley interpretou isso de forma errada, como se eu estivesse evitando ser pega encarando um rosto sem um dos olhos. Se meu irmão e o restante da turma tivessem escolhido uma maneira menos perigosa de matar o tempo, Charley me observaria com ambas as vistas perfeitas.

— É chocante, você deve estar pensado — disse ele.

— Não, você está enganado.

— Hoje em dia já estou acostumado, mas demorou certo tempo.

— Não acho nada chocante, Charley. Estava era pensando em como é lamentável que aconteçam coisas que estão além de nossa capacidade para evitá-las, só isso — disse o que era a pura verdade.

De fato, o jeito de Charley, assim como seu rosto, era tão jovial e maduro que percebi que a atração que senti por ele na minha infância não havia diminuído nem um pouco. Somente fiz esta constatação. Não era assim tão boba ou impulsiva de pensar que a nostalgia insipiente de uma garota solitária fosse voltar a se manifestar no presente. Entretanto, era bom estar aqui sentada com ele, apesar do fato de que não conseguia parar de tentar adivinhar— enquanto me recusava a perguntar — quais dos garotos ali no campo eram os filhos de Skoler.

— Você se lembra de Nep, meu pai, não?

— Jamais me esqueci dele. Foi muito gentil comigo depois do acidente, me deu um aparelho de rádio amador e me ensinou a usá-lo. Ainda o tenho comigo e funciona bem até hoje.

— Nep chamava de *ciência da ressurreição* o que fazia em sua oficina, ou seja, dar vida nova às coisas velhas. Parece que você faz algo similar.

Charley me encarou com um olhar atencioso, intenso e sem pudor e, em seguida, olhou para o juiz e gritou:

— Bola fora. — O jogo terminou. A multidão foi ficando menos densa, permanecendo somente os parentes e os mais teimosos, até que a última alma partisse, aproveitando o ar morno da noite, analisando o jogo, ou outros que, como meu velho amigo, estavam ali no lugar de pais ausentes. Eu queria conversar mais, mas só consegui dizer:

— Quando é que Roy vem pegar os filhos? — indaguei, ciente que precisava, tanto quanto possível, evitar encontrá-lo.

— Ainda não chegou — respondeu, olhando para o restante da multidão.

— Quer ir até o vestiário um instante? Gostaria muito que conhecesse Morgan.

Jonah ainda não dera uma palavra até aquele momento e estava tão fascinado por Charley como sua mãe. Ao irmos para o barracão de madeira que servia de vestiário, finalmente perguntou:

— Então você conheceu minha mãe quando ela era da minha idade?

— Quando era mais nova que você.

— É bem difícil imaginar que eu tenha sido mais jovem do que você, mas fui — declarei.

— Ah, não — disse Jonah. — Você ainda é, de certa maneira. — E perguntou a Charley: — O que foi que aconteceu com seu olho?

— Jonah... — Antes que eu prosseguisse, Charley já estava respondendo, e nenhum dos dois prestou atenção à minha objeção.

— Eu o perdi quando era adolescente.

— Ele ficou doente?

— Não, foi numa brincadeira perigosa — disse ele e olhou para mim, talvez para avaliar se deveria ou não dizer que eu estava com ele no dia do acidente. Deve ter decidido que não, porque terminou por falar apenas: — Foi o pior momento da minha vida, mas talvez tenha sido também a melhor coisa que me aconteceu.

— Não estou entendendo. Como assim?

— Quando não se pode enxergar como as outras pessoas enxergam, conseguimos ver coisas que elas não veem. É uma ideia simples e da qual sempre gostei. Entretanto, é difícil conviver com isso. Sabe quem foi que me disse isso?

Jonah balançou a cabeça.

— Foi seu avô.

Morgan juntou-se a nós, com o boné virado para trás, na cabeça, um sinal pessoal de que seu time perdera, sua versão de uma braçadeira preta de luto, e antes de eu começar a falar qualquer coisa sobre espírito esportivo e coisas do gênero, foi logo avisando:

— Por favor, Cass, não diga nada. Nós perdemos. É só um jogo. Nada demais — declarou, e em seguida olhou para Charley.

— Morgan — declarei, colocando a mão no braço de Charley. — Deixe que lhe apresente um velho amigo meu que era colega de seu tio Christopher.

Ele trocou a luva, colocando-a na mão esquerda, limpou a direita na perna da calça e apertou a mão que Charley lhe estendera.

— Você jogou bem.

— Obrigado — respondeu Morgan.

Fiquei pensando em como foi que Charley conseguiu dizer isso e eu não? Era o peso das palavras de um homem nos ouvidos de outro homem.

— Você conhece Tick e Arlen?

— Claro, por quê? — respondeu Morgan, olhando para Jonah e depois para os próprios sapatos.

— O pai deles me pediu para tomar conta deles.

— Deixe que eu vou procurá-los — interveio Jonah, decifrando algo no rosto de Morgan através da olhada conspiratória que havia trocado com o irmão.

No início atribuí o humor de Morgan ao fato de que não gostava de perder e que não queria ficar por ali. Mas, ao ouvir meu filho e meu velho amigo conversando sobre beisebol, uma língua universal para desconhecidos, a verdade veio nítida para mim. Eles eram os meninos que vinham atormentando Morgan desde que voltáramos de Covey. Isto era mais claro do que as estrelas que piscavam agora sobre nós. Na mesma hora perguntei se Charley estava interessado em ir nos ver e conversar um pouco mais.

— Eu adoraria — respondeu ele. —Está bem para vocês?

— O número de meu telefone está no catálogo — falei sem pensar e dei-lhe um rápido beijo de despedida, surpreendendo Morgan e ele com minha rudeza súbita. Agarrando meu filho pelo braço — ele se soltou e saiu correndo na minha frente em direção à caminhonete, —, falei ao me virar para trás:

— Foi ótimo te encontrar, Charley.

Jonah vinha subindo a rampa do campo onde as luzes iam-se apagando, uma a uma, e ao que tudo indicava não conseguira encontrar os garotos que fora procurar. Acenei vigorosamente para que ele fosse em frente juntar-se ao irmão e então virei e me deparei justamente com o homem que eu esperava evitar.

Durante um momento interminável, encarei os olhos fixos e diretos de Roy Skoler que, com os filhos do lado, não disse uma palavra. Seu rosto mostrava sinais de envelhecimento, os olhos afundaram um pouco nas órbitas, e mesmo exposto à iluminação do campo, permanecia tão pálido como sempre foi. Mesmo assim, o cabelo preto estava tão escuro que cheguei a me indagar se não o estaria pintando. Embora, claramente, o peso dos anos fosse perceptível, aparentava a mesma estatura, que transpirava uma rude e forte confiança que o faziam parecer maior do que era na realidade. Ele quebrou a nossa breve cena congelada com a leve insinuação de um sorriso — aquele homem que eu jamais vira sorrir —, antes de dar uma tragada no cigarro e soltar a fumaça pelo canto da boca. Passando direto por eles, caminhei até a caminhonete, atrás de meus garotos, que devido à escuridão crescente não viram nada disso, com o coração disparado e os pensamentos conturbados, imaginando como era possível ter guardado por tanto tempo coisas tão fragmentadas e importantes, como as que cruzavam minha mente, jamais examinadas, e inexprimíveis.

Agora minha varinha apontava diretamente para meu próprio coração de bruxa.

Parte V

A QUINTA REVIRAVOLTA

25

Lembro-me de ter me tornado amiga de uma pedra bem pequenina. Era uma pedra de rio preta e lisa que cabia na palma da minha mão como se fosse um bichinho dorminhoco com a forma de uma gema de ovo. Tinha uma cara, que por algumas vezes, era feminina. As manchas brancas em um dos lados pareciam olhos e uma boca estranha que algumas vezes estava sorridente, e outras, carrancuda. Talvez fosse quartzo preso no granito. Eu tinha perdido um de meus sapatos, mas isso não importava muito, pois na maior parte do tempo eu andava mesmo era descalça. Senti muito frio e tremi durante a primeira noite inteira, embora estivéssemos em agosto. Trouxera Millicent comigo, mas não havia levado um cobertor. Millicent também estava com frio. Ela não falava muito — Millicent nunca falou durante esses anos todos em que a conhecia —, mas sempre compartilhamos sentimentos semelhantes.

O orvalho da madrugada caía no mundo ali fora, onde eu estava morando naqueles dias e noites, e por isso eu, meu cabelo, minhas roupas e minha boneca companheira estávamos úmidas quando a manhã chegou. Não me preocupei porque sabia que o sol ia me secar se ficasse deitada na pedra que servia como piso de entrada dessa caverna pouco funda, longe da vista de qualquer um que pudesse vir me procurar. Tinha certeza de que seguiam com as buscas, mas gostaria que não se incomodassem com isso, pelo menos por um tempo. Precisava ficar sozinha comigo mesma.

— Entretanto, eles estão procurando, não estão? — perguntei para a pedra, acordando-a.

A pedra concordou que meus pais estavam à procura da filha fugitiva.

— Outras pessoas também estão procurando?

— Outras pessoas também.

Durante o dia, não me afastei muito desta caverna que, na verdade, era pouco mais do que uma boca aberta na rocha, onde meu irmão e eu fantasiávamos que guerreiros iroqueses tinham vivido, com suas mulheres e crianças, fazia um longo tempo. Ninguém sabia disso e por esse motivo ficavam protegidos de quem quer que quisesse encontrá-los. Do mesmo modo como eu estava agora.

— Tem alguém aqui por perto? — perguntei à pedra.

— Não — disse ela.

— Então estou a salvo?

— Não.

— De quem é que devo ter medo?

A pedra não respondeu. Apertei Millicent contra o peito.

Foi para esse lugar que eu e Christopher fugimos quando Rosalie e Nep foram a um casamento e a um enterro. Era o lugar secreto onde o pessoal da turma ia se juntar a nós. Embora viesse sempre até aqui com uma venda nos olhos e amarrada aos outros por uma corda, essas precauções não me enganaram. Pelo canto dos pássaros, os indícios reveladores da terra, como o farfalhar e o toque do capim sobre o qual andávamos, e o jeito como meu irmão manobrava a fila pelo caminho a fim de desviar dos espinhos de uma moita de roseiras bravas e do emaranhado dos galhos de pau-ferro, como eu sentia através da imaginação, ia visualizando mais ou menos o percurso. Ninguém me ensinou o caminho. Como brinquei muito na minha infância nestas florestas, possuía uma imagem mental de todos os seus altos e baixos, suas campinas e seus córregos, onde havia heras venenosas e onde crescia o alho-poró bravo. Ele não ia me enganar, e não me enganou. Até o dia em que Emily morreu, ele nunca soube que o seu segredo era meu também.

Ao olhar para trás, lembro-me de que este foi o primeiro lugar em que minha percepção divinatória se manifestou.

Meu irmão estava morto e havia acabado de ser enterrado. Minha mãe ficou muda e histérica, e embora meu pai tentasse me confortar, eu não conseguia escutá-lo, pois só ouvia a música fúnebre das gaitas de fole na minha cabeça. Não consegui ficar em casa nem mais um minuto, e por isso fui embora.

Neste segundo dia senti fome, e parecia doente de tão faminta. Não achava que tinha o direito de sentir fome, principalmente por ter me permitido beber a água do córrego até encher a barriga. A pedra que eu tinha na mão e que achara quando me abaixei para beber água me perguntou se eu sabia o que estava fazendo, se ali era mesmo o lugar onde eu queria estar.

Não, não era ali que eu queria estar, respondi para a pedra em silêncio. Mas meu irmão tinha desaparecido, e eu não queria ser encontrada.

— Quando foi que o viu pela última vez? — insistiu a pedra, num sussurro.

— Disse a ele que não fosse.

— Então não deveria ter ido, não é?

A voz da pedra era tão nivelada quanto a superfície do seu rosto, sem inflexão, e segura de si. Possuía a sabedoria e a reserva da realeza.

— Nós duas sabemos disso.

Durante algum tempo, a pedra, tentando ser amistosa, voltou a dormir e me deixou em paz. Eu não sabia o que era pior. Conversar com a pedra ou comigo mesma. Porque quando eu falava comigo mesma, sentia rancor, e quando falava com a pedra, ouvia seus conselhos, como por exemplo:

— Talvez você devesse ir para casa, Cass. Você não teve culpa do que aconteceu. Nep e sua mãe estão preocupados. Vamos, vá embora daqui.

— Talvez amanhã — eu disse.

Eu podia ter feito alguma coisa, mas não fiz. Podia ter feito um colar de margaridas para Millicent, como gostava de fazer. Havia um campo enorme, sem pedras, ao norte, cheio de flores silvestres e margaridas que floresciam sem medo de serem cortadas pelo fazendeiro. Não fiz uma fogueira com os fósforos que Chris guardava dentro de um saco plástico, protegidos da chuva, no fundo da caverna. Não fui procurar o sapato que havia perdido, embora tivesse vontade, porque sabia que poderia ser vista. Não chorei. Mas queria ter feito isso, embora não suportasse pensar em me render a algo tão covarde e fraco quanto o choro. Meu irmão, se seu espírito estivesse me vendo, e eu acreditava que sim, ia se dobrar de rir ou então ficaria danado por causa de um comportamento estúpido como esse. Poderia ter sentido medo da escuridão, mas estava mais entorpecida do que amedrontada.

— Por outro lado, é melhor que você fique por aqui. Saiba que já está metida numa grande enrascada — disse a pedra.

Sussurrou-me este conselho na segunda noite, uma noite fresca na qual as árvores conversavam entre si, falavam com as folhas uma bobagem atrás da outra, com naturalidade. O conselho que me deu ficou se repetindo sem parar em minha cabeça como um mantra, e continuava logo depois que amanheceu e os pássaros começaram seu diálogo no momento em que o vento e as conversas das árvores cessaram. Não imaginei que suas palavras — *é melhor que você fique por aqui. Saiba que já está metida em uma grande enrascada* — seriam as mesmas que ia ouvir do primeiro ser humano que encontrei durante a loucura de minha fuga e esconderijo.

As palavras vieram da boca de um garoto. Da boca de Roy. Podem ou não ter sido as primeiras que falou quando me encontrou dormindo sobre a pedra chata e grande, secando ao sol.

— Sabia que você estaria aqui — disse.

Fiquei tão chocada por sua invasão em meu mundo secreto que tive esperança de que ele e o cachorro preto ofegante, que não saía de seu lado, fossem um pesadelo.

— Não se preocupe. Não contei para ninguém.

Pisquei, ofuscada com a luz do sol, na tentativa de tirá-lo do meu campo de visão, mas ele não desapareceu.

— Olhe, trouxe alguma coisa para você comer — disse ele, agora com toda a clareza e bastante real. Abriu uma mochila e me deu um saco que tirou lá de dentro, afastando o cachorro que veio para perto meter o focinho. — Mortadela, creme de amendoim e pão. Tem batata frita aí também, e duas maçãs. Amanhã trarei algumas coisas melhores, é só você dizer o que precisa.

— Não quero nada.

— Você tem que comer pelo menos um pão. Até mesmo os presos comem pão e bebem água.

— Talvez eu coma um pedaço de pão.

— O que foi que aconteceu com seu sapato?

— Perdi.

— Posso entrar escondido na casa dos seus pais e trazer outro par.

— Não faça isso — falei.

Ele sentou-se na pedra ao meu lado e ficou apenas me observando com a mesma curiosidade que um gato olha para um camundongo encurralado.

— Como você sabia desse lugar? — perguntei.

— Chris me mostrou — disse ele, mas eu sabia que ele não estava dizendo a verdade. — E agora só eu e você sabemos dele. Você está segura aqui.

Lembrei-me do que a pedra falara sobre o fato de eu não estar segura, mas Roy não estava sendo indelicado ou ameaçador, de jeito nenhum. Em vez disso, estava sendo gentil e atencioso, e não fez o que eu esperava que a primeira pessoa que me encontrasse faria. Ou seja, me mandar para casa na mesma hora. Também não me fez sentir vergonha dizendo que minha mãe e meu pai estavam quase loucos de preocupação. Tudo o que fez foi me oferecer ajuda para que eu sobrevivesse um pouco melhor até que decidisse o que ia fazer. Foi isso que eu disse, tanto à Millicent quanto à pedra, depois que Roy chamou o cachorro e foi embora, avisando que voltaria no dia seguinte. Prometeu não contar para ninguém que tinha me encontrado.

— Vai precisar de mais algumas coisas. Vou cuidar de tudo.

Quando perguntei à pedra o que ela tinha achado daquilo tudo, ela protestou. Achei que podia estar com ciúme, mas ela não ligava para Roy.

— Vamos ver — disse ela.

Apesar da minha teimosa abstinência, minha vontade de mártir de jejuar, de não me alimentar até que ficasse tão pura quanto a pedra em minha mão, não resisti e comi um pouco das coisas que Roy trouxera. Comi com os dedos um pouco do creme de amendoim do vidro que estava pela metade e uma das maçãs. Ao ir até o córrego para beber um pouco mais de água e lavar o rosto, senti que estava sendo observada. Escondi-me atrás de um pinheiro-do-canadá e dirigi o olhar penetrante como o de uma raposa para o outro lado da encosta. A luz do sol dançava por todos os lados, perto e longe, em poças e brilhos, onde as folhas grossas se abriam para deixá-la penetrar, depois se fechavam e se abriam outra vez, projetando o que parecia um milhão de estrelas gordas e brilhantes contra um céu verde. Nada se movia além da luz e das folhas. Não havia ninguém ali. A pedra sugeriu que eu estava amedrontada porque tinham invadido minha frágil e desesperada paz. E tinha razão, eu tinha certeza que sim.

A terceira noite foi a pior, povoada de pesadelos. Mal adormeci e acordei de novo, febril, com visões de Nep rindo de mim e, em seguida, me mostrando os dentes como um lobo sem pelos, e minha mãe dando todas as minhas roupas para outras garotas que eu nunca tinha visto antes, dizendo que se não servissem que fossem adiante e as queimassem porque eu não era mais sua filha. Outra visão mostrava um homem sem rosto tentando enfiar a pedra em minha boca.

O sol nasceu sobre uma fugitiva exausta no quarto dia na caverna. Fosse por causa da exposição ao tempo ou da desnutrição, minha pele queimava como as roupas fantasmagóricas que as garotas do sonho deveriam queimar.

— Você está bem? — perguntei à pedra. — Eu não estou.

A pedra ficou muda, assim como Millicent naquela manhã. Talvez já tivesse dito tudo o que uma pedra era capaz de dizer. "Quem sabe, pensei, talvez tivesse morrido no meio da noite."

— Concordo. Você não parece muito bem — falou Roy, em vez dela.

— Há quanto tempo você está aqui? — perguntei, olhando para cima, espantada ao ouvir sua voz.

— Durante a sua vida toda — respondeu ele. — Você estava dormindo e eu não quis acordá-la. Trouxe um cobertor para você.

Ele ajoelhou-se ao meu lado e enrolou o cobertor em volta de meus ombros. Embora a primeira parte de sua resposta não tenha feito sentido algum, falara com tanta convicção que achei melhor não discutir.

— Assim está melhor, não? — perguntou.

Eu estava tremendo muito para falar, mas assenti.

— Vou fazer uma fogueira para esquentá-la.

— Não — neguei, olhando para a pedra à espera de sua opinião. Ela apenas me olhou de volta.

— Mas está tremendo feito vara verde. Aqui, me deixe...

— Não, me deixe em paz — gritei.

— Está bem — disse ele. — Este é o agradecimento que recebo por ajudá-la.

— Desculpe.

— Você não sabe o que é bom para você — declarou, pegando meus cabelos e amarrando-os como fizera da última vez em que a turma toda estava reunida. — Estou apenas tentando esquentá-la. Não há nada demais nisso, não é?

— Não — eu disse, tentando me afastar dele sem conseguir.

— Está vendo, já está melhor — sussurrou ele passando o braço em volta de minha cintura e colando o seu rosto do lado de minha cabeça. Senti-me muito enojada e com medo de dizer não a ele. Queria fugir dali, mas ele agarrou minhas mãos por trás de minhas costas e me forçou contra a pedra onde estivera deitada, envolvida nos mais terríveis sonhos, somente alguns minutos antes do pesadelo desperto começar. O tempo deu uma volta e se partiu, e o que aconteceu foi um gesto único e interminável, em vez de inúmeros movimentos violentos e esquisitos. Ele tampou minha boca com o peso da palma de sua mão. Arrancou os jeans abaixo de meus joelhos, tirou uma das pernas que esperneava sem o sapato, senti uma dor que queimava e desmaiei. Ao acordar uma segunda vez, não me lembrava de nada até ser carregada nos braços de Roy como se fosse o meu salvador, com seu cachorro sorridente, inocente e cheio de vida, trotando à nossa frente. Ao me trazer de volta para casa, transformara-se no herói que me encontrou e me salvou, e foi ele quem me carregou através do portal como um noivo valente que trazia nos braços a noiva semi-inconsciente. A polícia fez perguntas, principalmente em relação ao local onde me encontrara e ao motivo de minha fuga. Como ele ficou importante e assumiu uma postura de confiança, e como eu não queria, ou não podia, falar muita coisa, eles nos liberaram. Concluíram, certamente, que a pobre garota agarrada à sua boneca suja estava traumatizada com a morte violenta do irmão amado e decidira passar seu tempo de luto sozinha. De qualquer modo, agora estava em casa. O médico, que fez pouco mais do que medir a temperatura, aconselhou repouso e alimentação. Sua paciente não fez qualquer reclamação porque o que havia acontecido já estava começando a ser encoberto por uma névoa de fantasia. Aquele episódio entrou por um desvio e distanciou-se do caminho por onde seguia a minha vida. Em pouco tempo, tornou-se irrelevante, sem consequências reais, pelo menos eu tinha esperança de que assim fosse quando me lembrava de tudo aquilo, e sem nenhum efeito secundário.

Voltei mais uma vez à caverna, na esperança de encontrar a pedra, minha irmã, para ver se ela ainda podia falar, e se pudesse, o que ela me diria. Mas, assim como Chris, Roy e minha mãe, durante um tempo, ela desapareceu.

26

Os gêmeos e eu pegamos Nep e seguimos em frente em sua caminhonete. Passamos por Callicoon, atravessamos toda a sua extensão e entramos na Pensilvânia, onde a lei ainda permitia a venda de fogos de artifício. Minha mãe me deu algum dinheiro para ajudar na compra, pois sozinha mal conseguiria arcar com as despesas, mas recusou-se a participar da expedição proibida que fazíamos anualmente. Não era permitido passar pela fronteira de Nova York transportando fogos nem tampouco podíamos soltá-los durante nossa comemoração do Dia da Independência. Mas muita gente das áreas rurais onde as queimas de fogos de artifício oficiais eram muito mais amadoras do que as nossas, iam em frente com shows particulares aos quais Niles fazia vista grossa, e também os apreciava. Nep via esta manifestação popular como forma de protesto. Os fundadores de nossa república com certeza teriam aplaudido. O direito de soltar fogos de artifício devia fazer parte da Constituição, dizia ele de brincadeira.

— Você não parece bem hoje — disse Nep quando entramos na estrada.

— Não dormi bem esta noite.

— Ela está usando batom, caso venha a ver Charley outra vez — falou Morgan.

— O que é Charley?

— Não estou usando batom. Você se lembra de Charley, Nep. Era um dos amigos de Christopher, do qual sempre gostou.

— Bem, se isto não é batom, então o que é? — alfinetou Morgan

— É brilho labial. É outra coisa.

— Não me lembro — disse Nep.

— É uma cola para os lábios. Pense só na poeirada que vai grudar nela.

— Ponto para Morgan — declarou Jonah.

— Ponto para ninguém — respondi. Num dia como o de hoje, nesta aventura da qual sempre gostei de participar com Nep, deveria estar me sentindo mais solta, com um humor melhor. Mas ver Roy Skoler na minha frente mudou tudo. Sentia como se minha vida fosse um quebra-cabeça com as peças todas espalhadas pelo chão, e uma parte de mim ansiava por juntá-las para ver que figura se formaria, enquanto outra parte crescera acostumada a ver este enigma sem solução, e preferia que continuasse assim.

— Você está infeliz — disse Nep.

— Estou bem.

— Está infeliz.

— Bem, olhe. Estou aqui numa boa com meus três homens indo gastar um bom dinheiro num contrabando. O que você acha?

Os garotos exclamaram ao mesmo tempo:

— Vamos nessa!

— Bota pra quebrar! — exclamaram os meninos. O que fez Nep rir enquanto tentei dar um sorriso.

E ai de nós se não soltássemos todos aqueles fogos: tochas romanas e fontes estroboscópicas, foguetes que vinham em uma estranha embalagem de um vampiro em um caixão, alguns prometiam uma chuva de assobios prateados, outros que explodiam como crisântemos e águas-vivas. Nosso fornecedor clandestino, um cliente para quem Nep tinha feito um trabalho de radiestesia, tinha todo tipo de fogos que se possa imaginar em estoque. Escondemos uma porção de caixas sob cobertores na traseira da caminhonete. As viagens de volta da Pensilvânia sempre provocavam o mesmo tipo de apreensão consciente experimentada quando se ousa andar descalço sobre brasas. Tinha a sensação de que esta poderia ser a nossa última aventura desse tipo. As leis estavam ficando cada vez mais rígidas e não era justo pedir a Niles que continuasse a fingir que não via nada. Além disso, havia a questão do Nep.

Desde o início, e durante a nossa aventura, ele estava aceso como uma fagulha. Às vezes dava opiniões em sua linguagem pessoal remendada com troca de palavras — falou para Morgan ir cortar o cabelo, dizendo que devia cortar o chapéu, mas, quando cruzamos o rio, comentou com os meninos, com toda a clareza, sobre a água em estado de fervura e seus perigos.

— Um vácuo de ar se move sob a água e pode se erguer e sugar um barco para baixo num instante — alertou, estalando os dedos.

Quando terminamos de comprar os fogos ele parecia ter entrado de repente em coma. Uma espécie de morte passageira, dormindo com os olhos e a boca aberta.

— Jonah, cutuque de leve o ombro de seu avô.

Ele o cutucou e meu pai despertou. Falou alguma coisa incompreensível e em seguida voltou para o mesmo estado sonolento. A certa altura, quando já estávamos bem próximos da casa em que vivera a vida toda, perguntou-nos por que estávamos voltando para Covey.

— Está tudo bem? — perguntou Morgan.

— Tudo em ruínas — respondeu ele, com dificuldade de articulação, enquanto olhava para o neto como se não soubesse muito bem quem ele era.

Assim que chegamos em casa, transportamos os fogos para a oficina de Nep, onde seus velhos camaradas: Joe Karp, Billy Mecham e Sam Briscoll — os três sábios, como eram conhecidos, embora essa sabedoria fosse questionada há muito tempo — estavam esperando para ajudar na arrumação. Vê-los fez com que Nep voltasse a ficar centrado, trouxe-o de volta à vida. O costume deles era sagrado. Bebiam algumas cervejas, avaliavam a previsão do tempo para a comemoração do evento e decidiam em que direção soltar os fogos. Jonah e Morgan puderam se juntar àquele clube fechado quando fizeram 7 anos. Christopher tinha a mesma idade deles quando pôde fazer o mesmo, assim como eu. Não se pedia às crianças de nossa geração que dessem suas opiniões. Nosso papel era mais como os dos coros gregos. Quando um dos sábios tinha uma boa ideia, nós a louvávamos. De certa forma, a meia hora de fogos de artifício depois do churrasco importava menos do que esses prelúdios íntimos.

Ao entrar na cozinha para ajudar Rosalie a preparar o almoço já bastante atrasado, encontrei-a sentada defronte à mesa redonda de carvalho, cujos pés eram como garras, segurando um saquinho de chá sobre uma xícara, vendo-o balançar de um lado para o outro como um pêndulo divinatório. Seu queixo estava apoiado sobre uma das mãos como se fizesse um estudo sobre o balanço de saquinho pendurado ao cordão.

— Está se hipnotizando? — perguntei.

— Não ouvi você chegar — disse ela com a face ruborizada por ter sido despertada de seu devaneio.

— O que quer descobrir com essa arte divinatória que usava agora há pouco?

Ela colocou o saquinho no pires e bebeu o chá. Nenhum vapor subiu da xícara e por isso me perguntei há quanto tempo ela teria ficado ali naquele estado. Jamais deixei de achar curioso que uma mulher cuja vida era tão intimamente calcada na crença de uma divindade sagrada sempre se horrorizava quando ouvia uma palavra usada com um sentido comum, em vez de eclesiástico.

— Charley Granger ligou perguntando por você. Faz anos que não o vejo.

— Foi embora de Corinth há muito tempo.

— Ele era uma boa pessoa, não?

— Sempre gostei de Charley — concordei, com esperança de que ela não pudesse adivinhar a queda que tive por ele no passado, quando era menina. Contei onde vivia agora, o motivo pelo qual voltou a Little Eddy, e perguntei se poderia convidá-lo, junto com a mãe, para comemorarem conosco o feriado.

— É claro — disse ela depois de uma pausa. — Como ele está? Sem o olho, quero dizer.

— Fica fechado, só isso — respondi, louca para mudar de assunto. — Por falar nisso, já reparou que Nep dorme de olhos abertos?

— Não quero falar sobre isso. Comprou todas as bombas e fogos de artifício?

— Compramos o suficiente para quatro Quatros de Julho.

— Ele se casou?

— Charley? — perguntei, de forma dissimulada, desejando por tudo que havia no mundo me abrir com minha mãe sobre Roy Skoler e as intuições e premonições que comecei a ter a respeito dele. Mas, ao mesmo tempo, tinha consciência de que a raiva e a humilhação guardadas por tantos anos devido ao que ele me fizera tornavam suspeitas as ideias que eu tinha sobre as atividades atuais de Roy. — Nós nem falamos sobre isso.

Ela pegou a colher, observou-a sem interesse, como se olhasse para um espelho de mão cujo vidro estivesse fosco e, em seguida, surpreendeu-me com palavras tão diretas e francas como nunca a ouvira falar:

— Não sei o que vai ser de mim quando seu pai se for — declarou ela, me fitando com uma expressão tão serena quanto minha pedra de rio que fora perdida há muito tempo, mas com os olhos úmidos.

Eu a conhecia tão bem quanto ela me conhecia. Não ia querer cair em prantos junto com ela. Logo após Nep e eu termos nos aproximado em decorrência da morte de Christopher, Rosalie se convencera de que nós dois sofríamos da mesma espécie de *folie à deux* — uma desordem psicológica mútua partilhada ou estimulada entre nós dois —, enquanto eu pensava que ela estava sendo afetada por uma *folie à dieu*, uma espécie de loucura dedicada a Deus. Ela sempre se considerou a mais lúcida de nossa tribo, e, de fato, colocava-se em uma posição inatacável, embora também tivesse suas culpas e demônios. Embora Cristo tenha assumido o lugar de Christopher, sei que minha mãe passou a maioria desses anos mais sozinha e desolada do que eu e Nep, e nenhum grupo de orações ou de estudos da Bíblia foi capaz de reverter essa situação. E essas coisas também não seriam resolvidas agora.

Sentei-me ao seu lado e disse:

— Essa doença é lenta, pode demorar muitos anos, e sabe que há momentos em que ele fica bastante bem. — Fiquei esperando que Rosalie dissesse alguma coisa, mas ela ficou calada. — Não a tenho ajudado muito desde que isso tudo começou, mas estou melhor agora. Pode constatar isso, não é? E prometo que vou cuidar de você e de Nep da melhor maneira que puder.

— Obrigada, Cassie. Falou com Niles sobre aquele homem?

— Sim, vai ficar tudo bem.

— E sobre o cartão-postal?

— Não se preocupe — falei. — Por que não preparamos logo o almoço?

Neste momento, minha mãe conseguiu se recompor e voltar a assumir novamente sua persona. Misturei a salada enquanto ela servia um gaspacho em cumbucas grandes. Quando Nep e os outros se juntaram a nós, as palavras que dissemos, e as que não dissemos, perderam-se no ar como as fagulhas pirotécnicas. Ao olhar para o rosto de Rosalie durante o almoço, pensei em como era admirável a força que tinha e sua capacidade de manter uma aparência tranquila enquanto vivia aquele terrível problema. Por outro lado, nem ela nem ninguém ao seu redor conseguiria confrontar as lembranças que eu tinha sobre o ataque de Roy Skoler, outra peça deste horrível quebra-cabeça que ela jamais compreenderia. Mesmo Nep seria incapaz de compreender. Muito menos Jonah ou Morgan. Até Niles. Eu também não poderia descarregar isso tudo em cima de Charley, que continuara amigo de Roy, embora estivesse afastado. Sentia-me isolada, como meu pai deve ter se sentido muitas vezes, nos dias em que a doença o atacava mais. Comi e conversei com os outros, mas sabia que simplesmente enfrentaria sozinha aquela situação. Não dava para adivinhar num passe de mágica uma solução para aquilo e não havia como consertar uma coisa como essa na oficina de Nep.

Depois que Rosalie e eu dividimos as responsabilidades dos preparativos da comida da festa — ela ia colocar a carne na vinha-d'alho e eu prepararia as várias saladas levei os garotos de volta à Mendes para cuidar do resto das coisas para o dia seguinte. Ambos tinham se oferecido para ajudar na cozinha e aceitei a companhia deles. Numa conversa com Morgan, tão delicada quanto uma aranha d'água dançando sobre uma poça, ele confirmou que foram os filhos de Skoler que criaram a confusão com ele lá em Binghamton. Continuavam a zombar dele por minha causa durante os treinos, antes e depois dos jogos, e mesmo fora do campo, sempre que podiam.

— Meu filho, já pensou em falar com o treinador sobre isso? Talvez possa conversar com o pai deles.

— Queimar o filme deles para o treinador seria a morte.

— Também não devo falar com ele, não é?

— Você respondeu à sua própria pergunta — disse ele e voltou a cortar aipo, cenouras e pepinos, mergulhando os pedaços dentro de uma cumbuca com água gelada que ficaria na geladeira durante a noite.

— Eles disseram que o pai deles contou que você era maluca desde o dia em que nasceu.

— Quando nasci ele ainda não me conhecia. Na verdade, ele não sabe nada sobre mim.

— Então por que foi embora tão depressa ontem à noite quando descobriu que os Skoler estavam lá?

— Não saí correndo por causa disso. Além do mais, eles iam encontrar com Charley, e não com a gente.

— Mas você cortou o papo bem rápido.

— E nem se despediu direito de Charley — acrescentou Jonah.

— Vou ligar para ele para me desculpar, nós precisávamos ir. Estava tarde e eu sabia que o dia de hoje ia ser puxado, e como amanhã é o Quatro...

— Achei esquisito — disse Jonah.

— Mas gostamos de você mesmo esquisita, Cassandra.

— Vocês também são meio esquisitos, sabe — declarei, mostrando um pouco da coragem de Rosalie.

— Graças a Deus somos assim — disse Morgan, olhando em direção ao céu.

— Ele outra vez, não.

— Isso me lembra que desejo que sejam mais atenciosos com sua avó. Não que não tenham sido, mas o caso é que ela precisa de mais atenção do que tem recebido de vocês. Devemos acompanhá-la outra vez à igreja. Querem ir?

Eles concordaram.

— E para terminar o assunto, Morgan, se eu achasse que conversar com o pai dos garotos Skoler teria sido produtivo, já o teria feito. Mas sei que isso só vai piorar as coisas. Além do mais, você é bem esperto para saber quem está certo e quem está errado nessa história. Pelo que estou vendo, você tem se portado muito bem.

Morgan continuou a movimentar a faca sobre a tábua de cortar, orgulhoso e envergonhado. As bochechas adquiriram um leve charme ao ficarem sutilmente coradas. Desde que nasceu apresentava esse colorido rosado em sua pele quando se sentia assim.

Mais tarde, na mesma noite, conversei com Charley. Ele se mostrou delicado, até mesmo bastante presciente, sem sequer mencionar a grosseria intempestiva da minha saída depois do jogo. O medo que tive de que Roy Skoler pudesse ter envenenado Charley contra mim mostrou-se infundado. Talvez isso tudo nos aproximasse e lhe trouxesse conforto. Durante a conversa, perguntou se eu queria jantar com ele nesta mesma semana, e eu disse que sim e o convidei para vir à nossa festa do Dia da Independência.

Depois de trancar as portas e as janelas do pavimento inferior — meu novo ritual noturno — tirei a roupa e me preparei para dormir. Deitei-me na cama, no escuro suavizado pela luz da noite com a qual acostumara minha visão, e fiquei pensando nas lembranças que tinha de Charley, sobretudo, no quanto ele tentara me confortar depois do enterro de meu irmão. Era curioso eu ter me esquecido de que ele foi a única pessoa que permiti que entrasse no meu quarto durante a recepção interminável que acontecia no pavimento inferior de nossa casa. Ele me respeitou o suficiente para não interferir no meu sofrimento, repetindo clichês banais sobre a morte, o amor e os desígnios divinos. Não tentou tirar partido de mim. Diferente da atenção falsa e enganosa que Roy Skoler me mostraria poucos dias depois, Charley foi verdadeiro e atencioso. Se eu tivesse sido capaz de aceitar o apoio que me oferecia, talvez não precisasse ter fugido.

À medida que todos esses pensamentos foram diminuindo e dando lugar ao sono, a imagem de um sonho com Christopher, Ben e Roy fumando cigarros — seus pretensos cachimbos da paz na caverna dos índios — surgiu em minha mente. No sonho, eu me virava para Emily e perguntava:

— Que cheiro é esse?

No entanto, ao acordar, percebi que tinha falado alto essas mesmas palavras. No quarto, havia um leve cheiro de fumaça de cigarro.

— Quem é você? — indaguei, e a pergunta ficou atravessada em minha garganta como uma espinha de peixe. Balancei as pernas para sentar na cama e vesti minha camisola. Na pouca luz da noite vi que estava sozinha. Ficando de quatro, sem saber o que estava fazendo, engatinhei até a janela, abri uma fresta e olhei para o jardim. Havia um vulto embaixo da árvore. Encostado no tronco, olhando para cima, na escuridão escondido entre as folhas. A minúscula brasa da ponta de um cigarro queimava, alaranjada, enquanto o homem — sabia que era um homem e sabia quem ele era — dava uma tragada.

— O que você quer? — gritei sem ouvir qualquer resposta e acrescentei: — Me deixa em paz — repeti as palavras que escrevera em seu primeiro cartão-postal. Mudo, ele jogou o cigarro no chão, virou de costas e saiu sem pressa alguma. Em uma curva da Mendes Road, fora da vista, ouvi o ruído de um carro arrancando.

As nuvens se avolumaram durante a noite, encobrindo as estrelas. Quando acordei, chuviscava e o sol estava escondido por uma cortina de névoa. Sei que Nep ia ficar desapontado se tivéssemos que cancelar os fogos de artifício e fazer a festa dentro de casa. Que pena não ter um feitiço para reverter esse tempo chuvoso. Rosalie e eu nos falamos pelo telefone, preocupadas, e começamos a pensar em planos alternativos, mas no início da tarde as nuvens tinham começado a se dissipar, e o céu azul retornava, prometendo firmar o tempo.

Será que Jonah e Morgan não iam me gozar por causa de meu vestido floral? Ou por causa do meu cabelo puxado para trás imitando um coque francês, minha maquiagem leve e rara, minha pulseira de prata lisa como um mar calmo iluminado pelo sol, minha única herança de Henry Metcalf, e meus sapatos altos de couro que eles não conheciam? O vestido e os sapatos pareciam novos porque eu os havia comprado num impulso depois de meu primeiro encontro com James Boyd, quando fui a Middletown, tendo feito a maior parte do trajeto entusiasmada por estar vivendo a abrupta emoção de um possível amor, para concluir em seguida que toda essa produção seria inútil. Uma década depois, a roupa, a maquiagem e todo o resto pareceram estar, como Morgan poderia interpretar, fora da linha do campo. Pronto, eu mesma havia respondido às minhas perguntas inseguras.

Morgan veio por trás do irmão, que me olhava espantado, deu um passo atrás e disse:

— O que foi que você fez com a nossa mãe?

— Aquele homem lá em Covey deve tê-la raptado e deixado essa estranha aqui no seu lugar — acrescentou Jonah.

— Basta — adverti-os e saí para a varanda dos fundos.

— Na verdade — disse Jonah olhando para Morgan —, ela até que está bem bonitinha.

— Não está nada mal para...

— Pare enquanto ainda é tempo — interrompi-o, pensando que, como sempre, estava dando a última palavra tarde demais. Não importa. Percebi que eles mesmos tinham caprichado na roupa, não tanto, mas um pouquinho a mais que o normal. Morgan trocara a camiseta do uniforme de beisebol por uma camisa azul-clara com botões, para fora da calça, porém limpa e passada. E Jonah desencavara uma calça de algodão do fundo da gaveta da cômoda. A única mudança que pedi foi que ele trocasse a camiseta, que eu ainda não tinha visto, pois fora comprada pela internet, escondido de mim. Na parte da frente ostentava a frase impressa: *Os Radiestesistas Adivinham Divinamente*. Arrumamos as comidas em cestas de piquenique e saímos de Mendes duas horas antes da chegada dos convidados.

Nep, em excelente forma, nos ajudou a carregar as coisas. Recebeu-nos com sorrisos e cumprimentou os meninos com um gesto típico dos jovens. Rosalie deve ter aparado o cabelo dele de manhã e embora jamais fosse admitir — nem eu ousaria perguntar —, deve tê-lo ajudado a se barbear. Estava com a aparência do pai que sempre conheci. Alegre, despreocupado. Usava as roupas cor de terra de sempre — tons de palha e creme, como o pálido capim do inverno —, estava tão luminoso quanto o dia que clareara.

Se eu não soubesse o quanto ele se perdera de si mesmo durante o ano que passou, poderia facilmente me enganar e acreditar que, por um instante milagroso, aquele que estava ali era o mesmo Nep com o qual eu caminhara e conversara no Dia da Independência do ano anterior. O homem que me garantiu ser um impostor para, eu agora tinha plena certeza, me incentivar a acreditar em mim mesma, num universo que nunca revelava seus segredos favoritos com facilidade. Meu pai não era um impostor, Jamais o fora. Ele sabia que eu sabia.

Compreendi que aquilo era apenas um rito de passagem, a confissão tradicional de mistificação. O verdadeiro profissional admite sua fraude como um artifício usado para permitir ao possível farsante uma retirada honrosa.

Com a colaboração de todos, o fogo da churrasqueira de tijolos improvisada foi aceso. Fizemos uma limonada com limões tirados ao acaso de uma pirâmide de frutas amarelas em cima da bancada. Enchemos alguns baldes com gelo e colocamos dentro deles garrafas de refrigerantes, cervejas e champanhe. Morgan arrumou algumas estacas em formato de ferradura e ajudou Jonah a montar um campo malfeito para uma partida de badminton. Logo em seguida, chegaram os três sábios com mulheres, filhos e netos e mais outras pessoas, e antes da hora prevista, a festa já tinha começado.

Eu lavava morangos, enquanto olhava pela janela da cozinha os carros que estacionavam no gramado ao lado do galpão da oficina de Nep. Vi que a família Hubert acabara de chegar. Fechei a torneira de água fria e fui até a outra janela, de onde podia observá-los melhor antes que invadissem a quietude da grande cozinha. Niles aproximou-se dos meninos, que terminavam de amarrar os suportes da rede para o jogo. Agarrou Jonah pelas costas, levantou-o no ar e sacudiu-o para a frente e para trás como o pêndulo de um relógio, ambos riram. Morgan bateu no braço de Niles, que largou Jonah e foi atrás dele dando a volta pelos postes de sustentação da rede até que o agarrou — Morgan era mais rápido do que Niles tinha imaginado — derrubando-o e imobilizando-o com cuidado na grama enquanto Jonah veio correndo e pulou em suas costas formando uma pilha humana. Embora Niles e eu tivéssemos nos falado uma vez quando conversamos na beira do lago depois que voltei de Cold Spring, e outra depois de Melanie ter dito que tinha me visto na igreja. "Você se converteu?", perguntou ele ao telefone, agora era a primeira vez que eu o via desde o encontro no parque. *Jamais deixarei de amar Niles, e ele jamais deixará de me amar e amar a minha família*, pensei. A melhor maneira de preservar esse amor é sendo amiga dele, nada mais ou nada menos do que isso, e desistir de fingir que havia outra possibilidade. Pendurei meu avental num gancho atrás da porta e fui dar boas-vindas aos convidados.

Melanie, que por acaso foi quem encontrei primeiro, perguntou se eu precisava de ajuda na cozinha. Adrienne já tinha entrado em uma brincadeira na qual as crianças jogavam a peteca para o alto. Nep e seus confrades reuniram-se ao longo do barranco gramado onde iam preparar os foguetes e os outros fogos de artifício para soltarem mais tarde — uma missão muito importante. Quando Charley chegou, fiz força para dominar o nervosismo enquanto ele veio andando ao lado da mãe, em minha direção, e me beijou no rosto, apresentando-me:

— Esta é Cassandra, a amiga mais antiga ainda viva que eu tenho nesta vida.

— Não pode ser — falei, balançando a cabeça.

— É verdade, era sobre isso que estive pensando ontem à noite. Conheci você e Christopher antes de conhecer qualquer outra pessoa da turma. E não lembro de ninguém que tenha conhecido antes de vocês dois. Isso faz de você minha amiga mais antiga.

A mãe de Charley pediu para ser apresentada à Rosalie, ou reapresentada, pois já se conheciam do tempo em que nós éramos crianças. Peguei Ros dando uma estudada geral no olho fechado de Charley, e tive vontade de lhe dar uma cutucada. Mas achei que ele já devia estar acostumado a esses olhares e não parecia se incomodar. Eu gostava ainda mais dele por causa disso.

— Onde está o maravilhoso mágico de Corinth? — perguntou ele.

— Espero que você esteja interessado em fogos de artifício, porque é sobre isso que ele vai querer conversar — disse ela com um suspiro.

Deixamos nossas mães com suas lembranças e atravessamos o quintal em direção ao barranco gramado. Um monte de gente nos parou no caminho, entre cumprimentos e abraços. Niles foi uma dessas pessoas.

— Charley era amigo de Christopher — expliquei.

— É incrível que não nos conheçamos — falou ele cumprimentando-o.

— Devemos ter nos conhecido sim, quem sabe? Já faz muito tempo.

— Então você já conhecia Cassie?

— Eu fazia o possível para livrá-la de confusões.

Perguntei a Niles se ele já tinha ido cumprimentar Nep, pois estávamos indo para lá e perguntei se não queria vir conosco. Ele declinou, dizendo:

— Mas preciso conversar com você sobre uma coisa, quando tiver tempo.

— Olhe — interrompeu Charley, colocando uma das mãos sobre o meu ombro —, deixe que eu vou até lá e me apresento aos outros sozinho.

— Se não se importa mesmo, me encontro com você num minuto — concordei, e Charley continuou a subir a encosta onde estava o pessoal com Nep.

Quando ficamos a sós, Niles falou com calma e de modo sucinto e cortante:

— Laura Bryant desapareceu outra vez. Recebi uma ligação da polícia de Cold Spring pouco antes de sair de casa, e depois outra da mãe dela.

— E acham que fugiu outra vez?

— Odeio ter que lhe dizer, mas desta vez deixou um bilhete suicida.

Fiquei sem fala.

— Foi escrito na máquina de escrever que tinha. Dizia que ia se afogar no rio e que não fossem procurar seu corpo, porque jamais o encontrariam, pelo menos foi o que eu entendi do detetive com quem falei.

— Nem sei o que dizer diante disso. Ela não me pareceu alguém que estivesse à beira do suicídio quando fui visitá-la — argumentei, confusa. — Talvez um pouco deprimida, ou quem sabe problemática. Mas de jeito algum me pareceu ter atitudes autodestrutivas — completei, embora fosse terrível para mim pensar que minha primeira alucinação da garota enforcada pudesse, afinal, ser uma premonição do destino de Laura.

— Vamos esperar que não.

— Há alguma coisa que eu possa fazer?

— Na verdade, não. Na metade das vezes, situações como essa acabam se resolvendo muito rápido, em questão de horas. Deve ter ido dar uma volta ao longo do rio Hudson para pensar melhor, e provavelmente estará de volta em casa mais tarde para o jantar, como de costume. Acontece o tempo todo. Mas é claro que se ela entrar em contato com você, por favor, me avise na mesma hora. Se puder, tente descobrir onde ela está e diga-lhe que permaneça lá.

Eu concordei. Nesse meio-tempo, mais convidados chegaram, e avisei a Niles que já fazia tempo que Rosalie estava à minha espera para que a ajudasse. Mas tinha coisas urgentes que queria lhe dizer e me desculpei por não ter feito isso antes. Falei sobre o que acontecera no farol e sobre o pequeno, porém significativo, furto de Millicent, e também sobre o último cartão-postal. Contei sobre o visitante noturno fumando debaixo da janela do meu quarto e todas essas coisas exceto a história de Roy Skoler comigo — apesar das evidências circunstanciais convincentes que, para mim, eram muito incriminadoras —, que podiam dar margem a acusações infundadas, facilmente entendidas como acusações de uma histérica desejosa de vingança. A última coisa que desejava era sair correndo à procura de Niles com outra versão de uma garota enforcada inexistente.

— Duas perguntas — disse Niles, excepcionalmente chateado. — Por que você está fazendo esse jogo comigo, e o que mais está escondendo de mim?

— Acredite, não estou jogando com você. Nem acho nenhuma graça nisso tudo. Estou fazendo o possível para manter a cabeça fora d'água e ver as coisas da melhor maneira possível.

— Tá bom — resmungou, mas eu sabia que para ele a coisa não terminaria ali.

Meu instinto me dizia que devia deixar Niles e todo o resto do mundo ali e ir procurar Laura. Mas hoje à noite eu precisava resistir e não deixar que ela — ou a parte de mim que me ligava a ela — interferisse no roteiro que traçara para a festa de meu pai.

Não que eu quisesse ficar trocando receitas de pão de gengibre caseiro com Melanie. Ou conversar com o pastor sobre ensinar aos jovens a importância do dízimo. Tentei até fazer uma piada sobre "ensiná-los sobre o dízimo enquanto os dizimava", mas a gozação não foi muito bem-vinda. Fiz um esforço e tanto para controlar o desejo de ficar a maior parte do tempo o mais perto possível de Charley. Ele me ajudou a cuidar do churrasco, depois de ter tido um longo papo com Nep, dentro das possibilidades do momento. Na hora do jantar, sentamos junto de Niles e sua família sobre um cobertor em cima da grama, ao lado de uma cerca viva de malva preta e vermelha, debaixo da varanda. Se alguém falou pelas minhas costas sobre os meus trajes ou se deu uma segunda olhada enviesada para mim ou para meu vestido colorido, não tomei conhecimento. Em pequenos goles, fui sorvendo o champanhe enquanto os vaga-lumes começavam suas danças de acasalamento, e as dormideiras fechavam as pétalas para passar a noite. Fiquei surpresa ao constatar que conseguira fazer com que minhas preocupações escapulissem para a escuridão da noite, por um momento.

Em pouco tempo um planeta, e depois mais outro, iam se juntar a Venus, que reinava no céu. Os pontos que marcavam as constelações piscavam no céu púrpura, e a lua surgiu como se fosse uma bala de limão brilhante que acabara de ser chupada por uma criança gigante. Era chegado o momento de soltarmos nossa chuva de estrelas artificiais para que se juntassem àquelas que brilhavam no céu. Vi que Jonah e Morgan não desgrudavam do avô e de seus ajudantes, junto à bateria dos fogos de artifício, e que Nep estava transgredindo as regras ao deixar que os garotos acendessem alguns. Talvez devesse ficar preocupada. Talvez devesse ir até lá para dizer-lhes que aquilo era perigoso.

Mas, em vez disso, fiquei ali olhando para ver se Rosalie estava por perto, desejando que não fosse acabar com a travessura inocente deles. Alguns radiestesistas da velha guarda utilizam as sensações corporais para perceber a proximidade de uma nascente subterrânea. Uma dor no joelho ou numa articulação dos dedos é um sinal de que estão perto de um veio forte. A antiga sensitiva que ainda existia em mim não conseguiu pressentir qualquer perigo vendo os meninos cumprindo as instruções de Nep. Vi os três rindo eufóricos com as cabeças voltadas para o alto para ver as coroas de luzes e faíscas que explodiam e cintilavam contra o negrume acima, quase conseguindo empurrar para mais longe a escuridão do universo. Entretanto, em nenhum momento me escapou o que estava prestes a acontecer.

27

Os pássaros estavam barulhentos esta manhã. Na mochila eu carregava um pacotinho de castanhas, uma maçã e água. Sem meu costumeiro material de radiestesia, a mochila estava leve como uma pena. Não conseguia tirar Laura da minha cabeça, e Charley também aparecia frequentemente em meus pensamentos, enquanto eu caminhava sobre aquele terreno no qual não colocava os pés desde menina. Não conseguia me lembrar se Charley alguma vez fora escoltado por Christopher até as cavernas. Por alguma razão achei que não. Nem conseguia imaginá-lo se submetendo a usar a venda. Entre os garotos da turma, ele sempre foi o que mais insistiu em ver tudo com clareza. Que ironia macabra aquela.

Se Jonah e Morgan, a quem Charley levara para pescar, soubessem qual era a minha pretensão aqui, teriam tentado, no mínimo, me dissuadir ou então insistido em me acompanhar. O mesmo se daria com Niles, Charley ou qualquer outra pessoa. Mas eu precisava fazer esta caminhada sozinha, e esperava que a suspeita perturbadora que meu coração acalentava fosse infundada, uma paranoia, um engano provocado pelo monstro em minha cabeça. Afinal, se Roy Skoler estivesse de alguma forma por trás dos desaparecimentos de Laura — intuição tênue e até mesmo preconceituosa, baseada na história horrível que tive com ele e que jamais ousei mencionar a quem quer que fosse —, não faria sentido trazê-la para cá. Entretanto, não era verdade que Roy já tinha cometido dois atos horríveis aqui nesta mesma floresta? O primeiro quando me violentou. O outro quando empurrou Emily Schaefer para a morte. Sim, foi ele quem a empurrou quando Christopher colocou uma das mãos contra o peito de Emily enquanto a outra segurava Roy numa tentativa vã de separá-los, o que acabou ocasionando a queda da garota lá de cima do róchedo. Os três lutaram durante algum tempo no que podia ter sido uma disputa entre jovens amantes, ou uma discussão sobre qualquer coisa, antes que ela perdesse o equilíbrio e, aos gritos, despencasse pelas pedras abaixo, onde seus berros ecoaram por certo tempo e cessaram num súbito silêncio. Era tudo o que eu não devia fazer também, quando tentei escapar dali e, na minha pressa, tropecei em algumas pedrinhas, chamando a atenção dos garotos que me descobriram nos rochedos acima. Não era para e, estar lá naquele dia, não os devia ter seguido e ficado espiando o que faziam. Quem dera não tivesse ido. Entretanto, consegui me esconder, agachada e sem respirar, atrás de um enorme loureiro de onde acabei por escapulir sem que me encontrassem. Voltei escondida para casa, porém, Christopher, que chegara antes de mim, interceptou minha passagem pelo quintal.

— Você não viu o que pensa que viu — disse ele, encarando-me com olhos de gelo.

— O que você pensa que eu vi?

— Que Emily escorregou, só isso. Ninguém teve culpa.

— Eu vi que foi você quem a empurrou.

— Você é uma criança, não sabe o que viu.

Mas eu já era crescida o suficiente para perceber o pânico que ia tornando o rosto de meu irmão cada vez mais pálido. E, ao mesmo tempo, pequena o bastante para ser pressionada por sua autoridade.

Depois da investigação, a morte de Emily foi considerada acidental. Meu silêncio conspiratório foi selado quando, antes mesmo de a polícia ter interrogado Christopher e Roy, minha mãe me puxou para o lado e disse:

— Há coisas que os outros não precisam saber, apenas a família.

De tempos em tempos durante anos, me perguntei se a morte de Christopher não teria sido uma demanda do universo na tentativa de se reequilibrar, em face da imprudência do pequeno segredo e do acordo feito por nós. Não teria ela sido um modo legítimo do cosmos, ele mesmo, de praticar a justiça divina em nome de Emily Schaefer? Não seria possível que, até que Roy fosse confrontado com alguma espécie de justiça própria, este mesmo universo instável continuaria desequilibrado? No entanto, Roy havia se esquivado da punição pelo que fez por tanto tempo que o desequilíbrio tinha começado a parecer normal.

Com essa impunidade toda, por que Roy não se sentiria à vontade no lugar em que se safou de tantas outras transgressões? Eu ainda continuava a me perguntar se Roy Skoler não era o parente distante que Staltlmeyer permitia caçar no vale em troca da expulsão de caçadores ilegais e de um pouco da carne dos veados. Se fosse, isso teria lhe dado a chance de ter um conhecimento profundo das terras do local, sem falar num certo sentimento de propriedade sobre as florestas desabitadas.

Chegou a hora em que eu deveria caminhar por elas novamente. Não tinha como adiar. Pensando bem, qualquer esperança, por menor que fosse, de evitar uma volta aos rochedos das cavernas e à descida íngreme até o vale de Henderson abaixo seria infrutífera. O caminho que este homem não queria que eu percorresse, cheio de sinais pavorosos que ele próprio espalhou por lá e ainda exigiu que eu não visse, tinha sido traçado direto até a minha porta. Agora ele e eu partilhávamos aquele caminho, e a "garotinha" a quem exigiu que o deixasse em paz não tinha outra escolha senão fazer justamente o contrário. Não estava iludida de que isto era exatamente o que ele queria que eu fizesse, mas se fosse assim, assim seria.

Curioso que não apenas a sensação de tempo, mas também a de distância, mude depois de crescermos. Na minha lembrança, esta caminhada até as cavernas era longa, árdua, percorrendo uma terra dura coberta por folhas de samambaias que nos faziam tropeçar, cogumelos duros nos troncos das árvores que arranhavam nossos braços, e heras venenosas que cobriam a pele de erupções. Não que agora fosse um passeio agradável pelo parque, longe disso, mas cheguei às cavernas — carregadas de lembranças ao mesmo tempo maravilhosas e horríveis — tão depressa, que pensei que pudesse estar no lugar errado. Mas não. Ali estava a nossa caverna dos iroqueses com seu teto escurecido. Ali estava o recesso daquele castelo de granito onde Christopher fazia suas fogueiras. O loureiro da montanha onde me escondi de Roy e Christopher ainda continuava ali, mas agora tão cheio de raízes que não abrigaria ninguém com suas folhas irregulares e flores murchas. E embora não quisesse perder tempo com essa recordação, vi a pedra lisa onde Roy Skoler me violentou.

Sem saber exatamente o que procurar, fui até as cavernas e visitei a área adjacente. Um pássaro cantou ao longe. Uma borboleta amarela passou por ali como uma chama voadora. O vento agitou as sempre-vivas pontiagudas. Nada aparentava alguma coisa extraordinária. Aquele era um lugar tranquilo que — se fosse pedida a opinião das pedras, árvores e borboletas — estava satisfeito por não ter sido mais perturbado por ninguém. Comecei a descer sobre lajes enormes de pedras que alguma geleira de força incomensurável empilhou e espalhou pela face deste declive, milhares de anos atrás. Nunca tinha feito esta decida antes, devido à sua geografia quase impossível. Foi aqui que Emily encontrou a morte. As rochas gigantescas pareciam todas iguais aos meus olhos de adulta, e assim fui poupada do horror de reconhecer onde foi que a vida a deixou.

Mais abaixo, onde a descida chegava gradativamente à parte plana do vale, a flora mudava radicalmente. Os pinheiros-do-canadá que cresciam no penhasco davam lugar às cerejeiras centenárias, às faias muito altas e às nogueiras-negras. As sombras ficavam maiores à medida em que cruzava o córrego sinuoso e iam pelos flancos do vale de Henderson. Diferente de quando estive aqui em maio, a folhagem havia crescido e as copas das árvores sobre minha cabeça eram como um teto verde ondulante. Tal qual um marinheiro lançado à terra firme, eu usava o sol como bússola enquanto me dirigia para a baixada, onde tudo aquilo começou. A toda hora parava para escutar, meio esperançosa de que os pássaros desistissem de cantar. Entretanto, o som que faziam era alto e claro como o de uma trombeta, como se não houvesse nada no mundo que pudesse forçá-los a ficar em silêncio.

Quando cheguei à periferia da baixada cheia de arbustos, fiquei admirada ao ver um intruso gigantesco, amarelo gritante, uns 100 metros à minha frente, meio encoberto, escondido entre a densa vegetação. Sem pensar duas vezes, atravessei o emaranhado de sarça em direção àquela presença estranha. Só quando cheguei até um dos enormes tratores de Earl Klat, parado ali com sua arrogância descomunal tal qual um animal metálico gigantesco e sem cérebro, foi que entendi. Afinal, as escavações nas terras de Henderson haviam começado, e ali na minha frente estavam as marcas tristes e dolorosas do que um dia fora uma floresta nativa original, agora arrasada de forma chocante. Árvores enormes derrubadas pelas motosserras ou arrancadas com raiz e tudo por tratores, pedaços de troncos arrastados e empilhados uns sobre os outros. Arenito azul acinzentado arrancado da terra e pulverizado sem dó nem piedade. Galhos e flores, e o hábitat de muitos animais, tudo eliminado para sempre. Nunca senti tanta vergonha na minha vida por ter feito parte daquela devastação.

Fui cambaleando pelo terreno — porque agora aquilo era um terreno, e não mais uma floresta —, e vi o arruamento já ameaçado. Desorientada por aquele cataclismo, fiz o possível para descobrir a árvore onde vira a garota enforcada, mas esta parecia ter desaparecido junto com as amoreiras e todas as outras árvores frutíferas que havia antes por ali. No lugar delas, os operários de Klat tinham começado a cavar o ponto onde, presumi, ia ser o lago. Como uma criança sem rumo que andava em círculos numa zona devastada pela guerra à procura de sua casa, eu me movia atordoada sem saber para onde ir, com meu propósito de vir aqui completamente frustrado por causa de toda essa construção.

Construção, eu pensei. Um nome equivocado para o que via.

Felizmente os trabalhos foram interrompidos devido ao feriado prolongado, e assim ninguém viu a invasora profundamente desconsolada que acabou indo embora depois de constatar que não havia nada a ser encontrado ali. Quando decidi voltar, percebi que a cabana onde encontrara Laura Bryant fora deixada intacta. Dei uma espiada pelo interior e constatei que devia ser usada pelos operários como uma espécie de cantina e depósito de tambores de gasolina e de água. Agora estava tendo bastante utilidade. Havia um caminho bem-feito que ia dar na porta e onde se viam pegadas frescas — não as feitas pelas botas dos operários, mas sim por sapatos de passeio. Era estranho, mas talvez Klat tivesse aparecido por ali.

Era impossível imaginar que Laura tivesse vivido naquela barraca miserável. O terror que seu sequestrador lhe infundiu — assumindo que tenha sido sequestrada, e acredito que foi — deve ter sido avassalador. Afinal, por que teria permanecido ali enquanto ele decidia o que fazer em seguida?

Na volta, minha escalada foi mais rápida. Ansiava demais por chegar em casa. Voltar para o que me dava conforto e era familiar. Estar com meus filhos, encerrar esta missão idiota. Além de meu próprio remorso e pelo choque das obras que vi nas terras de Henderson, não senti mais nada estranho nas cavernas ou embaixo no vale. As lembranças eram uma coisa, e as premonições eram outra, bem diferente. Ao mesmo tempo, tinha que pensar se a renúncia aos meus dons divinatórios se consolidara de fato —, o que era um pensamento preocupante.

Foi somente quando alcancei as cavernas que percebi que não tinha comido nada o dia inteiro. Tirei a mochila dos ombros, abri a fivela de couro e sentei-me numa pedra grande e fria para beber um pouco da água, que agora estava morna, e comer a maçã. Depois de comê-la quase toda, joguei-a para o lado e me deitei, fechando os olhos para descansar um pouco antes de recomeçar a caminhada de volta até a caminhonete. Devo mesmo ter cochilado por alguns minutos.

Um bando de corvos gritou como se fosse o barulho de um berçário cheio de bebês chorando a plenos pulmões. Levantei, abri os olhos e olhei na direção dos pássaros. Em vez deles, o que vi foi ela, ali comigo, outra vez. Vestida como antes, com uma blusa branca florida e uma saia jeans, uma gargantilha de contas em torno do pescoço fino e brincos simples de prata que eu ainda não tinha visto. Mas desta vez estava viva e respirava como eu. Não tinha envelhecido um dia sequer. Ali de pé, ora na luz, ora na sombra, ela me olhava com um misto de curiosidade, vergonha e impaciência. Segurava minha maçã com uma das mãos. Com a outra apontava para alguém ou algo que estava além de mim. Girei e olhei para os pinheiros que se balançavam e para as fendas dos penhascos de calcário à procura de um rosto nas sombras, alguém escondido, mas não vi nada. Quando me voltei, ela abaixou os braços e deixou a maçã cair no chão.

Sabia que era Emily Schaefer, mas sabia, também, que ela não podia estar ali de verdade. Por um momento, ponderei se este não era senão um encontro entre nossos espíritos.

O que sentia agora era menos medo e mais uma curiosa e profunda esperança em relação a ela, e a nós duas. Senti que não valia a pena falar com ela, e por isso não disse nada. Mas queria olhar mais de perto para seu rosto, pois desta vez seus olhos não estavam mais com aquela cor cinzenta e desbotada, mas sim claramente castanhos. Pareciam estar úmidos. Talvez tivesse chorado, pensei, mas não necessariamente de tristeza.

Levantei-me devagar e comecei a me aproximar dela como se fosse um filhote de cervo num descampado, e a garota não se moveu, mas me encarou fixamente. Um pequeno movimento no ar às minhas costas, um estalar de dedos talvez, me fez olhar para trás, mas não havia ninguém, é claro. Não esperava que fosse diferente. Quando me voltei outra vez para Emily, ela, de alguma forma conseguira subir na árvore, embaixo da qual estivera, e agora se movimentava depressa demais, de uma maneira incrível, de galho em galho, como um fantasma acrobata num labirinto verde. Seus gestos eram de uma habilidade sobrenatural. Eu a via agora plena, à vontade e natural. Minha boca permanecia aberta, congelada de espanto e admiração. Ela se movimentava de forma graciosa e com grande espontaneidade, uma silhueta leve e liberta, como uma aranha contra o céu. Não tentei ir atrás dela. Por que o faria?

Ao sair das cavernas e do vale de Henderson, esperando nunca mais voltar, me perguntei se havia algo parecido com consciência espiritual. Sim, havia. E eu acabara de encontrá-la pela quinta e, segundo minha premonição, última vez.

28

O RELÓGIO NO ANDAR DE BAIXO bateu uma vez, não muito tempo antes de começar o outro som, um arranhar delicado. Talvez este som tenha sido seguido de um rangido, como o tipo de música feito pelo vaivém de uma criança em um balanço distante, ou como o som de certo tipo de vento do mar que às vezes bate no farol, nas noites calmas de Covey. Mas, como não tive certeza, fiquei quieta.

    Charley fora embora depois da meia-noite. Talvez tenha esquecido alguma coisa e voltado para pegá-la na esperança de que eu ainda não estivesse dormindo. Fui me deitar logo que se despediu. Ele me deu um beijo ali na varanda onde estivéramos sentados saboreando um vinho durante horas, depois de termos comido a truta frita e as beringelas recheadas que fiz para ele usando uma receita que vi no livro de Fannie Farmer. Conversamos sobre tudo o que havia sob o sol — quero dizer sob a lua —, bem depois que levei Morgan e Jonah para cima e os coloquei na cama. Agora continuava acordada, depois de ter desligado a última das luzes que permanecera acesa. A casa estava mergulhada numa escuridão profunda, a lua tinha desaparecido, e as estrelas estavam encobertas atrás das nuvens. Tudo o que eu queria era afundar a cabeça no travesseiro para aproveitar a impressão ainda presente dos modos e da voz de Charley, relembrar mais uma vez as histórias que revivemos, as memórias de nossa infância, e o que nos aconteceu desde então. Entretanto, por mais fortes e confortantes que esses pensamentos fossem, não conseguiam competir com as imagens entremeadas de Emily Schaefer nas cavernas, sem falar na devastação do terreno plano abaixo.

A noite chegara naquele ponto misterioso quando uma simples badalada pode significar meia-noite e meia, como também uma hora ou até uma e meia da manhã. O relógio batera uma vez — só uma — e os minutos se escoaram devagar, durante os quais concluí que não poderia ser Charley, pois não ouvi o barulho do carro dele retornando à Mendes Road. A janela do meu quarto dava para a rua. Assim, teria visto a luz dos faróis quando iluminassem as folhas do castanheiro-da-índia lá fora, se ele tivesse voltado.

Saí da cama na escuridão e desci para verificar portas e janelas, que estavam trancadas. Olhei para fora, não vi nada em movimento, e voltei para a cama. Talvez, pensei tentando acalmar a mim mesma, tenha sido um daqueles gatos que quase todas as noites vinham saquear algum resto de comida que ficara no lixo. Ou poderia também ter sido outro animal noturno, gambás ou guaxinins que viviam por ali, com seus olhinhos albinos cor-de-rosa como línguas de bebês, que apareciam quando a luz do sol ia embora. Fiquei atenta por mais meia hora, e como não ouvi mais nada, sucumbi à exaustão, mas não consegui ter um sono tranquilo. A noite passou com um misto de preocupação e nervosismo.

Na manhã seguinte, os gêmeos me tiraram da cama com café e música no volume mais alto possível. Morgan tinha treino — a garotada no verão era decidida e persistente como a figura mitológica de Sísifo — e Jonah queria voltar para a casa de Nep. Sobraram alguns fogos que precisavam ser estourados, e ele certamente ia aprender coisas como manejar o maçarico de acetileno para soldar. Aquela troca de papéis era justa. Quantas vezes foi preciso arrastá-los para fora das camas com o café pronto e jazz tocando alto e despachá-los para a escola, quando a neve caía do lado de fora. Além do mais, depois eu poderia voltar para casa, ter algum tempo para ficar sozinha. Ligaria para Julia Bryant para saber o que estava acontecendo com Laura.

Achei melhor não dar qualquer conselho a Morgan sobre os garotos de Skoler quando o deixei no campo, pois sabia que ele era o melhor jogador, e também superior em muitas outras coisas. Seria mais sábio me conter e, portanto, desejei-lhe um bom treino e perguntei apenas a que horas terminaria. Com a ausência de Morgan, Jonah me perguntou como tinha sido o "colóquio" entre mim e Charley ontem à noite.

Achei incrível ter usado *colóquio*, outra palavra nova em seu vocabulário.

— Conversamos sobre o que nos deu na telha — respondi.

— E o que foi que deu em suas telhas?

— Vocês, a vida dele em Wiscasset, minhas aulas.

— E sobre a radiestesia?

— Não falamos sobre este assunto.

— E sobre a garota enforcada?

— Jonah, por que ia conversar sobre isso?

— Porque a amiga dela voltou.

— O que está querendo dizer com isso?

— Você não ouviu uns barulhos esta noite?

Esperei que continuasse.

— Bem, eu ouvi. Morgan já estava dormindo, mas escutei alguma coisa e fui olhar na janela. Estava muito escuro, mas tenho certeza de que vi a tal de Laura correr da casa para o barracão.

— Você devia estar sonhando.

— De jeito nenhum. Antes de você acordar hoje, fui verificar e vi que alguém esteve lá.

— Eu ouvi um barulho de algo sendo arranhado, mas era um dos gatos.

— Era ela — disse ele, decidido e definitivo, com a testa franzida.

Estava claro que Niles não teria revelado a Jonah que Laura estava desaparecida — ele me confidenciou isso de forma sigilosa —, e eu optei por não confirmar isso com ele por telefone. Como era natural, ele me faria perguntas que eu não estava a fim de responder. Se ele tivesse falado alguma coisa a Jonah, ele me questionaria se meu filho queria prestar algum depoimento? Se não tivesse dito nada a Jonah, por que eu ligaria se Jonah não tinha nada a acrescentar? Eu me sentia entre a cruz e a espada.

— Acho que podemos verificar. Se ela estiver aqui, veio por algum outro motivo mais importante do que passar a noite no barracão. De qualquer modo, vamos manter este assunto entre nós, certo?

— E quanto a Morgan?

— Não sei. Ele já está às voltas com os arruaceiros dos Skoler e é melhor deixá-lo em paz até que ela apareça, se é que ela está mesmo aqui. Se você estiver enganado...

— Não estou enganado, mas não direi nada a ninguém.

Durante a ida para a casa de meus pais, tanto Jonah quanto eu ficamos perdidos em nossos próprios pensamentos. Encontramos Nep sentado sozinho na varanda. Embora pálido devido ao acúmulo de atividade e do pouco descanso dos últimos dois dias, ainda estava bem.

— Olá, filha — disse ele.

— Olá, pai. Vim trazer presentes. Ou presente, melhor dizendo.

— Vamos ver.

— Te dou de presente Jonah Brooks.

— E o que veio fazer um camarada; como é mesmo o seu nome?

— Soltar o resto dos fogos de artifício e aprender na oficina a soldar metal e outras coisas — disse Jonah.

— Então, que assim seja.

— Foi você que o convidou.

— Se foi o que eu falei antes, vai ser isso mesmo.

Ele sempre dava um jeito de corrigir seus lapsos e eu respeitava seu esforço.

— Se você não estiver muito cansado, Nep, sabe como é...

— De jeito nenhum. Chris é bem-vindo e pode ficar o tempo que quiser.

Fiz um sinal desnecessário com a cabeça para Jonah, pois o menino nem piscou. Com uma pontada de culpa, disse que precisava ir embora e pedi a ele que cumprimentasse a avó por mim. A verdade era que eu não queria ter que repetir para minha mãe como tinha sido a minha noite com Charley e queria voltar o mais depressa possível para Mendes Road.

A primeira coisa que fiz foi procurar no barracão uma edícula de compensado com uma porta de madeira tosca e um telhado de zinco enferrujado, onde não encontrei nem a garota enforcada nem a que fugiu ou qualquer outra pessoa. Na verdade, o barracão estava uma bagunça tão grande que não dava para saber se alguém teria dormido ali ou não. Procurei nas redondezas, andei nos dois lados da Mendes Road, e fui até o mato fechado atrás de nossa casa. Arranhei com minhas unhas a tela da porta e uma das janelas para ver se fazia o mesmo barulho que ouvira. Parecia o mesmo, mas à luz do dia eu não tinha tanta certeza. Abri a porta pesada do porão, que ficava do lado da casa, e gritei para a escuridão, para onde os degraus empenados levavam:

— Laura, você está aí? — Ninguém respondeu.

Fui para a cozinha fazer um chá preto para ver se conseguia ficar acordada e cheguei à conclusão de que provavelmente fora imaginação de Jonah, que ameaçava ficar tão atrevido quanto a mãe. O que seria uma pena. Se a quinta reviravolta da minha vida foi um paradigma do que a imaginação é capaz de fazer para derrubar uma pessoa, não queria que o mesmo acontecesse com meu filho. Outro dos versos de minha infância que Rosalie gostava passou apressado pela minha mente quando deitei a cabeça na mesa. Era sua passagem favorita do Eclesiastes da Bíblia, que dizia: *Para cada tempo há uma estação, e um tempo para cada propósito sob o céu ... um tempo para nascer, e um tempo para morrer ... um tempo para matar, e um tempo para curar ... um tempo para calar, e um tempo para falar...*

— Senhora Brooks? — chamou uma voz delicada como a de um sonho ou espectro.

Não quis abrir os olhos.

— A senhora está dormindo?

Levantei a cabeça.

— Acho que agora acordou, não é? Desculpe — disse ela com uma voz que soava inteiramente humana e aparentava o mais terrível dos medos.

— O que você está fazendo aqui, Laura?

— Acho que a senhora já sabe.

Se já sabia ou se deveria saber não importava naquele momento. Vi que os dedos de sua mão direita estavam sujos de sangue já coagulado, uma das unhas estava toda quebrada e o pescoço, arranhado. Aproximei-me e falei:

— Meu Deus, o que foi que aconteceu?

— Eu não tive culpa — disse ela.

Embora aquilo não respondesse à minha pergunta, sua resposta confirmou minhas suspeitas de que estava com outros problemas além de ter fugido. Peguei-a pelo braço e levei-a até o banheiro, onde lavei bem suas mãos e seu rosto da maneira mais delicada possível e avisei:

— Isto vai arder. — Coloquei água oxigenada em seus ferimentos. Laura fez uma careta, mas não reclamou quando desinfetei seus machucados. Fiz um curativo em sua mão e disse: — Acho melhor levá-la ao hospital.

— Por favor, não me faça ir a nenhum hospital.

— Por que não? Você está ferida.

— Mas ele vai me procurar lá.

— Quem irá ao hospital procurá-la? O mesmo homem de antes?

— Sim — disse ela de pronto, para minha surpresa, muito diferente da maneira dissimulada e até evasiva que agia quando a visitei em Cold Spring.

— Você está falando de Roy Skoler — eu disse.

— É esse o seu nome verdadeiro?

— Não sei. Como foi que ele lhe disse que se chamava?

— Christopher.

Senti uma náusea súbita.

— E este Christopher sabe que você está aqui?

— Espero que não.

— Quando foi a última vez que o viu?

— Foi na noite anterior ao Quatro de Julho — disse ela. — Ele foi à minha casa, como ameaçou, caso eu tentasse escapar. Minha mãe tinha ido à cidade fazer compras e eu estava sozinha na cozinha quando ouvi alguém bater à porta. Pensei que era estranho, pois ninguém nunca batia. As pessoas apenas tocavam a campainha. Nem precisei olhar pelo olho mágico. Já sabia quem era.

Uma imagem clara do vestíbulo da casa dos Bryant veio à minha mente e foi fácil me colocar no centro do terror pelo qual ela passara. Impressionada mais uma vez pela aptidão e intuição inatas de sensitiva demonstradas por Laura e por sua capacidade de enxergar através da porta, perguntei o que fizera depois.

— Nem pensei, corri para o meu quarto e peguei minha mochila com minhas coisas.

— Você está querendo dizer que estava com sua mochila preparada para partir?

— Olhe, Cassandra, eu já estava com a mochila pronta para partir desde o dia que voltei para casa. Ouvi-o no vestíbulo do andar de baixo falando "Há alguém em casa", como se fosse um conhecido que entra para pedir uma xícara de açúcar ou coisa assim.

Estava trêmula, com um olhar vago para algo atrás de mim, com a mesma expressão perdida no rosto que lembro ter visto na primeira vez que nos defrontamos, logo depois do resgate no vale de Henderson. Uma parte de mim queria fazê-la parar de falar naquele momento. Não queria que tivesse que reviver aquele encontro. Mas, se pretendia ajudá-la, precisava saber mais, e por isso esperei.

— Ouvi a porta do pavimento inferior se fechar e esperei que tivesse ido embora. Mas não. Estava totalmente certa de que alcançara o pé da escada quando me chamou. Não pude acreditar no que falou em seguida. Ele usou o mesmo argumento da primeira vez, e como eu deveria acreditar nele de novo?

— Que argumento foi este?

— Que eu precisava ser mais paciente e que tudo ficaria bem. Que pedia desculpas por algumas coisas que aconteceram, mas que se eu fosse com ele, iria me levar até meu irmão, pois meu irmão era amigo dele e queria me ver.

— Foi assim que ele a atraiu da primeira vez?

Foi quando Laura abaixou a cabeça e a sacudiu em desespero não só por nojo de si mesma como também por ter se deixado enganar daquele jeito. Entendi que sempre dissera a verdade, que jamais fugira de casa nem fora raptada, mas sim, encorajada a seguir alguém com uma falsa promessa. Comportando-me como uma investigadora, perguntei como escapara, uma vez que ele estava bloqueando a escada.

— Esta foi a parte mais fácil. Há uma escada de serviço, muito estreita. Ninguém a usa muito. Quando meu irmão e eu éramos pequenos, brincávamos que aquele era o nosso caminho secreto para chegar à cozinha. No instante em que começou a subir, desci escondida por ali e saí pela porta da cozinha. Não sei por que tive a ideia de me esconder na casa da árvore, em vez de correr para a estrada. Achei que ele não ia me encontrar lá e que iria embora. Além do mais, minha mãe não demoraria a chegar.

Aproximei-me mais um pouco e coloquei minha mão em seu ombro.

— Quando olhei outra vez, estava em meu quarto. Acho que tinha estado na casa antes, quando não havia ninguém. De outro modo, como ele ia chegar lá assim tão depressa? De qualquer modo, sabe o que foi que ele fez? Sentou-se na frente de minha máquina de escrever, colocou uma folha de papel e começou a escrever...

— O bilhete suicida.

— Que bilhete suicida?

— Todo mundo pensa que foi você quem deixou um bilhete avisando que ia se suicidar, antes de desaparecer.

Ela encolheu-se.

— Então foi para isso que usou minha máquina de escrever? E por isso quando meu corpo fosse encontrado no rio a culpa seria minha? — Ela fechou os olhos e abriu-os outra vez. — Não posso acreditar. Ele usava as mesmas luvas amarelas de borracha que usa sempre.

— Luvas cirúrgicas?

— Ou de um tipo parecido. E quando acabou de escrever meu bilhete suicida, a próxima coisa que fez foi olhar direto para mim, através da janela, como se soubesse o tempo todo que eu estava ali. Foi isto o que aconteceu — disse ela, segurando a mão machucada e apontando para o ferimento em seu rosto. — E aí, ao tentar descer depressa da casa da árvore, escorreguei e caí. Ainda não acredito que consegui escapar. Parecia que ele sabia sempre, com antecedência, o movimento que eu ia fazer em seguida.

— Cada movimento exceto o que a trouxe até aqui — declarei, chocada com o que acabara de ouvir. — Deve estar morrendo de fome — continuei, mortificada. — Vamos preparar alguma coisa para você comer.

Voltei para a cozinha com Laura, onde, com as minhas mãos também trêmulas, preparei sanduíches para nós duas. Enquanto esperava, Laura ficou andando em silêncio pela cozinha. Aqui e ali pegou num objeto da bancada e das prateleiras, olhando-o com extremo cuidado, como se fosse um dos *objets d'art* como aqueles que seus pais colecionavam. Era perturbador, e ao mesmo tempo impressionante, vê-la examinar os frascos de vinagre, os saleiros e os copos ainda sujos de suco usados no café da manhã. Como se ela tivesse sido depositada em meu cosmos de todo dia, vinda de algum outro mundo distante, e estivesse fazendo o melhor possível para conhecer o lugar em que aterrissara. Percebi o quanto ela se parecia comigo quando era garota.

Laura era como a jovem Cassandra, arrancada da infância e largada no universo tempestuoso dos adultos sem ter escolhido ou desejado que isso acontecesse.

— Por que ficou tão estranha quando falei o nome dele? — perguntou ela quebrando o silêncio.

— Christopher era o nome do meu irmão.

— Pensei que tinha dito que estava morto.

— Ele está. Aqui está o seu sanduíche — falei, relutante em explicar, por temer que minha explicação criasse ainda mais confusão, e meu instinto me avisava que a última coisa de que Laura precisava era de mais confusão.

Sentamo-nos à mesa. Ela estava tão faminta que devorou tudo como um animal esfomeado. Então dei-lhe também o sanduíche que preparara para mim.

— Laura, acho que assim que acabarmos de comer devemos ligar para o delegado Hubert. Você lembra dele, meu amigo Niles, não? Não é justo deixar que as pessoas continuem pensando que você se suicidou. Niles precisa saber disso. Pode acreditar nele.

— Gosto dele e é provável que seja uma pessoa em quem se possa confiar, mas não pode ligar para ele.

— Por que não?

Laura hesitou, olhou para fora, para um pardal, ali no comedouro, com sua mancha rosada no peito como uma mancha fresca de sangue, antes de falar:

— Foi muito difícil chegar até aqui e encontrá-la. Por favor, não me faça fugir outra vez. Eu não quero acabar como o resto.

— Que resto?

— Ele disse que havia outras, muitas outras.

Aquilo me fez calar.

— Não pode falar para ninguém que estou aqui. Ninguém além de você pode saber.

— Jonah acha que viu você ontem à noite.

— Diga que ele se enganou.

— Isso não é tão simples assim, Laura. Você não o conhece muito bem. Jonah não é assim tão fácil de enganar. Se precisar ficar aqui durante um dia enquanto vemos o que pode ser feito, tanto Jonah quanto Morgan, meu outro filho, vão ter que ficar sabendo.

— Não posso responder nada agora. Que passarinho é aquele? — perguntou ela, com o dedo apontado para o comedouro que ficava pendurado na janela, e logo depois começou a falar sobre a casa para pássaros que construíra uma vez na oficina do pai no porão, e que a pendurou na árvore, onde podia ver os pardais entrarem e saírem. Fiquei ouvindo-a falar, embora uma parte de mim sentisse uma perturbação profunda pelo dilema causado por sua aparição na Mendes Road. Para ela parecia fazer todo o sentido que eu não insistisse em levá-la ao hospital; que não ligasse para Niles para informá-lo que ela estava comigo, que não tinha se afogado e estava viva; que ninguém mais, além de Jonah e Morgan devia saber de seu paradeiro. Mas eu não conseguia conciliar o desejo dela com o que o restante do mundo consideraria correto, como Niles e seus pais, sem falar em Rosalie e Matt Newburg, além de Charley.

— Por que resolveu vir para cá? — perguntei com doçura.

— Porque não acredito em mais ninguém.

— Foi por isso que você fugiu das outras vezes? Porque não acredita nas pessoas?

— Disseram que fugi, mas tudo o que fiz foram tentativas de encontrar meu irmão. Sempre acabava por voltar para casa depois de um ou dois dias; não há crime nenhum nisso. Todos os outros desistiram de procurá-lo há muito tempo, portanto, por que eu confiaria neles para encontrá-lo?

— Não confia em seus pais? Sua mãe parece uma boa pessoa.

— Ela é uma boa pessoa sim, mas não me compreende. Tentei falar sobre isso com ela, mas não acreditou em mim. Meu pai então é alguém que nunca encontro em casa. Era melhor que morasse logo no escritório, na cidade.

Não pude deixar de me lembrar de James Boyd. Tudo o que ouvi fez com que me sentisse ainda mais protetora de Laura.

— E por que confiou em mim?

— Porque, da primeira vez, você adivinhou onde eu estava através do seu dom, e embora ninguém acreditasse em você, eu sabia que era tudo verdade.

— Laura, continuo sem saber o que foi que aconteceu naquele dia.

— E nem precisa — disse ela, tentando dar um sorriso que contrastava com aquele olhar intenso e desanimado que tinha. — E você? Confia em mim? Acredita em mim?

— Sim — respondi.

Conversamos mais, como se o relógio não estivesse batendo as horas. Acabei por saber que ela tinha dinheiro suficiente para se manter por mais algum tempo, se fosse preciso. Ela o escondera em sua bolsa junto com alguns livros de poesia, um diário, mudas de roupas, e até um delineador, blush e uma tinta para cabelos — disfarces para uma andarilha —, e mais algumas outras coisas. Como estava ali sentada em minha cozinha, sem qualquer disfarce e de maneira natural, era claro que não tinha nenhuma vontade de fugir do que a ameaçava, mas o que desejava era encontrar uma solução para aquilo tudo.

— Vamos fazer um pacto — propus. — Ao menos pelo resto do dia e da noite de hoje. Prometo não contar a ninguém que está aqui se você me prometer me ajudar a resolver essa situação.

Ela concordou, o que considerei um grande avanço. Minha ideia era simplesmente convencer Laura que confiar em mim era o mesmo que confiar em Niles e assim descobrir o caminho para sair deste labirinto. Expliquei que estava na hora de ir buscar Morgan e Jonah e ela deveria me esperar lá em casa e que poderia passar a noite conosco.

— Você não vai desaparecer, vai? Vamos fazer as coisas direito — falei. Mas que espécie de confiança maluca tentava projetar com meu sorriso, com meu braço sobre o seu ombro, enquanto a acompanhava até o meu quarto dizendo que poderia dormir um pouco, se quisesse? — Temos livros em todos os quartos, se é que ainda não reparou. Escolha um de que goste. Não preciso dizer que tranque a porta depois que eu sair e não a abra para ninguém.

Ao sair com o carro, olhei para trás, para a nossa casa que tinha somente a castanheira frondosa de sentinela, e tentei ignorar o medo que me embrulhava o estômago, que estava mais revirado do que nunca por todas as coisas que eu estava fazendo e das quais não falava. Nada impedia que Laura mudasse de ideia e decidisse sumir outra vez. Ao mesmo tempo, muito pouco ou quase nada impediria que Niles fosse até minha casa e lá a encontrasse e a salvasse de si mesma. Nem que Roy entrasse lá, se soubesse que era lá que se escondia.

Como frequentemente fazia no passado, gostaria de perguntar a Nep o que fazer. Eu não pretendia entregar Laura sem saber se ela estaria protegida para valer desta vez, mas minha intuição afirmava que isso não era possível. Ligar para Niles significaria mandar Laura de volta para seus pais. Ou então colocá-la num labirinto de acusações, negações, contra-acusações, interrogatórios, advogados, testemunhas, peritos, julgamento, publicidade. Mais um pesadelo para encher as colunas dos jornais por um dia ou uma semana, talvez render algumas migalhas às emissoras de TV locais. Embora tivesse a esperança de que sua segurança estivesse garantida pelo menos por uma noite, ambas sabíamos que ela não poderia ficar escondida comigo por muito tempo. Laura estava num beco sem saída, e por extensão e omissão, me levara junto com ela. Era como se andássemos uma atrás da outra numa corda bamba, cujos nós que prendiam as extremidades estivessem a ponto de se soltar.

Talvez nada do que eu estava fazendo fosse correto.

Com uma eficiência extraordinária, logo que entrou na caminhonete, Morgan veio para cima de mim e perguntou sem mais nem menos:

— Qual é o problema?

— Não há problema algum.

— Você daria uma ladra horrível no beisebol, Cass. Olhos, rosto, mãos... muito fácil de perceber. Não convenceria ninguém.

A luz do sol me ofuscava no caminho para a casa dos meus pais e então peguei os óculos de sol que estavam sobre o painel e os coloquei no rosto.

— Você terminou com aquele cara, não foi isso? — insistiu ele.

— Nós nem éramos namorados, como eu podia terminar com ele?

— Foi demitida outra vez?

— Morgan.

— Já sei. Você estava dando uma volta pela casa e encontrou outro fantasma.

Isso foi tão perto da verdade que decidi contar-lhe tudo. Não tinha como continuar escondendo Laura dos meus filhos, sobretudo se ela ia ficar conosco. E então contei tudo para Morgan. Com um pedido de desculpa incluído por ter discutido com Jonah a possibilidade de não contar nada a ele.

— Nós três não temos segredos. Os segredos inflamam que nem tumores e acabam comendo o coração da família.

Como era verdade, esta afirmação me incomodou, ali de pé na varanda com Nep e Rosalie. Quem era eu para falar sobre os perigos do segredo? Minha mãe continuava a saborear os acontecimentos do Dia da Independência, os cumprimentos que recebera dos convidados que agradeciam os momentos agradáveis que nós, os Brooks, tínhamos lhes proporcionado. Nep olhava para mim. Não com um daqueles seus olhares comatosos, como quando cruzáramos o Delaware, mas sim, atento, como um falcão que tomava conta de sua ninhada. Fiz o que pude para não devolver um olhar desassossegado. Não é impossível que, em minha memória, tenha interpretado mal sua expressão. Mas juro que não fiz isso. Ele fitava a filha com seu costumeiro olhar de afeto profundo, ao mesmo tempo que tentava adivinhar o que se passava dentro dela. Então, lembrando-me das primeiras vezes em que saí com ele para o campo em busca de água, soltou um gemido inconsciente que indicava uma descoberta. Era a música da sabedoria. Naquele instante, Jonah veio subindo os degraus depressa e aos gritos:

— Veja o que fiz.

Nep levantou um pouco a mão como se estivesse dando a sua bênção e me falou com a maior clareza:

— Você está certa. Faça o que acha que está certo.

Eu o agradeci de todo o coração.

A demonstração de Jonah foi totalmente inesperada.

— Olhe, Nep me ensinou a soldar. Fiz esta vara em forma de L com uns pedaços de tubos — declarou, segurando-a em sua frente e andando com ela sobre o piso da varanda.

— Muito legal, cara — aprovou Morgan.

— Não fazemos mais isso, Jonah — informei.

— É claro que fazemos. Deixe eu tentar; como é mesmo que se faz?

Percebi que Morgan poderia achar estranho ver o irmão pela primeira vez no papel de aprendiz de radiestesista. Mas se achou, não mostrou nenhum embaraço e quis ele mesmo experimentar também.

— Segure nas pontas, desse jeito — explicou Jonah, andando ao lado do irmão, observando com atenção as pontas da vara, explicando como ela funcionava. Nep me observava analisando meus filhos antes de olhar para baixo para ver como estavam suas mãos no colo. Esta é a última imagem nítida que tenho dele. Ao mesmo tempo tomei conhecimento do desconforto de minha mãe, sem falar no meu próprio, e acabei ali mesmo com aquela aula. Disse que tínhamos que ir para casa.

Soltei um suspiro de alívio ao encontrar Laura dormindo em minha cama, no andar de cima. Apesar do calor de julho, ela se cobrira com um cobertor, mas depois se descobrira um pouco. Vestia uma blusa segunda pele verde-clara e jeans, e tinha ambas as mãos enfiadas sob o travesseiro, como se quisesse protegê-las de algum perigo. Estava abraçada a Millicent. Ela é apenas uma criança, pensei. Uma criança cansada e desgastada. Vi que dobrara a camiseta que usava e a colocara direitinho sobre uma cadeira ao lado da cômoda. Os tênis estavam arrumados um ao lado do outro, com as meias dentro de cada um. Deixara a mochila azul de couro debaixo da cadeira. Uma menina simples que se diminuía, e cujo objetivo parecia ser o de ocupar o menor espaço possível, talvez tornar-se tão compacta a ponto de desaparecer num dos nichos do mundo. Vê-la ali me fez lembrar inevitavelmente de mim mesma na caverna. Só que desta vez Roy Skoler não mais ia pegá-la, fingindo salvá-la, nem eu a deixaria dividir os segredos com uma pedra de rio. Com todo o cuidado, saí do quarto e fechei a porta sem fazer barulho.

Os gêmeos quiseram saber por que tinha fugido outra vez. *Por que* era sempre uma pergunta perigosa, alertei, pois quase sempre a resposta acabava sendo algo que não gostaríamos de ouvir.

— Ela sabe o que está fazendo — respondi. — Pelo menos sabe tanto quanto qualquer pessoa. Nosso trabalho é cuidar dela até que ela possa voltar a sentir-se bem e descobrir o melhor a fazer.

Embora tenham ficado curiosos sobre a nossa clandestina, Jonah e Morgan também eram espertos o bastante para entender além das minhas palavras e perceber que era eu quem precisava recuperar o fôlego e ver qual era a melhor atitude a tomar. Então, foram para o quintal praticar o uso do novo instrumento de radiestesia de Jonah enquanto o sol do fim da tarde começava a descer no horizonte. Os pés de acônitos ainda não estavam em flor, mas já com 2 metros de altura por trás do barracão, balançavam ao ar quente da tarde. Uma mariposa voava desnorteada pelo vento, cega, perdida, indefesa e desengonçada, como se fosse uma folha morta tocada por uma brisa caprichosa. Sentei-me à mesa da cozinha, segurando as mãos unidas com força e rigidez, sentindo-me tão perdida quanto aquela mariposa e nervosa só de pensar no que a noite poderia trazer.

— Cassandra?

Pulei da cadeira.

— Você tem que parar de se materializar do nada assim dessa maneira, Laura.

— Desculpe. Não ouvi você chegar.

Informei a ela que meus filhos estavam a par da presença dela em nossa casa, mas que não sabiam o que havia acontecido, e que era melhor que continuasse assim. Será que ela gostava de beringela recheada? Porque ontem à noite fiz o suficiente para alimentar o condado todo. Esperava que não se importasse de comer as sobras do dia anterior. Ela disse que as sobras eram divinas se comparadas com as bobagens que comera nas máquinas das paradas de ônibus e nas lojas de conveniência dos postos de gasolina a caminho daqui.

O encontro de Morgan, Laura e Jonah, que foi espontâneo e extremamente otimista como eu jamais poderia imaginar, começou numa confusão com o choque de Morgan, como sempre fazia, contra a mola da porta de tela dos fundos que voltou com um estrondo. E em seus calcanhares lá vinha Jonah, gritando:

— Cass, funcionou, nós...

— O que foi que funcionou?

— Nós — disse Morgan com o rosto cada vez mais vermelho.

— A vara em L funcionou — respondeu Jonah, retomando o fôlego e dando uma olhada para Laura. — Olá, outra vez.

Ela o olhou e respondeu:

— Olá, também.

Durante um momento singular me pareceu que ela era uma filha desaparecida que voltava, e que aquelas três crianças eram minhas.

— Laura, este é Morgan, irmão de Jonah.

— Oi — disseram um para o outro.

— Se vocês estavam conversando sobre alguma coisa importante, podemos ficar lá fora — sugeriu Jonah.

— Tudo bem — falou Laura. — Não quero expulsá-los de sua própria casa.

Pela primeira vez desde que fomos morar na Mendes Road, jantamos com as cortinas fechadas. Do lado de fora estava calor e lá dentro, abafado como o interior de uma cripta, mas como eu temia por Laura, coloquei nossos dois ventiladores na mesa e fechei os vidros das janelas, caso surgisse alguém e enfiasse a cabeça para bisbilhotar. Nenhum de nós fez qualquer comentário sobre essas precauções, provavelmente porque Laura estava tão nervosa quanto eu, e os gêmeos perceberam que era melhor não perguntar nada. Ainda assim, conseguimos conversar sobre um monte de coisas, um pouco disto, um pouco daquilo, sobre beisebol, poesia, matemática, solda, os Cocteau Twins, se eu deveria continuar a usar maquiagem, sobre a arte da divinação — a negação do meu dom e a recente fascinação de Jonah, e agora de Morgan, pela radiestesia —, tudo isso a um só tempo. Não era preciso ser sensitiva para perceber que em outra vida ou em outro planeta, se o mundo fosse diferente, aqueles três poderiam ser amigos muito chegados. O clima estava tão familiar que nós teríamos assunto por muitas horas ainda, se o telefone não tivesse tocado, o que era raro de acontecer.

Ouvi a voz de Charley em minha secretária eletrônica antiquada. Escutei as primeiras palavras e peguei o fone, em parte porque não queria que os outros ouvissem o recado e também porque me ocorreu que Charley, e ninguém mais, poderia ser um bom ouvinte para meus desabafos. Até mesmo um possível esteio, como fora tempos atrás. Para conversarmos em particular, fui para o meu escritório, que não passava de um quartinho mínimo cheio de livros, desenhos dos meninos, um arquivo cheio de material das minhas aulas e recibos de meus clientes, um enorme mapa da Grécia, prateleiras vazias onde costumava colocar mapas enrolados de pesquisas geodésicas — agora expulsos para o sótão — e um monte de outras coisas.

Ele ligara para dizer que tinha acabado de arrumar as coisas da mãe e que agora ia empacotar tudo. A entrega da casa estava marcada para o início da semana seguinte, depois que ela já estivesse num lugar de clima mais ameno e ele retornasse para Wiscasset.

— Antes — argumentou — que os veranistas gastem todo o seu dinheiro em outros lugares e eu termine tendo que raspar mariscos dos cascos dos barcos para ganhar algum trocado para viver.

— Duvido que isto venha a acontecer, Charley.

Hesitante e falando baixo, ele perguntou:

— Está tudo bem com você?

Eu não conseguia mais disfarçar minha ansiedade. Além do mais, não sentia nenhuma vontade de me esconder de Charley.

— Não, não está — declarei.

— Você quer conversar comigo?

— Não posso.

— Não pode, não quer ou não deveria?

— Todas essas coisas — respondi, sabendo que Charley me conhecia bastante bem para não se aborrecer com significados ocultos e que tinha uma forte lembrança de como Cassie Brooks pensava e agia quando garota e, de certa maneira, agora como mulher. Ocorreu-me que Charley era a única pessoa a quem eu poderia, no passado, ter confiado meus segredos, a única com quem poderia ter partilhado o que sabia sobre a morte de Emily e a violência que eu havia sofrido por parte de Roy. Como queria agora partilhar com ele a atual situação, conseguir um pouco de seu apoio e sua força. Mas tinha feito uma promessa a Laura. Eu era a sua confidente. Era eu quem tinha que ser forte como uma rocha.

E era aí que se encontrava o maior obstáculo, compreendi, enquanto estava sentada ali batendo papo com Charley e vendo pela janela as estrelas que começavam a surgir no céu. Tão simples quanto a primeira equação que Jonah aprendeu, ou quando Morgan descobriu que a melhor maneira de pegar a bola era observá-la até que caísse bem na palma de sua mão. Laura se silenciara, assim como eu, pois nunca havíamos aprendido a falar sobre coisas importantes. Não éramos analfabetas, loucas ou idiotas. Ambas amávamos nossas vidas o suficiente para acreditar nelas. No entanto, não sabíamos como dizer que tínhamos medo e nem por quê. Não sabíamos como dizer isso nem para nós mesmas. Mas já era tempo, pelo menos para mim, de aprender.

— Charley — declarei. — Preciso muito falar com você.

— Sempre, agora mesmo se você quiser.

— Agora não posso. Há alguém aqui comigo — declarei, desejando não parecer tão misteriosa. — Mas pode ser amanhã. Preciso falar com outra pessoa antes.

— Alguma coisa saiu do controle, não é?

— Sim e não.

— "Sim e não" significam sim. Mas olhe, estou aqui sempre que quiser. Ligue quando for bom para você.

— Obrigada, Charley.

Dissemos nosso "boa-noite" e fiquei ali no escritório, quieta, durante alguns minutos antes de voltar para junto dos outros, que continuavam na cozinha entre conversas e risos. Meu olhar vagou de ilha para ilha no mapa da Grécia. Naxos, Rodes, Samotrácia. Icaria, onde o filho de Dédalo foi enterrado depois de ter voado perto do sol e caído no mar —, não menos afortunado que Martine de Berthereau, em Vincennes. Aquele mapa me contava histórias e mais histórias. Paris com a maçã de ouro, Helena de Troia. O Oráculo de Delfos, cujo santuário trazia o conselho mais simples e mais difícil de todos os tempos: *Conhece-te a ti mesmo*. E sim, a minha história também. Somos formados de histórias, e nos contemplar, revelar nossas histórias, era a melhor, a única chance de decifrarmos nós mesmos.

29

Laura dormiu no meu quarto, nesta noite, e eu me aconcheguei no sofá. Quando as luzes estavam todas apagadas, abri as janelas da sala e a plenitude da sinfonia de grilos e sapos que viviam no brejo próximo encheu o ar. As badaladas altas do relógio dificultavam o sono e por isso me levantei e prendi o pêndulo. O calor da sala era opressivo, apesar do ar da noite que soprava languidamente pelas janelas. Fiquei ali vestida apenas com uma camiseta grande que Nep me dera havia muitos anos. Não me cobri com o lençol. Em minha mente cansada flutuava a imagem de meu pai na varanda naquela tarde, tranquilo em seu corpo frágil. Sei que se pudesse ele teria me dado algum conselho, mas na manhã seguinte eu deveria convencer Laura a ligar para a mãe e para Niles.

Não foi o cheiro de cigarro que entrou pela janela que me acordou nesta noite como um golpe, mas sim o hálito molhado e grosseiro do fumante que sussurrava em meu ouvido. Eu não podia falar, gritar ou me mexer, embora tentasse. O lençol fora enfiado na minha boca e minhas mãos estavam presas, juntas, pelo garrote de sua mão forte, e puxadas para trás de minha cabeça. Faltava pouco para me asfixiar e por isso respirei com força pelas narinas e parei de chutar com as pernas quando ele apertou ainda mais e passou o braço livre em volta do meu pescoço.

"Peguei os meninos", disse Roy. Falava como se fosse o garoto que eu conhecera, não como um adulto, embora sem dúvida alguma fosse ele. "Mas é a garota que eu quero."

Então, ouvi um grito do lado de fora e acordei outra vez, agora de verdade, molhada de suor no sofá, sozinha.

Subi as escadas de dois em dois degraus, corri primeiro para o quarto de Morgan e acendi a luz. Ele se fora. Talvez estivesse com Jonah. Corri para o outro lado do corredor, procurei no escuro a maçaneta da porta de seu quarto e logo percebi que a porta estava aberta e quando acendi a luz vi que a cama de Jonah também estava vazia. Gritei seus nomes, voltei cambaleando pelo corredor e entrei no meu quarto, onde encontrei Laura sentada na cama tentando abrir os olhos, bocejando, com o rosto confuso e sonolento.

— Você sabe onde os meninos foram?

— Sabe o quê?

— Laura, quero que você fique aqui — ordenei, enfiando o jeans e calçando os sapatos —, e não diga uma palavra ou fale com ninguém que a chame pelo nome, a não ser que seja eu. Entendeu?

— Sim — disse ela. Seu rosto estava sem cor.

— Eu volto logo.

— Não vá — suplicou ela com delicadeza, balançando a cabeça.

— Vou voltar logo. Não saia daqui.

Desci a escada correndo, deslizando sobre os últimos degraus, agarrando no corrimão da escada para não cair, enquanto continuava a gritar os nomes deles e, embora sentisse que este esforço era sem sentido, continuei percorrendo a casa toda e acendendo todas as luzes, incluindo as lâmpadas de quartzo da varanda. A lanterna que costumávamos guardar sob a pia também tinha desaparecido, e saí mesmo sem ela. Parada no meio da rua, olhei para os dois lados tentando enxergar alguma coisa naquele breu. O vento morno agitava as copas das árvores. Estrada acima, um carro que eu não conhecia, na verdade uma van, estava parado no acostamento com a metade encoberta pelos arbustos. Corri até lá e olhei através de seus vidros escurecidos pela ameixeira. Tentei a porta que não estava trancada e consegui abrir. Chamei por Morgan e cheguei a entrar no carro. tateando às cegas. Talvez tivesse enguiçado e resolveram deixá-lo ali até o dia clarear para aguardar o reboque. Quem dera.

Dei a volta pelos fundos da casa, e sob a iluminação forte que vinha das janelas, vi que a porta do barracão estava aberta. Entretanto, não havia qualquer sinal dos meninos. Por um momento parei e fiquei sentindo as batidas fortes de meu coração dentro do peito e a minha respiração, enquanto vasculhava com os olhos a escuridão em torno. Acabei percebendo um ponto branco sutil que se sacudia para cima e para baixo, distante e ritmado, no caos escuro do bosque que se estendia além do barracão. Como se estivesse dominada por ele, saí do quintal e precipitei-me para o emaranhado de arbustos e da sarça espinhosa na direção daquela luz. Ergui mãos e braços enquanto andava, para me proteger um pouco dos galhos que não via e dos golpes dos ramos das várias plantas que batiam em meu rosto como chicotes.

— Jonah? Morgan? — chamei com a luz agora muito próxima.

— Cass? — era a voz de Jonah.

Ele dirigiu a luz da lanterna para o queixo, apontada de baixo para cima, o que produziu sombras grotescas que lembravam a máscara mortuária que ele segurara sobre o rosto na biblioteca da casa dos Bryant.

— Me dá isso aqui — pedi, pegando a lanterna enquanto o puxava para junto de mim, abraçando-o. — Onde está Morgan?

— Ele foi dar uma olhada na estrada.

— Para quê?

— Para ver se via um dos garotos Skoler, pois foi o que pensamos. Devia estar no quintal. Jogou pedras em nossas janelas e nos acordou.

Jonah e eu demos meia-volta e corremos para dentro de casa outra vez.

— Por Deus, por que não desceram e me chamaram?

— Morgan queria dar uma lição nele, foi por isso. Mas quando saímos, vimos que não era um garoto. Corremos atrás dele pela estrada, mas não consegui acompanhá-lo. Vi que Morgan e o estranho cortaram caminho pelo brejo, e eu... estava procurando os dois lá atrás. Foi quando o ouvi gritar.

Pensar em Morgan gritando me levou ao total desespero. Saímos do mato e entramos no quintal. A casa, que eu nunca vira no meio da noite com todas as luzes acesas, parecia um navio quadrado e chato com uma iluminação feérica, um vapor todo feito de luz atracado no cais, pronto para zarpar para algum lugar assim que raiasse a madrugada. As sombras feitas pelos troncos das árvores e pelo barracão se projetavam até a beirada do gramado e daí para a escuridão lá ao longe.

— Tenho que ligar para Niles — falei para Jonah na hora em que destrancava a porta dos fundos e entrava junto com ele. A cozinha estava quente, fechada e iluminada. — E depois, vou procurá-lo enquanto você fica aqui com Laura.

— Este foi o nome que ele disse quando nos acordou, sabe?

O policial de plantão disse que ia mandar uma viatura. Perguntei se seria possível entrar em contato com Niles Hubert e ao objetar, assegurando que o policial que vinha tinha condições de avaliar se isso seria necessário, desliguei, respirei fundo e liguei para a casa de Niles. Não trocamos muitas palavras. Ele ia ficar mais zangado comigo do que eu imaginava que já estava, quando não segui suas instruções para permanecer em casa com Jonah e Laura e não me aventurar do lado de fora. Mas como eu poderia deixar Morgan lá fora entregue à própria sorte?

Em seguida, desencadeou-se um turbilhão de acontecimentos que nem a profetisa mais presciente seria capaz de prever. Uma série de ações ocorreu de forma simultânea e paradoxal, tanto em câmera lenta quanto em altíssima velocidade. Quando eu estava pronta para sair novamente e chamar outra vez pelo meu filho até que me respondesse, ele próprio bateu na porta da frente gritando o meu nome. Embora estivesse com o rosto ferido por ter corrido entre a sarça e com os pés descalços cobertos de lama até os calcanhares por ter atravessado aquele brejo repulsivo, não estava ferido como imaginei pelo grito que dera antes. Coloquei os braços em volta dele, puxei-o para dentro e voltei a trancar a porta. Então, enquanto Jonah e Morgan falavam sem parar sobre o que tinham visto e feito, me virei sem pensar e corri escada acima, e descobri que Laura desaparecera. Outra busca pela casa toda, com nós três chamando seu nome, mas ela tinha sumido.

Estava claro, aquela atividade toda fora uma armadilha, um jogo de cartas marcadas. Ele precisava que saíssemos de perto dela e fez isso de uma maneira perfeita. Até mesmo aquele grito fora fingido, era uma parte de seu arranjo para me levar para fora à procura de meus filhos para que ele pudesse avançar sobre Laura de modo implacável. E ele já conhecia nossa casa por dentro. Teve tempo suficiente para saber onde ficavam os quartos quando estivemos em Covey. Nem precisei voltar até a estrada para ter certeza de que aquela van já tinha ido embora, mas fui, e ela já não estava mais lá.

A sensitiva em mim, às vezes também com o poder de premonição, foi traída por si mesma. Traí a mãe que existia em mim e a filha que sou. Traí não apenas Laura, mas também a amiga que tentei ser, a suposta amiga a quem ela viera pedir ajuda.

Niles chegou antes mesmo de Bledsoe e Shaver, e logo em seguida apareceram os outros com as luzes vermelhas e prateadas das viaturas que piscavam e iam pintando os galhos das árvores e as tábuas da lateral da casa de uma coloração surreal e espalhafatosa. Exatamente como acontecera no vale de Henderson, porém não era uma tarde de céu azul, e sim uma noite negra como as asas de um corvo. Niles e eu fomos para dentro de casa enquanto os outros foram olhar nas redondezas, alguns a pé e outros em seus carros à procura da garota desaparecida e de seu sequestrador. Niles sentou-se à mesa da cozinha parecendo cansado e estranho à paisana, com a arma no coldre, o distintivo e o rádio de intercomunicação barulhento. Os gêmeos ficaram rondando pela periferia. Nem precisou falar nada para demonstrar o que se passava em sua cabeça, e na verdade nem se incomodou com isso. Disse apenas:

— Então?

— Está bem, admito que ela estava aqui.

— E?

— E desapareceu outra vez... foi levada... faz mais ou menos meia hora.

— Você viu ela sair com alguém?

— Não.

— Então como sabe que ela não foi embora sozinha?

— Porque sei que não foi isso o que aconteceu.

Niles pediu-me para explicar e contei tudo a ele. Ficou ali sentado ouvindo e tomando notas em seu caderninho, sem me fazer perguntas ou expressar qualquer opinião sobre o que ouvia.

— Você não ligou para mim. — Foram suas primeiras palavras em resposta ao meu relato, ditas sem me olhar, depois que fechou o caderno.

— Niles, fiz uma promessa de que não diria a ninguém que ela estava comigo. Teria ido embora na mesma hora se eu não cumprisse o prometido.

— Gostaria que você tivesse me informado.

— Ela veio para cá querendo ganhar algum tempo. Eu estava devendo isso a ela e também a mim mesma.

Niles ficou remoendo o que eu falei. Olhou para os meninos, um de cada vez e voltou-se para mim:

— Sei que você sente uma conexão profunda com Laura Bryant. Tem alguma ideia de onde ela possa estar?

— Está me pedindo que use meu dom para encontrá-la?

— Você a encontrou uma vez.

Embora não fosse negar de novo que não tinha como adivinhar o paradeiro de Laura, de fato não podia, pois Niles não estava mais certo do que Laura quando neguei o mesmo para ela, eu já sabia para onde Roy a levara. Eu os vi claramente no caminho sem marcas e coberto de capim que ia dar nas cavernas; Laura cambaleando atrás dele enquanto se arrastavam pela densa escuridão, as mãos dela amarradas por uma corda — não, era por um arame —, numa versão ainda mais cruel do garrote que eu mesma sofrera na visão de meu pesadelo.

— Sei onde eles estão — falei.

Niles levantou-se, falou com Shaver que ele ia ficar na Mendes Road com Morgan e Jonah fora do alcance de Roy Skoler, caso pretendesse voltar aqui, e me perguntou se não era melhor eu pegar uma jaqueta para irmos juntos. Como estava quente, vesti um agasalho leve, para na verdade oferecer à Laura quando a encontrássemos. Dei um beijo em cada um dos meus dois filhos, dizendo a Morgan para ir lavar o rosto e os pés e pedindo a Shaver para chamar um médico caso percebesse se algum dos arranhões sofridos fosse mais profundo, e saí com Niles. Bledsoe e outro policial nos seguiram com as luzes acesas, mas com as sirenes desligadas, enquanto corríamos pela estrada como um raio, por uma série de zigue-zagues que nos levavam ao lugar onde eu havia estacionado no dia anterior. Quando estávamos nos aproximando, Niles apagou as luzes e falou pelo rádio para Bledsoe nos seguir. Fomos em frente enquanto os outros dois carros dirigiam os faróis para a fileira de árvores da floresta que margeava a estrada. Não demorou muito para avistarmos a van — que era o "carro grande" que Laura falara —, parada e deixada ali no acostamento por um excesso de confiança, sem estar escondida pelos ramos dos rododentros. O para-choque luzidio e as janelas pretas brilharam sob as luzes dos faróis das viaturas.

— Fique aqui, Cass — declarou Niles, saltando do carro. Levantou a lanterna na direção da van, segurando-a com uma das mãos e apoiando a extremidade do objeto em seu ombro. Na outra mão segurava a arma. Os outros três homens também saltaram dos carros e se aproximaram da van, cercando-a. Eu sabia que ela estava abandonada e por isso saltei do veículo o e dei a volta pela frente e fiquei à espera deles, encostada no capô. Eram quatro e meia da manhã. O céu começava a clarear a leste do horizonte, por trás do topo das montanhas. Os dedos cor-de-rosa da luz da madrugada se espalhariam pelo topo da cordilheira dentro de uma hora. *Dedos cor-de-rosa* — era assim que Homero os chamou na *Ilíada*, ou teria sido na *Odisseia*? O épico da guerra ou o épico do retorno ao lar?

— Não há ninguém dentro. Para onde você acha que eles foram daqui em diante? — perguntou Niles ao voltar.

Fomos caminhando em fila indiana pela floresta pela qual eu havia passado, tanto vendada quanto de olhos abertos, de tal forma que nem mesmo aquela escuridão significava um obstáculo para mim. Os primeiros pássaros, os melros, começaram a cantar, invisíveis como sempre, nos galhos mais altos. Sob nossos pés, sentíamos o capim e as samambaias molhados pelo orvalho, o que tornava a trilha escorregadia nas subidas e descidas. Niles e os outros tinham desligado os rádios e nenhum dos homens conversava enquanto caminhávamos.

— Já estamos perto? — Foram as únicas palavras de Niles.

Em que eu estaria pensando? Em meus filhos, é claro, e também em minha Laura desaparecida. Tinha esperança de que este instinto tão forte que me envolvia, esta clarividência interna, não fosse apenas uma ilusão, e sim uma percepção real. Uma intuição que leva a uma verdadeira descoberta. Não demoraria muito para eu conferir se a imagem que vi não passava de uma esperança vã, ou uma premonição vívida.

Estava certa de ter ouvido o murmúrio distante da água em um córrego batendo no leito pedregoso. Com isso, levantei meu braço e cheguei para o lado para que Niles pudesse ficar junto comigo. Apontei para a frente, indicando que agora estávamos muito perto. Sussurrei mais uma vez sobre o que eu tinha contado para ele na vinda para cá, sobre os recessos nas rochas, as cavernas dos índios.

Garanti que tinha sido para lá que Roy havia levado Laura. E seguindo as diretrizes de Niles, me afastei enquanto os três outros homens se aproximaram iluminando a noite com suas lanternas. Além do eco dos estalos dos galhos que se quebravam na encosta da floresta, do sussurrar do córrego abaixo, do canto tranquilo dos pássaros, o mundo ao redor se silenciara.

De súbito os pássaros cessaram seus cantos, e eu sabia o que isso significava.

— Roy — gritei, correndo na frente dos policiais em direção a uma área plana de granito diante da caverna, onde fiquei escondida há muito tempo após a morte de Christopher. — Roy Skoler. — Minha voz soou alto com um tom feroz e furioso como nunca falara antes, vendo-o ali parado, uma sombra no meio das sombras. Outras vozes soaram ao mesmo tempo e pareciam vir de todos os lados, uma gritaria bestial me envolvia. Tropecei e caí sobre uma pedra ao passar pela entrada da minha caverna. Virei e vi Laura lá dentro, vindo na minha direção com as mãos amarradas para a frente, unidas, como se em uma oração suplicante. Arranquei a mordaça de sua boca, mas não a desamarrei, em parte porque não havia tempo e também por que ela estaria mais protegida ali mesmo, durante mais um longo minuto.

O ato final não foi muito diferente daquele que eu antevira. Talvez o meu dom, palavra obtida depois de tanto temor e conflito, me guiou até este lugar nesta hora. Mas foi outro instinto que fez com que eu me levantasse e partisse para cima de Roy Skoler, que, indeciso, atirou-se para o lado e recuou rapidamente, num esforço absurdo para impedir minha aproximação e me desnortear. Eu não tinha noção do que estava fazendo. Tudo aconteceu sem que eu tivesse pensado racionalmente ou que meus pés tivessem feito movimentos deliberados. Chamei-o mais uma vez, agora de um modo tranquilo e irreal:

— Roy Skoler.

Essas duas palavras soaram como uma maldição desencarnada.

Estava agora tão perto dele que podia ver seus olhos sombrios e ouvir sua respiração rápida enquanto ele falava entre os dentes:

— Eu devia ter lhe poupado o trabalho de se tornar uma idiota. — Com isso, esquivou-se para a esquerda com uma rapidez fantástica.

Imitava cada movimento que ele fazia, com meus olhos grudados nele sob a luz que clareava, ainda sem fala mas precisando falar, me expressar.

— Roy Skoler.

Foi só o que saiu de minha boca, o nome dele pela terceira vez, agora num sussurro. Se os nomes eram portas para ideias, o de Roy Skoler significava todo o horror plasmado num único homem.

— Mas eu não matei você. Eu a amava. Você deve sua vida a mim — disse ele, tentando me pegar numa armadilha pela última vez.

— Amava? Devo minha vida a você? Não lhe devo nada, seu monstro.

— Nada — repetiu ele, apenas me olhando, quase contemplativo, sob a luz que clareava, enquanto atrás de mim Niles e os outros vinham atravessando o matagal e chegando à área plana de granito, aos gritos para que eu me afastasse, berrando o nome dele como se as sílabas fossem balas e ordenando que ficasse de joelhos com as mãos para cima, pois tudo estava acabado.

No entanto, não acabou assim. Em vez disso, vi Roy Skoler piscar devagar como uma boneca antiga cujo mecanismo estivesse com defeito, virar-se nos calcanhares e tentar fugir numa espécie de câmera lenta, desaparecendo por completo, pairando durante um momento impossível no ar, até despencar para o abismo de pedras pontiagudas lá embaixo. Antes que eu pudesse entender o que tinha acontecido, ouvi o canto de um melro, em seguida o de uma corruíra e de outro pássaro que não consegui identificar, até que o ambiente encheu-se com a música dos pássaros. Nada incomum, na verdade, o que era costume nas manhãs de um lugar remoto como aquele, mesmo durante o mais frio dos invernos.

30

Gabriel Neptune Brooks, ou Nep, como ele era conhecido, faleceu poucos dias após o meu "outro eu" Laura Bryant ser encontrada viva, abalada, porém sem ferimentos, na caverna acima do vale de Henderson. Meu pai fora até a cozinha beber um copo de leite. Talvez tenha pensado que o leite pudesse acalmar a ardência que sentia no peito. Minha mãe o encontrou caído no chão, a embalagem de leite ao seu lado com todo o líquido formando uma enorme poça e a porta da geladeira ainda aberta. Um infarto agudo trouxe a independência final para o meu pai. Independência de ter que perder mais de si próprio para a doença que lhe apagava a memória. Apesar de ter sentido que isto era iminente, fiquei sem chão quando Rosalie me deu a notícia. Todavia, curiosamente, compreendi que nessas últimas semanas estranhas ele não era outra coisa senão um espírito que ainda respirava. Ele já se elevara um pouco acima da terra. Ou melhor, começara a se misturar à energia dela.

Meu pai foi cremado, como era seu desejo expresso numa carta lacrada escrita para Rosalie e para mim, quando tomou conhecimento da doença. Suas cinzas foram espalhadas — jogadas por nossas mãos como sementes — no lago, mais uma vez seguindo suas instruções. *Do pó ao pó da água para a água*, ele escreveu.

Seu nome e as datas de seu nascimento e morte assim como *Marido, Pai, Avô* e *Radiestesista* foram gravados na face de uma placa de pedra colocada no chão, ao lado do lago, em volta da qual plantamos um enorme canteiro de flores do campo de um vermelho bem vivo.

Exatamente como fizera quando fiquei grávida, voltei para a casa de minha mãe para ficar ao seu lado por uns tempos, desta vez junto com os garotos, para que ela não se sentisse sozinha. Para falar a verdade, assim como ela, eu também precisava me recuperar. Ela me acolhera enquanto eu esperava para dar à luz — agora era eu quem ia cuidar dela enquanto ela se adaptava a esta perda. Morgan ficou abalado com a súbita ausência de Nep e mergulhou de cabeça no beisebol como uma maneira de superar da melhor forma possível o seu sofrimento. Jonah meio que se mudou de corpo e alma para a oficina do avô, passando horas lá dentro consertando as coisas quebradas que o pessoal de Mendes Road trazia, como um cortador de grama, por exemplo. Rosalie deu carta branca para Jonah trabalhar na oficina, apenas com a advertência de que tivesse cuidado para não se machucar. Se eu não fosse lá buscá-lo para almoçar e jantar, e para apagar as luzes fluorescentes do teto à noite, não veríamos mais aquele menino. Rosalie, por outro lado, contava com suas preces, com seu pastor e a crença inabalável em Deus e na vida após a morte para amenizar a perda.

— Ele agora está no céu — afirmava, como uma opinião inesperada e gratificante do que tinha sido a recompensa final que ele tivera. Aquele ateu que ela sempre disse que acabaria entre as chamas do inferno repousava agora a cabeça cansada num travesseiro de plumas, no céu?

— Acha que ficou surpreso por ter ido parar lá em cima? — perguntei.

Estávamos sozinhas, pendurando na corda as roupas dele que haviam sido lavadas e que seriam doadas ao bazar da igreja, de acordo com o pedido dele também naquela carta, como um gesto de boa vontade à sua mulher, imaginei, uma declaração de que respeitava a sua fé.

— Deve estar surpreso sim; surpreso de estar lá. Posso imaginá-lo olhando à sua volta e dizendo "Afinal, até que não é de todo ruim. Por que não acreditei nisso antes?"

— Se há um paraíso, é lá que Nep está.

— É claro que há, e é lá que ele está — disse ela, e esta foi a última vez que conversamos sobre o destino de meu pai além da vida. Eu a admirava por ter a cabeça dura e o coração mole. Eu a admirava e ponto final.

Minha resposta à morte de Nep foi demorada e precisa como o desabrochar de uma orquídea. Talvez tenha me preparado durante um ano para esta eventualidade, mas o fato duro e cruel da morte era algo que não podia ser minorado com disciplina ou expectativa. Preparar-se para ela era tão inútil quanto acreditar que podia ser evitada. Todavia, o que aprendi com ele perdurou tanto que, embora não vivêssemos mais novas experiências juntos, ele permanecia tão vivo como sempre fora. Era como se estivesse apenas num outro aposento, fora de minha vista ou de meu ouvido. Dito isso, as atividades do dia a dia e a fé não me davam tanto conforto como no caso de minha mãe ou das crianças. Passei muitos dias desejando que ele saísse daquele outro aposento e viesse falar comigo sobre qualquer coisa, por menos importância que tivesse. Sei que com o tempo acabaria por diminuir a minha dor em não vê-lo sair pela porta e falar alguma coisa, mas ela nunca desapareceria por completo.

Os astrônomos têm uma palavra para a ocorrência rara do alinhamento dos planetas no firmamento. Sizígia. Nunca presenciei uma delas, embora Rosalie e Nep tenham visto uma quando jovens. Eram recém-casados e tinham ido a Covey visitar Henry Metcalf pela primeira vez. Henry nunca viajara muito além de Ellsworth, mas queria conhecer o marido da sobrinha. Uma noite enquanto estavam lá, três planetas se alinharam naquele céu imenso cheio de estrelas. Eles os viram juntos, lá do bosque perfumado, no ponto mais alto de Covey, não muito longe do cemitério da família. O mesmo bosque onde estou hoje, este lugar tranquilo onde uma noite clara é como um planetário sem paredes.

O que Rosalie viu foi um evento astronômico que ela disse ter encantado os estudantes de ciências durante muitos anos. Já Nep achou que, em sua incrível simetria, onde o resto do universo de estrelas e mundos continuava, se regozijava numa grande bagunça — "Como uma alegria encarnada", como ele conceituou, segundo Rosalie, o alinhamento dos planetas prateados parecia um ato de coragem, embora um tanto artificial. Uma linha, como a vida de uma pessoa, só encontra o seu valor quando está imersa no grande turbilhão e movimento das coisas, disse ele.

Minha mãe me contou sobre o espetáculo de sizígia quando cheguei à ilha na semana passada, enquanto fazíamos nossa caminhada tradicional de mãe e filha. Ela me confidenciou que tinha certeza que foi naquela noite que Christopher foi concebido.

— Por que você nunca me disse isso?

— Você nunca perguntou — disse ela — e, além disso, este talvez seja apenas mais um de meus mitos.

— Se for, é um mito lindo — falei, pensando em como Laura e Nep formavam comigo, as duas outras partes de uma sizígia.

Nep estava na extremidade mais distante de nossa frágil linha da vida, nossa linha mestra. Agora se apagando. Laura estava na extremidade mais próxima de onde era o começo. E eu — que soluçava no ombro de Charley enquanto ele sussurrava o quanto lamentava e como desejava que Nep, aquele bom peregrino, ainda tivesse muitos anos pela frente — era o elo entre eles dois. Eu, a radiestesista aprendiz de seu pai, que começou a decifrar a si mesma ao descobrir intuitivamente uma garota sequestrada. Os gregos antigos, como sempre, já sabiam de tudo. Compreendemos o nosso caráter ao avaliá-lo comparando-o ao caráter dos outros.

As descobertas que vieram à tona na propriedade de Henderson nos dias que se seguiram à retirada do corpo de Roy Skoler da ravina abaixo do penhasco das cavernas eram, no final das contas, perfeitamente inteligíveis se comparadas com algum ideal demoníaco. Ossos, alguns muito velhos e há muito descarnados, foram retirados da terra pelos tratores de Klat, contratados para escavar um lago artificial na baixada do vale de Henderson. Um cemitério habilmente escondido lá há anos, cerca de duas décadas. Foi uma escavação informal, mas cujas consequências provaram ser proveitosas. Pelo menos, o restante da intrincada verdade sobre Roy Skoler foi trazido à tona. Todas as garotas desaparecidas, e as muitas que me chamaram no dia em que fiquei à espera que encontrassem Laura, morreram de modo semelhante. Os pescoços quebrados mostravam que o enforcamento tinha sido o seu método preferido, parecia que sua fantasia de matar pendurando as vítimas no ar remontava ao tempo da queda fatal de Emily.

Na reconstrução da história que desafia o tempo e os segredos ocultos, os peritos e investigadores descobriram que Roy Skoler atraiu garotas de lugares longínquos em vários condados vizinhos a mais de um dia de viagem de Corinth. Durante um bom tempo, as lâminas dos tratores descobriram pessoas desaparecidas, e as supostas datas de suas mortes foram determinadas levando-se em conta o período em que sumiram. Não havia como ignorar que ele tinha mantido as vítimas desafortunadas em cativeiro, naquela cabana de caçadores, embora parecesse que sabia exatamente como fazer tudo sem deixar pistas, pois jamais houve qualquer evidência por lá. Não havia motivo também para não se concluir, como o tempo ia demonstrar, que seu *modus operandi* sempre fora atacar e se aproveitar de garotas que perderam irmãos, tendo pesquisado o desaparecimento dos meninos e usando como isca a promessa de encontrá-los. Uma teoria sugeria que ele passava por períodos de remissão após realizar com sucesso uma aventura desde o rapto até a morte, dados os anos de intervalo que havia entre as mortes destas garotas, como ficou provado pelos exames odontológicos e de DNA realizados em seus restos mortais. Em outras palavras, eu salvei a vida de Laura.

Este momento, no qual descobri por fim o significado da garota enforcada, marcou o término de minha busca de adequação. Minha investida na normalidade não durou muito tempo, mas eu sabia que isso não me levaria a uma vida melhor. Além do que, não havia nada de comum neste mundo. Tinha feito o possível para parar com minhas atividades divinatórias, mas compreendi que isso estava em meu sangue. Não, isso *era* o meu sangue. Eu sentia falta de mim mesma e queria trazer-me de volta. Laura também desabrocharia, o que era uma vitória. Assim como eu, ela iria, com todos os seus poetas e diários, encontrar sua voz. E falar o que sentia e pensava. E aqui estou eu, expressando o que sei, dando voz a quem sou. Um sol diferente se levanta a cada dia, para cada par de olhos que o observa. Os meus varrem o horizonte para o oeste, onde o sol desaparece entre a neblina, e procuram agora a proa da barca do senhor McEachern.

 O cheiro balsâmico do bosque de abetos enche o ar de um suave aroma da natureza. Um cheiro agradável que não deixa jamais com que me esqueça da época do Natal, mesmo estando em agosto. É um aroma recebido como uma graça, um perfume que transcende as estações ou as datas religiosas. Este promontório de arbustos tenazes e pinheiros imponentes está a poucas dezenas de metros acima do nível do oceano, mas de onde se descortina uma vista tanto do mar aberto do lado leste quanto de Mount Desert ao sul e oeste. As ilhas Baker e Cranberry ainda estão envoltas pela névoa da manhã, mas consigo distinguir seus contornos, cobertos de coníferas e placas de granito cor-de-rosa sobre a água verde e calma e vejo o facho de luz do farol da ilha de Baker. Não vai demorar muito para que o nevoeiro se dissipe no mar e se perca para sempre no esquecimento e a suave curvatura da Terra esteja perfeitamente visível mais uma vez, a olho nu. Quando eu era mais jovem, costumava trazer um livro para cá, onde, às vezes, ficava sozinha por horas, com a atenção voltada para as águias-carecas e as águias-pescadoras, ou então para um grupo de baleias que passava esguichando água pelas narinas. Em outras ocasiões era atraída para a linha curva do horizonte além do que meus olhos podiam ver, e imaginava o quanto o nosso planeta era grande. E, ao mesmo tempo, o quanto era pequeno.

Vim até aqui hoje de manhã para ser a primeira a ver a barca do correio do senhor McEachern contornar Islesford ao passar por nós. Ontem à noite perguntei a Rosalie se não se incomodava de dar comida para os meninos e levá-los para catar amoras porque eu queria fazer uma caminhada antes do amanhecer, sentir os cheiros da madrugada e passar uma hora ou duas sozinha antes da chegada de Charley para sua primeira temporada aqui conosco, e comigo. Ela adorava cuidar de Jonah e Morgan, sobretudo quando estávamos em Covey, e assim meu pedido foi recebido de bom grado sem qualquer hesitação. Os gêmeos sempre preencheram a grande ausência de seu Christopher, a perda que ia acompanhar minha mãe por todo o seu caminho até o céu. Agora que Nep já havia partido, ela era mais do que bem-vinda em se oferecer como a amada guardiã dos meninos. Além do mais, os garotos sentiam muita falta do avô. Que melhor substituta poderiam ter do que essa mulher que o conhecera mais do que qualquer um de nós?

Nep conseguiu escapar de uma cerimônia fúnebre na igreja, mas não de uma grande recepção em nossa casa. Todas os presentes no Dia da Independência, e outros mais, se reuniram novamente no início da noite de um sábado no final daquele mês de julho em nossa casa. Charley — chocado com o que se descobriu sobre Roy Skoler — viajou até lá para estar presente, e foi aí que nossa amizade dos tempos de criança amadureceu. Na noite anterior à recepção, ele foi até a nossa casa para ajudar a armar as cadeiras dobráveis emprestadas pelo pastor da igreja de Rosalie e arrumar as mesas para depois da missa. Logo que Rosalie anunciou que estava tudo pronto e nos agradeceu, pedindo desculpas por se retirar, alegando que estava exausta e precisava dormir mais cedo, Charley e eu deixamos os meninos na casa da Mendes Road e fomos dar uma volta até o rio para apreciar o crepúsculo. Eu sentia um montão de coisas, menos cansaço. Estava nervosa, triste, amedrontada, mas também em paz com a vida rica que desfrutara com meu pai. Se Jonah e Morgan sentissem um décimo do amor e da lealdade que ele me ensinou a sentir — e fiz o melhor que pude para corresponder — podiam se considerar filhos afortunados. Charley tomou minha mão e fomos andando a esmo. Alguns morcegos marrons peludos, os pássaros da lua, caçavam sobre a água que ia e vinha com lentidão, trazendo mosquitos e outros pequenos visitantes da noite.

— Preciso lhe contar uma coisa, Charley — comecei.

— Sou todo ouvidos — disse ele.

— Você sabe sobre o meu dom, não?

— Tenho muito interesse em saber mais.

— Na verdade, é uma atividade bem simples.

— Mais misteriosa do que simples, me parece.

— Bem, em geral o que encontro é água, porque foi isso que aprendi a fazer, e é para isso que as pessoas das redondezas me chamam. Mas nessa primavera quando estava fazendo uma busca no meio do nada...

Contei a ele tudo o que nunca compartilhara com quem quer que fosse. Ele tinha que saber de quem era aquela mão que estava segurando, e quem estava prestes a ter em seus braços.

Muitos amigos falaram na cerimônia dedicada a Nep. Niles falou sobre o fato de ter sido um pai para muitos daqueles que estavam ali reunidos, inclusive ele. Charley lembrou, com carinho, que a capacidade de Nep ver o que os outros não conseguiam serviu de inspiração para ele próprio durante todos esses anos. Sam Briscoll, representante dos três sábios, louvou o dom misterioso de seu amigo em consertar coisas quebradas que as pessoas traziam para ele. Se tivesse tido mais tempo, disse Sam, e se as pessoas tivessem sabedoria o bastante para deixá-lo livre, Nep teria feito com que o nosso mundo funcionasse muito bem, obrigado. Partridge falou que sempre pensou que a Terra fosse redonda até Nep provar que tinha outras dimensões.

Como falei por último, achei que era melhor deixar que aquele homem especial expressasse seu pensamento àqueles que o amaram. Por isso, repeti algumas das muitas verdades que Nep me ensinou durante os anos, apresentando uma reprise de meus "Neptismos" favoritos. "O que sua percepção divinatória lhe dá é um reflexo de si próprio"

— costumava repetir. "A arte divinatória é uma das grandes chances que um simples mortal tem de ascender, de ir além do previsível e tocar no sagrado. Não é uma experiência divina, mas sim humana, pois só acontece quando um homem ou uma mulher ultrapassam a própria humanidade e se expõem à mais profunda simplicidade de tudo que os rodeia."

Ele acreditava, e eu concordo, por isso declarei nas palavras finais de meu elogio a ele:

— "A arte divinatória, no final das contas, é apenas outra maneira de rezar."

Em seguida, houve uma recepção à qual o próprio Nep adoraria estar presente. Não pude evitar de me lembrar das conversas que tivemos, especulando se o bem se apagava junto com o mal quando a memória de alguém partia, e que Nep prometeu voltar para me dar uma resposta.

Nep, pensei, eu estarei sempre atenta para ouvi-lo. Enquanto os parentes e amigos enlutados, tristes participantes dessa reunião fúnebre, conversavam no gramado entre as mesas bem-arrumadas com comidas e bebidas, e Jonah e Morgan colocavam os discos de jazz que Nep adorava no toca-discos que estava na varanda de trás, uma mulher que eu não conhecia veio ao meu encontro na beirada do lago, onde eu me isolara com meus pensamentos. Ela tinha uma fisionomia dura embora agradável, porém com tantas rugas quanto uma folha de papel amassada por engano e alisada em seguida. Era uma das poucas na reunião que não estava vestida de preto, mas tinha um ar solene como se estivesse envolta num véu escuro de pesar. Seus olhos se movimentavam ansiosos, olhos de alguém em dificuldades mas que estava nervosa demais para pedir ajuda.

Ela apresentou-se. Disse que seu nome era Grace Sutton. Sentia muito a morte de meu pai e não estava certa de que aquele seria o momento de falar sobre certas questões. Pedi que me contasse o que se passava em sua mente. Então, falou que Nep tinha esperanças de que ir até a sua casa quando estivesse se sentindo melhor, e ver se podia ajudá-la de novo. Eles tinham se falado há cerca de um ano, talvez um pouco mais, sobre a possibilidade de ele poder voltar lá. Ela morava ao norte, depois de Cook Falls, na encosta da montanha, sobre a cidade e o rio que a cortava. Meu pai fora à sua casa uma vez fazer um trabalho, relatou enquanto massageava suas mãos e olhava para baixo na direção dos pés. Ele realmente salvou a família dela de uma situação muito ruim.

Imaginei que isso tinha a ver com um poço seco e por isso perguntei se ela e a família tinham água corrente ou estagnada.

— Não, não tem nada a ver com isso — respondeu. Sem entrar em detalhes, soube que havia algo mais que precisava ser feito.

— Se você acha que consegue fazer isso e concordar em ir lá em casa — balbuciou ela.

Antes mesmo que terminasse de falar, eu lhe respondi que sim. Não podia prometer que ia encontrar o que ela tanto necessitava. Mas ficaria honrada em tentar.

Agradecimentos

Sou profundamente grato a Marty Cain, David Royer e Jim Linn da Associação Americana de Radiestesia em Danville, Vermont, instrutores maravilhosos e pacientes com quem aprendi as técnicas fundamentais deste método de adivinhação. Quem quer que se interesse por essa multifacetada arte divinatória deve procurar a Associação, que tem representantes por todo o país. É importante ressaltar que a maioria dos praticantes desta arte se refere aos seus trabalhos como *radiestesia* mais comumente do que adivinhação, mas os inúmeros significados do termo adivinhação são irresistíveis, e até mesmo necessários ao meu próprio ofício de escritor.

Gostaria também de agradecer ao sociólogo Robert Jackall, que fez um profundo trabalho de campo junto à polícia e aos detetives e me ofereceu de boa vontade sugestões e ideias sobre crimes e investigações. A Peter Straub e Mike Kelly, que leram com atenção as versões preliminares e deram inúmeras e importantes sugestões, pelas quai agradeço com afeto fraternal. Para escrever *O conto do adivinho*, precisei da ajuda inestimável dos seguintes livros: *A Brief Tour of Human Consciousness* de V. S. Ramachandran, *Custom and Myth* de Andrew Lang, *The Tyranny of Magical Thinking* de George Serban e *The Divining Hand* de Christopher Bird. Tomáš Joanidis me ajudou a acreditar no caminho novamente quando me perdi. Outros me incentivaram durante o percurso foram Henry Dunow, Lynn Nesbit,

Howard Norman, Robert Olen Butler, Micaela Morrissette, Douglas Moore e Glenn Erts. Agradeço a todos eles. Também sou grato a Andrea Schulz, Tom Bouman, Rachael Hoy, Summer Smith, Michelle Bonanno, Laurie Brown e toda a intrépida equipe de Houghton Mifflin Harcourt, assim como também à minha atenta editora Barbara Wood, pelo apoio generoso. Ao meu editor, Otto Penzler, um adivinho inato, e que me guiou com sabedoria pelos muitos vales e campos deste projeto, uma verdadeira bússola que norteou cada passo dessa caminhada. Por fim, quero dizer que sem Cara Schlesinger, a primeira palavra na extremidade do arco de seu pêndulo não conseguiria estar conectada à última.

Este livro foi composto na tipologia Warnock Pro
Light, em corpo 11/16, e impresso em papel
off-white no Sistema Cameron da Divisão
Gráfica da Distribuidora Record.